LOCUS

LOCUS

LOCUS

LOCUS

RECREATION

R25

飢餓遊戲 10週年紀念版

The Hunger Games

作者： 蘇珊・柯林斯（Suzanne Collins）

譯者：鄧嘉宛

責任編輯：廖立文　美術編輯：蔡怡欣

校對：呂佳眞

出版者：大塊文化出版股份有限公司

台北市105022南京東路四段25號11樓

www.locuspublishing.com

讀者服務專線：**0800-006689**

TEL：(02) 87123898　FAX：(02) 87123897

郵撥帳號：18955675　戶名：大塊文化出版股份有限公司

法律顧問：董安丹律師、顧慕堯律師

總經銷：大和書報圖書股份有限公司　地址：新北市新莊區五工五路2號

TEL：(02) 89902588　FAX：(02) 22901658

排版：辰皓國際出版製作有限公司 製版：瑞豐實業股份有限公司

初版一刷：2009年9月

二版四刷：2022年4月

定價：新台幣 320元

Printed in Taiwan

國家圖書館出版品預行編目(CIP)資料

飢餓遊戲 / 蘇珊.柯林斯(Suzanne Collins)著；
鄧嘉宛譯. -- 二版. -- 臺北市：
大塊文化, 2019.01　面；　公分. -- (R ; 25)
10週年紀念版
譯自：The hunger games
ISBN 978-986-213-946-2(平裝)

874.57　　107021256

THE HUNGER GAMES

飢餓遊戲

10週年紀念版

SUZANNE COLLINS
蘇珊·柯林斯—著　鄧嘉宛—譯

獻給 James Proimos

第一篇

貢品

1

我醒來時，另半邊床是冷的。我伸手去探妹妹小櫻溫暖的身體，卻只摸到罩著床墊的粗布床單。她肯定又做了噩夢，爬到媽床上去了。她當然會做噩夢，今天是抽籤的日子。

我單手撐起身子。臥室裡的光線已經夠亮。我看到小櫻側身蜷縮在媽身邊，兩人的臉緊貼在一起。睡夢中媽看起來年輕多了，雖憔悴，卻不再那麼沒有元氣。小櫻的臉清新如雨露，可愛得像櫻草花。她的名字，便取自那花。我媽也曾經非常美麗，起碼人家是這樣告訴我的。

趴在小櫻膝旁守著她的，是全世界最醜的貓，有個像被打扁的鼻子，一邊耳朵少了一半，眼睛顏色是腐爛的南瓜黃。小櫻給牠取名金鳳花，堅持說牠那身泥黃的毛可比亮麗的金鳳花。牠很討厭我，至少是不信任我。雖然那是好幾年前的事了，我想牠還記得小櫻帶牠回來時，我企圖把牠溺死在桶子裡。那隻骨瘦如柴的小貓，全身爬滿跳蚤，圓鼓鼓的肚子裡都是寄生蟲。我最不需要的就是多一張吃飯的嘴。但小櫻苦苦哀求，哭哭啼啼，我只得讓牠待下來。結果，情況也沒我想的那麼壞。媽媽給牠驅了蟲，牠則是天生的捕鼠精，甚至會抓比較不常見的大黑鼠。有時候，我宰殺清洗獵物時，會丟一些內臟餵金鳳花吃。牠也終於不再對我怒目嘶叫。

內臟。不嘶叫。這就是我們所能達到最相親相愛的關係了。

我兩腿一晃下了床，雙腳滑進獵靴裡。柔軟的皮革已經服貼成我的腳型。我穿上長褲、襯衫，把黑亮的長辮子盤到頭上，並攫過我的草藥袋。桌子上倒扣著一只防鼠貓偷吃的木碗，底下有一小塊漂亮的山羊乳酪，用羅勒葉包裹著，是小櫻在這抽籤日給我的禮物。我慎重地把乳酪放進口袋，靜悄悄溜出門。

在第十二行政區裡，我們這一帶俗稱「炭坑」，平常這時辰，街上都是蠕蠕前行去上早班的煤礦工人。男男女女，一個個肩膀佝僂，指關節腫大；煤灰固著在破損的指甲和瘦削臉龐的皺紋裡，許多人已經懶得費神去擦洗。但今天早晨，布滿煤渣的街道空無一人。成排低矮灰黑的屋子，窗戶都是關上的。抽籤要下午兩點才開始。這時還不如睡覺吧，如果睡得著的話。

我們家差不多在炭坑的最尾端，我只要穿過幾個柵門，就會抵達一片蓬亂的草地，我們管它叫「草場」。草場過去便是森林。隔開草場與森林的，是一道高高的鐵絲網，頂端還有成圈的倒刺。事實上，這道鐵絲網圍繞著整個第十二區。理論上，鐵絲網應該是整天二十四小時通電的，好嚇阻森林中的掠食動物——曾經有成群結隊的野狗、單獨獵食的美洲豹、熊等，闖入我們街上威脅人命。但由於我們每晚能有兩三個小時的電力就得慶幸了，所以觸摸這鐵絲網通常不會有事。即便如此，我總會花個一兩分鐘注意聽有沒有嗡嗡聲，有的話，表示鐵絲網是通電的。這會兒，它靜得像一堵石牆。藉著矮樹叢的掩蔽，我平趴在地上，悄悄從一處存在已久的兩呎寬裂縫爬出去。這道鐵絲網還有其他好幾處破洞，但這裡最靠近我家，我幾乎每次都是從這裡進森林。

一進到林子裡，我立刻從一截空樹幹中取出弓和箭袋。無論通電與否，這道鐵絲網確實把肉食動物都擋在第十二區外了。但在森林裡，牠們橫行無阻。此外，還得留心有毒的蛇、染上狂犬病的獸，而且林子裡沒有現成的路可以走，隨時可能迷路。不過，只要你知道怎麼找，林子裡可是充滿了食物。我爸就知道怎麼找，他生前教過我。我十一歲那年，他在一次礦坑爆炸中被炸得粉碎，連要埋都沒得埋。五年後的今天，我仍會從睡夢中驚醒，尖叫著要他快逃。

即使侵入森林是犯法，偷獵更會帶來嚴厲的懲罰，只要有武器，一定還有更多人願意冒險。但絕大多數人不敢只帶著一把刀就往森林裡闖。我的弓如今算是稀有物品，是我爸親手做的，有好幾把，都被我用防水布包好，小心藏在森林裡。我爸本來可以賣掉它們，好好賺一筆錢，但一旦被官方發現，肯定會被冠上煽動叛變的罪名，公開處決。所幸對我們這些獵人，大部分維安人員都睜一隻眼閉一隻眼，因爲他們跟大家一樣，也渴望有新鮮的肉可吃。事實上，他們是我們的好主顧。不過，他們不可能容許炭坑的人有武裝自己的機會。

秋天的時候，會有一些勇敢的人偷偷溜進森林裡採收蘋果。不過他們不敢深入，總是留在看得見草場的範圍，以便有危險時能很快跑回安全的第十二區。「第十二區，一個你可以安全餓死的鬼地方。」我忍不住喃喃抱怨。話才出口，我隨即轉頭掃視一圈。即便在這裡，無村無店的荒山野林中，你還是怕有人會聽見。

小時候，我常脫口說出一些不該說的話，提到第十二區的處境，或遠方「都城」裡的人——就是他們統治著我們「施惠國」①——把我媽嚇得半死。後來我終於明白，多言多語只會惹禍上身。我學會閉嘴，裝得面無表情，不讓人看穿我的心思。在學校裡我安靜地做功課；在公共市場上客氣地哈啦無關緊要的話。在我賺到大部分收入的黑市「灶窩」，除了交易，我也不敢多話。即使在我難以輕鬆愉快起來的家中，我也避免談論敏感話題，像是抽籤、食物短缺，或「飢餓遊戲」。我怕小櫻學舌，讓外人聽見，然後我們會死得很慘。

在森林裡等著我的是蓋爾。唯有在他面前，我可以做我自己。爬上山坡，前往屬於我們的天地時，我感到自己臉上的肌肉放鬆了，腳步也加快了。那是一處俯瞰山谷的岩塊，藏在濃密的莓果樹叢中，外人看不見。瞧見他等候的身影，我不自覺地露出了笑容。蓋爾說我從來不笑，只除了在林子裡。

蓋爾說：「嗨，貓草。」其實我名叫凱妮絲，但我第一次告訴他時，聲細如蚊，他以爲我說的是「貓草」②。然後，那隻搞不清楚狀況的山貓開始在林子裡跟前跟後，等我丟東西給牠吃，貓草就此成了蓋爾給我取的正式綽號。最後我不得不宰了那隻山貓，因爲牠把獵物都嚇跑了。我後來有點後悔，因爲牠實在是個不錯的同伴。不過，牠那身皮毛著實讓我賣了個好價錢。

「看我打到什麼。」蓋爾舉起一條麵包，上頭插著一支箭，我哈哈大笑。那是條眞正由麵包店烤出來的麵包，不是我們自己用配給穀物做的那種又扁又硬的麵包。我拿過麵包，拔

---

①譯註：「施惠國」（Panem）一詞來自拉丁文*panem et circenses*，也就是bread and circuses，麵包與競技場。古羅馬詩人Juvenal曾指責當時統治者只靠分發小麥和舉辦格鬥競技活動，籠絡、娛樂市民，鞏固權力，而市民竟也放棄自己的公民責任。

②譯註：在英語裡頭，「凱妮絲」（Katniss）發音跟「貓草」（catnip）很接近。katniss也是一種植物，葉片如箭簇，根塊可食，中文叫作慈菇。參見第61頁。

出箭，鼻子湊近麵包皮戳穿的地方，深深吸入那股令我滿口生津的香氣。像這麼好的麵包，是爲特別的日子準備的。

「呣～還是熱的。」我說。他一定是天剛破曉就到麵包店去交易。「你付出了什麼代價？」

「一隻松鼠而已。那老闆今天早上也感傷起來，」蓋爾說：「甚至還祝我好運。」

「嗯，今天人和人之間好像都親近了些，對吧？」我說，瞧都不瞧他一眼。「小櫻給我們留了乳酪。」我伸手從口袋拿出來。

看到這等美味的食物，他神情亮起來。「小櫻，謝謝妳。這下我們眞的要吃大餐了。」他突然轉成都城的口音，模仿起那個老是不知道在亢奮什麼的女人，艾菲．純克特——她每年都要來一趟第十二區，在台上唸出被抽中的名字。「我差點忘了！飢餓遊戲快樂！」他從我們身邊的樹叢拔了些黑莓。「願機會——」他朝我拋來的莓果在半空畫出一道弧線。

我張口接住，牙齒咬破那層鮮嫩的表皮，酸甜的滋味瞬間爆開，溢滿口腔。「——**永遠**對你有利！」我續完下半句。我們必須這樣拿抽籤日開玩笑，因爲不開玩笑，我們就只能擔憂和恐懼。再說，都城口音是如此裝腔作勢，不管講什麼，聽起來都很可笑。

我看著蓋爾拔出刀把麵包切片。說他是我哥哥，不知道的人也會相信。黑直的頭髮，橄欖膚色，我們連眼睛都同樣是灰色的。但我們沒有血緣關係，起碼不是近親。大部分的礦工家庭，彼此間都有這類相似之處。

這也是爲什麼我媽和小櫻的淺色頭髮及藍眼睛，總給人格格不入的感覺。她們是不該在這裡。我的外祖父母屬於商人階級，在第十二區中較好的地段開了一家藥局——商人階級人數不多，顧客主要是官長和維安人員，偶爾也有來自炭坑的人。由於幾乎沒有人請得起醫生，藥劑師就成了我們的醫生。我爸之所以認識我媽，是因爲他在打獵時偶爾會採集一些藥草，賣到他們店裡去製成藥劑。她一定是深愛他，才會離開自己家嫁到炭坑來。但如今她變成一個終日呆坐，腦筋空白，孩子餓得只剩皮包骨，卻依舊毫無反應的人。我試著記住她的犧牲，試著看在我爸的份上原諒她。不過，老實說，我不是心胸寬大的人。

蓋爾把柔軟的山羊乳酪抹在一片片麵包上，再仔細地鋪上羅勒葉，我則忙著採摘樹叢上的莓果。我們在岩石間一處隱蔽的凹穴安頓下來。從這裡可以清楚俯視山谷，卻不會被人窺見。山谷裡充滿了夏日的生機，有野菜可採，有食用根莖可掘，魚群在陽光下閃爍發亮。湛藍的天空，輕柔的微風，眞是風光明媚。食物棒極了，乳酪沁入溫熱的麵包，莓果在我們口中爆開。如果今天眞的是假日，如果這一整天可以和蓋爾在山林裡遊蕩，獵取今天的晚餐，一切就太完美了。然而，下午兩點我們都得到廣場上集合，等候被叫到名字。

「妳曉得，我們辦得到。」蓋爾靜靜地說。

「辦得到什麼？」我問。

「離開這個區。逃跑。在森林中生活。妳跟我，我們辦得到。」蓋爾說。

我不知該如何回答。這主意實在太荒謬了。

他很快又加上一句：「如果我們沒有那麼多小孩的話。」

蓋爾有兩個弟弟和一個妹妹，我有小櫻。你還可以把我們的母親也算進來。當然，他們不眞是我們的小孩，但他們也可以算是。因爲，沒了我們，他們要怎麼活下去？誰能餵飽這些嗷嗷待哺的嘴巴？雖然我們倆天天出門打獵，還是有些日子得把獵物拿去換豬油、鞋帶或羊毛；還是有些時候晚餐桌上沒什麼可吃，大家上床睡覺時肚子仍在咕嚕咕嚕叫。

「我從來不想要有孩子。」我說。

「我想要。如果我不住在這裡的話。」蓋爾說。

「但你住在這裡。」我說，有點火大。

「當我沒說。」他惱怒地頂回來。

這場談話整個變了調。離開？我怎麼能離開小櫻？她是這世上我唯一眞正深愛的人。蓋爾更是他家人的倚靠。我們不能離開，所以何苦談論這事？就算我們辦得到……就算我們辦到了……要不要孩子這話題又是打哪兒蹦出來的？蓋爾跟我之間從無情愛可言。我們初次碰面時，我是個十二歲大瘦乾巴的丫頭，他只比我大兩歲，卻已經看起來像個男人。我們花了好長的時間才成為朋友，才停止爭論獵物該歸誰所有，才開始互相幫助。

此外，如果蓋爾想要孩子，他大可輕易娶到太太。他長得很帥，也壯得足以挑起礦坑中的工作，而且他還會打獵。你可以從學校裡那些女生在他經過時竊竊私語的樣子，曉得她們想要他。那讓我嫉妒，但理由不是大家所想的。要找到一個打獵的好夥伴，很難。

「今天你想幹嘛呢？」我問。我們可以打獵、釣魚或採集野菜。

「我們去湖邊釣魚吧。安置好釣竿後，我們可以到林子裡採野菜，給今天晚餐準備些好吃的。」他說。

是的，今晚。在抽籤之後，大家應該要慶祝。是有很多人會慶祝，因為鬆了一口氣，他們的孩子今年又逃過一劫。但至少有兩戶人家會緊緊闔上窗板，鎖上門，試著思考要如何捱過接下來的那幾週。

我們今天的收穫不錯。像這樣的日子，好吃又容易捕捉的獵物到處都是，那些掠食動物不會打我們的主意。將近中午，我們已有十二條魚、一袋野菜，而且，最棒的是，還有一加侖的草莓。我在幾年前找到那一片草莓，而蓋爾想到個主意，用網子把那片草莓圍起來，防止動物進入。

回家途中，我們先去黑市「灶窩」晃了一圈。灶窩位於廢棄的儲煤倉庫。當政府發展出一套更有效率的系統，把挖出來的煤礦直接從礦場運上火車後，灶窩就逐步侵吞了這個地方。在抽籤日，大部分的買賣這時都已經收攤了，不過黑市裡還很熱鬧。我們很容易就用六條魚換到了可口的麵包，用兩條換到鹽。那個瘦骨嶙峋，煮一大鍋熱湯在賣的老婦人，油婆賽伊，拿了我們採來的一半野菜，換給我們幾塊石蠟。我們在別處換到的或許可以多那麼一點點，不過我們寧可盡量跟油婆賽伊維持良好關係。她是唯一一個會持續不斷跟我們買野狗的人。我們不會刻意獵捕野狗，可是如果遭到攻擊，你還是會殺個一兩隻，反正，肉就是肉。「一旦下鍋燉成湯，我管它叫牛肉。」油婆賽伊眨眨眼說。在炭坑這種地方，不會有人嫌棄燉好的野狗肉；只有那些經濟條件好的維安人員，來到灶窩時，有本錢挑剔。

在黑市做完生意後，我們去到市長家的後門，打算賣掉一半的草莓，曉得他特別喜愛草莓，也付得起我們要的價錢。開門的是市長的女兒瑪姬。她在學校裡跟我同年級。身為市長的女兒，你會以為她是個驕傲的勢利眼，但她其實還好。她只是常常喜歡獨自一個人，跟我一樣。由於我們兩個都沒有自己的朋友圈子，結果在學校裡我們便常湊在一起。一起吃午餐，集合時坐在一起，體育活動時也同組。我們很少交談，這也正合我倆的意。

今天，她身上那乏味的學校制服換成一件昂貴的白洋裝，金髮上綁著漂亮的粉紅絲帶。這是為了抽籤日特別穿上的服裝。

「好漂亮的洋裝。」蓋爾說。

瑪姬瞥他一眼，試圖看出他是眞心稱讚，還是諷刺。那的確是件漂亮的洋裝，不過她絕不會在平常穿。她抿緊雙唇，然後笑了。「如果我最後得上都城去，我可要看起來美麗動人，不是嗎？」

這下子輪到蓋爾困惑了。她這話是眞心的嗎？還是在逗他？我猜是後者。

「妳不會去都城的。」蓋爾冷冷道。他的目光落到她衣服上一個小小的圓形胸針。眞正黃金做的，做工極美。它可讓一個家庭維持溫飽好幾個月。「妳會有多少個籤？五個？我十二歲那年就有六個了。」

「這又不是她的錯。」我插嘴說。

「對，這不是任何人的錯。事情就是這樣。」蓋爾說。

瑪姬的臉變得一無表情。她把買草莓的錢塞進我手裡。「祝妳好運，凱妮絲。」

「妳也是。」我說。門隨即關上。

我們默默地朝炭坑走去。我不喜歡蓋爾這樣譏刺瑪姬，只不過，他一點也沒說錯。整個抽籤制度本來就不公平，窮人的處境最不利。當你滿十二歲那天，你就符合抽籤的資格。那年，籤球裡會有一個你的名字。十三歲時，兩個。如此累計下去，直到你年滿十八歲。在符合資格的最後一年，籤球裡會有七個你的名字。施惠國十二個行政區中的每個公民，都是如此。

但這裡頭有個圈套。假如你是窮人，跟我們一樣三餐不繼，你可以選擇增加你名字的次數來交換糧票。每張糧票可抵貧窮人家一人一年的穀物和油。你可以爲家裡的每一口人這麼做。因此，我在十二歲那年，就讓四張寫上我名字的籤條進入籤球。第一張，是我沒得選擇。另外三張，是我爲自己、小櫻和我母親換取糧票。事實上，我每年都需要這麼做。而籤數是累計的。因此，我今年十六歲，籤球裡有二十個我的名字。蓋爾，十八歲的他先是幫忙家計，後是隻手撐起一個五口之家，七年了，籤球裡有四十二個他的名字。

現在你明白，爲什麼像瑪姬這樣從來不需要爲糧票提高自己風險的人，會讓他發脾氣。她的名字被抽中的機會，跟我們這些住在炭坑的人比起來，微乎其微。不是沒有可能，但非常小。即使訂下規則的是都城，不是十二個行政區，更不是瑪姬家，你還是很難不怨恨那些不需要爲糧票冒險的人。

蓋爾知道他對瑪姬發怒是把氣出錯地方。之前，在森林深處，我聽過他怒吼著，指控糧票不過是另一種在我們區裡造成不幸的工具，一種在炭坑的飢餓勞工與基本上不愁吃穿的人之間種下仇恨的方式，好讓我們永遠互不信任。「分化我們，都城就可以坐收漁翁之利。」如果只有我在，不必擔心隔牆有耳，他便會這麼說。如果今天不是抽籤日，他不會這樣遷怒。如果一個戴著黃金胸針，不需要交換糧票的女孩沒有說那些話，他不會這樣——儘管我確信瑪姬覺得她那些話無傷。

我們邊走，我邊瞄蓋爾的臉，他冷硬的神情底下還在冒煙。雖然我從來不說，但他的憤怒在我看來一點用都沒有。這不是說我不同意他的看法，我很贊同。只不過，在森林深處對都城又吼又叫有什麼用？那改變不了任何事，不會使事情變公平一點，更無法填飽我們的肚子。事實上，那只會把鄰近的獵物統統嚇跑。不過我還是讓他吼。在林子裡怒吼總好過在區裡失言。

蓋爾和我平分了我們餘下的戰利品：兩條魚、幾條好麵包、一些野菜、一夸脫草莓、鹽、石蠟，和一點錢。

「廣場見。」我說。

「穿漂亮一點。」他淡淡地說。

家裡，我媽和妹妹已經準備好可以出門了。我媽穿了件她以前在藥局時穿的漂亮洋裝。

小櫻穿的是有花邊的襯衫和裙子，是我第一次參加抽籤日時的服裝。那衣裙她穿太大了點，我媽得用別針把它固定住。即便如此，襯衫背後的下襬還是無法妥貼地塞在裙腰裡。

等候我的還有一桶熱水。我刷洗掉在林子裡沾惹來的一身塵土跟臭汗，還洗了頭髮。讓我吃了一驚的是，我媽給我準備了一件她漂亮的洋裝，柔和的藍色，以及搭配這件衣服的鞋子。

「妳確定？」我問，試著壓下想要拒絕她的衝動。有好一陣子，我因爲太過生氣而不准她爲我做任何事。況且，這件衣服很特別。她當小姐時的衣衫，對她而言是非常珍貴的。

「當然確定。」她說：「讓我幫妳把頭髮盤起來。」我讓她幫我擦乾頭髮，編好辮子盤在頭上。面對靠在牆上的那面破鏡子，我簡直認不出自己來。

「妳看起來好漂亮。」小櫻細聲說道。

「而且一點也不像我自己。」我說，給了她一個擁抱，因爲我曉得接下來這幾個鐘頭，對她而言會有多恐怖。這是她的第一個抽籤日。我告訴自己，小櫻已經算是最安全的了，籤球裡只有一個她的名字。我不讓她去抵任何糧票。但她在爲我擔心。那無法想像的事情可能會發生。

我盡一切所能保護小櫻，但在抽籤這件事情上頭，我無能爲力。每當她難過的時候，我總感到痛苦在我胸口聚集往上竄，彷彿無可抑遏地要從我臉上冒出來。我注意到她的襯衫後襬又從裙子裡跑出來了，於是強迫自己鎮定下來。「小鴨子，把妳的尾巴塞進去。」我說，邊把襯衫在她背後塞好撫平。

小櫻忍不住咯咯笑，還對我呱呱輕叫了兩聲。

「妳還眞是鴨子咧。」我輕笑著說。只有小櫻能讓我這樣笑。「來吧，我們吃點東西。」我說，迅速在她額頭親一下。

魚和野菜已在燉煮，不過那是留待晚餐吃的。我們決定把草莓和麵包店做的麵包也留給晚餐。我們說，讓晚餐變得更特別。於是，我們改喝小櫻的山羊「貴婦」的奶，改吃用配給穀物所做的粗麵包，但我們其實都沒什麼胃口。

下午一點，我們出發前往廣場。這是強制出席，除非你已經一隻腳進了鬼門關。今天晚上，官員會到未出席者家裡去查，看人是不是眞的快死了。如果不是，你會被關進大牢。

抽籤在廣場上舉行，著實令人遺憾，因爲廣場是第十二區中少數令人感到愉快的地方。它四周環繞著商店，在有市集的日子，尤其是天氣好的時候，它會有一種假日節慶的氣氛。但在今天，雖然周圍建築物上都懸掛著明亮的彩旗，空氣中卻瀰漫著冷酷的氣息。那群扛著攝影機的工作人員，像禿鷹般棲守在屋頂上，徒增肅殺的效果。

人們沉默地排隊簽到。抽籤日也是都城清查各區人口的良機。從十二到十八歲的孩子，被聚集在繩索圍起來的區域裡，按年齡排隊站好，年紀大的在前，像小櫻這些年幼的在後。我們的家人則在繩索外面圍成一圈，緊握彼此的手。但廣場上還有其他人，家裡沒有孩子面臨命運考驗的人，或一些早已不在乎的人。他們在人群中閒蕩，針對即將被抽中的兩個孩子下賭注，賭他們的年齡大小、他們是炭坑還是商家的孩子，或賭他們會不會崩潰痛哭。大部分人都拒絕跟這些賭徒打交道，但必須很小心，非常小心。這些人通常也都是告密者，而誰沒犯過法呢？我可能會因為打獵，每天被槍斃一次。那些執法者的口腹之欲保護了我。不是每個人都有這種靠山。

然而，蓋爾和我都認爲，如果我們必須在餓死跟腦袋吃子彈之間做選擇，吃子彈會痛快一點。

隨著人們到來，廣場越來越擠，氣壓彷彿也越低，讓人喘不過氣。這廣場相當大，但不足以容納第十二區爲數約八千的全部人口。晚到的人被安排站在鄰近的街道上，他們可以從好幾個大螢幕上觀看這樁全國現場轉播的盛事。

我站在一群來自炭坑的十六歲孩子當中。我們彼此簡短地點頭打招呼，然後便把注意力集中在司法大樓前臨時搭建的舞台上。台上有三張椅子、一張講桌，和兩個大玻璃球，一個裡面裝了男生的名字，一個裝了女生的。我瞪著那個裝了女生名字的玻璃球，那裡面有二十張紙條，上頭用筆工整地寫著「凱妮絲．艾佛丁」。

三張椅子中的兩張，一張坐著瑪姬的父親，昂德西市長，一個開始禿頭的高大男人；另一張坐著艾菲．純克特，第十二行政區的伴護人，剛剛從都城抵達此地，穿著嫩綠套裝，頂著一頭粉紅色頭髮，令人不舒服的笑容露出白牙。他們倆低聲交頭接耳，然後憂心地看著那張空椅子。

隨著鎮上的大鐘敲響兩點，市長起身走到講桌前，開始宣讀。每年的內容都一樣。他敘述施惠國的歷史，這國家從曾經一度稱爲北美洲的廢墟中崛起。他列舉那些災禍、乾旱、暴風雨、大火，暴漲的大海吞噬了大片大片陸地，爲搶奪剩餘的一點糧食而爆發的殘酷戰爭。最後的結果就是施惠國創立，以及一個替它的子民帶來和平與繁榮的閃亮都城，爲十三個行政區所圍繞。接著，「黑暗時期」到來，行政區叛變，對抗都城。十二個行政區被擊敗，第十三個被消滅。「叛亂和約」給我們帶來了新的法律，以保障和平；而爲了每年一次提醒我們「黑暗時期」絕不容許再現，這份和約還給了我們「飢餓遊戲」。

飢餓遊戲的規則很簡單。爲了懲罰叛亂，十二個行政區每年必須提供少男、少女各一名，稱作「貢品」，出去參賽。這二十四名貢品會被圈禁在一個遼闊的戶外競技場，裡頭什麼地形都可能有，包括灼熱的沙漠和冰凍的荒原。在為期數週的時間內，競爭者要拼得你死我活。最後一個活下來的貢品便是贏家。

從各行政區帶走孩子，強迫他們互相殘殺，讓眾人觀看——這就是都城警惕我們的方式，提醒我們只能任他們擺布、宰割。它在告訴我們，如果再次叛變，將死無葬身之地。無論他們如何用字遣詞，所要傳達的眞正訊息很清楚：「看看我們是如何奪走你們的孩子，把他們犧牲掉，而你們完全束手無策。如果你們膽敢動一根手指頭，我們會把你們趕盡殺絕，一個都不剩。第十三行政區就是你們的殷鑑。」

爲了折磨我們，更爲了羞辱我們，都城要求我們把飢餓遊戲當作節慶來看待，彷彿一場各行政區互相對抗的運動競賽。最後一位活下來的貢品將榮歸故里，富貴一生；贏家的行政區也將獲得大量獎賞，主要是食物。一整年，都城會賞賜獲勝的行政區穀物和油，甚至糖這種珍貴的禮物，而其他地區則必須忍受飢餓。

「這是悔改與感恩的時刻。」市長吟誦道。

然後他宣讀過往第十二區得勝者的名單。在整整七十四年當中，我們僅有兩位。只剩一位還活著。黑密契．阿勃納西，一個大腹便便的中年男子，此刻正好現身，嘴裡叫嚷著含糊不清的話，搖搖晃晃爬上了舞台，跌進第三張椅子裡。他喝醉了，醉得一塌糊塗。群眾意思意思地報以掌聲歡迎，但他搞不清楚狀況，企圖給艾菲．純克特一個大擁抱，她費了好大的勁才勉強把他擋開。

這場面似乎讓市長很苦惱。由於這一切都會電視實況轉播，他很清楚這會兒第十二行政區肯定已成了全國的笑柄。他反應迅速，立刻向群眾介紹艾菲．純克特出場，企圖藉此把注意力拉回到抽籤這件事。

看起來總是充滿活力的艾菲．純克特，小跑步來到講桌前，喊了一聲「飢餓遊戲快樂！願機會**永遠**對你有利！」這話彷彿早已變成她的註冊商標。她那粉紅色的頭髮一定是假髮，因為她與黑密契交手之後，那頭鬈髮已經有些偏移了。她繼續說了一段話，說什麼能來到這裡有多麼榮幸。但大家都曉得她恨不得瞬間轉換到一個更好的行政區，可以遇到比較體面的勝利者，而不是一個當著全國觀眾面前騷擾她的醉漢。

穿過人群，我察覺蓋爾回頭看著我，臉上帶著一絲難以察覺的笑意。儘管即將抽籤，台上剛剛上演的這齣戲起碼有點好玩。但突然間，我想到了蓋爾和大玻璃球中他的四十二個名字，以及，跟其他許多男孩比起來，機會對他是如何不利。或許他對我也想到了同樣的事，因為他的臉馬上沉了下去，隨即轉開。我真希望可以在他耳邊輕聲說：「可是裡頭有數千張籤條啊。」

抽籤的時刻到了。一如過往，艾菲．純克特總是說：「小姐優先！」然後走到放女孩名字的玻璃球前，伸手進去，深深探入球中，然後抽出一張紙籤。群眾同時間跟著深深吸了口氣，接下來，全場靜得連一根針落地都可以聽見。我覺得想吐，拼死命想著那不是我，那不是我，那不是我。

艾菲．純克特走回講桌前，攤開那張紙，用清晰的聲音唸出上頭的名字。的確不是我。是櫻草花．艾佛丁。

2

有一次，我一動也不動地躲在一棵樹上，等候遊蕩的獵物從底下經過。我等到打瞌睡，從十呎高的樹上跌落，後背著地。那下撞擊擠出了我肺中所有的空氣，我躺在地上拼命吸氣吐氣，吸氣吐氣，竭盡所能地呼吸。

那就是我現在的感覺，試著去記得怎麼呼吸，無法言語，完全被腦中來回震盪的那個名字驚呆了。有人抓緊了我的胳膊，是個來自炭坑的男孩。我想大概是我搖搖欲墜，他趕緊抓住了我。

一定是哪裡搞錯了。這是不可能發生的事。幾千張籤條，只有一張是小櫻！她被抽中的機會微乎其微，我甚至不曾費心爲她擔憂。我豈不是已經盡我所能了嗎？拿自己去抵所有的糧票，堅拒讓她這麼做。一張籤條，數千分之一。就機率而言，形勢對她非常有利。但那完全沒有用了。

我聽到在遙遠的某處，群眾不高興地喃喃低語。每當有十二歲的孩子被抽中，他們就會有這種反應，因爲沒有人認爲這樣合理。然後我看見她，臉上血色褪盡，雙手在身側緊握成拳，僵硬地邁開步伐，一小步一小步朝台子走去。她經過我，我看到她的襯衫後襬又跑出來了，拖垂在裙子上。是這個小細節，這沒塞好的襯衫形成的小鴨尾巴，讓我恢復了神智。

「小櫻！」我從喉嚨擠出一聲呼喊，感覺身上肌肉再度能夠活動。「小櫻！」我不需要擠過人群，因爲其他孩子已經立刻自動讓出一條路，容我直達台前。我在她要跨上台階之前趕上她，伸出手一把將她拉到我背後。

「我自願！」我喘著氣大喊：「我自願當貢品！」

台上一陣騷亂。第十二區已經幾十年不曾有過自願者了，大家對這條遊戲規則早已生疏。規則是，一旦從籤球中抽出一個貢品的名字，看被抽中的是男孩還是女孩，另一個符合資格的男孩或女孩便可以挺身而出，取代被抽中的人。在某些行政區，得標是極其光榮的事，人們渴望冒死去參賽，自願者爭逐的過程還蠻複雜的。但在第十二區，**貢品**差不多就是**屍體**的同義詞，自願者早已幾近絕跡。

「好極了！」艾菲．純克特說：「不過我相信在徵詢是否有自願者之前，還有件小事，就是介紹這次抽籤的得標者，之後如果自願者出現，我們就……」她的聲音減弱，自己也不太確定。

「那有什麼要緊?」市長說。他看著我，臉上有種痛苦的神情。他其實不認識我，但應該又有那麼點印象。我是那個帶草莓來賣的女孩，那個他女兒可能偶爾提到過的女孩。五年前，這女孩曾經跟她母親及妹妹縮抱在一起，他頒給身為長女的她一枚英勇勳章。一枚紀念她消失在礦坑中的父親的動章。他記得這件事嗎?「那有什麼要緊?」他粗聲粗氣重複道:「讓她上前來吧。」

小櫻在我背後歇斯底里地尖叫，像個壞脾氣的小孩，用她細瘦的雙臂緊緊抱住我。「不要，凱妮絲!不要!妳不能去!」

「小櫻，放手。」我厲聲道，因為這令我難過，而我不想哭。當他們今晚在電視上重播抽籤過程，每個人都會注意到我的眼淚，我將被標示成容易剷除的目標。一個弱者。我不會讓任何人稱心如意。「放手!」

我感覺有人從我背後把她拉開。我回頭，看到蓋爾抱起小櫻，她在他懷中拳打腳踢。「妳上去吧，貓草。」他說，聲音竭力保持鎮定，然後抱著小櫻離開，朝我媽走去。我咬緊牙鐵下心，踏上台階。

「啊，太棒了!」艾菲·純克特裝腔作勢道:「這正是飢餓遊戲的精神!」她很高興她負責的行政區終於有一點劇情可看了。「妳叫什麼名字?」

我艱難地嚥了嚥口水，說：「凱妮絲．艾佛丁。」

「我賭一塊錢，那是妳妹妹。我們不想讓她獨佔所有的光彩，對吧？各位，讓我們給最新產生的貢品一個熱烈的掌聲！」艾菲．純克特用激動發顫的聲音說。

第十二區的人果然靠得住，沒有一個人拍手。就連那些手握賭注，向來不關心別人死活的人，也沒有。或許，因爲他們在灶窩認識了我，或認識我爸，或跟小櫻有過接觸，而沒有人不喜歡小櫻。因此，當我動也不動站在那裡時，他們用所能做到表示異議的最大膽方式——沉默，來取代認可的掌聲。意思是說，我們不同意。我們不能容忍。這整件事都是錯的。

然後，發生了一件料想不到的事。至少，我沒料到，因爲我不認爲第十二區會關心我。但是，我挺身代替小櫻的那個剎那，事情有了變化，現在，我似乎成了大家珍愛的人。先是一個，然後另一個，接著幾乎所有的人都舉起左手，用中間三根手指輕觸他們的嘴唇，再伸出來對著我。這是我們行政區一個古老、罕用的手勢，只偶爾在喪禮上見到。它意味著感謝、欽佩，是對某個你所愛的人說再見。

現在，我眞有哭出來的危險了，幸好，黑密契選擇在這一刻搖搖晃晃地橫過舞台來恭喜我。「看看她！看看這丫頭！」他吼道，手臂一揮，攬住我肩膀。沒想到他在邋遢狼狽的外表下，竟是如此孔武有力。「我喜歡她！」他的呼吸充滿酒臭，而且他很久沒洗澡了。「充滿了……」有好一會兒他想不出要講的詞。「勇氣！」他得意洋洋地說：「比你們有種！」他放開我，開始朝台前走。「比你們有種！」他喊道，伸手直指一部攝影機。

他是指觀眾，還是他醉到昏頭，竟眞的奚落起都城來？我永遠不會知道，因爲就在他張開嘴巴要繼續往下講時，竟一個倒栽蔥跌下台，摔昏了過去。

他眞是令人厭惡，不過我衷心感激。隨著每架攝影機歡天喜地地瞄準他，我剛好有足夠的時間，吐出梗在喉嚨裡那小小的一聲嗚咽，並武裝好自己。我把手背在背後，瞪向遠方。我可以看到今天早晨才跟蓋爾爬過的山丘。有那麼一刻，我渴望著某件事……一起離開行政區的想法……我們在林中自己謀生……但我知道我沒逃走是對的。因爲，還有誰會自願挺身代替小櫻？

黑密契被放上擔架迅速抬走了，艾菲．純克特試著繼續讓節目進行下去。「今天眞是太刺激了！」她抖著聲音說，同時試著扶正她已經整個嚴重歪到右邊的假髮。「不過更刺激的還在後頭！現在輪到選出我們的男性貢品了！」她把手放在頭上，很明顯希望假髮不要再移位了，然後邁步走到裝著男孩名字的籤球前，伸手抓起她摸到的第一張紙籤。她迅速走回講桌前，我還來不及許願蓋爾平安無事，她已經唸出名字了：「比德．梅爾拉克。」

比德．梅爾拉克！

噢，不，我在心裡說，**不要是他**。因爲我認得這個名字，雖然我從未跟這名字的主人正面講過話。比德．梅爾拉克。

今天，機會對我眞的不利。

我看著他邁步朝舞台走來。中等身高，健壯結實，淡金色的頭髮波浪般捲落在額前。聽見自己名字那一刻的震驚，清楚寫在他臉上。你可以看見他拼命裝出鎭定的樣子，但他湛藍的雙眼，流露出一種我常在獵物眼中看見的驚慌。不過，他還是穩穩地爬上台就位。

艾菲．純克特徵詢自願者，但沒人挺身上前。我知道他有兩個哥哥，我見過他們在麵包店裡，不過一個現在恐怕已經超過能自願的年齡，而另一個不願意。這很正常。在抽籤日，大部分人對家人的愛也就僅止於此。我所做的是件極端的事。

市長開始宣讀又臭又長的「叛亂和約」，這是應上級要求，他每年這時都得做的例行公事，但我一個字也沒聽進去。

為什麼是他？我苦思。然後我試著說服自己，反正無所謂。比德．梅爾拉克跟我又不是朋友，甚至不是鄰居。我們沒講過話。我們唯一眞正的互動，發生在好幾年前。說不定他早就忘了。不過我沒有忘記，我知道我永遠也不會忘記……

事情發生在最慘的那段時間。大家記憶中最天寒地凍的那年一月天裡，我爸在礦坑的意外事故中喪生。三個月過去後，起初失去他時的麻木感已經消退，悲痛會毫無預警地襲擊我，讓我俯身痛哭，不能自已。**你在哪裡**？我會在心裡大喊。**你到哪裡去了**？當然，從來沒有任何回答。

區政府給了我們一點錢作為死亡補償金，數額只夠應付哀悼一個月的支出。在這段期間，我媽得找到一份工作才行。問題是，她沒找。除了呆坐終日，她什麼也沒做。更常見的是，她成天躺在床上縮在毯子底下，眼睛空洞地瞪著遠方。偶爾，她會突然驚醒，爬起來，像是有什麼急事得趕著去辦，不久卻總是又坐下或躺下，回復呆滯狀態。不管小櫻怎麼哀求呼喚，她都毫無反應。

我嚇壞了。如今我大概明白，我媽那時是被困在某種悲傷的黑暗世界裡，但當時我只知道我不單失去了爸爸，還接著失去了媽媽。那時小櫻才七歲，十一歲的我，毫無選擇，一肩扛起了一家之主的擔子。我去市場買菜，盡我所能料理三餐，盡力維持小櫻跟自己可以體面地見人。因為，如果被人知道我媽已經沒能力照顧我們，區政府會把我們從她身邊帶走，安置到社區育幼院裡。在成長過程中，我在學校裡見過那些孩子，見過他們的悲傷，他們臉上被怒摑的巴掌印，以及壓得他們縮肩曲背的絕望。我絕不會讓那樣的事發生在小櫻身上。甜美、嬌小的小櫻，會不知道理由卻因為我哭而跟著哭；會在上學前幫我媽梳好頭編好辮子；

會繼續每天晚上擦亮我爸刮鬍子用的鏡子，因為他討厭鏡面蒙上一層煤灰，那落在炭坑每樣東西上頭的煤灰。社區育幼院會把她壓碎，就像壓碎一隻小蟲。因此，我得保密，不能讓人知道我們的困境。

但錢還是用完了，我們正在慢慢餓死，完全沒有解決之道。我一直告訴自己，只要能撐到五月，只要撐到五月八日，我就滿十二歲了，就能報名取得糧票，拿到寶貴的穀物和油來餵飽一家子。只是，那還要等好幾個禮拜。到那時候，我們可能早都餓死了。

在第十二區，餓死不是罕見的事。誰沒見過餓死的人？那些無法工作的老人，那些有太多張嘴要餵的人家的孩子，那些在礦坑中受傷的人。流落在街頭。然後有一天，你看見他們一動也不動地靠著一堵牆坐著，或躺在草場上，你聽見某間屋子裡傳出哀號聲，然後維安人員被召來收屍。在官方記錄裡，飢餓從來不是致死的原因。死因總是感冒、病菌感染，或肺炎。不過，鬼才相信。

在我遇見比德．梅爾拉克那個下午，傾盆大雨冰冷無情地下著。我稍早進到鎮上，在公共市場上試著想拿幾件小櫻的舊嬰兒服換點什麼，但沒人要。雖然我以前曾隨我爸去過灶窩幾次，但我一個人實在太害怕，不敢獨自踏進那滿地粗礫的黑市。大雨濕透了我爸的打獵外套，我整個人凍到了骨子裡。已經三天了，我們除了燒水泡一點我在碗櫃後方找到的乾薄荷葉騙騙肚子，什麼也沒吃。等到市場收市時，我已飢寒交迫，抖到拿不住那包嬰兒服，看著它掉進地上的泥水坑裡。我沒去拾它，害怕自己俯身跪下去之後，再沒力氣站起來。再說，也沒人要那些衣服。

我不能回家。因爲家裡有個雙眼空洞毫無生氣的媽媽，以及雙頰凹陷、嘴唇皸裂的小妹。我無法兩手空空，未帶任何希望踏進那煙霧瀰漫的屋子——在煤炭燒完之後，我只能從森林邊緣撿拾未乾的樹枝來燒。

我發現自己沿著一條泥濘小巷跌跌撞撞往前走，這巷子是在一排供鎮上有錢人家購物的商店後頭。店家就住在商店樓上，所以，我實際上是在他們的後院裡。我還記得，規劃好的花圃尚未種植春天的花草，有個欄圈裡有一隻還是兩隻山羊，有隻渾身濕透的狗被綁在一根木樁上，垂頭喪氣地縮在泥地裡。

第十二區嚴禁任何形式的偷竊。竊盜被捕，可判死刑。但我突然想到垃圾桶裡可能會有東西，撿垃圾可不犯法。或許裡面會有一塊屠夫丟掉的骨頭，或果菜商不要的腐壞蔬果，某種沒人要但足以讓我絕望的家人果腹的東西。不幸的是，垃圾桶才剛被清空。

當我經過麵包店後面的巷子，新出爐麵包的香味排山倒海而來，令我感到一陣暈眩。烤爐位在店後方，一片金黃色的光芒從打開的廚房門流瀉出來，我寸步難移，被那股熱氣與濃郁的香味蠱惑住了。直到大雨介入，像無數冰冷的手指爬下我的背脊，迫使我回到現實。我掀開麵包店家的垃圾桶，它清潔溜溜，冰冷無情。

突然間，有個聲音對我大吼，我抬起頭，看見是麵包師傅的太太叫我快滾，說我們這些來自炭坑，亂翻她垃圾桶的小鬼有多麼令人噁心，我再不滾的話她就要叫維安人員了。那些話眞的很惡劣，但我毫無招架之力。正當我小心地放下垃圾桶蓋往後退開時，我看見他，一個金髮男孩，躲在他媽媽背後往外凝視。我在學校裡見過他，跟我同年級，但我不知道他的名字。他都跟鎮上的孩子玩在一起，所以我哪會知道？他媽媽回到麵包店裡去了，還一邊喃喃抱怨，但他一定還盯著我，看我繞到他家的豬圈後方，停下來倚著一棵老蘋果樹。終於，我明白自己終究沒有東西可帶回家。我膝蓋一軟，靠著樹幹往下滑跌到樹根上。我承受不住了。我又病、又弱、又累，噢，太累了。**讓他們去叫維安人員，把我們送去社區育幼院吧，**我心裡說。**或者，更好的是，讓我死在這裡，在這雨裡。**

這時，麵包店裡傳來一陣哐噹響，我聽到那女人又在尖叫，然後是一記響亮的巴掌聲，我茫然地想著到底發生了什麼事。一陣踏得泥濘飛濺的腳步聲朝我走來，我心想，**是她，她拿棍子來趕我了**。結果不是她，是那男孩。他懷裡抱著兩大條麵包，它們大概是掉到火裡去了，因爲麵包外皮被燒得焦黑。

他媽媽在大吼：「拿去餵豬，你這大笨蛋！不然怎麼辦？沒有一個好人家會買燒焦的麵包！」

他開始把燒焦的部分撕下來丟進飼料槽裡，這時麵包店面的鈴鐺響了，他母親趕到前面去招呼客人，消失了。

那男孩甚至沒朝我瞥上一眼，但我盯著他。因爲他手中的麵包，也因爲他臉頰上火辣辣的巴掌印引人注目。她幹嘛打他？我爸媽從來沒打過我們。我根本無法想像。那男孩回頭看了麵包店一眼，彷彿在檢查危險是否過去，然後，他的注意力回到豬身上，他伸手把一條麵包朝我的方向擲來，緊接著第二條。他啪嗒啪嗒踏著泥濘走回麵包店，把廚房門在他背後緊緊關上。

我難以置信地瞪著那兩條麵包。除了部份燒焦的外皮，它們是兩條上好的、幾近完美的麵包。他眞的要我擁有它們嗎？他一定是這個意思。因爲它們就在我腳前。就在任何人能看見發生什麼事之前，我已抓起麵包塞到襯衫底下，再裹緊身上的打獵外套，迅速離開那裡。麵包的熱度燙著我的皮膚，但我攫緊它們，攫緊生命。

我抵達家門時，那兩條麵包已經差不多冷了，不過內部仍有餘溫。當我把它們放在桌上，小櫻伸出雙手急扯下一大塊，但我要她坐好，並強迫我媽加入我們，一起在桌旁坐下，還倒了熱茶。我刮掉焦黑的部份，把麵包切片。我們一片接一片，吃掉了一整條麵包。那眞是條美味可口的好麵包，裡面滿是葡萄乾和堅果。

我把衣服晾在火旁烘乾，爬上床，沉睡一夜無夢。直到第二天早上，我才想到，那男孩可能是故意燒焦那兩條麵包，故意讓兩條麵包掉進火爐裡，知道一定會挨打，然後把它們送來給我。但我甩開這想法。那一定是個意外。他幹嘛那麼做？他甚至不認識我。即便如此，單是把麵包丟給我這件事，就是極大的仁慈，如果被發現，一定會招來一頓好打。我無法解釋他爲什麼這麼做。

我們吃了幾片麵包後就上學去。春天彷彿在一夜之間降臨。溫暖甘甜的空氣，蓬鬆的雲朵。在學校裡，我在大堂走道上跟那男孩錯身而過，他的臉頰腫起，眼圈黑紫。他跟他的朋友在一起，沒顯出任何認識我的樣子。但那天下午我去接小櫻一起回家時，我發現他隔著學校中庭凝望著我。我們的雙眼交會了一下下，他便把頭轉開。我垂下雙眼，很尷尬。就在那時，我看見了它，今年的第一朵蒲公英。我腦中有個鈴聲響起。我想起了跟我爸遊蕩在森林裡的時光，我知道我們要怎麼活下去了。

直到今天，我都無法忘卻這男孩，比德．梅爾拉克，和那給我帶來希望的麵包，還有那朵提醒我命不該絕的蒲公英，以及三者之間的關聯。不只一次，我在學校的大堂走道上，察覺到他的目光追隨著我，卻總在我雙眼對上他之前快速轉開。我覺得自己像是欠了他什麼，我痛恨欠人東西。也許，我若曾找到機會感謝他，我這時內心的衝突會少一點。我之前想過好幾次，但始終找不到恰當的機會。現在，再也沒有機會了。因爲我們會被丟進一個競技場，拼到你死我活。在這種情況下，要我怎麼說出感謝的話？如果我打算割斷他的喉嚨，再怎麼說感謝也難顯出誠心。

市長唸完了那沉悶的「叛亂和約」，示意比德跟我握手。他的手堅實、溫暖，就像那些麵包一樣。比德直視我雙眼，緊緊握了一下我的手，彷彿意味著再次保證、要我放心。但說不定那只是一時緊張的抽搐。

隨著國歌響起，我們轉回去面對群眾。

唉，算了吧，我想。**我們一共會有二十四個人，運氣好的話，會有人在我動手之前先宰了他**。

當然，最近我的運氣是不怎麼好。

3

國歌一唱完，我們就被看管了。我的意思不是我們被戴上手銬什麼的，而是有一組維安人員護送我們進入司法大樓。雖然我從未見過貢品企圖逃走，但過去或許曾發生那樣的事。

一進入大樓，我便被帶到一個房間，獨自待在那裡。這是我待過最富麗堂皇的地方，地板鋪上厚重的地毯，擺著天鵝絨的沙發和椅子。我知道天鵝絨，是因為我媽有件洋裝的領子是天鵝絨做的。當我在沙發上坐下，手指實在忍不住一遍又一遍撫摸那質料。這能幫我冷靜下來，為接下來這一小時做好準備。這時間是撥出來給貢品跟他們所愛的人道別的。不能沮喪，我經受不起傷心，不能帶著紅腫的眼睛跟鼻子離開這房間。哭泣絕不是選項之一。在火車站一定有更多的攝影機。

首先進來的是我媽跟我妹。我對小櫻伸出手，她撲過來爬到我腿上，雙手緊纏著我脖子，臉埋在我肩上，完全跟她還在牙牙學語時一樣。我媽在我旁邊坐下，伸手抱住我們倆。有好一會兒，我們就這樣沉默著。然後我開始告訴她們所有她們必須記得去做的事，因為我不會在這裡幫她們做了。

小櫻不可去抵換糧票。如果她們儉省一點，靠著販賣小櫻的山羊奶和乳酪，以及我媽現在爲炭坑的人經營的小藥房生意，足夠她們過活。蓋爾可以爲她採集那些她自己沒種的草藥，不過她得仔細描述給他聽，因爲他不像我那麼熟悉那些草藥。蓋爾跟我在大概一年前立過約定，他會給她們打些獵物，但不會跟她們收錢，而她們應該以物易物，像是用山羊奶或醫藥，來表達對他的感謝。

我不打算費心建議小櫻學打獵。我教過她幾次，每次都很慘。她先是很怕森林，然後，每當我射中什麼，她便難過得掉眼淚，說如果我們能盡快趕回家，她一定有辦法把牠醫好。不過她和她的山羊相處得很好，所以我把焦點放在這上面。

當我講完有關增添柴火、與人交易和在學校好好讀書等等之後，我轉向我媽，用力抓住她手臂：「注意聽我講。妳有認眞在聽嗎？」她點頭，我的緊張令她驚慌。她必須知道再來是什麼情況。「妳不可以再次一走了之。」我說。

我媽垂下眼看著地板。「我知道。我不會了。我當時……無能爲力。」

「好，那妳這次非得有力才行。妳不能封閉起來，留下小櫻一人面對。現在沒有我來養活妳們兩個了。不管發生什麼事，不管妳們在螢幕上看到什麼，妳得答應我，妳絕不會放棄！」我的聲音已經提高到用吼的，充滿了憤怒，充滿了她棄我們而去時我感覺到的所有恐懼。

她掙脫我緊抓的手，開始氣起自己來。「我那時候生病了。如果我當時有我現在有的藥，我會治好自己的。」

她那陣子或許眞的生病了。她狀況好轉以後，我看過她帶一些因傷痛過度而麻木的病人回家，治療他們。或許那眞是一種病，但我們可生不起。

「那必要的話妳就吃藥，然後好好照顧她！」我說。

「我會沒事的，凱妮絲。」小櫻說，並用雙手捧住我的臉：「可是妳也一定要小心。妳是如此矯捷又勇敢，也許妳會贏。」

我不可能贏的。小櫻心裡一定明白。這場競賽遠超過我的能力。那些來自較富裕行政區的孩子，得勝對他們而言是無比的光榮，他們從小就爲這事接受專門訓練。男孩子的個頭有我的兩三倍大，女孩子懂得用一把刀殺掉你的二十種不同方法。噢，當然也有像我這樣的人，在眞正刺激的樂趣開始之前，就已經被淘汰出局。

「也許吧。」我說，因爲我如果自己都已經放棄，怎麼能叫我媽堅持下去。再說，即使事情看起來毫無指望，我也不是那種不戰而降的人，天生就不是。「那我們就會像黑密契一樣有錢了。」

「我不在乎我們有沒有錢，我只要妳平安歸來。妳會盡力的，對吧？眞的眞的盡力，對不對？」小櫻問。

「我一定會竭盡所能，我發誓。」我說，而且我知道，爲了小櫻，我一定得盡力。

然後，維安人員出現在門口，示意我們會面時間到了。我們用力緊緊擁抱彼此，緊到會痛。所有我能講的只是：「我愛妳。我愛妳們。」她們也對我說同樣的話，然後維安人員命令她們離開，門又關上。我把臉埋在一個天鵝絨抱枕裡，彷彿這樣就可以把一切全都摒除在外。

有人進了房間，當我抬起頭來，十分驚訝看見來人竟是麵包師傅，比德．梅爾拉克的爸爸。我眞不敢相信他竟然來看我。畢竟，我很快就會想辦法殺掉他兒子。不過，我們彼此確實有點認識，甚至，他對小櫻比對我還熟。她去灶窩賣她的山羊乳酪時，會特別留下兩塊給他，他則會慷慨地多給許多麵包作爲交換。我們每次都會等他那巫婆般的太太不在旁邊時，才去跟他交易，因爲他人實在比他太太好多了。我敢肯定，他絕不會爲了燒焦的麵包，像他太太那樣打兒子。只是，他爲什麼來看我呢？

麵包師傅顯得有些不自在，坐在一張豪華的絲絨椅邊緣。他是個寬肩膀的大塊頭男人，手上有經年累月被烤爐燙傷的疤痕。他一定才剛跟兒子道別。

他從外套口袋拿出一個紙袋，遞過來給我。我打開來，發現裡面是餅乾。這是我們根本買不起的奢侈品。

「謝謝你。」我說。即使在最好的情況下，麵包師傅也不是個健談的人，今天他更是說不出話來。「我今天早上吃了你做的麵包。我朋友蓋爾用一隻松鼠跟你換來的。」他點頭，像是記起了那隻松鼠。「你這筆生意做得不太划算。」我說。他聳了聳肩，彷彿這沒什麼大不了。

然後我就沒話說了，於是我們沉默地坐著，直到維安人員來叫他。他起身，清了清喉嚨，說：「我會留意那小女孩的，確定她都有東西吃。」

他的話，讓我胸口的壓力感覺輕了不少。人們跟我做生意，但他們都真心喜歡小櫻。也許，這些喜歡會多到足以維持她的生計。

我的下一個訪客也出乎我意料之外。瑪姬直接走到我面前。她沒有哭哭啼啼或逃避現實，相反的，她的聲音中有種迫切之情，令我非常訝異。「在競技場中，他們會讓妳戴一樣來自妳的區的東西，一樣讓妳想起自己家鄉的東西。妳願意戴這個嗎？」她伸出手，掌心上是稍早她別在洋裝上的那個圓形黃金胸針。我之前沒太注意，現在才看清楚那是一隻飛翔的小鳥。

「妳的胸針？」我說。戴一個來自家鄉的標誌，這可說是我最沒想到的事。

「來，我幫妳別在洋裝上，可以嗎？」瑪姬沒等我回答，直接上前把小鳥別在我的藍色洋裝上。「凱妮絲，跟我保證妳會戴它上競技場，好嗎？」她問：「跟我保證？」

「我保證。」我說。餅乾。胸針。看來我今天會得到各式各樣的禮物。瑪姬還給了我另一樣，在我臉頰上一吻。然後她就走了，留下我一人想著，或許瑪姬真的一直都是我的朋友。

最後，蓋爾進來了。或許我們兩人之間沒有情愛可言，可是當他張開雙臂，我毫不遲疑地投向他。他的身體是我熟悉的——它移動的方式，燻木的味道，就連他心跳的聲音，我都在狩獵的寂靜時刻裡聽慣了。但這是第一次我真正感覺到它，瘦而結實的肌肉緊貼著我的身體。

「聽好，」他說：「弄到一把刀應該很容易，但妳一定要想辦法弄到弓箭。那才是妳最大的生機。」

「他們不是每次都有弓箭。」我說，想到有一年，貢品可用的武器只有滿是釘刺的狼牙棒，他們得拿著那釘錘把彼此打到死爲止。

「那就自己做一把。」蓋爾說：「一把差勁的弓總比沒弓要強。」

我曾經嘗試複製我爸的弓，結果做得很爛。那實在不容易。就算是他，有時候也得毀棄不成功的作品。

「我甚至不曉得那裡會不會有樹木。」我說。有一年，他們把大家丟進一個極其荒涼，放眼望去只有巨石、沙丘和凌亂矮樹叢的地方。我最痛恨那一年。許多競爭者是被毒蛇咬死，或因過度飢渴而發瘋。

「自從那年有一半的人被凍死，實在沒多大娛樂性可言之後，」蓋爾說：「競技場裡幾乎總有一些林木。」

這倒是眞話。有一年的飢餓遊戲，我們看著競賽者一個接一個在夜裡被凍死。你幾乎看不到他們，因爲他們個個縮成一團，沒有木頭可生火、做火把或任何東西。都城認爲那年的競賽太缺乏高潮，整個死亡過程太安靜，太不血腥。那之後，就一直有木頭可以生火。

「是啊，通常都會有。」我說。

「凱妮絲，這競賽就是打獵。妳是我所認識最棒的獵人。」蓋爾說。

「那不只是打獵。他們不但有武裝，還會思考。」我說。

「妳也是。而且妳練習的次數更多，眞正的實戰經驗。」他說：「妳知道怎麼獵殺。」

「不是對人。」我說。

「說真的，那能有多大差別？」蓋爾的語氣很嚴肅。可怕的地方就在於，若我能忘記他們是人，那就毫無差別。

維安人員回來得太快，蓋爾要求再多給一點時間，但他們過來強拉他，而我開始慌張起來。

「別讓她們挨餓。」我喊道，抓緊了他的手。

他說：「我不會！妳知道我不會！凱妮絲，記住我——」他們硬把我們扯開，用力關上門，我始終不知道他要我記住什麼。

從司法大樓到火車站的車程很短。我從來沒坐過車子，連馬車都很少搭過。在炭坑，我們靠雙腳趕路。

我決定不哭是對的。車站擠滿了記者跟密密麻麻、直對著我的臉拍攝的攝影機跟照相機。但我久經練習，早已擅長面無表情，這時我只需照樣木著一張臉就行了。我瞥見牆上電視螢幕裡，我剛剛抵達車站的鏡頭。我很滿意自己幾乎是一臉無聊的模樣。

另一方面，比德．梅爾拉克顯然哭過。有意思的是，他似乎沒嘗試去掩飾。我立刻懷疑這會不會是他在遊戲中所採取的策略。顯得軟弱與恐懼，向其他貢品保證他完全不是競爭對手，然後出奇制勝。幾年前，這辦法對一個來自第七區的女孩喬安娜·梅森十分有效。她似乎是個一把眼淚一把鼻涕的膽小鬼，沒有人擔心她會是個對手，直到最後剩下四、五個競爭者，她才露出殺人不眨眼的眞面目。她使出這計策的方式非常聰明。但對比德·梅爾拉克而言，使用這種策略未免太奇怪，因爲，他是麵包師傅的兒子，從小衣食無虞，天天扛著麵包托盤，鍛鍊得肩寬體壯。他恐怕要天天哭成個淚人兒，才有辦法說服大家忽視他。

我們必須站在車廂門前幾分鐘，讓攝影機狼吞虎嚥地攝取我們的影像，然後我們才准進入車廂。老天爺慈悲，門終於在我們背後關上了。火車立刻開動。

火車的速度一開始令我吃驚萬分。當然，我從來沒搭過火車。除非有職責在身的公務人員，一般人是禁止在行政區與行政區之間往來的。對我們而言，火車主要是用來運送煤礦。但這不是一般的運煤火車。這乃是都城的高鐵，平均時速可達二百五十哩。我們前往都城的旅程，將花不到一天的時間。

在學校裡，他們告訴我們，都城建於一個曾經稱爲落磯山脈的地方，而第十二區是在一個以前叫作阿帕拉契山的區域。好幾百年前，人們就在這裡開採煤礦。我們的礦坑必須挖得那麼深，就是因爲這個緣故。

不知怎地，學校的課程最後總是回到煤礦上頭。除了基礎閱讀與數學，我們絕大部分的課都與煤礦有關。此外，就是每週固定的施惠國歷史課。大部分內容都是有關我們如何虧欠都城的鬼話。我知道一定有很多事情他們沒告訴我們，像是叛亂期間究竟發生了什麼事。但我沒花太多時間去理會它。不管眞相爲何，我都看不出它能怎麼幫我生出桌上的食物。

這列貢品專車比司法大樓裡的那個房間還要高檔。我們每個人都有自己的包廂，裡面包含了臥室、著裝區，以及擁有冷熱自來水的私人浴室。我們在家裡，除非自己燒，不會有熱水。

衣櫥抽屜裡裝滿了漂亮衣服，艾菲．純克特告訴我可以隨心所欲，想做什麼、穿什麼都行，每樣東西都隨我支配。但要準備好一小時後吃晚餐。我脫下我媽的藍色洋裝，沖了個熱水澡。我從來沒沖過澡，那就像淋一場夏天的雨，只不過水更熱一點。然後我換上深綠色的襯衫跟長褲。

最後一刻，我想起了瑪姬的黃金胸針。頭一次，我把它好好看仔細。它看起來像是有人先做了隻黃金小鳥，然後在它外圍鑲上一個環。小鳥只有翅膀尖端跟環鑲在一起。我突然認出來，它是一隻學舌鳥。

學舌鳥是一種很好玩的鳥兒，可以說是都城自取其辱的產物。在叛亂期間，都城繁殖了一系列改變基因的動物作爲武器，通稱爲**變種動物**，有時候簡稱爲**變種**。其中有一種特別的鳥叫八卦鳥，有本事記下並複述整段人類的談話。牠們是會歸家的鳥，全部都是公的，牠們被釋放到都城敵人躲藏的區域。這些鳥蒐集了人言之後，會飛回各個中心接受記錄。人們過了好一陣子才明白在行政區中發生了什麼事，私密的談話如何遭到竊聽與傳達。當然，叛軍自此開始餵給都城無盡的謊言，讓都城自己變成一個大笑話。於是，那些蒐集敵情的中心關門大吉，那些鳥也被棄於野外自生自滅。

只是牠們沒有死絕。相反的，那些八卦鳥跟母的仿聲鳥交配，生出了一種全新的鳥類，既能學鳥叫，又能學唱人類的曲調。牠們喪失了清晰說出人言的能力，但仍能模仿相當範圍的人類的聲音，從拔尖的童聲到成熟的男低音都行。而且，牠們還能模仿唱歌。如果你有耐心對著牠們一直唱，而牠們也喜歡你的聲音的話，牠們不是只能學幾個音而已，而是能唱段落繁複的整首歌。

我爸特別喜歡學舌鳥。當我們在林中狩獵，他會對這些鳥兒唱一些複雜的歌曲，然後適當地停頓一會兒之後，牠們一定會對他唱回來。不是每個人都能受到鳥兒這樣的禮遇。然而，無論何時我爸歌唱，那附近所有的鳥兒都會陷入一片寂靜，專注聆聽。他的聲音如此清亮高亢而優美，充滿了生命，會讓你感動得又笑又哭。在他走後，我就一直沒辦法繼續學他對鳥兒歌唱。但，看到這小鳥還是給我一種安慰，彷彿我爸有個部分與我同在，保護著我。

我把它別在襯衫上，有深綠色的布料做底，我幾乎可以想像這學舌鳥正在飛過林梢。

艾菲．純克特來接我去吃晚餐。我跟著她穿過狹窄搖晃的走廊，進入一間有光亮鑲嵌牆面的餐室，裡面有張桌子擺滿了精緻易碎的碗碟。比德．梅爾拉克在座位上等著我們，他旁邊的椅子空著。

「黑密契人呢？」艾菲．純克特問，語調歡快。

「之前我碰到他時，他說要去小睡片刻。」比德說。

「嗯，眞是累人的一天。」艾菲．純克特說。我猜黑密契的缺席讓她鬆了口氣。誰會怪她呢？

晚餐的菜一道接一道上。濃稠的胡蘿蔔湯、青翠的沙拉、羊排與馬鈴薯泥、乳酪與水果，跟一個巧克力蛋糕。整餐飯，艾菲．純克特從頭到尾不斷提醒我們，要留點肚子給下一道美食。但我把自己塞滿，因爲我從來沒吃過這樣的食物，這麼好吃又這麼多，而且，從現在開始到飢餓遊戲上場，我所能做的最好的事，大概就是讓自己多增加一點體重。

當我們吃完主菜，艾菲說：「你們兩個至少還有點餐桌上的教養。去年那一對吃東西全用手抓，像野人一樣。讓我看了連飯都吃不下。」

去年那兩個孩子都出自炭坑，他們一輩子沒一天吃飽過。當他們有這麼多食物可吃，餐桌禮儀肯定是他們最不會想到的事。比德是麵包師傅的小孩。我媽教過我跟小櫻吃飯的規矩，所以，我知道如何使用刀叉。但我非常討厭艾菲．純克特這樣批評人，因此接下來的餐點我全用手抓來吃。然後我在桌巾上把手抹乾淨。這讓她緊緊閉上了嘴。

現在晚餐吃完了，我拼命把滿肚子的食物壓下去。我看得出比德也飽得臉色發青。我們倆的肚子都不習慣這麼油膩的食物。但如果我能吃下油婆賽伊的冬季名菜，老鼠肉、豬內臟和樹皮一起燉煮的湯，卻不反胃，我就一定能讓剛才吃下去的東西都乖乖待在肚子裡。

我們去到另一個車廂，觀看全國各區抽籤的精彩片段重播。他們會堅持重複播放一整天，務求讓人們看到所有的現場實況。不過，事實上只有都城的人才辦得到，因爲他們是唯一不必參與抽籤的人。

一個接一個，我們看著其他行政區抽籤，叫名字，自願者挺身而出，但大部分是無人願意取代。我們小心察看那些會成爲競爭對手的孩子的臉孔，有幾個令我印象深刻。有個身材巨大的男孩自願挺身而出，來自第二區。一個有張狐狸臉跟一頭光滑紅髮的女孩，來自第五區。一個跛腳的男孩，來自第十區。而最讓我難以忘懷的，是一個十二歲的女孩，來自第十一區。她有深棕色的皮膚與眼睛，除此之外，她的身材與舉止都很像小櫻。唯獨當她爬上台，他們詢問有無自願者時，所有你能聽見的，只是迴盪在她身旁那些老舊建築之間的呼嘯風聲。沒有人願意代替她。

最後，他們播放第十二區。小櫻被抽中，我拼命奔上前自願取代。你不可能錯過我叫喊著將小櫻一把拉到我身後時，聲音中的絕望、不顧一切，彷彿我怕沒人聽見，小櫻會被帶走。不過，他們當然聽見了。我看見蓋爾把她從我身後抱開，默默看著我上台。播報員對群眾拒絕拍手這件事，不知道該說什麼。沉默的致敬。有個播報員說，第十二區一向落後，跟不上時代，但當地的習俗可能很迷人。這時，說巧不巧，黑密契從台上跌下來，播報員咕噥著什麼，聲音有點滑稽。比德的名字被抽中，他安靜地站到他的位置。我們握了手。他們把畫面跳接到播放國歌，然後節目就結束了。

艾菲．純克特對在台上她假髮歪掉這點很不高興。「你們的導師對出席公開場合，面對電視機鏡頭，還有很多該學的。」

比德突然笑了。「他喝醉了。」比德說：「他每年都喝得醉醺醺的。」

「每天。」我補充說，忍不住也笑了。艾菲．純克特說得好像黑密契只是舉止有點粗魯，只要經過她稍微調教就能改正似的。

「是啊。」艾菲．純克特不悅地說：「你們兩個眞怪，竟然覺得這事好笑。你們知不知道，在遊戲當中，你們這位導師就是你們的救生索，是你們與這世界聯繫的生命線？他是給你們指導，為你們爭取資助人，傳送你們禮物的人。黑密契可以是那個決定你們生死的人！」

就在這時，黑密契搖搖晃晃地進入車廂。「我錯過晚餐了嗎？」他說，聲音含糊不清，然後把昂貴的地毯吐得一片狼藉，並仆倒在那攤穢物中。

「儘管笑吧！」艾菲．純克特說。她踩著高跟鞋，三跳兩跳小心翼翼地躍過那滿地狼藉，逃出了餐室。

4

有好一會兒，我跟比德看著我們的導師試著從那攤他吐出來的滑溜穢物中爬起來。那攤嘔吐物的臭味加上濃重的酒臭，幾乎讓我把晚餐吐出來。我們交換了一瞥。黑密契顯然不是重要人物，但艾菲．純克特有一點說得對，一旦進了競技場，他將是我們唯一的依靠。彷彿出於某種無聲的默契，比德跟我同時伸手，各拉住一條黑密契的胳臂，幫他站起來。

「我絆倒啦？」黑密契問：「好臭。」他伸手抹了下鼻子，結果抹了自己一臉穢物。

「來，我們送你回房去，」比德說：「幫你打理一下。」

我們半扛半拖，把黑密契弄回他的包廂。由於我們不能把他扛到鋪著刺繡床罩的床上，於是我們把他拖進浴缸裡，然後打開蓮蓬頭。水沖著他，他卻毫無知覺。

「沒關係，」比德對我說：「接下來我來就可以。」

我內心不由得一陣感激，因爲我最不想做的，就是把黑密契扒光，刷洗他毛茸茸胸膛上的穢物，再扶他上床給他蓋被子。比德大概是想要給他留個好印象，在遊戲開始之後，成爲那個比較討他喜歡的人。不過評估一下黑密契這時的狀況，明天他一定啥也不記得。

「好吧，」我說：「我可以找個都城的人來幫你忙。」火車上有一票都城的人，爲我們準備食物，等候我們使喚，監護我們。照顧我們是他們的工作。

「不，我不要他們幫忙。」比德說。

我點點頭，然後走回自己房間。我瞭解比德的感受，我自己也受不了都城的人。不過叫他們來處理黑密契，可算是一種小小的報復。因此，我思忖著爲什麼比德堅持自己照顧黑密契，突然間，我想到，**那是因為他心地善良。正如他善良到給我麵包一樣**。

想到這裡，我頓時停下腳步。一個心地善良的比德．梅爾拉克，對我而言，遠比一個不善良的比德危險。仁慈的人就是有辦法進佔我的心，在那裡生根。我不能讓比德這麼做。在我們要去的地方更不行。因此我決定，從現在開始，跟那麵包店男孩越少接觸越好。

當我回到房間，火車在一個月台上停下來補給燃料。我迅速打開窗戶，把比德爸爸給我的餅乾丟出火車，再用力關上窗戶。絕不再接受。絕不再接受他們任何一人的餽贈與幫助。

不幸的是，那包餅乾砸中地面，爆開來，散落在鐵軌旁一叢蒲公英旁邊。這景象我只看了一眼，因爲火車又開始移動了，但短暫一瞥已經足夠。足以令我想起多年前，在校園中的另一朵蒲公英……

那時我剛把眼睛轉離比德．梅爾拉克瘀青的臉，就看到了蒲公英，並知道希望並未失去。我小心地將它拔起來，匆匆趕回家。我抓過一個籃子並牽起小櫻的手，直奔草場，沒錯，草場裡星羅棋布到處長著金黃色草卉。我們採摘完這些之後，又沿著鐵絲網內側搜尋了大約一哩遠，直到籃子裡裝滿了蒲公英的綠葉、梗子與花朵。那天晚上，我們狼吞虎嚥，吃光了一大盤蒲公英沙拉與剩餘的麵包。

「然後呢？」小櫻問我：「然後我們還能找到哪些食物？」

「所有各種食物。」我向她保證：「我只需記住有些什麼。」

我媽有一本她從娘家藥店帶來的書。書頁是古老的羊皮紙，上面用墨水畫滿了各種植物。工整的筆跡在空白的地方寫著它們的名稱、採集地、開花的時節，以及它們的醫藥用途。但我爸又在書上增加了一些條目。一些可吃的，而非拿來製藥的植物。蒲公英、商陸花、野洋蔥、松樹等等。那整個晚上，小櫻跟我仔細地研究書上的資料。

隔天，我們沒去上學。有好一會兒，我在草場的邊緣徘徊，但最後我鼓起勇氣從鐵絲網下穿了出去。那是頭一次我獨自一人進到那裡，沒有我爸的武器保護我。但我從一棵空樹幹中取出他做給我的小弓箭。那天我大概只深入森林二十碼。大多數時候，我蹲在一棵老橡樹的枝椏間，希望獵物會經過。過了幾個鐘頭以後，我幸運地射到一隻兔子。以前在我爸的指導下，我獵過幾隻兔子。但這次我是自己辦到的。

我們已經好幾個月沒吃肉了。看見兔子，我媽心裡好像有什麼被觸動，爬起來，把兔子剝了皮，將兔肉跟一些小櫻採來的野菜一起燉了。然後她又糊塗了，又回去躺在床上。不過，兔肉燉好之後，我們扶她起來吃了一碗。

森林成了我們的救星。每天，我更深入它的懷抱一點。一開始進展很慢，但我決心要餵飽我們一家。我從鳥巢中偷蛋，用網捕魚，有時候能射到松鼠或兔子來燉湯，並且採集那些在我腳邊蓬勃生長的各種植物。植物這東西很難講。有很多可以吃，但錯的植物吃上一口就能要你的命。我一再把採來的植物跟我爸畫的圖比對，重複確認。就這樣，我養活了一家人。

一開始，任何危險的訊號，譬如一聲遙遠的咆哮，或樹枝不明原因突然折斷的聲音，都能把我嚇得飛奔回鐵絲網內。然後我開始冒險爬到樹上躲避野狗，牠們很快就會覺得無趣走開。熊和大貓住在森林的更深處，說不定是因為討厭我們這區散發出來的煤炭臭味。

五月八號那天，我前往司法大樓，簽下我的糧票，領了我的第一批穀物跟油，用小櫻的玩具馬車拉回家。每個月的八號，我都可以去領一次。當然，我不能停止打獵跟採集。那些穀物不足以維生，而且還有別的東西要買，肥皂、牛奶和布料。那些我們不是非吃不可的東西，我開始拿去灶窩交易。要進去那地方卻沒有我爸在身旁，著實讓人害怕，但人們尊敬他，因此也接納了我。畢竟，獵物就是獵物，管它是誰打來的。我同時也到鎮上有錢人家的後門去兜售東西，試著記住我爸告訴我的，同時也學到了些新的竅門。屠夫會買我的兔子但不要松鼠。麵包師傅愛吃松鼠，但只有當他太太不在時才會跟我交易。維安人員的頭子喜愛野火雞。市長熱愛草莓。

夏末，我在一個水塘中梳洗時，注意到身邊長了一種瘦高的植物，葉子像箭簇，白色花朵有三個花瓣。我跪進水裡，手指往軟泥裡挖，然後拔起一把根莖。小小的、略帶藍色的根塊，看起來不起眼，但煮或烤起來的味道跟任何馬鈴薯一樣好。「凱妮絲——慈菇。」我大聲說。我的名字就是按這植物取的。我聽見我爸的聲音打趣說：「只要妳能找著自己，就永遠不會餓肚子。」我花了幾個小時用樹枝和腳趾翻攪水塘的底部，蒐集浮到水面上來的根塊。那天晚上，我們大吃特吃，享受慈菇跟魚，直到撐不下爲止。那是數月以來第一次，我們都吃飽了。

漸漸地，我媽回到我們當中來。她開始打掃、煮食，並把我帶回來的食物留下一些作爲冬天的存糧。人們會給我們錢或東西來交換她的醫藥。有一天，我聽到她在唱歌。

小櫻對媽的復原興奮不已，但我繼續觀察，等著她再度從我們當中消失。我不信任她。

而且，我心裡有個地方已經長了小疙瘩，痛恨她軟弱，棄我們於不顧，害我們度過了幾個月那樣的日子。小櫻原諒了她，但我對我媽有了戒心，我豎起一道高牆來保護自己，讓我不用再需要她。我跟她之間的關係已經永遠改變了。

現在，我踏上赴死之路，卻仍沒與我媽和好。我想到今天在司法大樓裡我是如何對她吼叫，不過，我也告訴她我愛她。所以，這也算是扯平了吧。

有好一會兒，我站在那裡瞪著車窗，希望能再打開它，但不確定在這樣的高速下開窗會發生什麼事。我看到遠方有燈光，是另一個行政區。第七？第十？我不知道。我想著人們在自己家裡，準備上床睡覺了。我想著自己的家，窗板緊緊闔上。我媽和小櫻，她們現在在做什麼呢？她們吃得下晚餐的燉魚湯跟草莓嗎？還是，食物都原封不動擺著？她們打開了那台靠牆擺在桌上的老舊電視，看了白天活動的重播嗎？那肯定會讓她們哭得更厲害。我媽會把持得住，爲了小櫻堅強起來嗎？還是她已經開始精神恍惚，把整個世界的重擔交在我妹妹脆弱的肩膀上？

小櫻今晚肯定會跟我媽一起睡。想到那隻一身亂毛的老貓金鳳花，會伏在床上守著小櫻，我心裡就感到一陣安慰。如果她哭了，牠會想辦法鑽進她懷裡，蜷臥在那兒，直到她鎮定下來睡著爲止。我眞高興我沒把牠溺死。

想像家裡的情況，讓我感到分外寂寞痛苦。這天簡直沒完沒了。蓋爾跟我吃黑莓是今天早晨的事嗎？感覺似乎是上輩子的事了。像是一個漫長的夢變質惡化成了夢魘。也許，我去睡覺，醒來時會回到我所屬的第十二區。

那些抽屜裡也許有睡袍，但我只是脫了襯衫長褲，穿著內衣爬上床。床單是某種柔軟的絲質布料，厚而鬆軟的棉被立刻使人覺得溫暖。

如果我想哭，現在正是時候。到了早上，我可以洗掉臉上交錯的淚痕。但我沒有淚，因為太累或太麻木而哭不出來。我唯一的感覺，是渴望自己在別的地方。所以，我讓火車把我晃入遺忘之鄉。

敲門聲把我叫起來時，窗簾底下正透入淡淡的天光。我聽見艾菲・純克特的聲音在叫我起床：「起來，起來，起來！今天是個大、大、大日子啊！」有那麼片刻，我試著想像這女人的腦袋裡都裝了什麼。她醒著的時候都在想些什麼？夜裡她都做什麼樣的夢？我毫無概念。

我又穿上那件綠襯衫，反正它沒髒，只不過被丟在地上一夜弄出了些皺紋。我的手指撫摸著那黃金學舌鳥胸針的外圈，想到森林、我爸，以及我媽跟小櫻起床，必須開始一天的生活。我昨晚直接睡了，而我媽為了抽籤日特別幫我精心編起的頭髮，這時看起來還好，所以我就沒重弄。這無關緊要。反正我們現在離都城應該不遠了。一旦抵達，我的設計師就會爲今晚的開幕典禮打理我的外表。我只希望我碰到的設計師，不要以爲最夯的流行時尚是裸體。

當我進入餐車，艾菲・純克特拿著一杯黑咖啡與我擦身而過，嘴裡壓低聲音喃喃咒罵著什麼。黑密契則吃吃笑著，一張紅而浮腫的臉是昨夜耽溺杯中物的證據。比德手中握著一個麵包，看起來似乎有些尷尬。

「坐下！坐下！」黑密契朝我招手說。我才一坐定，一大盤食物立刻送到面前，盤裡有蛋、火腿、堆得高高的炸薯條。一大碗放在冰塊上冰鎮的水果。他們放在我面前的那一籃麵包，足夠我們全家吃一個禮拜。旁邊還有一杯用高雅的玻璃杯裝著的柳橙汁。至少，我猜它是柳橙汁。我曾經嚐過一次柳橙。有一回過新年，我爸買了一粒當特別的點心。有一杯咖啡。我媽好愛咖啡，但我們可說是永遠買不起，我只覺得它嚐起來稀而苦。另有一杯濃郁的褐色液體是我從來沒見過的。

「他們叫它熱巧克力。」比德說：「很好喝。」

我啜了口這又熱又甜、滑潤的液體，一陣戰慄竄過全身。雖然所有的食物都在向我招手，我根本顧不得，直到我把這杯東西喝完。然後，我吞下每一口塞得下的食物，結結實實的，但小心不吃太多過度油膩的東西。有一次，我媽告訴我，我吃起東西來像再也見不到下一餐似的。我說，是見不到，除非我帶回家。這話讓她從此閉上嘴。

當我覺得肚子快要撐破時，我靠向椅背，開始注意餐桌上的同伴。比德還在吃，一塊一塊地撕下麵包蘸熱巧克力吃。黑密契沒怎麼管面前的大盤子，只大口喝著一杯紅色的果汁。他不停地把一瓶清澈的液體加入果汁裡，使果汁的顏色越來越淡。從它發出的氣味判斷，大概是一種酒。我不認識黑密契，但我常在灶窩看見他將一把一把的錢丟在那個賣白酒的女人的櫃台上。照這情勢來看，我們抵達都城時，他肯定又神智不清了。

我突然明白自己確實厭惡黑密契。難怪第十二區的貢品從來沒有機會獲勝。這不單是因爲我們營養不良或缺乏訓練。我們有些貢品其實夠強壯，可以有所表現。但我們很少爭取到資助人，而最大的原因就在他。那些有錢人支持某個貢品，要不是因爲在貢品身上押了賭注，就是爲了事後吹噓自己挑中了一個勝利者。這些人期望打交道的對象，肯定是比黑密契體面、有格調的人。

「照說你應該指導我們。」我對黑密契說。

「這就是我要指導你們的：好好活著。」黑密契說，然後爆出大笑。我跟比德交換了個眼色，然後才想起我剛決定不要跟他打交道。我很驚訝地從他眼中感覺到一種剛強的性格。

他平日似乎是個溫和的人。

「非常好笑。」比德說：「只是我們不這麼覺得。」接著，他突然出手猛地掃向黑密契手中的玻璃杯。杯子砸碎在地上，血紅的液體朝車廂尾端流去。

黑密契想了想，然後對比德的下巴揮出一拳，把他打倒在地。當他轉過頭來要再拿酒瓶時，我把刀子插進他的手跟酒瓶之間，離他的手指只差一點點。我繃緊身體準備閃躲他的拳頭。相反地，他靠回椅背，半瞇著眼打量我們。

「嗯哼，這是怎麼回事？」黑密契說：「今年我眞碰上了兩個小鬥士嗎？」

比德從地上爬起來，伸手從盛水果的大碗底下抓起一把冰塊，打算要敷紅腫的下巴。

「別敷。」黑密契阻止他，說：「讓瘀青顯出來。觀眾會認爲你還沒進到競技場，就和另一個貢品打起來了。」

「那違反規定。」比德說。

「只在他們逮到你的時候才算。那塊瘀青顯示你打了架卻沒被逮到，那更好。」黑密契說，然後轉向我：「除了桌子，你還能用那把刀擊中什麼嗎？」

弓和箭才是我的武器。不過，我也花過相當時間擲小刀。有時候，當我射中一隻動物，最好在靠近之前先補上一刀。我明白，若我要黑密契注意我，就得在此刻顯顯身手。我從桌上拔起刀，捏穩刀刃，然後朝房間對面的牆上甩去。我其實只期望它能穩穩釘在牆上就好，沒想到它神準地刺入兩塊嵌鑲板中間的縫裡，令我看起來比實際厲害得多。

「過來站在這裡，你們兩個。」黑密契比著房間中央說。我們照做，他繞著我們打轉，把我們當動物似地不時伸手戳戳我們，檢查我們的肌肉，察看我們的臉。「嗯哼，你們顯然不是毫無希望，看來長得挺好的。一旦經過設計師打理，應該夠吸引人的。」

比德跟我不質疑這點。飢餓遊戲不是選美比賽，但漂亮的貢品似乎總是能吸引更多的資助人。

「好，我跟你們做個交易。你們不干涉我喝酒，我會保持足夠的清醒來幫助你們。」黑密契說：「但你們一定要照我說的做。」

這實在算不上什麼交易，不過比起十分鐘前沒有人指導我們，這算大有進步了。

「好。」比德說。

「那就幫助我們吧。」我說：「當我們進入競技場，面對豐饒角時最好的策略是——」

「一樣一樣來。再過幾分鐘，我們就到站了。你們會被交給你們的設計師。你們不會喜歡他們對你做的事，但不管怎樣，絕不要反抗。」黑密契說。

「但是——」我開口。

「沒有但是。不要反抗。」黑密契說。他拿起桌上那瓶酒，離開了車廂。隨著車門搖晃著在他背後關上，車廂整個暗了下來。車廂內還有一些燈亮著，但外頭彷彿黑夜陡然降臨一般。我明白過來，我們一定是進入了都城外圍的山脈隧道。這些山形成都城的天然屏障，將它與東邊的各行政區隔開。要從東邊進入都城，除了穿越隧道，幾乎沒有別的可能。這項地理優勢是各行政區在戰爭中失敗的重要原因，也導致了今天我成爲一個貢品。由於叛軍必須攀登、翻越山脈，他們很容易成爲都城空軍的靶子。

火車繼續飛馳，比德·梅爾拉克跟我沉默地站著。隧道似乎綿延不盡，我想到有無數噸的岩石將我與天空隔離，不覺胸口一緊。我痛恨像這樣被包在岩石裡。這令我想起礦坑與我爸，深陷其中，無法看到陽光，永遠被埋在黑暗裡。

終於，火車慢下來了，突然間，明亮的光線充滿整個車廂。我跟比德都情不自禁地衝向窗戶，去看我們向來只在電視上看到的都城，這個統治著施惠國的城市。攝影機的鏡頭果然沒誇大它的宏偉。若要挑剔，該說鏡頭沒有眞正捕捉到那些極其壯觀、高聳入雲、閃爍煥發出彩虹般光輝的建築，閃閃發亮的車子奔馳在寬闊的大街上，那些濃妝豔抹、奇裝異服、頂著怪異髮型的人們，一輩子從未餓過一餐。所有的顏色似乎都是人工的，粉紅色太深，綠色太亮，黃色太刺眼，像第十二區的那家小糖果舖裡，那些我們永遠買不起的圓扁形硬糖果。

當人們明白這是一列載著貢品的火車，他們開始熱切地對我們指指點點。我後退離開窗邊，對他們的興奮感到噁心，曉得他們等不及要看我們死於非命。但比德站立不動，居然還對睜大眼睛盯著我們看的群眾微笑揮手。直到我們進入車站，脫離了群眾的視線，他才停下來。

看見我瞪著他，他聳聳肩說：「誰曉得呢？說不定他們當中有個有錢人。」

我竟然看錯他了。我想起從抽籤開始之後他的各種行爲舉止。友善地捏握我的手。他爸爸出現，給我一袋餅乾，跟我保證小櫻不會餓肚子……是比德叫他這麼做嗎？上火車前他紅著眼眶流淚。自願幫黑密契洗澡，然後在做好人的方式顯然失敗後，今天早上激怒他。而現在，站在窗前揮手，已經試圖贏得群眾的支持。

所有的片段都拼湊在一起，我開始認知到他正在擬構一個計畫。他並未束手待斃，他已經在奮力爭取生存。換句話說，善良的比德·梅爾拉克，那個給我麵包的男孩，將會奮力宰了我。

5

咿——咿——呀！我用力咬緊牙關。這個一頭水綠色頭髮，眉毛上面有金色刺青，名叫凡妮雅的女人，正把黏在我腿上的貼片猛地扯下來，幫我除掉腿毛。「對不起啊，」她用那可笑的都城腔尖聲說：「妳的毛可眞多**啊**！」

這些人幹嘛這樣尖著聲音說話？爲什麼他們講話時嘴巴幾乎都不張開？爲什麼他們每句話的尾音都要上揚，像在問問題似的？母音很怪異，每個字吐得又短又快，而字母S總是發成嘶聲……難怪會惹人模仿他們講話。

凡妮雅做了個應該是表示同情的鬼臉。「好消息，這是最後一片了。準備好了嗎？」我抓緊了我坐著的桌子的邊緣，點頭。最後一塊貼片猛地被撕下，腿毛被連根拔除，痛死了。

我已經待在「重塑中心」超過三小時了，卻還沒見到我的設計師。顯然，在凡妮雅與其他預備小組的成員處理完某些顯而易見的問題之前，他沒興趣來看我。處理過程包括把我全身用磨砂膏徹底刷洗，除了洗去污垢，我看至少還磨掉我三層皮，再來是把我的指甲修得整整齊齊，然後是最主要的身體除毛。我的腿、手臂、軀幹、腋下，以及我部分的眉毛，都被拔得乾乾淨淨，讓我變得像隻光溜溜的雞，準備好可以烤了。我很不喜歡這樣。我全身皮膚刺痛，彷彿一碰就會破。但我謹守與黑密契達成的約定，一聲也沒吭。

「妳表現得很好。」那個名叫富雷維斯的傢伙說。他甩了一下那頭橘紅色螺旋狀鬈髮，邊給自己的嘴唇塗上一層鮮紫色的唇膏，說：「我們最受不了的就是唉唉叫的人。給她潤膚！」

凡妮雅和那個胖嘟嘟、全身染成淺豌豆綠的歐塔薇雅，把我從頭到腳抹上乳液。我發疼的皮膚先是一陣刺痛，接著才覺得舒服了一些。然後，他們把我從桌上拉起來，脫掉剛才允許我時穿時脫的薄袍子。我赤裸裸地站在那裡，他們三人繞著我打轉，手裡拿著拔除毛髮的小鉗子，拔掉任何餘下的小毛髮。我知道我應該要覺得很尷尬才對，但他們是如此異於常人，以至於我除了覺得有三隻奇顏怪色的鳥繞著啄我的腳之外，並不覺得難爲情。

他們三人退後，欣賞自己努力的成果。「好極了！現在妳看起來總算像個人了！」富雷維斯說，接著三人大笑起來。

我強迫自己嘴唇往上翹，露出感激的笑容。「謝謝你們。」我甜甜地說：「在第十二區，我們沒有什麼需要打扮。」

這話全然贏得了他們的心。「當然沒有，可憐的孩子！」歐塔薇雅說著，扣緊了雙手，爲我感到難過。

「不過，別擔心，」凡妮雅說：「等秦納幫妳打扮好以後，妳絕對是美麗非凡！」

富雷維斯勉勵我說：「我們敢保證！妳知道，在我們除掉所有的髒污與毛髮後，妳完全不可怕了！我們去請秦納來吧！」

他們衝出房間。我的預備小組是如此白癡到家，要討厭他們還眞難。但怪的是，我知道他們是誠心誠意努力要幫我。

我看著冰冷的白色牆壁與地板，抗拒著伸手去拿袍子穿上的衝動。那個叫秦納的設計師，肯定會馬上要我脫掉它。於是我的手換了個方向，去摸我的髮辮，那是我全身上下，預備小組被告知唯一別碰的地方。我的手指撫摸著我媽精巧編盤、絲滑的辮子。我媽。我把她的藍洋裝與鞋子留在火車上我的車廂裡，從沒想到要把它們拿回來，或試著保留部分的她與家。現在，我希望我留下了它們。

門開了，進來一位年輕人，八成就是秦納。他一如常人的模樣令我震驚。他們在電視上所訪問的那些設計師，十之八九都是異型異色，甚至動手術把自己改造得更怪模怪樣。但秦納那頭極短的棕髮肯定是天然的，身上穿的是簡練的黑襯衫黑長褲。他唯一讓自己有點變化的地方，是巧手畫上的金色眼線，凸顯出他綠色眼瞳中金色的斑點。雖然我極厭惡都城跟此地人們難看得要死的流行樣式，我卻忍不住覺得他這妝點充滿魅力。

「哈囉，凱妮絲，我是妳的設計師秦納。」他的聲調平靜，聽起來缺了都城的那種虛僞做作。

「哈囉。」我小心翼翼地回應。

「給我一分鐘，好嗎？」他問。他繞著我赤裸的身子打轉，沒碰我，只用雙眼記下我身子的每一吋。我拼命抗拒著交叉雙臂遮胸的衝動。「妳的頭髮是誰綁的？」

「我媽。」我說。

「眞漂亮，非常典雅。跟妳的臉型非常相稱，近乎完美。她有雙非常靈巧的手。」他說。

我原本預期來人會很華麗炫目，或某個青春不再卻拼命要裝年輕的人，或某個會把我當成一塊肉來料理，準備端上桌的人。秦納完全出乎我的意料之外。

「你是新來的，對嗎？我想我以前沒看過你。」我說。絕大部分的設計師我們都認得，年復一年出現在年年不同的貢品前。有些人我已經看了一輩子。

「是，這是我第一年參與遊戲。」秦納說。

「所以他們把第十二區給你。」我說。新來的人通常都會被歸到我們這個最沒人想要的區。

「我自己要求要第十二區。」他沒再進一步解釋。「妳要不要穿上袍子，我們好坐下聊聊。」

穿上袍子，我跟著他穿過一扇門進到一間起居室。兩張紅沙發面對面，中間擺了張矮桌。有三面空白的牆，第四面整片是玻璃，形成一面看向城市的大窗子。我可以從光線判斷大約是中午，雖然陽光明媚的天空已轉變成陰天。秦納請我坐其中一張沙發，他坐到我對面。他按了桌旁的一個按鈕，桌面從中間分開，底下升上另一張桌子，上面擺著我們的午餐。切塊的嫩雞燉鮮橙，隨同濃稠的奶油醬汁澆在白如珍珠的穀米上，另外還有小青豆跟洋蔥，麵包的樣式如花朵，而甜點是蜂蜜色的布丁。

我試著想像自己在家中吃這樣一頓飯。雞太貴，但我可以用野火雞來取代。我必須獵到第二隻火雞來換鮮橙。山羊奶可以代替奶油。我們可以在菜圃裡種青豆。我可以在森林中挖到野洋蔥。我不認得盤中的穀類是哪種米，我們用糧票領取的配給，煮出來的是一種難看的棕色糊狀物。漂亮的麵包意味著要再獵個什麼去跟麵包師傅交換，或許是兩三隻松鼠。至於布丁，我根本無法猜想它是什麼做的。這樣一餐飯要耗費數日的打獵與採集，就算做到了，結果也遠遠比不上都城的這個版本。

我好奇地想，活在一個伸手按個鈕食物就會出現的世界，會是什麼樣子？如果食物來得如此容易，我每天爲了生計花在森林裡的數個鐘頭，要拿來做什麼？這些在都城的人，每天除了裝飾他們的外表，等候新一批貢品運來進場廝殺，作爲他們的娛樂之外，都在做什麼？

我抬起頭，發現秦納正盯著我。「我們在妳看來一定十分卑劣可鄙。」他說。

他是從我臉上看見，還是會讀心術啊？不過，他講得沒錯。他們的墮落腐敗實在令人鄙夷。

「那不重要。」秦納說：「好，凱妮絲，來談一下開幕典禮上妳的裝扮。我的搭檔波緹雅是妳同行夥伴比德的設計師。我們目前的想法是，給你們穿上互相襯托的服裝。妳知道的，按照慣例，服裝要反映該行政區的特色。」

在開幕典禮上，你應該會穿上某種能代表你所屬行政區主要產業的服裝。第十一行政區，農業。第四行政區，漁業。第三行政區，各種工廠。換句話說，來自第十二行政區，比德跟我會裝扮成某種煤礦工人的模樣。由於布袋般的礦工連身衣褲沒什麼特別吸引人的地方，我們這區的貢品最後都會穿上短衣短褲，頭上戴著有頭燈的帽子。有一年，我們的貢品被脫個精光，全身沾滿黑色粉末，代表煤灰。情況總是很可怕，難以贏得觀眾的青睞。我已經準備好面對最糟的狀況。

「所以，我會穿礦工服嘍？」我問，希望那衣服不會太見不得人。

「也不盡然。是這樣，波緹雅跟我認爲，礦工的打扮實在被做爛了。穿那樣的話，沒人會記得妳。而我們兩個都認爲，我們的工作就是要讓第十二區的貢品令人永難忘懷。」秦納說。

我肯定會一絲不掛，我心裡想。

「因此，與其把焦點擺在挖煤礦上，我們認爲該把焦點擺在煤本身。」秦納說。

一絲不掛並且沾滿黑色粉末，我又想。

「我們拿煤來做什麼呢？拿來燒。」秦納說：「凱妮絲，妳不怕火吧？」他看著我臉上的表情，笑了。

幾個鐘頭後，我穿著一身在開幕典禮中若不是最轟動，就是最完蛋的服裝。我身上是一件從脖子連到腳踝的黑色彈性緊身衣，腳上穿著閃亮的皮製繫帶及膝長統靴。但這身服裝的特點，在於一件由一片片紅、橘、黃三色布料裁剪而成的輕飄飄的披風，以及與之搭配的頭飾。秦納打算在我們的馬車出場駛上街頭之前，點燃它們。

「當然，那不是眞的火，只是波緹雅跟我弄出來的人造火。妳絕對安全無虞。」他說。

但我還是不太相信，說不定等我們抵達市中心時，已經完全烤熟了。

相較之下，我臉上反而沒什麼妝，只有這兒那兒稍微強調一下。我的頭髮被梳直，然後像往常一樣編成一條辮子垂在背後。「我要觀眾在妳進入競技場之後，依舊認得妳。」秦納如夢似幻地說：「凱妮絲，燃燒的女孩。」

我腦中突然閃過一個念頭，在秦納冷靜與正常的外表下，隱藏著一個百分之百的瘋子。且不管今天早上對比德個性的新發現，當他出現時，我確實鬆了口氣，他的裝扮跟我一模一樣。他當了一輩子麵包師傅的兒子，應該對火有所認識。他的設計師波緹雅跟她的小組成員，伴著比德一起進來，每個人都對我們超炫的模樣興奮得發昏。只除了秦納。他在接受恭賀時，只顯得有點累的模樣。

我們飛奔下到重塑中心的底層，那裡實際上是個巨大的馬廄。開幕儀式快要開始了。一對對的貢品正被引導登上一輛輛由四匹馬拉著的馬車。我們的馬車漆黑如炭。那些馬受過精良的訓練，不需要有人握住轠繩來控制。秦納和波緹雅引導我們上了馬車，仔細調整我們的姿勢，弄好披風垂擺的樣式，再退開互相討論一番。

我悄聲問比德：「那個火，你覺得怎樣？」

「我會扯下妳的披風，如果妳也扯下我的。」他從齒縫中說話。

「就這麼辦。」我說。若我們動作夠快的話，或許我們能避免嚴重燒傷。但那還是很糟。無論我們狀況好壞，他們都會把我們丟進競技場裡。「我知道我們對黑密契保證過，不管他們說什麼我們都照做不誤，不過我想他沒考慮到這點。」

比德說：「不管怎樣，黑密契在哪裡？他難道不是應該保護我們遠離這樣的事嗎？」

「想到他灌下去的那些酒，說不定不要讓他靠近點燃的火焰是比較明智的。」我說。

我們兩個突然一起爆笑。我猜，飢餓遊戲原本已經讓我們很緊張了，而迫在眉睫，我們即將變成活生生的火炬，這事更嚇壞了我們，所以反應都失常了。

開幕音樂響起，迴盪在整個都城裡，很容易聽見。巨大的門滑開，展現出人潮洶湧的街道。這趟遊行約有二十分鐘，終點在市圓環，他們會在那裡歡迎我們，播放國歌，然後護送我們進入訓練中心。那裡將成爲我們的家，或說囚牢，直到比賽開始。

第一區的貢品出場，由四匹雪白的馬拉著馬車。他們是如此美麗，噴銀的裝束，高貴雅致的長外套上鑲滿閃爍的珠寶。第一區爲都城製造各種珍貴飾品。你可以聽見群眾歡呼的吼叫聲。他們向來是最受喜愛的一區。

第二區就位，緊隨在後。一眨眼，就輪到我們來到門前了，我可以看見陰沉沉的天空，傍晚來臨，天光正在轉暗。第十一區的馬車才剛出場，秦納便出現在我們面前，手裡拿著一把小火炬。「該我們了。」他說。我們還沒反應過來，他已經伸手點燃了我們的披風。我倒抽一口氣，等著燃燒的熱燙，卻只有輕微搔癢的感覺。秦納接著爬上馬車站在我們面前，點燃我們的頭飾。他放心地嘆了口氣：「眞的有效。」然後他伸出 隻手溫柔地托起我的下巴。「記住，抬起頭，微笑。他們會愛死妳的！」

秦納跳下馬車，又想到最後一點。他對我們喊了句話，但音樂淹沒了他的聲音。他又喊了一次，並比出手勢。

「他說什麼？」我問比德，看著他的同時，第一次察覺到，在燃燒的假火焰下，他極爲炫目。我必定也是如此。

「我想他是叫我們牽手。」比德說。他用左手抓住我右手，我們一起望向秦納以求確定。他點點頭並豎起拇指，我望他最後一眼，接著我們就被馬車拉進城了。

一開始，群眾被我們的外觀嚇了一跳，但隨即開始歡呼，並大喊：「第十二區！」每張臉都朝我們轉過來，把投給前三輛馬車的焦點全拉到了我們身上。起初，我整個人僵著，然後我看見一片巨大的電視螢幕上呈現出我們的樣子，美得驚人，美得令人屏息。在深濃的暮色中，火光照亮了我們的臉。飄動的披風讓我們像是拖曳著一串滾滾燃燒的火焰前進。秦納給我們畫淡妝是對的，那不但讓我們倆顯得更動人，而且讓人能輕易認得我們。

記住，抬起頭，微笑。他們會愛死妳的！我腦中迴盪著秦納的聲音。我把下巴稍微抬高一點，露出我最能贏得人心的笑容，並揮舞我那隻沒被握住的手。現在，我很高興有比德讓我抓著保持平衡。他是如此沉著穩定，簡直像石頭一般堅固。隨著信心漸增，我實際上還送了幾個飛吻給圍觀的群眾。都城的人民爲之瘋狂，花朵如雨般對我們灑來。他們甚至費心從節目單上找到我們的名字，然後大聲呼喚我們。

轟隆隆的樂聲、歡呼聲、讚美聲，不知怎地就這樣湧進我的血液中，我無法抑制我的興奮。秦納給了我一個極大的優勢，沒有人會忘記我。不是我的樣貌，不是我的名字。是凱妮絲，燃燒的女孩。

我第一次感覺有一絲希望在心中升起。群眾中肯定會有人願意當我的資助人！只要一點點額外的幫助，一些食物，對的武器，我何必認爲自己在飢餓遊戲中已經出局了呢？

有人對我拋來一朵紅玫瑰，我接住，細緻優雅地嗅了嗅，然後對贈花人的大致方向送個飛吻。有數百隻手高舉起來接我的吻，彷彿那吻是個眞實具體之物。

「凱妮絲！凱妮絲！」我聽見四面八方的人都在呼喚我的名字，每個人都要我的吻。

直到我們進入市圓環，我才察覺我把比德的手捏得如此之緊，一定完全阻斷了它的血液循環。我低頭看著我們交纏的手指，鬆開了我的手，但他立刻緊抓住我。「不，別放開我。」

他說。火光在他藍色的眼瞳中閃爍。「拜託，我可能會跌下馬車去。」

「好。」我說。於是我繼續握著他的手，卻忍不住對秦納要我們牽在一起這一點感到奇怪。先呈現我們是同一組的，然後再把我們關進競技場彼此殘殺，這是蠻不公平的事。

十二輛馬車排滿了市圓環的廣場。環繞著圓環的那些建築物，每個窗戶都擠滿了都城最有聲望的人士。我們的馬車將我們拉到史諾總統官邸的正前方，停下來。音樂也奏出絢麗的尾聲。

總統是個瘦小、一頭白髮的人，他從我們上方的露台發表正式的歡迎詞。按照傳統，總統致詞時，鏡頭應該要逐一掃視所有貢品的臉。但我可以看見螢幕上，我們佔據了超過該有的時間。天色越暗，你就越難把眼睛從我們身上閃爍的火光移開。當國歌響起，他們確實盡力迅速繞一圈，給每對貢品一個鏡頭，但當所有的馬車繞著圓環走最後一圈，然後進入訓練中心消失在眾人面前時，攝影機鏡頭始終對準第十二區的馬車。

門才在我們背後關上，預備小組已經把我們包圍了，他們劈里啪啦一連串的讚美，讓人幾乎聽不懂是在說什麼。我環視一圈，注意到許多其他組的貢品對我們射來妒恨的目光。這確認了我所猜想的，我們的確令眾人相形失色。秦納和波緹雅出現在我們眼前，扶我們下馬車，小心地除下我們的披風與頭飾。波緹雅用一小罐噴霧劑滅了那些火。

我發覺自己的手還跟比德緊黏在一起，這才勉力把僵硬的手指鬆開來。我們都立刻揉起自己的手。

「謝謝妳握緊我。剛才在場上我忍不住有點發抖。」比德說。

「一點也看不出來。」我告訴他：「我相信沒人注意到。」

「我確定大家除了盯著妳看，別的事都沒注意到。妳應該更常穿戴火焰才對。」他說：「它們眞的很適合妳。」然後他給了我一個看來極爲眞誠，帶著恰到好處的羞澀微笑。出乎我的意料之外，一股暖流唰地貫穿我全身。

我腦中警鈴大響。**別蠢了！比德正計畫著要怎麼宰了妳**。我提醒自己，**他正在引誘妳變成一個容易下手的獵物。他越討人喜歡，就越致命**。

但這一套又不是只有他能玩。我踮起腳親吻他的臉。就親在那塊瘀青的地方。

6

訓練中心裡有一座高塔，是專門爲貢品及其支援小組打造的。在遊戲眞正開始之前，這座塔就是我們的家。每個行政區擁有一層樓。你只要走進電梯，按下你行政區號碼的樓層就行。簡單好記。

在家鄉時，我搭過兩次司法大樓裡的電梯。一次是去領我爸捐軀的勳章，另一次是昨天跟家人朋友做最後道別時。那部電梯是個昏暗、嘰嘰嘎嘎響的東西，慢得像蝸牛，有股酸臭味。這裡的電梯，牆面是水晶玻璃，搭乘時可隨著你咻地升高而看見地面的人霎時縮小如蟻。眞是太好玩了，我差點要問艾菲·純克特我們能不能再搭一次，但那好像太孩子氣了。

艾菲·純克特的伴護責任顯然沒在到站時結束。她和黑密契將繼續監護我們，直到我們進入競技場。在某種程度上，那可算是好事，因爲你至少可以指望她會準時把我們驅趕到該去的地方。至於黑密契，從在火車上答應幫助我們後，就不見人影了。他說不定是醉倒在什麼地方。但另一方面，艾菲·純克特似乎太亢奮了。我們是她的伴護史中，第一對在開幕典禮上搶盡鋒頭的人。她不單稱讚我們的裝扮，還誇獎我們的表現。並且，瞧她那副模樣，顯然都城裡該認識的人她都認識，還整天在他們面前談論我們，想替我們爭取資助人。

「可是我總是故作神祕，」她說，半瞇著眼：「因爲黑密契根本懶得告訴我你們的策略。不過我已經就我所知盡力而爲了。我告訴大家，凱妮絲如何地爲妹妹犧牲，你們兩個如何地努力上進，不像你們那一區那些人那樣落後野蠻。」

野蠻？這話從一個幫忙準備把我們送入屠宰場的女人嘴裡說出來，還眞諷刺。而且，她基於哪點認爲我們上進？我們的餐桌禮儀嗎？

「當然，每個人都有所保留。你們畢竟來自煤礦區。不過，我說——我覺得我這說法眞是聰明極了——我說：『如果你給煤施加足夠的壓力，它會變成珍珠。』」艾菲眉開眼笑地看著我們，讓我們對她的自以爲聰明，不得不報以熱情的附和，雖然她說的完全錯誤。

煤不會變成珍珠。珍珠是長在蚌殼裡。也許她是要說煤變成鑽石，但那也不對。我聽說在第一區，他們有一種機器能把石墨變成鑽石。但在第十二區我們不挖石墨。那是第十三區在被毀滅之前的生產項目之一。

我懷疑那些她費了整天力氣打交道的人，會知道或關心這一點。

「可惜我沒辦法幫你們敲定資助人。只有黑密契能。」艾菲苦著臉說：「不過別擔心，必要的話，我會拿槍逼他坐下來談妥這件事。」

艾菲．純克特雖然樣樣不行，卻肯定有種令我佩服的決心。

我住的房間比我家整個房子還大，而且跟火車包廂一樣，豪華極了，也有許多自動化的小玩意。那些按鈕，我想我恐怕沒時間一一去測試。單單是淋浴的儀表板上，就有上百個選項，供你選擇調節水溫、水壓、肥皂、洗髮精、香味、精油，及按摩海綿。當你離開浴缸站到外頭的墊子上，會有一股熱風吹乾你的身體。還有，我也不用跟打結的濕頭髮纏鬥，只要把手擱在一個盒子上，它會立刻送出一股氣流穿過我的頭皮，把我糾結的頭髮解開、分散、吹乾，讓頭髮如光滑的簾幕般垂在肩膀四周。

我可以依照自己的喜好，設定更衣室裡衣物的擺放。窗戶會在我的命令下，拉近放大或拉遠縮小城市的局部景觀。你只要對著巨大菜單上的送話口，輕聲說出你要哪種食物，不到一分鐘，它就會出現在你面前，還冒著騰騰的熱氣。我邊吃著鵝肝和鬆軟的麵包，邊繞著房間四處看，直到敲門聲響起。艾菲．純克特來叫我去吃晚飯。

好極了。我餓扁了。

我們進入餐廳時，比德、秦納和波緹雅站在一處陽台上俯瞰都城。在聽說黑密契要加入我們一起用餐後，我分外高興看見兩位設計師也在場。一頓由艾菲和黑密契主導的飯局，肯定會變成一場災難。再說，這頓晚餐的目的不眞是吃飯，而是構思我們的策略，秦納與波緹雅已經證明他們多有價值。

有個穿著白色袍服的沈默的年輕人，給我們送上裝在高腳杯裡的酒。我本來想婉拒，但想到我除了嚐過我媽爲了治咳嗽所調製的藥酒，從未喝過酒，況且，我什麼時候才會再有機會嚐到？我輕啜一口那辛辣、苦澀的酒，暗暗想著加幾匙蜂蜜會好喝得多。

黑密契在晚餐開始端上桌時出現。他看起來像有自己的設計師打理過，不但整齊乾淨，而且看來是清醒的——起碼我沒見過他這麼清醒。他沒拒絕送上的酒，但當他開始喝湯，我才想到這是我頭一次看見他吃東西。也許，他眞的會打起足夠的精神來幫助我們。

秦納和波緹雅似乎對黑密契與艾菲起了教化作用。至少，他們對彼此彬彬有禮，並且異口同聲稱讚我們的設計師在開幕典禮中的表現。他們閒聊時，我專心吃飯。蘑菇湯、帶苦味的生菜搭配小如豆子的番茄、烤半熟的牛肉切得薄如紙片、調綠色醬汁的麵、入口即化的乳酪搭配香甜的紫葡萄。服務人員無聲地在我們桌旁行走伺候，保持我們杯盤盈滿。他們跟那位倒酒的人一樣，全是穿著白色袍服的年輕人。

那杯酒我喝了差不多一半時，頭開始昏，因此我改喝水。我不喜歡那種感覺，希望它快點消失。黑密契怎麼受得了成天昏頭暈腦地四處走動，眞是令人不解。

我試著專心聽他們談話，話題已轉到我們接受訪問時的裝扮。這時有個女孩把個漂亮極了的蛋糕端上桌，熟練地點燃它。蛋糕轟地燒起來，接著火焰繞著邊緣燒成一圈，好一會兒才整個熄滅。我疑惑了一下。「是什麼讓它燒起來的？酒精嗎？」我說，抬起頭來看那女孩：「那是我最不——噢！我認得妳！」

我一時之間想不起來是幾時看過這張臉，或女孩叫什麼名字，但我肯定見過。暗紅色的頭髮，突出的輪廓，瓷白的肌膚。但就在脫口說出這句話的同時，我心裡緊了一下，升起一股焦慮與罪惡感。雖然說不上來是怎麼回事，卻知道跟她有關的記憶令人不舒服。她臉上閃過的驚恐表情，只令我更糊塗與不安。她迅速搖頭否認，快步離開。

當我回過頭來，四個大人像鷹似地盯著我看。

「別荒唐了，凱妮絲。妳怎麼可能認識一個『去聲人』？」艾菲急促道：「想也知道。」

「什麼是去聲人？」我愚蠢地問。

「某種犯了罪的人。他們切除了她的舌頭，所以她不能講話。」黑密契說：「她應該算是叛徒。妳不可能認識她。」

「就算妳認識，也不該跟他們講話，除非是下達指示。」艾菲說：「當然，妳不可能真的認識她。」

但我的確認得她。在黑密契提到**叛徒**一詞後，我想起是在哪裡見過她了。但我絕不能講，絕不能承認這件事。「不，我想我沒見過，我只是——」我結巴起來，因酒而混沌的腦袋讓我更擠不出話來。

比德啪地打了個響指：「蝶麗．卡賴特，就是她。我也一直覺得她看起來面熟。現在我想起來了，她長得酷似蝶麗。」

蝶麗．卡賴特是個肉餅臉、黃頭髮、粗笨的女孩，跟這位服務我們的女孩比起來，根本是甲蟲比蝴蝶。但她或許是這世界上最友善的人——在學校裡對每個人始終都是笑咪咪的，連對我也是。我不曾見紅髮女孩笑過。但我馬上接受比德的說詞，內心充滿感激。「沒錯，我就是想到她。一定是頭髮的緣故。」我說。

「眼睛也像。」比德說。

餐桌上的張力鬆弛下來。「噢，原來如此。」秦納說：「還有，沒錯，這蛋糕是有酒，不過酒精都已經燒光了。我是爲了你們火熱的首演，特別訂了這蛋糕。」

我們吃了蛋糕，然後移駕到起居室去看正在播放的開幕典禮重播。有其他幾對貢品也給人極佳的印象，但都不能跟我們比。當鏡頭照到我們離開訓練中心出場時，就連我們這一夥人也發出「哇啊！」的叫聲。

「牽手是誰的主意？」黑密契問。

「秦納。」波緹雅說。

「恰到好處的叛逆感。」黑密契說：「非常好。」

叛逆？這我得好好想想。但當我想起其他那些成雙成對的人，都是分開各自僵硬地站著，完全沒碰一下對方或起碼互相點頭致意，彷彿他們的貢品同件是不存在的，彷彿遊戲已經開始，我懂得黑密契的意思了。把我們呈現得像朋友而非敵手，效果就像我們的一身火焰裝，一下子把我們從眾人之中區別出來。

「明天早上是訓練的第一堂課。在早餐時跟我碰面，我會確切告訴你們要怎麼玩這場遊戲。」黑密契對比德跟我說：「現在，大人要講話，小孩子乖乖去睡覺。」

比德和我一同起身，穿過走廊前往我們的房間。走到我房門口時，他側身倚在門框上，沒完全擋住我進門，但擺明要我注意他。「好吧，蝶麗．卡賴特。想像一下發現她有個雙胞胎姊妹在這兒的情景。」

他在要求我給個解釋，我也很想告訴他。我們都曉得他幫我掩飾了過去。因此，我再次欠了他情。如果我告訴他有關那女孩的眞相，或許我們能夠就此扯平。反正不會有大礙，不是嗎？就算他告訴別人這故事，也不會對我造成什麼傷害。那不過是件我曾經目睹的事。況且，他跟我一樣扯了蝶麗·卡賴特這個謊。

我這才明白自己想跟某個人談談這女孩，某個能幫我釐清那段經歷的人。蓋爾會是我的首選，但我再見到他的機會很渺茫。我試著思考告訴比德這件事會帶給他哪些勝過我的優勢，但我想不出來。也許，表現出互相信任，真的能讓他相信我視他為朋友。

再說，知道那女孩被割掉舌頭，確實嚇壞了我。她讓我想起自己何以身在此地。不是為了穿華服吃美食，而是要在比賽中慘死，還得聽觀眾大聲催促著宰殺我的人下手。

說還是不說？我的腦袋仍因酒精而遲鈍。我瞪著空蕩蕩的長廊的盡頭，彷彿答案擺在那兒。

比德注意到我在遲疑。「妳上去過天台嗎？」我搖搖頭。「秦納帶我上去過。實際上妳可以從那裡看見整座城市，不過風有點大就是。」

我在腦中把這話翻譯為「沒有人會聽見我們的談話」。在這裡，你的確會有一種受到監視的感覺。「我們可以就這樣上去嗎？」

「當然，來吧。」比德說。我跟著他走向一道通往天台的樓梯，盡頭是個圓頂小房間，有扇通往戶外的門。一踏入寒涼多風的夜裡，眼前的景色讓我屏住了呼吸。都城閃爍的燈火，像是廣大的原野中布滿了螢火蟲。電力在第十二區來了就走，通常我們一天只有幾小時有電。常常，夜晚是在燭光中度過。唯一保證會有電的時間，是他們轉播飢餓遊戲，或政府有什麼重要消息藉由電視播放，規定一定要看的時候。但這裡肯定從來不會有電力短缺這回事。

比德和我走到天台邊上的欄杆旁。我筆直朝下望向這棟建築旁邊的街道，鬧哄哄擠滿了人。你可以聽見他們的車聲，偶爾一兩聲喊叫，以及奇怪的金屬叮噹聲。在第十二區，這時候我們全都準備上床睡覺了。

「我問過秦納，爲什麼他們讓我們上來這裡。難道他們不擔心，或許有的貢品會從這裡跳下去？」比德說。

「他怎麼說？」我問。

「你辦不到。」比德說著，把手伸向看似空無一物的前方。空氣中響起吡的一聲，他的手猛地抽回。「某種電網會把你彈回天台來。」

「永遠會顧慮到我們的安全。」我說。雖然秦納帶比德上來過天台，我卻懷疑我們這時候該上來這裡，很晚了，且就我們兩人。過去我從未見過貢品在天台頂上。但那不表示我們講話沒人監聽。「你想，他們此刻在看著我們嗎？」

「也許。」他承認。「來看花園。」

在圓頂的另一邊，他們鋪設了一片花圃及盆栽樹木，樹枝上掛著幾百串風鈴，說明了我聽到的叮噹聲。身處這樣一個花圃，在這樣一個風不斷吹拂的夜裡，那叮噹聲肯定足以淹沒我們談話的聲音。比德滿臉期待地望著我。

我假裝察看一朵盛開的花，同時悄聲說：「有一天，我們在森林裡打獵，埋伏著等獵物出現。」

「妳跟妳爸？」他低聲回話。

「不，是跟我朋友蓋爾。突然間，所有的鳥叫聲一下全停了，只有一隻例外。那隻鳴叫的鳥彷彿是在發出警告。然後我們就看見她。我確定是同一個女孩，還有個男孩跟她在一起。他們的衣服很破爛，臉上有明顯的黑眼圈，顯然很久沒睡了。他們拼命奔跑，像在逃命。」我說。

我沉默了片刻，想起當時看見那兩個陌生孩子的景象，兩個明顯不是來自第十二區的孩子，沒命似地在林中飛奔，讓我們不由得呆住。稍後，我們曾想過幫他們逃脫的可能性。也許我們能。如果我們動作夠快，是能把他們藏起來。沒錯，當時蓋爾跟我是嚇呆了，但我們兩個是獵人，我們知道動物處於走投無路的絕境時，是什麼樣子。我們一看到那兩個孩子，立刻知道他們有麻煩。但我們只是旁觀。

「那艘氣墊船突然憑空出現。」我繼續對比德說：「我是說，前一刻天空還什麼都沒有，下一秒它就在那裡了，沒發出半點聲響，但他們看見它了。一張網子落到那女孩身上把她拉上去，非常快，像這裡的電梯那麼快。他們對那男孩射出某種連著纜繩的刺槍，也把他吊了上去。但我確定他已經死了。我們聽見那女孩慘叫了一聲，我想是喊那男孩的名字。接著氣墊船就不見了，消失得無影無蹤。然後鳥兒又開始歌唱，彷彿什麼事也沒發生過。」

「他們看見妳了嗎？」比德問。

「我不知道。我們躲在一塊大石頭底下。」我回答。但我其實知道。在那隻鳥發出警訊，但氣墊船還沒出現之前的片刻，那女孩看見了我們。她雙眼鎖住我，發出求救訊息。但蓋爾跟我都沒反應。

「妳在發抖。」比德說。

夜風和這故事，吹走了我身上所有的溫暖。那女孩的慘叫，是她發出的最後一個聲音嗎？

比德脫下他的外套裹在我肩上。我本來要退開的，但結果還是隨他了，決定這時候還是接受他的外套跟仁慈吧。朋友都會這麼做的，不是嗎？

「他們是這裡人？」他問，同時幫我把外套領子扣上。

我點頭。那男孩跟女孩，有都城人的模樣。

「妳猜他們是要逃去哪裡？」他問。

「我不曉得。」我說。第十二區可說是有人煙的最後邊界了。再過去，如果不把被毒氣彈摧毀，至今仍冒著毒煙的第十三區算在內的話，剩下的只是一片荒野。他們偶爾會在電視上播出第十三區的慘狀，作爲一種提醒。「我也不知道他們爲什麼要離開這裡。」剛才黑密契把去聲人叫作叛徒。反叛什麼呢？唯一的可能是反叛都城。但在這裡他們什麼都有，沒理由反叛啊？

「我寧可離開這裡。」比德脫口說道。然後他緊張地轉頭四顧。他那句話聲音大到風鈴蓋不住。他笑了，說：「如果他們允許的話，我現在寧可回家。不過妳得承認，這裡的食物眞是一流的。」

他又掩飾了過去。如果你只聽到剛才這句話，它聽起來就像一個嚇壞了的貢品會說的話，而不是某人對都城不容質疑的善意起了疑心。

「越來越冷了，我們最好進去。」他說。圓頂屋內溫暖又明亮，他以聊天的口吻說：「妳說的朋友蓋爾，就是在抽籤後把妳妹妹抱開的那個人嗎？」

「是啊，你認識他？」我問。

「不算認識。我常聽到女生在談論他。我以爲他是妳堂哥或表哥之類的。你們倆看起來有點像。」他說。

「不，我們不是親戚。」我說。

比德點點頭，神情讓人猜不透。「他有去跟妳道別嗎？」

「有。」我說，小心地觀察他的神色。「你爸爸也來了。他帶了餅乾給我。」

比德揚起眉毛，彷彿不曉得這事。但在看過他能把謊話說得那麼流暢之後，我不怎麼相信他眞的不曉得。「眞的嗎？嗯，他很喜歡妳跟妳妹。我認爲他很想要有個女兒，而不是一屋子擠滿了男生。」

想到我竟然是他們談論的話題，在餐桌旁，在烤爐邊，在比德的家中，這實在令我太意外了。那一定是在他媽媽不在場的時候。

「我爸小時候認識妳媽，那時他們都還是孩子。」比德說。

又一個驚奇。不過恐怕是眞的。「對喔，她是在鎮上長大的。」我說。要說她除了稱讚麵包師傅的麵包之外，從沒提過他，似乎很不禮貌。

我們已經來到我房門口，我把外套還給他。「明天見嘍。」

「明天見。」他說，朝長廊那端走去。

當我打開房門，那紅髮女孩正在收拾我去洗澡前，脫了扔在地板上的緊身衣跟靴子。我想對稍早可能會爲她惹來麻煩的事道歉，但又記起來，除非是對她下達命令，我不該跟她說話。

「噢，對不起。」我說：「我應該把它們收拾好還給秦納的。眞對不起。可以請妳把它們拿去還給他嗎？」

她避開我的眼睛，輕輕點了下頭，直接走出門去。

我其實是想爲自己晚餐時的失態道歉，但我知道這道歉有更深的含意。我對自己在森林裡完全沒嘗試幫助她，只是冷眼旁觀，看著都城殺掉那男孩並殘害她，感到十分羞愧。

正如我過去冷眼旁觀飢餓遊戲。

我踢掉鞋子，衣服沒脫便爬上床，縮進床單底下。我還在發抖。也許那女孩根本不記得我。但我知道她記得。你不會忘記自己最後寄予希望的那個人的臉。我拉起床單把頭蓋住，彷彿這樣能保護我，不叫那不能說話的紅髮女孩看見我。但我可以感覺到她雙眼穿透層層的牆與門，穿透這床單，瞪著我。

我好奇想著，她會不會樂於觀看我在競技場中死亡。

7

這夜的昏睡充滿了擾人的夢。紅髮女孩的臉，過往飢餓遊戲的血腥畫面，退縮到無法觸及之處的媽媽，逐漸消瘦與嚇壞了的小櫻，全部交織糾纏在一起。我脫口尖叫著要我爸快逃，同時礦坑轟地炸成無數致命的閃亮光點。

晨曦正透進窗戶。都城的空氣霧濛濛，像鬧鬼似的。我頭很痛，而且夜裡我一定咬了自己的口腔內側。我用舌頭探了探那鋸齒狀的腫塊，嚐到了血腥。

我慢慢拖著身體起床，走進浴室洗澡。我隨便亂按了儀表板上的幾個按鈕，結果是冰冷跟滾燙的水柱交替對我噴來，搞得我不停跳來跳去。接著我被檸檬味的泡沫給淹沒，害我得用一把大鬃刷拼命刷才能洗乾淨。好啦，這至少有個好處，我的血液又開始流動了。

當我被吹乾、抹上乳液，出了浴室，我發現更衣室門口掛了套要我穿的衣服。緊身黑長褲，酒紅長袖短外套，以及皮鞋。我把頭髮編成一條辮子垂在背後。這是在抽籤日之後，頭一次我看起來像自己。沒有花俏的髮型跟衣服，沒有冒火的披風。就只有我而已，看起來像要出門去林子裡打獵。這讓我平靜了下來。

黑密契沒告訴我們幾點碰面吃早餐，也沒人來叫我，可是我已經餓了，所以我朝餐廳走去，希望那裡有東西可吃。果然沒令我失望。餐桌上是空的，但一旁的長桌上起碼擺了二十盤不同的食物。有個年輕人，去聲人，站在那堆食物旁準備服務。我問可不可以自己拿，他點頭認可。我裝了一滿盤的蛋、香腸、抹著厚厚一層橘子果醬的鬆糕，跟好幾片淺紫色的甜瓜。在狼吞虎嚥的同時，我看著太陽升起照耀都城。我的第二盤是熱米飯淋上一堆燉牛肉。最後，我拿了一盤麵包，學比德在火車上那樣，把它們撕成小塊蘸熱巧克力吃。

我的思緒神遊到我媽跟小櫻身上。她們一定已經起床了。我媽在煮早餐的玉米粥，小櫻趁上學之前在擠山羊奶。兩天前的早晨，我還在家。我沒算錯吧？沒錯，才兩天。現在，即使從這麼遠的地方，我都可以感覺到那房子如今顯得何等空蕩蕩。昨晚，她們對我在飢餓遊戲中的首演有什麼感覺呢？給了她們希望？還是因爲看見二十四位貢品繞成一圈，明白只有一位會活下來，反而使她們更害怕？

黑密契跟比德走進來，向我道了早安，便去拿食物。看見比德穿得跟我一模一樣，讓我不爽起來。我得跟秦納談談。一旦遊戲開始，這種情人裝的戲碼準會失靈。他們肯定知道這一點。然後，我想起黑密契說的，設計師叫我做什麼就乖乖做什麼。如果不是秦納，而是別的什麼人，我大概會違抗這樣的安排。但在經過昨晚的大獲全勝後，我好像沒什麼空間去批評他的選擇。

對接下來的訓練，我很緊張。有三天的時間，所有的貢品會聚在一起練習。最後一天下午，我們都有機會單獨在遊戲設計師面前展露自己的專長。想到要跟其他的貢品面對面，就讓我緊張到反胃。我翻來覆去玩弄著手中剛從籃子裡拿來的麵包，已經沒有胃口了。

黑密契在吃下幾盤燉牛肉後，滿足地吐了口氣，推開盤子。他從口袋裡掏出一個瓶子，一口氣灌下不知多少，然後身體向前傾，把兩個手肘擱在桌上。「好，來談正事。訓練。頭一件，你們想要的話，我可以分開個別指導你們。現在決定。」

「你爲什麼會想要分開個別指導我們？」我問。

「萬一妳有什麼祕技不想讓對方知道，這樣不是比較好？」黑密契說。

我跟比德交換了個眼色。「我沒什麼祕技。」他說：「而且我也已經知道妳擅長什麼。我是說，我吃過很多妳的松鼠。對吧？」

我從沒想過比德會吃我獵到的松鼠。不知怎地，我總是想像麵包師傅躲開大家，悄悄把松鼠料理了，然後自己吃。不是因爲他貪心，而是因爲鎮上人家通常都會吃屠夫賣的昂貴肉品，牛肉、雞肉或馬肉。

「你可以同時指導我們兩個。」我告訴黑密契。比德點點頭。

「好，那給我點概念，你們會做什麼？」黑密契說。

「我什麼也不會。」比德說：「除非你認爲烤麵包也算數。」

「抱歉，那不算。凱妮絲，我已經知道妳刀用得不錯。」黑密契說。

「並沒有。不過我會用弓箭打獵。」我說。

「很厲害嗎？」黑密契問。

這我得想想。四年來，我讓家裡餐桌上不缺食物，這可不是簡單的事。我是不像我爸那麼厲害啦，但他操練的機會比我多太多。我比蓋爾射得準，但那也是因爲我練習得比他多。蓋爾是設陷阱跟繩套的天才。「我想還不錯吧。」我說。

「她超厲害的。」比德說：「我爸都買她的松鼠。他每次都說她箭射得有多準，一箭射中松鼠的眼睛，從來沒傷到身體的部位。她賣給屠夫的兔子也一樣。她甚至還獵到過鹿。」

比德如此評價我的技藝，令我大吃一驚。第一，他竟知道這些事。第二，他竟在吹捧我。「你這是在幹嘛？」我滿心猜疑地問。

「妳又在幹嘛？如果他要幫妳，他得知道妳有什麼本事。別低估妳自己。」比德說。

不曉得爲什麼，這話惹火了我。「那你咧？我在市場上看過你。你可以一口氣扛起上百磅的袋裝麵粉。」我對他不客氣地說：「跟他說啊，那可不是什麼不值一提的事。」

「對，我相信競技場裡會堆滿一袋袋的麵粉讓我拿來砸人。」他對我吼回來：「妳明知道這跟會使用武器不一樣。」

「他會摔角。」我告訴黑密契：「去年在我們學校的比賽裡，他得了第二，只輸給他哥哥。」

「那又有什麼用？妳見過幾次有人用摔角把對方摔死的？」比德不悅地說。

「總是會有徒手搏鬥的時候。到時候你只要身上有把刀，就大有機會。如果我被人撲倒在地，我就死定了！」我聽見自己的聲音因憤怒而提高。

「但妳不會！妳會爬到樹上，把松鼠生吞活剝，並用箭把底下的人一一幹掉。」比德衝口而出：「妳知道我媽來跟我道別時說什麼嗎？她說，也許第十二區終於要出個贏家了。她這話像是要鼓舞我，但我隨即明白，她不是在說我，她是在說妳！」

「噢，她是在說你啦。」我揮著手駁斥道。

「她說：『那孩子，她是個天生的生存者。』**她**！」比德說。

這話讓我一下子愣住了。他媽媽眞的這樣講我嗎？她眞的認爲我比她兒子厲害？我看見比德眼中的痛苦神色，曉得他沒騙人。

突然間，我又回到了麵包店的後巷，我可以感覺到冷雨流過背脊，肚子裡空無一物。當我開口時，聽起來像只有十一歲：「可是，那是因爲有人幫助過我。」

比德的眼睛掃過我手裡的麵包，因此我知道他也記得那一天。但他只聳聳肩。「進到競技場之後，很多人會幫助妳。他們會爭先恐後來當妳的資助人。」

「不會比你多。」我說。

比德對黑密契翻了翻白眼，說：「她對自己擁有多大的影響力，毫無概念。」他的指甲循著桌面的木紋滑動，拒絕看我。

天曉得他這話是什麼意思？人們會幫助我？我們快要餓死的時候，可沒有半個人來幫助我！除了比德，沒有任何人。一旦我有了東西可以交換後，情況就改觀了。我是個難纏的交易者。我是吧？但我有什麼影響力？我豈非又弱又窮？難道他的意思是，我買賣做得好，是因爲人家可憐我？我試著思忖這話的眞實性。也許，有些商家在跟我交易時是大方了點，但我總是歸功於他們長久以來跟我爸建立的關係。再說，我打到的獵物是頭等的。沒人可憐我！

我怒目瞪著手裡的麵包，確定他是故意羞辱我。

如此僵持了大約一分鐘，黑密契開口說：「嗯哼。好了，好了，凱妮絲，到了競技場裡，可不保證會有弓箭，不過等妳單獨面對遊戲設計師時，要把妳的本事秀給他們看。在那之前，別展現妳的箭術。妳對設陷阱在行嗎？」

「我懂得安一些基本的繩套。」我喃喃道。

「對找食物來說，這本事可重要了。」黑密契說：「還有，比德，她說得對，絕對不要低估力氣在競技場裡的作用。身體的力量常會讓一個參賽者大佔便宜。在訓練中心裡，他們會有舉重器材，但別在其他貢品面前顯露出你能舉多重。我對你們兩個的計畫是一樣的。你們去參加團體訓練，花時間學一些你們不會的東西。擲標槍，耍釘錘，學習打個漂亮的結。保留你最厲害的本事，等到單獨面試時再秀出來。清楚了嗎？」黑密契說。

比德跟我點點頭。

「最後一點，我要你們倆在公開場合中，每一分鐘都在一起。」黑密契說。我們才要開口反對，黑密契一巴掌拍在桌上：「每一分鐘！不准討價還價！你們已經同意照我的話做！你們倆得在一起，並表現出互相友愛的樣子。現在給我出去。十點準時跟艾菲在電梯口碰頭，去上訓練課程。」

我咬著唇氣嘟嘟地走回房間，確定比德聽見我甩門的聲音。我坐在床上，痛恨黑密契，痛恨比德，痛恨自己提起多年前那個下雨天。

比德跟我得繼續假裝是朋友！讚揚彼此的優點，堅持對方的本事值得肯定。這眞是個大笑話！因爲，事實上，到了某個命定的時刻，我們肯定要停止做朋友，承認彼此是死敵。如果不是黑密契那愚蠢的指示，要我們在訓練期間黏在一起，我現在就會開始把他當對手看待。我猜這都是我的錯，告訴他不必把我們分開個別指導。但那不表示我不管做什麼都願意跟比德在一起啊。何況比德顯然也不想做我的搭檔。

我聽見比德的聲音在我腦中迴盪。**她對自己擁有多大的影響力，毫無概念**。他擺明是在講反話，對吧？但我心裡有一小塊地方又覺得他眞的是在讚美我。他的意思是說，我具有某種魅力。這眞詭異，他竟知道我那麼多。譬如他注意到我打獵這件事。還有，顯然我也不像自己所想的那麼不注意他。麵粉。摔角。我默默記下了那個給我麵包的男孩的事。

差不多快十點了。我刷了牙，把頭髮再重新梳齊綁好。剛才，怒氣暫時阻斷了我對跟其他貢品碰面的緊張。但現在我又開始感到自己的焦慮正在上漲。等到我跟艾菲及比德在電梯口會合時，我發現自己竟在咬指甲。我立刻停止。

訓練場所實際上是在這棟建築的地下室。有這種高速電梯，我們不到一分鐘就到了。門一打開，是個巨大的體育館，裡面擺滿了各種武器，四處有超越障礙的訓練區域。雖然還不到十點，我們卻是最後到的。其他的貢品聚成一圈，充滿緊繃的張力。他們每個人身上都別了一塊寫著自己行政區號碼的方形布。就在有人在我背後別上寫著12的布塊時，我迅速地打量了一圈。只有比德跟我穿得一模一樣。

我們一加入圈子，一位高大、運動員體型，名叫阿塔菈的女人，也就是我們的總教練，跨步上前，開始解說訓練課程。每一種專門技能的教練會待在他們的崗位上，有的教求生技能，有的教戰鬥技巧。我們可以按照自家導師的指示，隨意往來我們選擇的區域。我們禁止跟其他貢品做任何形式的打鬥練習。如果我們想練習，場邊有助理人員可當我們的對手。

當阿塔菈開始介紹一共有哪些技能站，我雙眼忍不住左右掃瞄其他貢品。這是我們第一次集合，都穿著簡單的衣服，站在平坦的地面。我的心往下沉。幾乎所有的男孩，以及至少一半的女孩，身材都比我高大。不過，也有不少貢品看起來營養不良。你可以從他們的骨架、皮膚及呆滯的眼睛看出來。我可能天生骨架小，但整體來說，我們家就是有本事使我在體能上佔優勢。我站得筆直，雖然瘦，卻很強壯。從森林裡弄來的肉類跟野菜，再加上要弄到它們所費的工夫，都讓我比周遭絕大多數的人健康。

那些例外的人，是來自較富裕地區的孩子，是自願者，他們一輩子吃飽睡好又從小接受訓練，爲的就是這一刻。來自第一、第二及第四區的貢品，一如往昔，外表看起來就是這種孩子。嚴格說來，在貢品抵達都城之前就訓練他們，是違反規定的，但這事每年都有。在第十二區，我們叫這些人「專業貢品」，或簡稱「專業的」。看來，最後的贏家多半是他們當中的一個。

我昨晚火光四射地登場，使我在進入訓練中心時擁有的那麼一點優勢，似乎在這些競爭者面前消失了。其他貢品都嫉妒我們，不是因爲我們令人驚奇，而是因爲我們的設計師令人驚奇。現在，我只看到那些專業貢品所投來的輕蔑一瞥。每一瞥都像千斤重般砸在我身上。他們渾身散發出傲慢與殘暴的氣息。當阿塔菈叫我們解散，他們直接走向體育館中那些看起來最致命的武器，並且輕而易舉地耍弄起來。

我正想著幸好我是個飛毛腿時，比德輕輕撞了一下我的手臂，害我嚇一跳。他按照黑密契的指示，還待在我身邊。他神情冷靜，說：「妳想從哪裡開始？」

我環顧那些正在賣弄本事的專業貢品，他們很顯然是在威嚇整個場子。而那些營養不良、沒有能力的人，正顫抖著展開他們的第一堂用刀或使斧的課程。

「我們去學結繩好了。」我說。

比德說：「好，來吧。」我們朝空無一人的結繩站走去，那個教練看來很高興自己有了學生。你會有種感覺，結繩不是飢餓遊戲中的熱門課程。當教練明白我懂一些繩套後，他教我們安置一個既簡單又漂亮的陷阱，可以把競爭對手一腳吊起倒掛在樹上。我們專注在這項技巧上，學了大約一小時，直到我們倆都極為熟練為止。然後我們去學偽裝。比德似乎真心喜歡這一站，不停把一堆泥巴、黏土和各種莓汁混合成的東西塗在他蒼白的皮膚上，又插上偽裝用的藤蔓跟葉子。負責偽裝站的教練很欣賞他的表現。

「我裝飾蛋糕。」他向我承認。

「蛋糕？」我問：「什麼蛋糕？」我正出神地看著第二區的男孩擲標槍，他從十五碼外一槍射穿假人的心臟。

「在家裡，為麵包店裡那些有糖霜的蛋糕做裝飾。」他說。

他是指那些在櫥窗裡展示的蛋糕。那些裝飾著花朵，在糖霜上畫著漂亮圖案的精美蛋糕。它們是為生日和新年準備的。每當我們去廣場，小櫻總會拉著我過去欣賞它們，雖然我們永遠買不起。第十二區少有美麗的事物，因此，我無法拒絕帶她去看蛋糕。

我更仔細地審視比德手臂上的圖案。光與暗交替，使人聯想到陽光穿透林中樹葉照下來的景象。我好奇他怎麼知道這個，因為我不認為他曾經去到鐵絲網外。難道光從他家後院那棵樹幹凹凸不平的老蘋果樹，他就模仿得出來？這整件事——他的技巧、那些遙不可及的蛋糕、偽裝站教練的讚美——不知怎地惹毛了我。

「真好看。但願你能把人塗滿糖霜致死。」我說。

「別那麼自以為是。妳永遠不知道自己在競技場裡會碰上什麼。假設競技場是個巨大的蛋糕——」比德開始說。

我打斷他：「我們換一站吧。」

就這樣，接下來三天，比德跟我安靜地從一站挪往另一站。從生火、擲飛刀，到搭建避難所，我們的確學會一些很有用的技巧。雖然黑密契命令我們行事低調，比德仍在徒手搏擊上表現優異，而我眼也不眨地就通過所有可食用植物的辨識測驗。不過我們還是避開了箭術與舉重，打算把這兩種本事留到我們個別面試時再展現。

在第一天，那些遊戲設計師很早就到了。有男有女，二十位左右，都穿深紫色袍子。他們坐在環繞著體育館的高台上，有時候走來走去觀看我們，匆匆記著筆記，其他時間則吃著專為他們擺設的流水席，不理會我們這群人。不過，他們似乎密切注意著第十二區的貢品。有好幾次，我抬起頭來，都看到至少有一位緊盯著我。當我們離開去用餐時，他們會諮詢教練們的意見。我們回來時看到他們全聚在一起。

早餐跟晚餐我們在自己的樓層吃。但中午，我們二十四個人是在體育館外的餐廳一起用餐。食物擺在餐廳四周的手推車上，自己拿。那些專業貢品多半吵吵鬧鬧地聚在一桌，彷彿這樣能證明他們的優越，以及他們彼此並不怕對方，同時顯示我們其餘的人不值一顧。其他貢品大都獨自進食，像迷失的羊。沒人對我們說一句話。由於黑密契一再囑咐，所以比德跟我一起吃飯，還得邊用餐邊交談，彷彿一對好友。

要找到話題可不容易。談論家鄉太痛苦，談論眼前又令人難以忍受。有一天，比德倒光我們放麵包的籃子，指出他們何等用心地將各區的麵包類型與都城精製的麵包一同陳列。攙和海藻，透著一絲綠色的魚型麵包，來自第四區。表面散布著種籽的新月型麵包，來自第十一區。雖然這些麵包用的是跟家鄉同樣的原料，不知怎地，看起來就是比家鄉那些難看的麵餅要來得可口。

比德把不同類型的麵包再逐一拾回籃子，說：「看，都在這裡了。」

「你眞的懂很多。」我說。

「只懂麵包。」他說：「好，現在像聽我講了什麼好笑的事一樣，笑幾聲。」

我們煞有介事地一起哈哈笑，不理會餐廳中四面八方投來的眼光。

「該妳講了，我會繼續保持愉快的笑容。」比德說。黑密契要我們彼此友好親近的指示，眞把我們累死了。因爲從那天早上我甩門之後，我倆之間就有股冰冷的氣氛。但我們有命令得遵守。

「我有一次被熊狂追，我跟你說過嗎？」我問。

「沒，不過聽起來很精彩。」比德說。

我努力描述那個眞實事件，臉上表情十足。當時我蠢到去跟一頭黑熊搶蜂窩，惹得牠暴怒。比德笑個不停，且適時地提出問題。對做戲這件事，他實在比我強多了。

第二天，我們在擲標槍時，他輕聲對我說：「我們有了個小跟班。」

只要距離不是太遠，我標槍擲得其實還不壞。這會兒，我擲出標槍，並看見第十一區的小女孩站在我們背後不遠，看著我們倆。她十二歲，體型模樣都讓我想到小櫻。靠近看時，她看起來差不多才十歲。她有又黑又亮的眼睛，棕色的皮膚很光滑。她踮著腳站著，雙臂微微向兩側伸展，彷彿稍有聲響就要展翅飛走。整個人看起來像隻小鳥。

輪到比德擲時，我去拿另一根標槍。「我想她叫小芸。」他低聲說。

我咬住唇。小芸，也就是芸香，一種開著小黃花的植物，草場上很多。芸香。櫻草花。她們不論哪個，就算連人帶衣從水裡撈起來擺到磅秤上，指針都跳不到七十磅。

「我們要怎麼辦？」我問他，聲音似乎有些嚴肅，其實我沒那個意思。

「什麼也不做。」他回答道：「我只是找話題跟妳講話。」

現在既然我知道這孩子在那兒，就很難不理她。她三不五時靜悄悄地出現，在不同的站加入我們。她跟我一樣善於辨識植物，攀爬迅捷，而且瞄得很準。她用彈弓能百發百中。但是，面對一個二百二十磅重，拿著刀劍的男生，彈弓能有什麼用？

回到第十二區的樓層，黑密契跟艾菲利用早餐跟晚餐兩個時段，整頓飯盤問我們當天所有的事。我們做了什麼，誰在盯著我們看，其他貢品的表現如何，等等。秦納跟波緹雅都不在，因此餐桌上沒有頭腦健全的人幫忙。這不是說黑密契跟艾菲又吵嘴，情況正好相反，他倆連成一氣，決意磨練我們，催逼我們成材。他們沒完沒了地指示我們在訓練中什麼該做，什麼不該做。比德比較有耐性，但我受夠了，脾氣變壞起來。

第二天晚上，當我們終於可以逃回房間睡覺，比德咕噥著說：「得有人去幫黑密契弄點酒來才行。」

我哼著鼻子發出一聲怪笑，然後發現不對，馬上住嘴。要時時刻刻記得我們何時是朋友，何時不是，實在把我弄得昏頭轉向。好吧，至少在我們進入競技場後，我就知道我們各自的立場在哪裡了。「別再這麼做！沒人在場的時候別再假裝我們是朋友。」

「隨便妳，凱妮絲。」他疲累地說。之後，我們只在人前交談。

訓練課程的第三天，午餐後他們開始逐一唱名，叫我們去跟遊戲設計師單獨會面。一區接一區，男生先，女生後。照慣例，第十二區排最後。我們沒有地方去，都逗留在餐廳裡。離開的人就沒再回來。隨著人越來越少，要表現友好的壓力也減輕了。等到他們叫走小芸，餐廳裡只剩我們兩人。我們沉默地坐著，直到他們召喚比德。他起身。

「記住黑密契說的，讓他們看見你能丟擲多重。」我未經思考，脫口而出。

「我會的，謝了。」他說：「妳……要射中紅心。」

我點點頭，不曉得自己幹嘛要開口。但就算我要輸，我也寧願是比德而不是別人贏。這對我們區比較好，對我媽跟小櫻也比較好。

大約十五分鐘後，他們叫了我的名字。我撫了撫頭髮，抬頭挺胸走進體育館。立刻，我知道自己有麻煩了。那些遊戲設計師已經在場子裡待太久了，坐在那裡看了整整二十三場表演，絕大部分人已經灌飽了黃湯，現在巴不得趕快回家。

對這情況，我除了繼續依照原定計畫進行，別無他法。我走向箭術站。啊，那些弓箭！這三天來我手癢得不得了，無時不刻想把它們緊握在手。那些弓有木製、塑膠製、金屬製，以及我不知名的材料製的。所有的箭矢，尾羽都裁得整齊畫一，毫無瑕疵。我選了一把弓，把弦上緊，再把搭配這把弓的一袋箭矢背到肩上。站裡設有標準的紅心靶跟人形標的，也定了射箭的範圍，但距離未免太近了。我走到體育館中央，選定了我的第一個目標，那個用來練習飛刀的假人。就在我拉弓時，我知道事情不對勁了。這弓弦比我家裡用的要緊得多，箭也較硬。箭從假人旁邊飛過，差了好幾吋遠。我喪失了對自己專注力的控制。有那麼片刻，覺得自己難堪極了。然後，我回到標準靶前，一箭接一箭地練習，直到這副新武器用得很稱手為止。

回到體育館中央，我站到原來的位置，一箭貫穿假人的心窩。然後，我射斷吊著拳擊沙包的繩索，沙包砸到地上裂開來。緊接著我一個前滾翻，單膝著地跪著，朝吊在體育館天花板高處的一盞吊燈射出一箭。吊燈破裂迸出一大蓬火花。

這一箭射得太好了。我轉身望向遊戲設計師，有幾個點頭表示讚賞，但大部分人的焦點都在一隻剛送到他們宴席桌上的烤乳豬身上。

我突然怒氣沖天。我的死活懸於一線，他們卻連注意我一下的禮貌都沒有。我竟被一隻死豬搶戲。我的心狂跳，感覺自己氣得滿臉通紅。想也沒想，我從箭袋抽出一支箭，瞄準遊戲設計師們的桌子。我聽見他們大叫小心並踉蹌後退。疾飛的箭矢貫穿烤豬口中的蘋果直釘到後面的牆上。所有的人都難以置信地瞪著我。

「謝謝各位的關注。」我說，微微鞠個躬，然後沒等人叫我走便逕自離開。

8

我大步走向電梯，把弓跟箭甩到兩邊地上，閃過守在電梯前大爲吃驚的去聲人，一拳敲在按鈕12上。電梯門關上，我迅速上升。我眞的忍到抵達十二樓才讓眼淚掉下來。我聽見其他人在起居室裡叫我，但我飛奔過走廊，衝進房間，閂上門，直接撲到床上，才開始放聲哭泣。

這下後悔也來不及了！我毀了一切！就算我本來有一絲渺茫的機會，也在一箭射向遊戲設計師時消失了。現在他們會把我怎麼樣？逮捕我？把我處決？還是把我的舌頭割掉，變成去聲人，讓我伺候施惠國往後的貢品？我是在想什麼，怎麼會朝遊戲設計師射箭？當然，我不是射他們，我瞄準的是蘋果，因爲我對自己遭到忽視氣壞了。我沒打算殺害他們任何人。要是我有這個心，他們早就是死人了！

算了，事情還能怎樣？反正我看起來又不會贏，誰在乎他們怎麼處置我？眞正讓我害怕的，是他們會怎麼處置我媽跟小櫻，我的衝動會令我家人吃什麼樣的苦頭。他們會奪走我家人僅有的一點財產，還是會把我媽關入監獄，把小櫻送進社區育幼院？或者，殺了她們？他們不會殺她們的，對吧？為什麼不？他們哪裡在乎？

我應該留下並且道歉的，或是像鬧了個大笑話般哈哈一笑。然後他們可能會對我從輕發落。可是相反的，我用大概是最無禮的態度大搖大擺地離開。

黑密契跟艾菲都來敲我的門。我吼著叫他們走開，他們最後也都走了。我至少花了一個小時讓自己哭個痛快，然後蜷縮在床上，撫摸著絲質床單，看著太陽落到都城這人工大糖果的後面。

起先，我預期警衛會來抓我。但隨著時間過去，看來似乎不太可能。我冷靜下來。他們還是需要一個來自第十二區的貢品女孩，對吧？如果遊戲設計師想要懲罰我，他們可以公然進行。等我進了競技場，他們可以把餓慌了的野獸趕向我。我敢打賭，到時候他們會保證我沒有弓箭可以防身。

在那之前，他們可以給我一個很低的評分，讓所有腦筋正常的人都不會想當我的資助人。那就是今晚會發生的事。由於訓練是不公開的，所以遊戲設計師公布他們為每個參賽者所評的分數，給所有的觀眾一個下賭注的起點。評分是從一到十二分，代表各個貢品的潛力。一分是糟到無可救藥，十二分是不可能達到的高分。這評分當然不保證誰會獲勝，它只是貢品在訓練中所展現潛力的指標。常常，真正進入競技場之後，情況變化多端，獲得高分的貢品幾乎立刻就被幹掉。幾年前，在遊戲中獲勝的那個男孩，評比時才獲得三分。不過，分數還是會對每位貢品在吸引資助人的事上，帶來助益或造成損害。雖然我不是頂厲害，但我本來指望自己的射箭本領能爲自己拿個六或七分。但現在我確信，自己一定會是二十四人當中得分最低的一個。如果沒有人資助我，我活命的機率將降到零。

當艾菲來敲門叫我去吃晚飯，我決定還是去。今晚電視將會播出評分，我也不可能永遠躲著不見人。我去浴室洗臉，不過臉看起來還是紅紅花花的。

大家都在餐桌上等我，包括秦納和波緹雅。我希望設計師們沒來，因爲，不知怎地，我不喜歡自己令他們失望的感覺。那好像我毫不考慮地把他們在開幕典禮中爲我打下的良好基礎，一股腦兒全扔了。我避著不看任何人，小口小口喝著魚湯，那鹹味讓我想到自己的眼淚。

大人們閒聊著天氣預報，我抬起眼睛看比德。他抬抬眉毛，意思是問：**怎麼啦**？我輕輕搖了下頭。接著，主菜上桌了，我聽見黑密契說：「好啦，閒聊夠了，你們倆今天到底表現得有多糟？」

比德立刻開口：「我看不出那有什麼差別。等輪到我進場，根本沒人想理我。他們在唱歌，我想是某種飲酒歌。所以，我在場子裡四處走動，拋擲一些重物，直到他們叫我離開。」

這話讓我覺得好過了點。雖然比德沒有攻擊遊戲設計師，但起碼他也被激怒了。

「小甜心，那妳呢？」黑密契說。

黑密契這句小甜心，不知怎地惹惱了我，激得我終於開得了口了：「我對遊戲設計師們射了一箭。」

大家全停下來。「妳做了什麼？」艾菲聲音中的驚駭，證實了我確實應該做最壞的揣想。

「我對他們射了一箭。不是對準他們人啦，是對著他們的方向。就像比德說的，我努力地射箭，可是他們根本不理我，所以我就……我就失去了理智，一箭把他們那隻白癡烤豬口裡的蘋果射飛出去！」我說，語氣中還帶著惱怒。

「那他們怎麼說？」秦納小心翼翼地問。

「什麼都沒說。嗯，其實我不知道。之後我立刻掉頭走了。」我說。

「沒等他們叫妳離開？」艾菲又吃一驚。

「我自動下課。」我說，想起自己如何向小櫻保證我會努力去贏，而此刻我覺得有一噸重的煤砸在自己頭上。

「好啦，做就做了吧。」黑密契說，然後拿起麵包抹上奶油。

「你覺得他們會逮捕我嗎？」我問。

「不大可能。這時候撤換妳會是個大麻煩。」黑密契說。

「那我家人呢？」我緊接著問：「他們會懲罰我家人嗎？」

「我不認爲，因爲沒啥道理。他們若這樣做，就得揭露在訓練中心裡發生的事，好讓人們得到點有益的教訓。人們得知道妳做了什麼。但他們不能講，因爲是祕密。所以，何必浪費力氣。」黑密契說：「比較可能的情況是，他們會讓妳在競技場裡生不如死。」

「噢，反正他們已經保證會這麼做了。」比德說。

「一點也沒錯。」黑密契說。然後我發現不可能的事發生了。我竟振奮高興起來。黑密契用手拿起一塊豬肋排——那讓艾菲皺起了眉頭——蘸了蘸他的酒。他撕下一大塊肉，接著開始咯咯笑。「他們臉上是什麼表情？」

我感覺到自己的嘴角也翹了起來。「震驚，恐懼。噢，有些人一臉的荒唐可笑。」有個影像躍入我腦海：「有個男的絆倒了，整個人朝後跌進一大缸雞尾酒裡。」

黑密契捧腹大笑，我們也都笑起來，只有艾菲除外，不過她也是勉強才壓下臉上的笑容。「嗯，妳這麼做也沒錯。他們的工作就是認眞注意妳。不能因爲妳是來自第十二區，就忽視妳。」說完，她立刻張目四顧，彷彿自己說了什麼無法無天的話。然後她沒針對任何人，補充道：「我很抱歉，但我是這樣想的。」

「我的評分一定很糟。」我說。

「只有得分很高時才要緊。沒人會注意得分很低或中等的人。他們說不定以爲，妳可能隱藏自己的本領，故意拿很低的分數。有人用過這種策略。」波緹雅說。

「我大概只會拿到四分。希望大家會認爲我是用這種策略。」比德說：「四分還算高了。說實話，看一個人拿起鉛球丟個幾碼遠，眞是再無聊不過的事了。有一次球還差點砸在我自己腳上。」

我對他露出笑容，並發覺自己餓壞了。我切了一大塊豬肉，丟進馬鈴薯泥裡，開始大嚼。只要我家人沒事，那就沒事了。只要她們安全，那我就不算犯下天大的錯。

晚餐後，我們到起居室去看電視宣布評分。他們會先秀出一張貢品的照片，然後底下打出得分。那些專業貢品很自然都拿八到十分左右。其他的參賽者大部分平均拿五分上下。讓人驚訝的是，才一丁點大的小芸得了七分。我不曉得她對那些評審展現了什麼絕技，但她是那麼嬌小，所以她的表現一定令他們印象深刻。

照例，最後才輪到第十二區。比德得了八分，所以，至少有幾個評審是注意到他了。當我的臉出現在螢幕上，我預期最壞的結果，緊張得指甲都掐進了掌心。然後，他們在螢幕底下打出十一分。

十一分！

艾菲．純克特發出一聲尖叫，接著每個人都興高采烈地拍著我的背恭喜我。但那看起來不像是眞的。

「一定是哪裡搞錯了。怎麼……怎麼可能發生這樣的事？」我問黑密契。

「我猜他們喜歡妳的脾氣。」他說：「他們肯定妳會帶來好戲。他們需要有渾身熱血的參賽者。」

「凱妮絲，燃燒的女孩。」秦納說著，給了我一個擁抱。「噢，等妳看到接受訪問時的服裝再說。」

「有更多的火焰嗎？」我問。

「多多少少。」他調皮地說。

比德和我彼此道賀，又一個彆扭時刻。我們倆都表現良好，但那對其他參賽者而言是什麼意思？我盡快逃回房間，鑽進床單底下。今天所承受的壓力，尤其是剛才那場大哭，使我精疲力盡。我意識逐漸模糊，暫逃一劫，鬆了口氣，但眼皮底下還不停閃著數字11。

天亮的時候，我在床上躺了一會兒，看著太陽在一個美麗的早晨升起。今天是星期天。不用上學。我好奇蓋爾進了森林沒有。通常，星期天我們會起個大早，打獵與採集，然後到灶窩交易，忙上一整天，儲備一週的食物。我想著蓋爾沒有我在身旁的情景。我們兩個都能獨立狩獵，但若能聯手更佳，尤其是我們想要獵大型動物時。但獵小東西時也一樣，有個夥伴總能分擔工作，甚至會讓餵飽家人這件費力的工作變得有趣。

我在森林中碰上蓋爾之前，獨自辛苦狩獵了大約六個月。那是十月的一個週日，寒涼的空氣中充滿了蕭瑟枯萎之氣。我花了一早上的時間跟松鼠搶堅果。下午天氣暖和了一點，我下到淺水塘中採收慈菇。我唯一獵到的動物是一隻松鼠。老實說，牠是在找橡實的路上，自投羅網送上門來的。其實，當大雪掩蓋了我的其他食物來源，有些動物仍然在活動。那天由於在森林裡深入得比往常遠，我急著趕回家。我吃力地扛著麻袋趕路時，碰到了一隻死兔子。牠被一根細鐵絲勒住脖子，吊在離我頭頂一呎高的地方。大約十五碼外，還有另一隻。我認得那種抽吊的誘捕手法，我爸用過。當動物落入繩套，牠會被猛地吊到半空中，讓其他飢餓的動物搆不著。整個夏天我不斷嘗試設下陷阱誘捕，卻沒成功過。因此我忍不住放下麻袋，檢查眼前的繩套。我的手指才剛碰到吊著兔子的鐵絲，就聽到一個聲音說：「危險，別碰。」

我往後倒彈了幾呎，蓋爾從一棵樹後現身。他一定已經觀察我很久了。他才十四歲，但顯然身高已超過六呎，而且對我而言，已經像大人一樣厲害。我在炭坑跟學校裡見過他。另外還有一次。奪走我爸的那次礦坑爆炸，也奪走了他父親。那年一月，在司法大樓裡，我站在一旁看著他——另一個失去父親的家庭的長子，領取他家的英勇勳章。我記得他的兩個小弟弟緊抓著他們大腹便便，不久即將生產的母親。

「妳叫什麼名字？」他說著，走過來解下套索中的兔子。他的腰帶上還掛著另外三隻。

「凱妮絲。」我說，聲細如蚊。

「喔，貓草，偷竊是唯一死刑，妳沒聽說過嗎？」他說。

「凱妮絲。」我大聲了點：「我不是要偷竊。我只是要看你打的繩套。我打的繩套從來沒抓到過東西。」

他沉著臉看我，不相信我講的。「那妳那隻松鼠是哪兒來的？」

「我射中的。」我從肩上取下弓來。我仍使用我爸為我做的小弓，但我已開始利用時間練習拉大弓。我希望待到春天來臨，我會有能力獵到大一點的獵物。

蓋爾的眼睛緊盯住那把弓，問：「我可以看看嗎？」

我把弓遞給他，說：「記住，偷竊可是死罪。」

那是我第一次見他微笑。那使他變了個人，從一個兇惡的人變成一個你想認識的人。不過要等過了好幾個月後，我才給他一個友善的微笑。

接下來我們談到打獵。我告訴他，我能幫他弄到一把弓，如果他願意拿東西來換的話。我不要食物，我要的是知識。我要學會自己設陷阱，有一天我的腰帶上也能掛滿逮到的肥兔子。他同意這事或許行得通。隨著季節流轉，我們勉強開始分享我們的知識、武器、我們所發現那些生長著許多野李子或野火雞的祕密地點。他教我設陷阱跟捕魚。我教他分辨可吃的植物，而且到最後給了他一把我們家寶貴的弓。之後有一天，我們誰都沒明講，就自然成了夥伴，不僅分攤工作，也分享所獲之物，確定我們兩家人都有足夠的東西吃。

蓋爾給了我一種自從我爸死後，我就缺乏的安全感。他的陪伴彌補了林中漫長的孤寂時光。當有人顧著我背後的安全，我不必時不時回頭警戒，打獵的本領也跟著突飛猛進。他也不再僅僅是打獵夥伴而已。他成了我的知己，我可以跟他分享那些在鐵絲網內絕不會說的想法。同樣的，他也信任我，對我暢所欲言。外出到森林裡與蓋爾在一起……有時候我真的很快樂。

我聲稱他是我的朋友，但從去年開始，這個說法似乎已不足以說明蓋爾對我的意義。一股痛苦的渴望貫穿我的心，如果現在他能跟我在一起就好了！不過，我當然不要他在這裡。我不要他進到競技場裡，不出幾天他一定會沒命。我只是……我只是很想念他。我討厭感到如此孤單。他想我嗎？他一定想的。

我想到昨晚我名字底下閃著的十一分。我百分之百確定對此他會怎麼說。「嗯哼，還有進步的空間。」然後他會對我粲然一笑，如今我會毫不遲疑地回他一笑。

我忍不住要把跟蓋爾的友誼，拿來跟和比德假裝的友誼做比較。我從來不懷疑蓋爾的動機，卻對比德質疑不休。這實在不是個公平的比較。蓋爾跟我是因共有的生存需要而聚在一起，比德和我面對的卻是你死我活的狀況。你要如何迴避這一點？

艾菲來敲門，提醒我眼前又有另一個「大、大、大日子！」明天晚上是我們的電視訪談。我猜整個支援小組爲了把我們打理好，已經忙翻了。

我起床，迅速洗了個澡，在選擇按鈕時小心許多。然後直接前往餐廳。比德、艾菲和黑密契圍著桌子低聲談話。那看起來很奇怪，但是飢餓勝過了好奇，我先裝了滿盤的早餐，才走過去加入他們。

今天的早餐是嫩羊肉燉李子乾，完美地澆在野粟米上。我埋頭吃掉半座小山的肉跟飯後，才發覺餐桌上沒人講話。我灌下一大口柳橙汁，擦了擦嘴巴，說：「怎麼了？你們今天要指導我們如何接受訪問，對吧？」

「對。」黑密契說。

「你們不用等到我吃完才開始講。我可以邊吃邊聽。」我說。

「嗯，關於我們目前的策略，計畫有點改變。」黑密契說。

「什麼改變？」我問，不曉得我們目前的策略是什麼。我唯一還記得的策略，是在其他貢品前表現平凡，不要招搖。

黑密契聳一聳肩，說：「比德要求分開個別指導。」

9

我遭到背叛了。那是我第一個感覺，雖然很荒唐可笑。比德跟我之間，除非先有信任，否則哪來背叛？而信任並不包括在約定事項裡。我們是貢品啊！但是，那個冒挨打的險給我麵包，在馬車上握住我的手穩住我，在紅髮去聲人女孩的事上掩護我，堅持要黑密契知道我打獵本領的男孩……難道不是有一部份的我，完全不由自主地信任了他？

另一方面，我對我們可以不必再裝作朋友而鬆了口氣。我們之間莫名其妙形成的，無論有多薄弱的聯繫，這下顯然已經切斷。是早該切斷的。飢餓遊戲再過兩天就開始了，信任只會變成弱點。無論是什麼引發了比德的決定——我懷疑是因為在訓練中我表現比他優異——我都該心懷感激才是。也許他終於接受了事實，我們越快公開承認我們是敵人越好。

「好極了。」我說：「那時間怎麼安排？」

「你們會各有四小時跟艾菲學台風表現，另外四小時跟我討論內容。」黑密契說：「凱妮絲，妳先跟艾菲學。」

我想不出艾菲能有什麼東西可以教我四小時，但她確實把我操到了最後一分鐘。我們回我房間，她先要我穿上長禮服和高跟鞋，當然不是我接受訪問時會穿的那套，然後教我怎麼走路。最糟的部份是鞋子。我從來沒穿過高跟鞋，完全不習慣搖搖擺擺地靠前腳掌走路。但艾菲成天穿著高跟鞋跑來跑去，所以我下定決心，如果她辦得到，我就辦得到。長裙是另一個問題。沒錯，它老是纏到我的鞋子，所以我乾脆把裙襬拉起來，結果艾菲像老鷹般猛撲過來，啪地一巴掌打在我手上，吼道：「不准拉到腳踝上面！」當我終於克服走路，接下來還有坐姿、站姿——顯然我有低頭的習慣——視線接觸、手勢及微笑。所謂微笑，就是我要一直保持笑容。艾菲要我練習開始說話前微笑，說話時微笑，說完時微笑，叫我如此微笑著講了上百句非常乏味的話。到了午餐時間，我的兩頰因為使用過度而抽搐。

艾菲嘆口氣說：「唉，我已經盡力了。凱妮絲，妳只要記住一點，妳要觀眾喜歡妳。」

「妳認為他們不會嗎？」我問。

「如果妳從頭到尾都瞪著他們，就不會。妳把憤怒留到競技場再發吧。相反的，現在妳要想著自己是身在一群朋友當中。」艾菲說。

「他們才不是我的朋友。」我衝口而出：「他們是在賭我會活多久耶！」

「那就試著假裝！」艾菲怒道。然後，她鎮定下來，並對我粲然一笑。「看到了嗎？要像這樣。雖然妳令我非常惱火，但我還是能對妳微笑。」

「對，看起來像是眞的。」我說：「我要去吃飯了。」我踢掉高跟鞋，把裙襬撩高到露出大腿，重重踩著步伐往餐廳去。

比德跟黑密契看來似乎心情很好，因此，我猜，討論訪問內容應該要比我早上的課程容易。我眞是錯得離譜。午餐後，黑密契帶我到起居室，叫我在沙發坐下，然後他皺著眉看了我好半天。

「怎樣？」我最後忍不住問。

「我正在想該拿妳怎麼辦，」他說：「我們該如何呈現妳？要呈現妳是充滿迷人魅力的？冷淡疏離的？還是兇猛激烈的？到目前爲止，妳可說是璀璨奪目的明星。妳自願頂替妹妹，救她一命。秦納讓妳令人永難忘懷。妳在訓練中得了最高分。人們的好奇心都被激起了，但是沒有人知道妳是誰。妳明天給人的印象，將決定我能給妳找到什麼樣的資助人。」黑密契說。

我這輩子看過那麼多次的貢品訪問，心裡曉得他說的話是眞的。如果你能吸引觀眾，無論是靠幽默、殘酷，還是怪癖，你都能獲得支持。

「比德是採哪種方式？我可以知道嗎？」我說。

「可愛。他有一種天生的自我幽默的本事。」黑密契說：「而妳每次開口，若不是陰陽怪氣，就是充滿敵意。」

「我才沒有！」我說。

「拜託！我不知道那個在馬車上興高采烈拼命揮手的女孩，是妳打哪兒找來的。不過在那之前跟之後，我都沒看見她。」黑密契說。

「你倒是給了我許多興高采烈的理由。」我頂回去。

「妳不必討我喜歡，我又不會資助妳。所以，假裝我是觀眾，」黑密契說：「取悅我。」

「好！」我咆哮道。於是，黑密契扮演訪談人，而我回答問題，試著贏取人心。但我辦不到。我對黑密契和他講的話，以及我必須回答問題這件事，太火大了。我滿腦子想的，都是飢餓遊戲這整件事有多麼不公平。我爲什麼要像受過訓練的狗一樣跳來跳去，取悅那些我痛恨的人？訪問練習進行的時間越久，我的憤怒就越溢於言表，直到我眞的恨恨地回答每一句話。

「好吧，夠了。」他說：「我們得找另一個角度。妳不光是充滿敵意，而且我還是不認識妳。我已經問了妳五十個問題，卻還是不知道妳的生活、妳的家庭，以及妳關心什麼。他們想要認識妳，凱妮絲。」

「但我不想讓他們認識！他們已經奪走了我的未來！他們不能奪走我過去人生中重要的東西。」我說。

「那就說謊！捏造些什麼出來！」黑密契說。

「我不善於說謊。」我說。

「那妳最好快點學會。現在妳頂多像條死水蛭那麼吸引人。」黑密契說。

噢，這話好傷人。黑密契也知道自己說得太過分了，於是把聲調放緩下來：「這樣吧，試試看表現謙卑一點。」

「謙卑。」我隨聲附和。

「就說，以妳一個這麼不起眼，來自第十二區的小女孩，竟能拿那麼高分，妳自己都不敢相信，連做夢都想不到，那完全超過妳所求所想。然後談談秦納的服裝，談談這裡的人有多好，整個城市如何令妳驚奇。如果妳不想談自己，妳至少要稱讚一下觀眾。一直把話題拋回去，滔滔不絕就對了。懂嗎？」

接下來幾個小時眞是痛苦萬分。想也不用想，我根本不會滔滔不絕。我們又試了讓我扮演狂妄自信，但我根本沒有高傲的氣勢。我看起來太「脆弱」，無法裝出兇猛殘暴的樣子。我也不機智、滑稽、性感，或神祕。

到這堂課結束時，我扮什麼都不像。大約是在扮演機智那前後，黑密契開始喝酒。到最後，他聲音裡已經顯露出厭煩：「我放棄了，小甜心。妳只要回答問題，並試著別讓觀眾看出妳有多鄙視他們就好了。」

那天晚上，我在自己房間裡吃晚餐，叫了一大堆精美的食物，吃到自己想吐爲止。然後把盤子砸得房裡到處都是，來發洩我對黑密契、對飢餓遊戲、對都城裡每個人的憤怒。那紅髮女孩進來爲我鋪床時，對這一室混亂忍不住張大了眼睛。「滾出去！」我對她大吼：「不准收拾！」

我也痛恨她，她眼中那心照不宣的責難，擺明了我是個懦夫、怪物、都城的傀儡，現在跟過去都是。對她而言，正義終於得以伸張了。至少我的死可算是給那個在森林中被殺的男孩償命。

但她沒離開，相反的，她把門在背後關上，進到浴室裡去。出來時，她手中拿著條濕毛巾，先溫柔地擦了我的臉，然後擦去我手上的血跡——有個破盤子割破了我的手。她幹嘛這麼做？我爲什麼容許她這麼做？

「我應該要試著救妳的。」我低語。

她搖搖頭。意思是我們袖手旁觀是對的嗎？她已經原諒我了嗎？

「不，那是不對的。」我說。

她用手指點了點她的唇，然後指著我胸口。我想她的意思是，那我也會變成去聲人。說不定真有可能。變成去聲人或死人。

接下來那個鐘頭，我幫紅髮女孩一起打掃房間。當所有的垃圾都丟進垃圾處理器，食物也都清乾淨後，她過去把我的床鋪好。我爬進床單底下，像個五歲小女孩，讓她幫我蓋好被子。然後她就走了。我想要她留下來陪我入睡，且醒來時就看見她。我想要這女孩的保護，雖然我從未保護她。

到了早晨，前來繞著我打轉的不是那女孩，而是我的預備小組。我跟艾菲及黑密契的訪談學習已經結束了。今天是屬於秦納的，他是我最後的希望。也許他可以讓我看起來美妙絕倫，以至於沒人會在乎我講些什麼。

整組人員在我身上一直忙到下午，使我的皮膚煥發出絲緞般的光澤，在我的手臂印上鏤空的圖案，給我完美的二十個手指甲與腳趾甲繪上火焰的圖形。然後凡妮雅開始弄我的頭髮，從我左耳邊開始，繞著我的頭用一縷縷的紅絲繩編出一個樣式，最後編成一條大辮子從我右肩垂下。他們給我的臉撲上一層白粉，抹去了我臉部的輪廓，然後強調出我的五官，又大又黑的眼睛，豐滿的紅唇，長而翹的睫毛在我眨眼時會發出閃光。最後，他們給我全身撲上一層金粉，讓我整個人閃閃發亮。

然後秦納進來，手裡拿著我猜是我的衣服，因爲外面罩著套子，我看不見。「閉上妳的眼睛。」他下令。

當他們把衣服套上我赤裸的身體，我先感覺到內裡是絲的，然後是衣服的重量。起碼有四十磅重。我閉著眼，緊抓著歐塔薇雅的手，穿上鞋子，很高興這雙鞋至少比艾菲教我練習時穿的那雙低兩吋。他們忙亂地做了些調整，然後，一片沉寂。

「我可以張開眼睛了嗎？」我問。

「可以。」秦納說：「張開眼睛吧。」

眼前，那面全身大鏡中照映出來的，是來自另一個世界的人。她的皮膚閃爍，雙眼閃耀，而那襲衣裳顯然是用珠寶做的。噢，這是我的衣裳，整件綴滿了閃爍爭輝的寶石，紅的黃的白的，以及一點點的藍點綴出火焰的尖端。只要輕輕一動，就給人我整個被包在火舌中的感覺。

我不是漂亮，也不是美麗。我如太陽般光芒四射。

有好一會兒，我們全瞪著我看。「噢，秦納，」我終於發出聲音，低聲說：「謝謝你。」

「為我轉個圈。」他說。我張開雙臂，轉了一圈。整組人員發出讚嘆的尖叫。

秦納叫預備小組的人退下，然後要我穿著這身服飾走動走動。這比艾菲叫我穿的那套容易多了。這身禮服垂墜的方式，讓我在行走時不必提裙襬，使我可以少擔心一件事。

「準備好接受訪問了嗎？」秦納問。我可以從他的表情看出，他已經跟黑密契談過，知道我有多嚇人了。

「我糟透了，黑密契說我像條死水蛭。不管我們嘗試哪種方法，對我都行不通。我就是做不到他要我扮演的那些人。」我說。

對此，秦納想了片刻。「為什麼不就做妳自己呢？」

「我自己？那也行不通。黑密契說我陰陽怪氣又充滿敵意。」我說。

「喔，那是因為妳……跟黑密契在一起。」秦納笑著說：「我就不覺得妳有敵意，而預備小組愛死妳了。妳甚至贏得了遊戲設計師們的心。至於都城的市民，他們對妳簡直談個沒完，大家都對妳那股鬥志喜歡得不得了。」

我的鬥志。這想法可新鮮。我不確定那究竟是什麼意思，但那表示我是個鬥士，勇敢的鬥士。那不表示我向來不友善。好吧，也許我不會喜歡每個碰到的人，也許我不太容易露出笑臉，但我確實關心某些人。

秦納把我冰冷的雙手握在他溫暖的掌中。「假設，當妳回答問題，妳心裡想著是在對家鄉的一個朋友說話。妳最好的朋友是誰？」秦納問。

「蓋爾。」我立刻說：「只不過，秦納，這實在沒道理。因為我不用告訴蓋爾有關我的事，他早就都知道了。」

「那我呢？妳可以把我看成朋友嗎？」秦納問。

從我離開家之後，所有我碰到的人，到目前為止，秦納是我最喜歡的一個。我毫不猶豫地喜歡他，而他也還沒令我失望。「我想可以，但是——」

「我會跟其他設計師一起坐在台前。妳一定可以一眼就望見我。當妳聽到一個問題後，找到我，看著我，然後盡可能地誠實回答。」秦納說。

「即使我認為答案很可怕？」我問。因為我講的事情真的可能很可怕。

「尤其當妳覺得很可怕時，更要誠實。」秦納說：「妳願意試試看嗎？」

我點頭。這好歹是個計畫，我至少有根稻草可抓。

時間過得太快，馬上就到出門的時刻了。訪問在訓練中心前所搭的一個舞台上進行。我一旦離開房間，只要幾分鐘時間，就會置身在群眾、攝影機和整個施惠國的面前了。

當秦納轉動門的把手，我阻止他。「秦納……」要登台的恐懼完全壓倒了我。

「記住，他們已經愛上妳了。」他溫柔地說：「做妳自己就好。」

我們跟第十二區的其他人在電梯門口碰面。波緹雅跟她那組人馬顯然費盡工夫，比德看起來帥極了，他的黑西裝也強調出火焰的感覺。雖然我們看起來還是很配，不過能不再穿得一模一樣，實在令人鬆了口氣。黑密契跟艾菲都爲這場合盛裝出席。我避開黑密契，但接受艾菲的讚美。艾菲雖令人生厭又很笨，但她不像黑密契那麼具有破壞性。

當電梯門打開，其他的貢品已經排好隊準備登台。整場訪問，我們二十四人將會坐在台上，圍成一個大弧形。我將是最後一個，或倒數第二個，因爲每個區都是先訪問女孩再訪問男孩。我多麼希望自己是第一個，早點擺脫這一切！現在，我得聽每個在我之前接受訪問的人有多機智、多滑稽、多謙卑、多兇猛與多迷人。還有，觀眾會跟那些遊戲設計師一樣，開始覺得無聊，而我又不能對觀眾射上一箭來引起他們注意。

就在我們列隊快要走上舞台時，黑密契來到我跟比德背後，低聲吼著說：「記住，你們還是快樂的一對，所以給我演得像一點。」

什麼？我以爲當比德要求分開指導時，我們已經拋開這件事了。不過我猜那是在私下而非公開場合。無論如何，現在也沒什麼機會互動了，因爲我們正排成一列走到自己的位置，隨即坐下。

光是踏上舞台這件事，就讓我呼吸急促。我可以感覺到太陽穴上的脈搏跳動，穿著高跟鞋又雙腿發抖，我實在很怕自己會絆倒。能到位子上坐下，眞讓人鬆了一口氣。雖然黃昏已經來臨，整個市圓環比夏天的白晝還亮。場中有一區加高的特別來賓席，所有的設計師都坐在第一排。當觀眾對他們精心打造的成果報以熱烈回應時，攝影機的鏡頭會照著他們。右前方一棟大樓有個突出的大陽台，那是保留給遊戲設計師的。電視工作人員佔據了大部分其他陽台。其餘整個市圓環和通往圓環的大道，全都擠得水泄不通，站滿了人。在各人的家鄉與全國各社區禮堂，每一台電視都打開了，施惠國的所有公民都聚精會神，今晚將不會有停電的事發生。

主持這項訪問超過四十年的凱薩．富萊克曼，活力十足地跳上舞台。這實在有點嚇人，因爲過去四十多年來，他的外表簡直一點也沒變。在塗著白粉的妝容底下，是同一張臉。同樣的髮型因應著每次飢餓遊戲而染成不同的顏色。同樣深藍色的盛會禮服，上頭星羅棋布地綴著上千盞小燈泡，像星星般閃爍。在都城，他們會動一些手術，讓人顯得年輕一點瘦一點。在第十二區，因爲有太多早夭的人，年老反倒是一種成就。你看到年長者，會恭賀他們長壽，求問他們生存的祕訣。長得豐腴的人會令人嫉妒，因爲他們不像我們大多數人，得節衣縮食過日子。但在都城不一樣。沒有人想要皺紋，胖胖的肚子絕不是成功的記號。

今年，凱薩的頭髮染成淺灰藍，他的眼皮跟嘴唇也塗成同一色系，看起來很畸形，但沒像去年那麼嚇人。去年他染成鮮紅色，整個人看起來鮮血淋漓。凱薩先講了幾個笑話暖場，然後開始談正事。

第一區的女孩，穿著一件極具挑逗性的金色透明禮服，走到舞台中央接受凱薩的訪問。你可輕易看出她的導師毫無困難就找到呈現她的角度。她那頭瀑布般的金髮，碧綠的眼睛，高䠷豐滿的身材……整個人從頭到腳都性感極了。

每個訪問只歷時三分鐘。然後鈴聲響起，輪到下一位貢品上場。我會這麼說凱薩：他真的盡力讓每位貢品都表現得像明星。他很親切，會試著讓緊張的人放鬆下來，對差勁的笑話哈哈大笑，並藉由他反應的方式，讓乏味的答覆變得讓人印象深刻。

正如艾菲教我的，我像淑女般坐著，聆聽每個行政區的訪問。第二、第三、第四。每個人似乎都凸顯了某個訴求角度。那來自第二區身形巨大的男孩，是個殘暴的殺人機器。來自第五區的狐狸臉女孩，狡猾又難以捉摸。秦納一到他的位子坐下，我馬上認出他來。但即使他在場，也不能讓我放鬆。第八、第九、第十。第十區的那個跛腳男孩非常安靜。我的手心拼命出汗，可是這襲珠寶禮服不吸汗，我試著要在衣服上擦手，卻一直滑開。第十一。

小芸穿了件輕軟如蛛絲的禮服，上面綴著小翅膀，隨著她朝凱薩走去而一路撲搧著。觀眾一陣安靜，被這位貢品展現出的小小魔力給迷住了。凱薩對她非常溫柔體貼，讚美她在訓練中拿到七分，這麼丁點大的小人兒竟能拿到那麼優秀的分數。當他問她進入競技場後，最強的能力是什麼，她毫不遲疑地回答：「我很難被抓到。」她的聲音微微發顫：「如果他們抓不到我，就殺不了我。所以，不要小看我。」

凱薩鼓勵她說：「我永遠也不會那麼想。」

來自第十一區的男孩，名叫打麥，跟小芸一樣有很深的膚色，但那是他們唯一的相似處。他也是巨人之一，身高大概有六呎半，體壯如牛。但我記得他拒絕專業貢品的邀請，不加入他們。他總是獨來獨往，不跟任何人講話，對訓練毫無興趣。即便如此，他得了十分。不難想像，他一定令遊戲設計師們印象深刻。他不理會凱薩的玩笑，只用是或不是來回答問題，或乾脆保持沉默。

如果我有他那麼魁梧，要表現陰陽怪氣跟敵意就不會有問題。我敢打賭，至少有一半的資助人會把他列入考慮。如果我有錢，我也會押他贏。

接著，他們叫到凱妮絲．艾佛丁。我覺得自己像在夢遊，從座位上起身，走到舞台中央。我握了握凱薩伸出的手，他很有風度，沒有立刻把一手的汗水往他衣服上擦。

「凱妮絲，都城跟第十二區一定非常不同。從妳抵達此地後，令妳印象最深刻的是什麼？」凱薩問。

什麼？他說什麼？聽起來像外國話般不知所云。

我口乾舌燥，拼命在群眾中找尋秦納，然後雙眼緊盯住他。我想像是他問了我這問題：「從妳抵達此地後，令妳印象最深刻的是什麼？」我絞盡腦汁想著此地令我快樂的東西。**要誠實**，我想著。**要誠實**。

「燉羊肉。」我終於回答。

凱薩大笑。我模模糊糊地察覺到，有些觀眾跟著他一起大笑。

凱薩問：「妳是說燉李子乾的那道？」我點頭。他手按著肚子說：「噢，我抱著整鍋大吃。」並側身面對觀眾做出一臉恐怖的神情。「一點都看不出來，對吧？」他們大聲應和，表示贊同，並且鼓掌。這就是凱薩，我的意思是，他會盡力幫你。

「凱妮絲，」他的語氣彷彿是私底下在問我：「妳在開幕典禮中出場時，我的心跳簡直停止了。妳對那套服裝有什麼感想？」

秦納看著我，抬起一邊眉毛。要誠實。「你是說，在我克服了會被活活燒死的恐懼之後？」我問。

一陣眞正來自觀眾的哄堂大笑。

「是的，在那之後。」凱薩說。

吾友秦納，我反正該告訴他。「我認爲秦納棒極了，那是我見過最漂亮的服裝，我不敢相信自己竟穿著它。我也不敢相信我現在穿著的這件。」我拉開裙襬展示它。「我是說，你看看！」

觀眾發出一陣陣**噢**跟**哇啊**的讚嘆。我看見秦納以最小的動作用手指畫了個圈。我懂他是在說，**為我轉個圈**。

我轉了個圈，觀眾的反應是立即的。

凱薩叫道：「哇啊，再來一次。」於是，我舉起雙臂，轉了一圈又一圈，讓整個裙子飛旋開來，讓整件衣服把我包圍在火焰中。觀眾高聲喝采。當我停下來，我得抓住凱薩的手臂穩住自己。

「別停！」他說。

「不行啊，我頭暈！」我說，同時咯咯笑著，我想我一輩子從來沒這樣笑過。但是緊張跟旋轉讓我整個神經鬆掉了。

凱薩用手臂環住我，像在保護我。「別擔心，我會穩穩扶著妳。不能讓妳步上妳導師的後塵。」

隨著攝影機鏡頭轉向黑密契，眾人的笑聲震耳欲聾。抽籤日在舞台上那記倒栽蔥，讓黑密契成了名人。這會兒他向大家和善地擺擺手，再指指我，要他們轉回注意力。

「沒問題的，」凱薩向觀眾保證：「她跟我在一起很安全。好，再來，談談訓練的評分。十一分。給我們一點暗示，在那裡面發生了什麼事？」

我瞥了一眼陽台上的遊戲設計師們，咬住唇。「嗯……我只能說，我想，這是第一次發生這種事。」

所有的鏡頭齊齊照向遊戲設計師，他們有的點頭，有的輕聲發笑。

「妳害我們好奇死了。」凱薩說，好像真的很痛苦的樣子。「細節，給點細節。」

我望向陽台，說：「我不能談論細節，對吧？」

那個跌進一大缸雞尾酒中的遊戲設計師大喊：「她不能說！」

「謝謝。」我說：「對不起，我的嘴被封起來了。」

「讓我們回過頭來，回到他們抽籤叫到妳妹妹名字的那一刻。」凱薩說。他的情緒現在沈靜了下來。「妳自願取代她。妳能跟我們大家談談她嗎？」

不！不是你們所有的人都能知道。但也許秦納可以。我想，他臉上浮現的悲傷不是我想像出來的。「她名叫小櫻，今年十二歲。我愛她勝過一切。」

現在圓環中如果有根針落地，都可以聽見。

「抽籤之後，她對妳說什麼？」凱薩問。

要誠實。要誠實。我困難地嚥了嚥。「她叫我要竭盡所能贏得勝利。」觀眾像全都凍住了，緊抓著我講的每個字。

「那妳怎麼說？」凱薩溫柔地提示。

我感到一陣嚴酷的冰冷，而非溫暖，貫穿了我全身。像要獵殺動物之前一樣，我全身肌肉緊繃。當我開口，我的聲音降低了八度：「我發誓我一定會。」

「我打賭妳會。」凱薩說，緊緊地抱了我一下。鈴聲響起。「抱歉，我們時間到。祝妳幸運，凱妮絲．艾佛丁，來自第十二區的貢品。」

轟然響起的掌聲，直到我回座位坐下，還持續不歇。我望向秦納尋求信心。他對我暗暗豎起拇指。

我沒注意比德的前半段訪談，整個人還在恍惚中。但他顯然從一開始就很有觀眾緣，我聽到他們哈哈笑，大聲鼓譟。他在表演麵包師傅兒子的本事，把各區的貢品拿來跟他們那區的麵包做比較。然後又講到在都城洗澡時發生的一些趣事。「請告訴我，我嗅起來還有玫瑰香味嗎？」他問凱薩，然後他們倆在那裡彼此從頭嗅到腳，害觀眾笑翻了。當凱薩問到他在家鄉有沒有女朋友時，我恢復了神智，專注聆聽。

比德遲疑了一下，然後毫無說服力地搖了搖頭。

「像你這麼帥的小夥子，一定有個特別的人兒。快說吧，她叫什麼名字？」凱薩說。

比德嘆了口氣。「唉，是有這麼個女孩。我第一眼看見她時，就愛上了她。但我很確定，在抽籤抽中我之前，她根本不知道我的存在。」

觀眾傳來一陣同情聲。他們可以想像那無望的愛。

「她另外有男朋友嗎？」凱薩問。

「我不知道，但是有很多男生喜歡她。」比德說。

「好，那你該這麼辦，贏得比賽，榮歸故鄉。如此一來，她一定無法拒絕你，對吧？」凱薩鼓勵他說。

「我不認爲這辦法有用。在我的情況裡，贏得勝利……一點也幫不上忙。」比德說。

「怎麼會？」凱薩大惑不解地說。

比德突然從臉紅到了耳根子，然後結結巴巴地說：「因爲……因爲……她跟我一起來了。」

第二篇

獵殺

10

有好一會兒，大家才聽懂比德的意思，攝影機鏡頭停在他朝下看的雙眼上。我霎時明白過來，**是我！他是在說我！**與此同時，我看到我被放大的臉出現在螢幕上，半張著嘴，臉上混合著驚訝與抗議的神情。我立刻把嘴閉上，雙眼緊盯著地板，希望這樣能隱藏住我裡面開始沸騰的情緒。

「唉呀，運氣真壞。」凱薩的聲音中真的帶著一絲痛苦。觀眾喃喃贊同著，有些人還發出悲痛的叫聲。

「壞透了。」比德同意說。

「我想誰也不能怪你。要不愛上那位小姐實在很難。」凱薩說：「她知道嗎？」

比德搖搖頭說：「到這時才知道。」

我忍不住眼睛往螢幕上瞄了一下，看見自己兩頰顯而易見的紅暈。

「你們想不想把她拉回舞台中央，聽聽她怎麼說啊？」凱薩問觀眾。大家發出贊同的尖叫聲。「可惜，規定就是規定，凱妮絲．艾佛丁的時間已經用完啦。好，祝你好運，比德．梅爾拉克，我想我可以代表全國觀眾對你說，我們的心與你同在。」

觀眾的吼叫聲震耳欲聾。比德對我的愛情告白，奪走了人們的注意力，我們所有其他人彷彿都不存在了。當觀眾終於靜下來之後，他勉強擠出一句小聲的「謝謝」，便轉身走回他的座位。我們全部起立，要演奏國歌了。我必須抬起頭來以示尊敬，卻也因此無法避免看見每個螢幕上都是比德跟我，我們倆之間相隔幾步的距離，在觀眾眼裡卻是永遠無法跨越的。充滿了悲劇性，可憐的小倆口。

但我可沒那麼蠢。

國歌演奏結束後，貢品們列隊回到訓練中心的大廳，分批搭電梯。我突然轉個方向，踏進一台電梯，確定自己沒跟比德同搭一台。群眾拖慢了我們的設計師、導師、伴護等隨行人員回來的速度，因此搭電梯的只有我們貢品。沒人講話。我的電梯停了幾次讓四位貢品出去後，剩下我一人，然後電梯門在第十二樓打開。我等比德一跨出他那一台電梯的門，雙手便朝他胸口猛推過去。他失去平衡，撞上一個插著假花的難看的陶壺。陶壺翻倒砸碎在地上。比德則重重跌在那些碎片上，血立刻從他雙手冒出來。

「這是爲什麼？」他說，嚇呆了。

「你無權那麼做！無權上去說那些有關我的事！」我對他大吼。

電梯門又開了，整組人員，艾菲、黑密契、秦納和波緹雅，全回來了。

「怎麼回事？」艾菲幾近歇斯底里地說：「你跌倒了嗎？」

「在她推我之後。」比德說，邊讓艾菲跟秦納扶他站起來。

黑密契轉過來看著我：「推他？」

「這是你的主意，對吧？把我在全國觀眾面前變成傻蛋？」我回嘴。

「那是我的主意，黑密契只是幫了我一把。」比德說，一邊把陶壺的碎片從兩邊手掌上拔出來，痛得畏縮。

「對，黑密契是很幫忙。那是對你！」我說。

「妳**真是**個蠢蛋！」黑密契厭惡地說：「妳眞以爲他傷害了妳？那男孩剛剛幫妳做了件妳自己永遠辦不到的事。」

「他讓我看起來很軟弱！」我說。

「他讓妳看起來令人渴望！不要否認，妳將因此得到幫助，妳可以利用這些幫助。直到他說他想要妳之前，妳一丁點都不浪漫。現在，大家都想要妳。所有的人都在談論妳，談論那一對來自第十二區的悲劇戀人！」黑密契說。

「但我們不是悲劇戀人！」我說。

黑密契抓住我肩膀把我釘在牆上。「誰在乎？這整個就是一場表演。重點在人家怎麼看妳。在妳接受訪問之後，我最多只能說妳表現得還不錯，而那還眞是個奇蹟。現在，我敢說妳是個令人心碎的姑娘。噢，噢，噢，妳家鄉的男孩們是多渴望拜倒在妳的石榴裙底下。妳覺得哪一種會讓妳得到更多的資助人？」

他噴出的酒臭讓我想吐。我推開他抓住我肩膀的手，退到一旁，試著釐清思緒。

秦納走過來用手環住我，說：「凱妮絲，他說得對。」

我不知道該怎麼想。「我應該被事先告知，這樣我才不會看起來那麼蠢。」

「不，妳的反應完美極了。如果妳事先知道，事情看起來就不會那麼眞。」波緹雅說。

「她只是擔心她男朋友。」比德粗聲說，扔掉手上一塊沾著血的陶片。

想到蓋爾，我兩頰又燒起來。「我沒有男朋友。」

「隨便妳。」比德說：「我敢打賭，他一定夠聰明，可以識破這不過是一場戲。再說，**妳**又沒說妳愛**我**。所以，有什麼關係？」

我的大腦吸收了這話，憤怒消退了。現在，我卡在兩難之間，到底是要認爲自己被利用了，還是因此而多了一項優勢？黑密契說得對。我是通過了那場訪問，但我呈現了什麼？一個穿著件閃閃發亮的衣服，不停轉圈圈的蠢女孩，還咯咯笑個不停。唯一我有實質表現的時刻，是我談到小櫻時。但那跟打麥的沉默所呈現出來的致命力量一比，我很容易就被忘記了。愚蠢、閃閃發亮跟容易被忘記。不，不會完全被忘記，我在訓練中得了十一分。

但現在比德讓我成了愛的目標。不只屬於他一人。他說了，我有很多仰慕者。如果觀眾眞的認爲我們在戀愛……我記得他們對他的告白起了多強烈的反應。悲劇戀人。黑密契說得對，都城的人很吃這一套。突然間，我開始擔心自己沒做出恰當的反應。

「在他說他愛我之後，你們覺得我也可能愛上他嗎？」我問。

「我是這麼覺得。」波緹雅說：「妳避開不看攝影機，還有妳臉紅的樣子，都讓人相信。」

其他人也出聲附和。

「小甜心，現在妳貴重如金，人人搶著要。妳的資助人會在門口大排長龍。」黑密契說。

我對自己的反應感到困窘。我強迫自己面對比德：「對不起，我不該推你。」

「沒關係。」他聳聳肩說：「雖然嚴格說來，這是犯規的。」

「你的手還好嗎？」我問。

「它們會好的。」他說。

接下來的沉默中，我們都嗅到晚餐的香味從餐廳飄過來。「來吧，吃飯去。」黑密契說。我們跟著他到餐廳，各自找位子坐下。但比德的手流血流得太厲害，波緹雅只好先帶他去看醫生。我們先用餐，第一道是玫瑰花瓣濃湯。當我們用完湯，他們回來了。比德的雙手都包著繃帶。我忍不住感到很內疚。明天我們就要進入競技場了，他幫了我個大忙，我卻用傷害作爲回報。難道我得永遠一直欠他嗎？

餐後，我們到起居室觀看重播。雖然其他人向我保證我看起來很迷人，但我穿著華服轉圈傻笑的模樣，眞是花梢膚淺之至。比德才是眞正迷人，並且那戀愛男孩的告白，完全贏得眾人的心。然後鏡頭照到我，滿臉通紅與困惑，因秦納的打理而美麗動人，因比德的告白而令人渴望，因環境而成爲悲劇，並且，根據大家的說法，令人永難忘懷。

當國歌結束，螢幕暗下來後，整個房間一片寂靜。明天一大早，我們就會被叫起來，準備好去競技場。遊戲實際的開始時間是十點，因爲都城大部分的居民都很晚起。但比德跟我必須早早起床準備好，因爲不曉得預備給今年飢餓遊戲用的競技場有多遠，要花多久時間才能到。

我知道黑密契跟艾菲不會與我們同行。我們一離開這裡，他們會立刻去到遊戲總部，期待可以瘋狂地簽下我們的資助人，制訂策略，看是幾時與如何將什麼禮物送給我們。秦納和波緹雅會跟我們一起走，到達我們被送進競技場的地點。不過，最後的道別還是要在這裡說。

艾菲牽起我們倆的手祝福我們，眼中眞的含淚。她感謝我們成爲最好的貢品，能協助我們她眞是三生有幸等等。然後，艾菲就是艾菲，且按照法律，她顯然得跟我們講一些不中聽的話，因此她加上這句：「如果明年我終於升遷到比較體面的區去，我也不會太驚訝。」

接著她分別親吻我們兩人的臉頰，然後快步離開，不曉得是承受不了離別的感傷，還是承受不了她可能獲得升遷的好運。

黑密契雙臂交叉在胸前，把我們從頭打量到腳。

「有什麼最後的指示嗎？」比德問。

「鑼響的時候，你們兩個都不准過去豐饒角參與廝殺，立刻給我離開那裡，走就對了，把你們跟別人的距離拉得越開越好，然後是找到水源。」他說：「懂嗎？」

「然後呢？」我問。

「給我好好活著。」黑密契說，跟他在火車上給我們的是同一個建議，但這次他既沒喝醉也沒笑。我們只點點頭。除此之外，還能說什麼？

當我走回房間，比德還逗留在那裡，跟波緹雅說話。我很高興。無論我們要講什麼奇怪的道別的話，都可以留到明天。我的床單已經拉開，但沒見到那紅髮去聲人女孩。但願我知道她的名字。我之前該問的，或許她可以寫下來給我，或比給我看。但那也許會給她招來懲罰。

我洗了個澡，刷掉那身金粉跟臉上的妝，把身上那層美麗的跡象洗掉。整個設計小組費心為我做的裝扮，最後只留下指甲上那些火焰。我決定留下它們，用以提醒自己觀眾是怎麼看我的。凱妮絲，燃燒的女孩。也許，在接下來的日子裡，這能給我某種堅持下去的力量。

我套上一件厚羊毛睡衣，爬上床。才躺五秒鐘，我就明白自己絕對睡不著。但我迫切需要睡眠，因為在競技場裡，任何時候，我若向疲憊屈服，就會招來死亡。

這實在不妙。一小時，兩小時，三小時過去了，我的眼皮拒絕變得沉重。我無法停止想像自己會被丟進什麼樣的區域。沙漠？沼澤？荒原？我最希望的是有樹林，它能提供我食物，避難與隱藏之處。競技場裡通常都會有樹木，因為貧瘠荒涼的地形很乏味，而且沒樹木的話，遊戲通常很快就結束了。可是氣候又會是什麼樣子？一旦碰到遊戲進展緩慢的時刻，遊戲設計師又隱藏了什麼陷阱來炒熱場面？此外，還有我那些貢品同伴……

我越急著想睡著，就越睡不著。最後，我焦躁到連床都待不住。我起身踱步，心跳又快又急。我的房間感覺像個囚牢，若我再不呼吸一點新鮮空氣，我又要開始砸東西了。我跑過長廊，去到通往天台的門，它不但沒鎖，還半開著。也許有人忘了關門，但這沒有關係。電網籠罩著天台，任何人即使絕望地想逃脫，一了百了，也做不到。我不是想逃，只是想呼吸一點新鮮空氣。我想要在不必擔心遭人獵殺的最後一晚，看看天空與月亮。

天台晚上沒開燈，但我的光腳一踏上瓷磚地面，就看見都城無盡閃亮的燈火背景中，他那黑色的身影。底下大街上傳來極大的喧鬧聲，音樂、歌唱和汽車喇叭，都是我在房間裡透過厚玻璃窗聽不見的。現在我可以在不讓他發現的情況下溜走；那些喧鬧聲讓他聽不見我的到來。但夜風是如此甜美，我受不了要回到牢籠一般悶死人的房間裡。再說，我們交談與否，有何差別？

我悄無聲息地走過瓷磚地面，來到他身後約一碼遠，開口說：「你該試著睡一下。」他嚇了一跳，但沒轉身。我看到他搖了一下頭。「我不想錯過這場派對。畢竟，那是爲我們開的。」

我走到他身邊，身體前傾，朝欄杆外望。寬闊的大街上擠滿了跳舞的人。我瞇著眼，想把那些藐小的身影看得更清楚一點。「他們穿著化妝舞會的衣服嗎？」

「誰曉得？」比德答道：「這裡的人全都穿著奇裝異服。妳也睡不著？」

「腦子裡一直想著事情，停不下來。」我說。

「想妳家人？」他問。

「不是。」我承認，覺得有點罪惡感。「我一直想著明天的事。當然，這一點用也沒有。」從底下透上來的燈光，讓我可以看見他的臉，以及他握緊纏著綳帶的手，顯得不太方便的樣子。「弄傷了你的手，我眞的很抱歉。」

「沒關係，凱妮絲。」他說：「反正，在遊戲裡，我從來就不是競爭者。」

「千萬別這麼想。」我說。

「爲什麼？事實如此。我最大的期望是別丟自己的臉，以及……」他遲疑著。

「什麼？」我說。

「我不知道要如何準確表達。就是……我要死得像我自己。這樣講妳聽得懂嗎？」他問。我搖頭。他怎麼可能死得不像自己而像別人？「進到裡面之後，我不想被他們改變，我不想變成某種不是我的怪物。」

我咬住唇，覺得自己眞是差勁。當我揣想著有沒有樹林時，人家比德卻在苦思如何維護自己的人格，堅持他眞正的自己。「你是說，你不會殺任何人？」我問。

「我會，必要的時候，我確定我會跟大家一樣殺人。我不可能不戰而降。我只是一直期望自己能想出個辦法……向都城顯示他們並不擁有我，我不僅僅是他們遊戲中的一顆棋子。」比德說。

「但你是。」我說：「我們都是。遊戲就是這樣玩的。」

「好，但在那個框架裡，妳還是妳，我也還是我。」他堅持著：「妳不懂我的意思嗎？」

「有一點懂。只是……比德，我沒有冒犯的意思，但誰在乎呢？」我說。

「我在乎。我是說，」他憤怒地問：「此刻我還能在乎別的什麼？」那雙藍眼睛緊盯著我，要求我回答。

我後退一步。「那就在乎黑密契的話，好好活著。」

比德對我笑了笑，既悲傷又嘲諷。「是，謝謝妳的指點，小甜心。」他學黑密契那要人領情的親暱稱呼，就像一記耳光甩在我臉上。「聽著，你若打算把你人生的最後幾小時，花在計畫怎麼在競技場裡死得高尚一點，那是你的選擇。我打算利用我的時間去想第十二區。」

「妳會那麼做，我絲毫不驚訝。」比德說：「只要妳能回到家鄉，幫我問候我媽，可以嗎？」

「一定辦到。」我說，然後轉身離開了天台。

這晚餘下的時間，我在忽睡忽醒中度過，想著隔天早晨我會對比德．梅爾拉克說些什麼尖刻的話。比德．梅爾拉克，當他面對生死關頭時，讓我們看看他會有多高尚偉大。說不定他會變得憤怒狂暴，在殺了人之後，像野獸般企圖把死者的心挖出來吃掉。幾年前有個來自第六區，叫作提塔斯的傢伙就是如此。他變得極端野蠻，遊戲設計師得先用電槍把他擊昏，才能在他開始吃他所殺的人之前，把他們的屍體取走。在競技場中沒有規則可循，但都城的觀眾不太能接受人吃人這種事，因此他們會防止這樣的事發生。事後有人猜測，認爲最後奪走提塔斯性命的那場雪崩，是特別安排的，爲要確保勝利者不是個瘋子。

早晨我沒見到比德。秦納在天亮前來到我房間，給我一套簡單的衣服換上，再帶我上去天台。我最後的著裝與準備，將在競技場地下如陵寢般的小室中完成。這時，就像那天在森林中我看見那紅髮去聲人女孩被捕時一樣，一艘氣墊船突然出現在空中，有道梯子墜下來。我才把手腳攀上最底下的階梯，刹那間我便像被冰凍了般，某種電流把我緊緊吸附在梯子上，直到我被安全吊升到船艙內。

我期待梯子會放開我，但是當一個穿白袍拿著注射筒的女人朝我走過來時，我還黏在梯子上不能動彈。「凱妮絲，這是妳的追蹤器。妳越靜止不動，我就越能有效率地安置它。」她說。

靜止不動？我根本是座雕像。但是當針頭深深刺入我前臂，把追蹤器注入我皮膚底下時，我還是感覺到尖銳的刺痛。現在，我在競技場中無論跑到哪裡，遊戲設計師都能追蹤到我。他們可不想找不到貢品。

追蹤器一安置好，梯子就放開我。那女人走開了，秦納也從天台被接上來了。一個去聲人男孩進來，指引我們到另一個擺了早餐的房間。雖然我的胃緊張得揪成一團，我還是盡量多吃，不過那些精緻的食物在我嘴裡全然食不知味。我太緊張，東西吃起來都跟煤渣一樣。唯一使我分心的，是我們航行過都城，進入遠方的荒野時，窗外掠過的景色。這就是鳥兒所見到的世界，只不過牠們自由又安全，我卻截然相反。

航行持續了約半個鐘頭，然後窗戶突然一片黑，想來我們已經接近競技場了。氣墊船停下來，我和秦納回到梯子旁，只不過這次梯子是垂入一根通往地底的管子，進入競技場底下的地穴。我們跟隨指示抵達我的終點，一個我做最後準備的房間。在都城，他們稱這房間爲發射室。在我們區裡，人們稱它畜欄，是動物要被送去宰殺前聚集的地方。

每樣東西都是全新的，我是第一個也是唯一一個使用這間發射室的人。在競賽過後，競技場將成爲歷史景點，是都城居民喜歡參觀、渡假的景點。來渡假一個月，重看一遍飢餓遊戲的影片，遊覽這些地穴，參觀那些貢品被殺的地點。你甚至可以玩角色扮演。

他們說，餐點好吃極了。

我沖澡刷牙，努力不反胃嘔吐。秦納幫我綁頭髮，簡單一根辮子垂在背後，我的註冊商標。然後衣服送來了，每位貢品都一樣。秦納沒參與我這套衣服的設計，他甚至不知道送來的包裹裡面有些什麼，不過他幫我把衣服穿上，簡單的黃褐色長褲，淺綠色襯衫，深棕色皮帶，長及大腿的黑色連帽薄外套。「這外套的質料，是設計來反射體溫，保持妳溫暖的。要有心理準備會有寒冷的夜晚。」他說。

穿上緊身襪後套上靴子，竟比我所期望的還好，皮革很柔軟，不像我家裡那雙。靴底還有一層彈性膠底，很適於奔跑。

我想我已經著裝完畢。這時，秦納從他口袋裡掏出一個黃金學舌鳥胸針。我竟把它忘得一乾二淨。

「你從哪兒拿來的？」我問。

「妳在火車上穿的那件綠襯衫上。」他說。現在我記得了，我把瑪姬送我的這枚胸針從我媽的藍色洋裝上取下，別在那件襯衫上。「這是你們區的標誌，對吧？」我點頭，他把胸針別在我衣服上。「它差點通不過檢查委員會。有人認爲這胸針可以拿來當武器，讓妳佔到便宜。不過最後他們還是讓它通過了。」秦納說：「但他們沒收了第一區那女孩戴的一枚戒指。如果你扭轉那戒指上的寶石，會有一根針彈出來，針上有毒。她宣稱她不知道戒指被改裝過，反正也沒人能證明她的話，但她失去了她的標誌物。好了，妳都打扮妥當了。動一動，確定沒有哪裡覺得不舒服。」

我走動，小跑幾圈，揮動手臂。「都很好，完全合身。」

「那就沒別的事，只等他們叫人了。」秦納說：「除非，妳覺得自己還能再吃點東西？」

我吃不下，但拿起一杯水，在坐著等待的時間裡，小口小口喝著。我不想咬指甲或嘴唇，所以我不自覺地咬起臉頰內側。我幾天前咬破的地方還沒完全好，不一會兒我便在嘴裡嚐到瀰漫開來的血腥味。

我預期著即將臨到的事，緊張逐漸變成恐懼。說不定在一個鐘頭內，我就被擺平，死亡。甚至不到一個鐘頭。我的手指不由自主地一直摸著前臂那塊小突起，那個女人幫我注射的追蹤器。雖然會痛，我還是一直壓它，用力到那裡開始出現一小塊瘀青。

「想說說話嗎，凱妮絲？」秦納問。

我搖頭，但一會兒之後我把手伸向他。秦納用雙手包握住我的手。我們就這樣坐著，直到一個悅耳的女聲宣布，發射時間到了。

我仍舊緊握著秦納的一隻手，起身走過去站在一片圓形金屬板上。「記住黑密契說的。

快跑離開，找到水源。接下去就一步一步來。」他說。我點點頭。「還有，記住這點：我不被允許下賭注，但如果我可以賭，我會把錢全押在妳身上。」

「眞的嗎？」我低聲問。

「眞的。」秦納說，並彎下身親了親我的額頭。「祝妳好運，燃燒的女孩。」接著，一個圓形玻璃罩降下來罩住我，斷開了我們緊握的手，將他隔離。他用手指輕推自己的下巴。把頭抬起來。

我抬起頭，盡量站得筆直。圓筒開始上升。有大約十五秒的時間，我身陷一片黑暗，然後感覺到那片金屬板在把我往上推離開圓筒，進入戶外。有那麼片刻，明亮的陽光使我眼花，我只意識到吹拂的強風中夾帶著給人帶來希望的松樹味道。

然後我聽到那著名的宣布者——克勞帝亞斯．坦普史密斯的聲音，在我四周轟然響起。

「各位女士、各位先生，第七十四屆飢餓遊戲，現在開始！」

11

六十秒。在鑼聲響起，我們可以展開行動之前，必須待在這塊圓形金屬板上六十秒。時間沒到之前偷跑的話，地雷會轟掉你的雙腿。所有的貢品圍成一圈，等距離面向中間的豐饒角。那是個巨大的金色角狀物，像個尾巴捲起的圓錐，橫躺在地上，開口上端離地面至少二十呎高，裝著我們在競技場裡賴以活命的東西，多到滿出來。食物、瓶裝水、武器、藥品、衣服、點火設備。豐饒角四周地面也散布著其他物品，它們的價值隨著離豐饒角越遠而越低。譬如，在我腳前不遠，有一塊大約三呎見方的塑膠布。在下大雨時它肯定有用。但在豐饒角的開口，我看見有一包幾乎可抵禦任何一種天氣的帳棚。要得到它，我得有膽子上前跟二十三個貢品搶奪，但我已經被告誡不得這麼做。

我們置身在一處平坦開闊，地面堅實的平原上。我看不見正對面貢品的背後是什麼，那表示該處可能是個陡降坡，或甚至是懸崖。在我右邊是個湖，左邊跟背後是稀疏的松樹林。那會是黑密契要我去的地方。立刻去。

我腦中迴響著他的指示。「走就對了，把你跟別人的距離拉得越開越好，然後是找到水源。」

但是，我看見面前等著的豐富物資，充滿了誘惑力，太誘人了。況且，我知道我若不去搶，它們就會落入別人手裡。那些在浴血廝殺中存活下來的專業貢品，一定會瓜分絕大部分這些保命的戰利品。有個東西抓住了我的視線。一捲捲毯子堆積如小丘，上頭擺著一個裝著箭的銀箭袋與一把弓，已經上緊了弦，只等人去用。**那是我的**，我想著，**那是為我準備的**。

我跑得很快。在短距離內我奔跑的速度快過我們學校任何女生，只有距離長時，才有幾個能打敗我。但這裡只有四十碼遠，絕對是我拿手的。我知道我拿得到，我知道我能第一個拿到。但接下來的問題是，我能多快離開那裡？等我爬上那堆東西，拿到武器之後，其他人也都抵達豐饒角了。如果只有一兩人，我說不定還能對付，但假設來了一半的人，在近距離內，他們可以用標槍、狼牙棒或他們巨大有力的拳頭，把我幹掉。

不過，我不會是唯一的目標。我敢打賭，有許多貢品會放過一個小個頭的女孩，即使她在訓練中得了十一分。他們會先去解決那些比較兇猛的對手。

黑密契從未見過我奔跑。若他見過，或許會對我說，去吧，奪得弓箭。畢竟，能救我性命的正是這武器。並且，在那一整堆物資中，我只見到一把弓，那恐怕是唯一的一把。我知道時間快到了，我必須快點決定要採取什麼對策。接著，我發現自己雙腳已經擺好起跑姿勢，不是離開進入森林，而是朝向那堆物資，朝向那把弓。就在這瞬間，我注意到了比德，他在我右邊算過去第五個，相當遠的距離，但我還是分辨得出他正看著我，我覺得他好像對我搖了搖頭。不過太陽正照著我眼睛，就在我苦思他是什麼意思時，鑼響了。

我錯過了！我錯過了我的機會！因爲我沒準備好，而慢了幾秒鐘。這額外的幾秒鐘，足以讓我改變加入搶奪的想法。我的雙腳亂跳了片刻，因爲大腦難以決定方向而不知該朝哪兒去，然後我衝向前，撈起那塊塑膠布和一條麵包。我心裡氣極了比德使我分心，讓我收穫如此微少。我衝向二十碼外去搶一個亮橘色的背包，那裡面可能有任何東西，因爲我受不了自己幾乎一無所得。

有個男孩，我想是來自第九區，跟我同時抓住那背包，我們拉扯了片刻，接著他一咳，噴了我一臉的血。我驚得後退一步，對那溫暖又黏膩的液體感到噁心。然後那男孩仆倒在地，我這才看見他背上刺了把刀。其他的貢品已經有人抵達豐饒角，取得武器發動攻擊了。沒錯，來自第二區的女孩，就在十碼外，正朝我奔來，一隻手上握著五、六把小刀。我在訓練場上見過她擲小刀，從無失誤。我正是她的下一個目標。

所有我曾感受過的恐懼，霎時間全濃縮在這女孩身上，這掠食者會在瞬間殺了我。腎上腺素貫穿我全身，我將背包甩上肩，全速衝向森林。我聽見小刀破空朝我飛來的聲音，反射性地把背包拉高保護我的頭。小刀釘在背包上。我奔進森林，現在背包已經穩穩掛在我背上了。我不知怎地知道那女孩不會追來，她會在所有的好東西被搶光之前，退回豐饒角。我臉上浮現笑容，想著，**謝謝妳給了我一把刀**。

在森林的邊緣，我回頭掃視平原片刻。有十來個貢品在豐饒角旁互相砍殺，有幾個已經死亡倒地。那些走爲上策的人若不是已經消失在森林裡，就是進入跟我反方向的那片虛空中。我繼續奔跑，直到森林將我隱藏起來，脫離了其他貢品。然後，我放慢爲穩定的慢跑速度，心想我可以這樣跑上一陣子。接下來幾個小時，我交替著慢跑跟行走，盡量拉開我與其他競爭對手之間的距離。在跟第九區的男孩拉扯時，我弄掉了那條麵包，不過來得及把那塊塑膠布塞進我袖子裡。現在，我一邊行走，一邊把塑膠布拿出來仔細摺好放進口袋裡。我也把小刀拔下來，這是把很好的刀子，刀刃很利，靠近握柄的地方有鋸齒，需要鋸東西時會很好用。我把刀插在皮帶上。我還不敢停下來檢查背包裡的東西。我一直前進，只偶爾停下來察看有無追擊者。

我可以持續走很長一段時間，這是在森林中打獵練出來的。但我需要水。那是黑密契的第二個指示。由於我幾乎搞砸了他的第一個指示，因此我很認眞地注意周遭有無水源。還沒交上好運。

森林開始有些變化，松樹林中混雜了其他樹種，有些我認得，有些完全陌生。有那麼一刻，我聽見一個聲音，立刻拔出刀來，準備防衛，結果我只是嚇到了一隻兔子。「見到你眞好。」我低聲說。既然見到一隻，這裡可能有好幾百隻等著人誘捕。

地面轉爲下坡。我不怎麼喜歡這種情況，山谷會讓我覺得被圍困。我喜歡在高處，譬如第十二區附近的山丘，可以看見敵人靠近。但現在我沒得選擇，只能繼續前進。

奇怪的是，我並未覺得很糟。把自己吃到撐死的日子總算有了回報。雖然我缺乏睡眠，卻仍充滿體力。身在森林中眞讓人活力十足。我很高興自己孤身一人，雖然這不過是個假象，因爲我現在可能正在螢幕上。鏡頭不會一直都是我，而是斷斷續續的。遊戲的第一天有太多死亡可播，一個在森林中踽踽獨行的貢品委實沒什麼看頭。不過他們會讓我在鏡頭上出現得夠多次，讓大家知道我還活著，沒受傷，正在前進。遊戲進行期間，大家會持續下賭注。下注最激烈的日子包括出現最初傷亡的開幕日。但今天的賭況，又跟場上競爭者縮減到剩下四、五人時不能比。

我聽到大砲聲時，已經接近傍晚了。大砲每響一聲，代表一名貢品死亡。豐饒角前的戰鬥一定終於停了。他們總是等到浴血戰的殺人者散去之後，才會去收屍。在第一天，他們會等到起初的戰鬥整個結束後，才開始發射大砲，因爲在過程中要確定死亡人數太困難了。我容許自己停下來喘口氣，同時數著有幾響。一……二……三……一直持續到第十一。總共死了十一個人。還剩下十三人玩這遊戲。我用指甲摳掉第九區男孩吐在我臉上，已經乾掉的血。他肯定是死了。我想著比德，他活過了這一天嗎？我再過幾小時就知道了。天黑後他們會把死者的相片投影在空中，讓我們其餘的人看見。

突然間，比德已死的想法排山倒海而來，令我無法承受。想到他蒼白的屍體被取走，運回都城，清洗乾淨，重新穿好衣服，再裝在一個簡單的木頭棺材裡運回第十二區。不在這兒了，正朝回家的路上去。我拼命想著行動開始後我是否看見他。但我所能想起的最後印象，是鑼聲響起時比德對我搖頭。

若他已經走了的話，也許還比較好，反正他沒有信心會贏。而我也不必面對最後得殺掉他的不愉快。或許他就此永遠出局是比較好的。

我放下背包，一屁股跌坐在地上，精疲力竭。反正，天黑之前，我總得弄清楚裡面有些什麼東西，看看我能做什麼。我解開袋口的繩索時，可以感覺到這袋子做得很堅固，雖然它的顏色很糟糕。這種橘色會在黑暗中發出螢光。我在心裡記下來，明天頭一件事就是把它塗上僞裝。

我掀開袋口。此刻我最想要的是水。黑密契要我們立刻找到水的指示，不是隨便說說的。沒有水，我撐不了多久。接下來幾天，我會經歷難受的脫水症狀，之後，我會惡化到無法自保，了不起拖上一星期，一定死亡。我小心地取出裡面的東西排列在地上。有個黑色的薄睡袋可保住體溫。一包餅乾。一包牛肉乾。一瓶碘液。一盒木頭火柴。一小捲鐵絲。一副太陽眼鏡。還有一個可裝半加侖水的有蓋塑膠水壺，裡面卻空空如也。

沒有水。他們要把水壺裝滿水能有多難？我開始意識到我的嘴與喉嚨有多乾，我的嘴唇出現了裂紋。我已經趕了一整天的路。天氣很熱，我又出了很多汗。我在家鄉常這麼做，但那裡隨時有小溪可暢飲，必要的話也有雪可融成水。

我重新把東西裝回背包裡，同時想到一件可怕的事。那個湖。那個我在等候鑼響時看到的湖。萬一那是競技場中唯一的水源，怎麼辦？果眞如此，保證我們一定會爲它拼得你死我活。我現在坐著的地方離那湖有一整天的路程，沒水可喝會使回程變得更困難。就算我眞的走到了，那裡肯定有專業貢品在嚴密把守。就在我快要恐慌起來時，我想起了今天稍早被我嚇到的那隻兔子。牠也得喝水。我只需找到有水的地點就行了。

黃昏降臨，我開始侷促不安。樹木太稀疏了，無法提供好的隱蔽。地上的層層松針固然悶住了我的腳步聲，但也害我難以追蹤動物足跡，尋找水源。而我還在繼續往下坡走，越來越深入一個似乎沒有盡頭的山谷。

我也餓了，但我還不敢打開寶貴的餅乾與牛肉乾。於是，我拔出刀子，走到一棵松樹旁，切掉那棵樹的外皮，再刮下一大把內部較軟的樹皮。我邊走邊慢慢嚼著樹皮。在吃了一個禮拜這世界上最好的食物之後，要吞下這些樹皮還眞有點難。但我這輩子吃過相當多松樹皮，我很快就會調適過來的。

又過了一小時，很明顯我得找個地方紮營。夜間動物已經出來，我不時可聽見動物的低吟或咆哮。這表示，我得跟大自然的掠食者一起爭奪兔子。至於我會不會被當成食物，現在還很難講。這時可能有數目不等的任何動物正朝我潛行過來。

但現在，我決定優先考慮我的貢品同伴們。我確定有好些人會繼續連夜獵殺。那些在豐饒角前殺出一條血路的人，會有食物，會從湖中取得大量的飲水，擁有火把或手電筒，以及令他們躍躍欲試的武器。我只能希望自己已經跑得夠快夠遠，離開了他們獵殺的範圍。

在安頓下來之前，我拿出那捲鐵絲，在樹叢中設了兩個抽吊陷阱。我知道設陷阱很冒險，但在這裡食物很快就會消耗完。況且，我在奔跑時無法設陷阱。不過我還是再走五分鐘的路程之後，才安營。

我小心地選擇棲身之樹。一棵柳樹，不是很高，但在一堆柳樹叢中，那些長長的飄動的枝葉提供了很好的隱蔽。我往上爬，緊挨著接近樹幹的粗枝，找到一處堅固的分叉處做床。這要花點工夫，但我安置好睡袋，還弄得挺舒服的。我把背包放進睡袋底部，然後跟著鑽進去。爲了小心起見，我抽出皮帶，將它連樹幹及睡袋繞一圈，重新在我腰部繫緊。現在，若我在睡夢中翻身，也不會摔落地面。我個子夠小，睡袋可以把我連頭包住，但我把外套的兜帽也戴上。隨著夜晚降臨，空氣冷得很快。儘管我去搶這背包冒了風險，現在我知道這選擇是對的。這個會反射並保存我體溫的睡袋，簡直無價。我相信有好些其他貢品現在最大的憂慮，是如何保持身體溫暖，而在這同時，我說不定眞能獲得幾小時的睡眠。只是，我實在好渴……

黑夜才降臨，我就聽到國歌響起，預告死亡簡報即將開始。透過枝條，我可以看見都城的徽章浮現在天空。我實際上是在看著一面巨大無比的螢幕，是靠那種會消失的氣墊船在傳送的。國歌演奏完畢，天空漆黑了片刻。在家鄉，我們將會看到每一場殺戮的完整報導；但在競技場上，他們不會這樣播放給還活著的貢品看，怕有失公平。譬如，假使我拿到弓箭並射殺了某人，我的祕密就暴露在其他人面前。因此，在競技場裡，我們只會看見一張張簡單的大頭照，跟電視報導我們的訓練評分時同樣的照片。差別只在，現在是行政區的號碼取代了分數。我深吸一口氣，看著那十一位死亡貢品的臉孔一一出現，同時扳動手指計算。

頭一個出現的是第三區的女孩。那意味著第一跟第二區的專業貢品都活下來了。這並不令人訝異。然後是第四區的男孩。我沒料到會有他，通常所有的專業貢品都會活過第一天。第五區的男孩……我猜那個狐狸臉女孩存活下來了。第六跟第七區的男孩與女孩。第八區的男孩。第九區的兩個人，沒錯，包括那個跟我爭奪背包的男孩。我十根手指都用完了，還剩最後一位貢品。是比德嗎？不，是來自第十區的女孩。就這樣。都城的徽章再度出現，伴隨著華麗的音樂尾聲。天空恢復一片漆黑，森林再度響起各種聲音。

比德還活著，我放下心來。我再次告訴自己，若我被殺，那麼由他獲勝將能帶給我媽跟小櫻最大的好處。我用這話來解釋為什麼我想到比德時，有那麼多情緒衝突。他在訪問中公開表明對我的愛，給了我很大的優勢，令我感激。他在天台上那種自視高尚的表現，令我生氣。在這競技場中我們隨時可能會面對面，令我恐懼。

死了十一個，都不包含第十二區的。我試著回想還剩哪些人。五個專業貢品。狐狸臉。打麥跟小芸。小芸……她畢竟捱過了第一天。我情不自禁感到高興。這樣包括我們一共有十個人。另外三個我明天會搞清楚。現在，夜這麼黑，我又走了那麼遠的路，且安穩地躺在這棵樹的高枝上，我一定要試著好好休息。

我已經差不多兩天沒睡了，來到競技場後又累了一整天。慢慢地，我容許自己的肌肉放鬆，眼睛閉上。我最後想到的一件事是，幸虧我不會打呼……

喀嚓！樹枝折斷的聲音把我驚醒。我睡了多久？四小時？五小時？我的鼻尖凍得像冰。**喀嚓**！**喀嚓**！怎麼回事？這不是有人踩斷腳下樹枝的聲音，而是有人從樹上把樹枝折下來的聲音。**喀嚓**！**喀嚓**！我判斷聲音是來自我右方數百碼處。我緩慢、無聲無息地轉向那個方向。有好幾分鐘，除了一片漆黑混沌和快速晃動的模糊暗影，什麼也沒有。然後我看到一絲火花，接著有個小火苗開始燃起來。有雙手伸到火上取暖。此外，別的什麼也看不清楚。

我必須緊咬住唇，才能不對那生火者罵出所有我知道的髒話。他們頭殼壞去了嗎？在天剛黑時生火是一回事。那些在豐饒角浴血奮戰後，挾著優越戰力與過剩物資的人，那時還不可能近到可以看見火光。但現在，他們說不定已經搜索森林數小時，要逐一找出倒楣鬼，而你生這火簡直是在對他們搖旗大喊：「來啊，我在這裡！」

而我在這裡，距離這場遊戲中的頭號大白癡不到一箭之遙，綁在一棵樹上，不敢逃走，因爲我大致的位置，才剛透過那堆火大聲廣播給任何留心的獵殺者知道。我是說，我知道這裡很冷，也不是每個人都有睡袋，但無論如何你都得咬緊牙關硬撐到天亮啊！

接下來數小時，我躺在睡袋裡氣得冒煙，想著我若能離開這棵樹，我會毫不猶豫宰掉這位新鄰居。我的直覺本是逃走，不是戰鬥。但這傢伙顯然是個公害。愚蠢的人最危險不過。

看情形這傢伙大概對使用武器也不在行，而我有一把很棒的刀子。

天還是很黑，但我可以感覺到第一道曙光正在接近。我才開始覺得我們——也就是我及那個我計畫著要怎麼宰掉的人，也許眞能神不知鬼不覺地逃過一劫，接著我就聽見了。好幾個腳步聲霎時轉爲奔跑。那個生火者一定是打了瞌睡，所以還沒來得及逃跑就被他們逮到。現在我知道那是個女孩，從哀求聲聽出來的，接著是極其痛苦的慘叫。然後，是好幾個不同的笑聲與恭賀聲。有人大喊：「倒下十二個，還有十一個要解決！」這話贏得一陣讚賞的叫囂。

所以，他們是結夥打鬥。我不是眞的很驚訝。飢餓遊戲的初期，常有結盟之事。最強的幾個聯合起來幹掉那些弱的，然後，當這一小群人之間的張力變得太大時，便翻臉相向。我不必費力就能想出是誰組成這聯盟。那些一起吃午餐的人，剩餘下來的第一、第二和第四區的專業貢品。兩男三女。

有那麼片刻，我聽到他們在察看那被殺女孩的物資。從他們的談話可知，他們沒找到什麼好東西。我想著那被害者不知道是不是小芸，但很快就放棄這想法。她很聰明，不會笨到去生那樣一堆火。

「我們最好離開這裡，這樣他們才能在屍體發臭之前來收取。」我幾乎能確定這是第二區那野獸般的男孩的聲音。其他人喃喃同意。接著，我恐怖地聽見，那群人開始朝我走過來。他們不知道我在這裡。他們怎麼可能知道？我在一堆柳樹中藏得好好的，只要太陽還沒升起，我就沒事。之後，我那在黑夜中是絕佳僞裝的黑色睡袋，就會給我帶來麻煩。如果他們繼續前進，他們會在一分鐘內經過我並離開。

但那些專業貢品在離我這棵樹大約十碼的空地上停下來。他們有手電筒跟火把。我透過枝條的縫隙可以看到這裡一隻手臂，那裡一隻靴子。我僵硬如石，甚至不敢呼吸。他們看見我了嗎？不，還沒。從他們講的話，我知道他們的注意力放在別的事情上頭。

「現在我們應該要聽到砲聲了吧？」

「是啊。不可能有什麼會攔阻他們立刻來收屍。」

「除非她還沒死。」

「她死了。我親手刺死她的。」

「那爲什麼大砲不響？」

「該有人回去一趟，確認事情辦妥了。」

「對，我們不想追殺她兩次。」

「我說她已經死了！」

他們開始爭吵，直到有個貢品出聲讓大家靜下來。「我們是在浪費時間！我回去解決她，然後我們繼續前進！」

我差點從樹上掉下去。那聲音竟是比德。

12

感謝老天，幸好我有先見之明，事先把自己綁起來。我已從一側翻了下去，面向地面，只靠那條皮帶、一隻手，以及睡袋內雙腳跨在背包兩側撐住樹幹，這才固定在樹上。我因震驚而翻覆時，一定弄出了聲音，但那些專業貢品太專注於爭執，沒有聽見。

「那就去啊，戀愛男孩，」來自第二區的男孩說：「去親眼瞧瞧。」

我從一支火把的光中瞥見比德，他正轉身回頭走向那火堆旁的女孩。他的臉腫起，有好些瘀青，一條手臂上纏著血跡斑斑的繃帶。從他走路的聲音聽來，他似乎有點跛。我記得他搖頭叫我別衝過去搶物資，而他從頭到尾，打一開始，就計畫著要衝去搶那堆東西。跟黑密契告訴他的完全相反。

好吧，這點我能接受。那些物資是很大的誘惑。但是……跟那群專業豺狼合作，獵殺我們其餘的人，又是另一回事。沒有任何一個來自第十二區的人，會想到做這種事！專業貢品都非常傲慢，極度兇殘，吃得又飽又好，但這只因爲他們是都城的狗奴才。除了他們自己人，所有其他區的人都對他們深惡痛絕。我可以想像現在家鄉的人會怎麼談論他。而比德居然還跟我大言不慚，說什麼不想丟臉？

天台上那個高尚的男孩，顯然又耍了我一次。但這肯定是最後一次。如果我沒先親手殺了他，我也會熱切等候在夜空中看見他死亡的告示。

那些專業貢品等他走到聽力範圍之外，才壓低聲音交談。

「我們幹嘛不現在就殺了他，把事情解決了？」

「讓他跟吧，這能有什麼害處？再說，他很會用刀。」

他善用刀？這可是新聞。吾友比德，我今天得知有關你的趣事還眞多啊。

「再說，他是我們要找到她的最好機會。」

我花了一點時間才意識到他們所講的「她」是指我。

「爲什麼？你認爲她相信那愚蠢的浪漫告白嗎？」

「她可能已經相信了。我看她頭腦非常簡單。每次想到她穿那身衣服轉圈圈的樣子，我就想吐。」

「眞希望知道她是怎麼得到那十一分的。」

「我打賭，戀愛男孩知道。」

比德返回的聲音讓他們靜了下來。

「她死了嗎？」來自第二區的男孩問。

「沒，但現在死了。」比德說。話才說完，大砲就響了。「準備好上路了嗎？」

那群專業豺狼跑步離開時，天正破曉，百鳥開始歌唱。我繼續維持這怪異的姿勢一會兒，肌肉因爲施力太久而發抖，然後，再把自己撐起來回到枝椏上。我需要下去，開始前進，但有那麼片刻，我只是躺著，消化自己剛才所聽見的。比德不單是跟專業貢品在一起，他還在幫他們找我。那個頭腦簡單的女孩，因爲得了十一分，所以要認眞對付。因爲她善使弓箭。這點，比德比任何人都清楚。

但他還沒告訴他們。他保留這項訊息，是因爲他曉得這樣才能活命嗎？他還繼續在觀眾面前假裝愛我嗎？他腦子裡究竟在想什麼？

突然間，鳥叫全停了。有一隻發出了尖聲警告。單一個音而已。就像蓋爾跟我在那紅髮去聲人女孩被抓之前聽到的一樣。在即將熄滅的營火上方，高空中突然出現一艘氣墊船。一對大鋼牙落下，那個死亡的貢品女孩被輕輕、緩緩地夾進了氣墊船。然後它就消失了，鳥兒也恢復鳴叫。

「快走。」我對自己低聲說。我掙脫睡袋爬出來，將它捲起塞回背包裡。我深吸一口氣。由於我整夜靠著黑暗、睡袋跟柳樹枝隱藏自己，攝影機一定很難好好捕捉一個我的鏡頭。我知道他們現在一定在追蹤我，只要我一落地，保證一定會給我一個特寫。

觀眾得知我在樹上，聽見了專業貢品的交談，發現比德跟他們成了一丘之貉，一定難以置信，興奮異常。在我想清楚到底要怎麼利用這個優勢之前，我最好至少表現得像是了然於胸，不覺得疑惑。當然沒有困惑，沒有驚恐。

不，我需要的是料敵機先，胸有成竹。

因此，當我悄悄離開枝葉的掩蔽，進到晨光中時，我停了一下，給攝影機一點時間鎖定我。然後我稍微把頭偏向一側，露出一個心照不宣的微笑。就這樣！讓他們去猜這微笑是什麼意思吧！

在我準備出發時，我想到了我設的陷阱。在其他人離我這麼近的情況下，去察看陷阱或許不太明智，但我一定得去。我猜，這是因爲我打獵多年的習慣。以及，可能有食物的誘惑。我獲得的回報很不賴，一隻兔子。我立刻將牠宰殺，將頭、腳、尾巴、皮和內臟埋在一堆葉子底下。我希望有火，因爲吃生兔肉很可能會得兔熱病，對此我得過慘痛的教訓，接著我想到那個死掉的女孩。我趕回她紮營的地方，她那堆快熄滅的炭火還是熱的。我把兔子切開，用樹枝串起來，放到炭火上烤。

現在我很高興有攝影機在。我要資助人看見我會打獵，把賭注下在我身上是對的，因爲我不會像其他人，很容易因飢餓而被引誘落入陷阱。兔肉在炭火上烤的時候，我把部分的焦炭磨成粉，開始塗黑我的橘色背包。黑炭粉使它變得不顯眼了，但我覺得再塗一層泥巴肯定會更有幫助。要有泥巴，當然需要有水……

我背上背包，抓起烤肉串，踢了些土掩住炭火，然後朝跟專業貢品相反的方向前進。我邊走邊吃掉了半隻兔子，然後用塑膠布把剩下半隻包起來，留待下一餐。這肉讓我肚子不再咕咕叫，但我還是很渴。現在，找水是我的優先任務。

我一邊前進，一邊心裡明白，自己仍佔據著都城的螢幕，因此我繼續小心隱藏自己的感覺。我能想像克勞帝亞斯．坦普史密斯跟他請來做評論的特別來賓，這時會有多興奮，忙著分析比德的行爲、我的反應等等。怎麼理解這整件事？比德展露了他的本來面目嗎？這會如何影響賭局？我們會失去資助人嗎？但是，我們**真的有**資助人嗎？有。我肯定我們有，或至少本來有。

比德投下了一個變數，破壞了我們之間「悲劇戀人」的動人戲碼。但或許沒有破壞？也許，由於他沒洩漏太多我的事，我們仍可從中大作文章。如果我現在看起來好像這事很好玩，也許大家會以爲這是我們事先一起計畫好的。

太陽已經升上天空，即使頭頂有林蔭遮著，還是亮得刺眼。我在唇上塗了些兔子的油脂，盡量不要氣喘噓噓，但沒用。才一天，我已經迅速脫水。我努力回想所有我知道的找水的知識。水往低處流，所以繼續往這山谷裡走不是壞事。只要找到一條動物的足跡，或發現一叢特別翠綠的植物，就應該找得到水。但周遭景物看起來毫無變化。緩坡綿延不絕，依然有鳥，連生長的樹木也都一樣。

隨著時間過去，我知道我的麻煩越來越大了。我頭痛，舌頭上有塊乾燥的地方再也無法濕潤，我所能排出的一點點尿液是深褐色的。陽光刺痛了我的眼睛，因此我掏出太陽眼鏡，可是戴上之後，看見的東西卻變得很奇怪，我只好又把它塞回背包裡。

將近傍晚時，我想我找到救星了。我看見一叢莓果樹，立刻衝過去拔那些莓果，想吸食它們甜美的汁液。但就在把它們拿到嘴邊時，我再仔細看了一下。我原本以爲是藍莓的這些果子，形狀有點不同。我捏破一粒察看，裡頭的汁液是血紅色的。我不認得這種莓果，它們可能可以吃，但我猜這是遊戲設計師設下的某種邪惡詭計。就連訓練中心裡指導我們分辨植物的教練，都再三強調，除非我們能百分之百確定沒毒，否則絕不要碰莓果。這個常識我本來就有，但我實在是太渴了，得要靠她的提醒，我才有力量把手裡的莓果甩掉。

疲倦快要佔據我全身了，但不是平常那種走了遠路之後的疲憊。我知道要解除我此刻所受的折磨，唯一的辦法是繼續尋找，可是我必須常常停下來休息。我試了一個新方法，冒險在我搖搖欲墜的狀況下還爬到樹上去，盡可能爬高，看看哪裡有水的跡象。但我極目遠眺四方，都是同樣無盡的森林。

我決心尋找到天黑，一直走到自己絆倒爲止。

在精疲力竭的情況下，我拖著身體爬上一棵樹，用皮帶把自己固定住。我毫無食欲，但強迫自己吸吮一根兔子骨，讓自己的嘴有點事可做。夜晚來臨，演奏國歌，在高高的天空中我看到那女孩的照片，那個比德折回去解決的女孩。她來自第八區。

跟我燒灼的渴比起來，我對那群專業貢品的恐懼算不了什麼了。再說，他們跟我走的方向相反，現在，他們也應該要休息了。缺乏飲水的話，他們甚至可能得折返湖邊補充飲水。

也許，那也是我唯一可以得到水的地方。

天亮帶來的只有痛苦。我的頭隨著心跳抽痛，簡單一個移動都令我全身關節疼痛不堪。我簡直是跌下而不是跳下樹。我花了好幾分鐘才把背包背上。我心裡曉得這情況很不對頭，我應該要更小心行動，更迫切展開搜尋。但我的腦子混沌不堪，要擬訂計畫非常困難。我往後靠著樹幹，一邊估算我可以有的選擇，一邊用一根手指小心輕撫我乾如砂紙的舌面。我要怎麼弄到水？

回到湖邊。不用想。我根本走不到那裡。

期望下雨。天空一朵雲也沒有。

繼續搜尋。對，這是我唯一的機會。就在這時，另一個想法攫住了我，緊接著冒上來的憤怒，使我恢復了清醒。

黑密契！他可以給我送水來！按一個鈕，兩三分鐘內就能讓一朵銀色降落傘把水送來給我。我知道我一定有資助人，至少有一兩個人供得起我一瓶水。會很貴沒錯，但這些人有的是錢，而且他們還在我身上押了賭注。也許，黑密契不明白我的需要是多麼迫切。

我用我敢發出的最大聲音說：「水。」然後滿懷希望等著有降落傘從天上降下來。但什麼也沒有。

一定是哪裡出了差錯。難道我被誤導了？根本沒資助人。還是比德的行為讓他們全退縮了？不，我不相信。外頭一定有某個人願意買水給我，只是黑密契拒絕把水送來。身為我的導師，他能夠控制所有來自資助人所送的禮物。我知道他討厭我，他表明得很清楚。但討厭到要讓我死嗎？渴死？他不會這麼做的，對吧？如果做導師的人虐待自己的貢品，他得對觀眾，對第十二區所有的人，做出交代。即使是黑密契，都不願意冒這種險，對吧？就拿我在灶窩做交易的那些夥伴來說好了，如果黑密契讓我就這樣渴死，他們一定不歡迎他回去。如此一來，他要去哪裡買酒？所以……是怎樣？他是爲了我敢反抗他而叫我吃苦頭嗎？他把所有資助人都引去資助比德了嗎？難道他醉到搞不清楚現在是什麼狀況嗎？我不知怎地不相信他喝醉了，我也不相信他會因爲疏忽而害死我。事實上，雖然他的方法令人吃不消，但他一直很眞誠地努力幫我預備好面對這場遊戲。那麼現在到底是怎麼回事？

我把臉埋進雙掌中。現在不用害怕流淚，因爲我流不出一滴來止渴救命。黑密契到底是在幹嘛？儘管我生氣、憤恨、懷疑，我腦中還是有個小小的聲音說出了答案。

也許他是在傳達一個訊息給妳。一個訊息。什麼呢？然後我知道了。只有一個理由會讓黑密契把水扣住不送來給我，因爲他知道我快要找到了。

我咬緊牙關逼迫自己站起來。我的背包似乎變得有三倍重。我找了一截樹枝當枴杖，然後出發。太陽直射下來，比前兩天更加灼熱難當。我覺得自己像一塊老舊的皮革，在高溫中乾縮龜裂。每一步路都費盡力氣，但我拒絕停下來，拒絕坐下。如果我坐下，我很可能再也站不起來，甚至會不記得自己是要幹什麼。

現在我是個多麼容易獵殺的對象！任何貢品，即使是嬌小的小芸，都可輕易把我幹掉。他們只要把我推倒，然後拔出我的刀，就能宰了我，我一點抵抗的力氣都沒有。但這時若有人在附近，他們顯然不想理我。眞相是，我覺得自己離任何活物有千里遠。

但我不是孤身一人。他們這時肯定正用攝影機追蹤我。我想著過去那些年，觀看過多少貢品餓死、凍死、流血致死，以及脫水而死。除非現在某處正好有一場激烈的打鬥，否則我正被眾人矚目著。

我的思緒轉到了小櫻身上。她大概無法觀看我的現場轉播，但他們會在學校的午餐時間播放今天的精彩片段。爲了她，我盡量不讓自己顯得太過絕望。

但是到了下午，我知道死亡即將臨到了。我的雙腿顫抖，心跳太快。我一直忘記自己到底是要做什麼。我不斷絆到腳，再設法站穩，但是當楞杖一下沒拄穩滑脫時，我終於仆跌在地上，爬不起來了。我讓眼睛閉上。

我錯看了黑密契。他毫無幫助我的意思。

沒關係的，我想著，**這裡還不錯**。空氣沒那麼熱，意味著黃昏正逐步降臨。空氣中有一絲香甜，讓我想到了百合花。我的手指撫摸著滑潤的地面，輕易地滑動。**這是個不錯的葬身之地**，我想。

我的手指在冰冷、光滑的地上畫著小圈圈，想著，**我喜歡泥巴**。它那柔軟、容易辨識足跡的表面，曾多少次幫助我追蹤到獵物。如果被蟲螫了，塗泥巴也很有用。泥巴。泥巴。泥巴！我雙眼霎時張開，手指戳進地裡。是泥巴！我抬起頭讓鼻子用力嗅。那股花香！是蓮花！

我開始爬，拖著自己的身子爬過爛泥，朝那股香味爬去。離我倒下之處不過五碼，我爬過一團糾結的植物，抵達一個水塘。飄在水面上，盛開著黃花的，是我美麗的水蓮。

我極盡全力控制自己，才沒把臉埋到水中狂喝。我僅剩的一點神智知道，我不能這麼做。我用顫抖的手拿出那個空水壺，裝滿水，然後加進我記得的碘液滴數，淨化水質。接下來那半小時的等候眞是痛苦難挨，但我辦到了。至少，我認爲我等了半小時，那絕對是我忍受的極限。

慢一點，我告訴自己，**別急**。我喝了一口，等了一會兒，然後再喝另一口。接下來幾個小時，我喝掉一整壺半加侖的水。然後又喝了第二壺。然後我淨化第三壺，之後才爬上一棵樹過夜。我在樹上繼續啜飲，吃兔肉，甚至放任自己吃了一片寶貴的餅乾。當國歌響起，我感覺自己已經好太多了。今晚不見任何面孔，今天沒有貢品死亡。明天我會留在這裡休息，用泥巴塗抹、僞裝我的背包，抓一些我在喝水時看見的小魚，並挖掘一些水蓮的根，讓自己飽餐一頓。我舒服地蜷縮在睡袋裡，像抓緊性命般緊抓著我寶貴的水壺。當然，沒它就沒命了。

幾個小時後，奔竄驚逃的腳步聲將我從沉睡中驚醒。我迷糊困惑地四處張望。天還沒亮，但我刺痛的眼睛能看見它。

要錯過那對我鋪天蓋地襲來的火牆，還蠻難的。

13

我第一個念頭是快點爬下樹，但我被皮帶綁住了。我胡亂摸索著解開了搭扣，接著整個人砰地跌落地面，人還窩在睡袋裡。沒時間打包了，幸好背包跟水壺已經在睡袋裡。我把皮帶塞進去，扛起睡袋，拔腿就跑。

整個世界已經變成一片火海跟濃煙。燃燒的樹枝斷裂墜落在我腳旁，在黑暗中爆出一堆火星。我所能做的是緊緊追隨其他動物，包括兔子和鹿，我甚至還看到一群野狗疾竄過樹林。我信任牠們所選的方向，因爲牠們的直覺比我敏銳。但牠們的動作比我快多了，牠們輕巧地從樹叢底下竄過，而我的靴子不斷被樹根及倒下的大樹枝絆到，我根本沒法跟上牠們的腳步。

高溫眞可怕，但比高溫可怕的是濃煙，威脅著隨時要令我窒息。我把衣服拉高遮住口鼻，很高興發現衣服已經被汗水濕透，如此一來提供了我一層薄薄的保護。我奔跑，因爲我知道我應該奔跑。我嗆咳。睡袋在背上來回碰撞。臉被不時從濃煙中冒現的樹枝割傷。

這不是哪一個貢品的營火失控，不是意外事件。對我襲來的火牆高得不自然。那一致的高度、穩定的速度，說明它是人工製造的，是機械引燃的，是遊戲設計師的傑作。今天都沒事發生。沒人死，說不定連打鬥都沒有。都城的觀眾一定覺得很無聊，叫喊著這場遊戲簡直令人打瞌睡。這是飢餓遊戲絕不該有的狀況。

要理解遊戲設計師們的動機並不難。在競技場裡有一群專業貢品，以及我們其餘的人，大家可能分散得很開很遠。這場火是設計來把我們逼出來，驅趕在一起的。這不是我所見過最有創意的伎倆，但它非常、非常有效。

我跳過一截燃燒的木頭，跳得不夠高，以致外套下襬被燒著了。我得停下來，脫掉外套，撲滅燃著的地方。雖然它被燒焦且冒著煙，我不敢丟掉它。我冒險把它塞進睡袋裡，希望缺乏空氣可以悶熄我沒完全撲滅的火星。我背在背上的是我僅有的一切，勉強能用來維生的一點資源。

才幾分鐘，我的喉嚨和鼻子都像燒著一樣。接著我開始不停咳嗽，覺得我的肺像眞的被烤熟了。不舒服變成了痛苦，直到每吸一口氣都令我的胸口灼痛難當。我終於躲到一塊露出地面的大岩塊底下，隨即開始嘔吐。所有我吃下去的晚餐以及胃中所剩的水，全都吐得一乾二淨。我雙手雙膝著地，嘔到什麼也吐不出來為止。

我知道我必須繼續前進，但我頭暈眼花，整個人不停顫抖、喘息。我需要空氣。我容許自己喝一小口水漱口，吐掉，然後從壺中喝了幾口水。**你只剩一分鐘**，我告訴自己，**只能休息一分鐘**。我把時間拿來重新整理我的物資，把睡袋捲起，把所有的東西全塞進背包裡。一分鐘到。我知道我該走了，但濃煙遮蔽了我的思路。那些做我指南針的快腿動物早就拋下我，跑光了。我知道自己沒來過這處森林，這裡沒有我先前行進時用來遮陽休息的大石頭。遊戲設計師要把我趕到哪裡去？到湖邊？到一個充滿新的危險的新區域？在這場攻擊開始之前，我才在水塘邊獲得幾小時的平靜休息。我能找到一條跟火牆平行的路，然後設法回到水塘邊，回到至少有水源的地方嗎？這火牆一定有個盡頭，而且它不可能毫無止境地燒下去。不是因為遊戲設計師無法讓它繼續燃燒，而是那又會招來觀眾覺得無聊的抗議。如果我可以回到火牆後方，我就能避免正面碰上那群專業貢品。雖然這得走好幾哩路來避開大火，然後再彎彎曲曲繞回來。就在我下了決定嘗試繞回去時，第一個火球擊中離我腦袋兩呎的岩石，炸了開來。我從躲避之處跳出來，再度引發的恐懼使我又有了力氣。

這場遊戲發生了轉折。放火的目的在叫我們移動，但現在觀眾有了真正的好戲可看。當我聽到下一個嘶嘶聲，我沒花時間去察看，迅速趴在地上。火球擊中我左邊一棵樹，它立刻被烈焰吞噬。停著不動就死定了。我才剛起身跨步，第三顆火球便擊中我剛才趴的地方，在我身後竄起沖天烈焰。我瘋狂地閃躲火球的攻擊，不知過了多少時間。我看不見火球是從哪裡發射的，但確定不是氣墊船，角度不對。也許這整片森林都裝置了精確的發射器，隱藏在樹木或岩石中。而另外某處有個清涼、乾淨又舒適的房間，有位遊戲設計師坐在控制台前，手指扣在發射器上，只需瞄準，就可在瞬間取我性命。

或許我原來打算回到水塘邊的計畫太粗糙，但現在，在我閃躲火球，又跑又跳，以之字形迂迴前進時，連這計畫也全都忘得一乾二淨。每個火球都只有蘋果大小，但擊中目標時的威力很強大。求生的本能驅使我把每個感官的能耐推到極致。沒有時間去判斷移動的方向是否正確，當嘶聲響起，我若不動就是死。

不過，我心裡總算明白，我應該維持方向，繼續前進。看了一輩子的飢餓遊戲，我知道競技場中某個特定的區域會有某種特定的攻擊設施。如果我可以離開這個區域，說不定就能脫離那些發射器的射程範圍。然後我可能會直接掉進毒蛇坑，但現在沒空擔心那個。

我東閃西躲，不知經過多久，攻擊終於開始減少了。還好是這樣，因爲我又開始噁心想吐。這次是一股灼熱的酸液冒上喉嚨，衝進鼻腔。我被迫停下來，全身抽搐，我的身體拚命想要清除我在遭受攻擊時所吸入的有毒氣體。我等著下一個嘶聲響起，下一個跳起來逃命的訊號。但它沒出現。劇烈的嘔吐讓我刺痛的眼睛擠出淚水。我的衣服被汗濕透。在煙霧與嘔吐中，不知怎地我嗅到毛髮燒焦的味道。我的手笨拙地摸索著我的辮子，發現有個火球至少把我辮子燒焦了六吋。一縷縷焦黑的頭髮在我指間粉碎，我瞪著它們，被那轉變懾住，嘶聲就在這時響起。

我的肌肉立時反應，只是這次不夠快。火球擦過了我的右小腿肚，落在我身旁炸開。看見腿上的長褲著了火，令我魂飛魄散。我大聲尖叫，手腳並用扭動著倒退，想讓自己擺脫眼前恐怖的景象。當我終於恢復了一點神智，我把腿壓在地上來回滾動，壓熄燒得厲害的部分，接著，我想也沒想，就用雙手扯掉其餘的布料。

我坐在地上，離火球炸開的烈焰只有幾碼遠。我的小腿肚劇痛難當，雙手燙得紅腫，整個人因爲抖得太厲害而無法移動。如果遊戲設計師想要殺我，現在正是時候。

我聽見秦納的聲音，同時眼前浮現色彩豐富的服裝與閃爍的寶石。「凱妮絲，燃燒的女孩。」遊戲設計師們這會兒一定爲此笑翻了天。也許，秦納美麗的服裝給他們帶來了如此折磨我的點子。我知道秦納無法預知這樣的事，事實上他一定爲我難過不已，因爲，我相信他關心我。不過，總的說來，如果他當時讓我全身赤裸出現在馬車上，說不定我會安全一點。

現在攻擊總算結束了。遊戲設計師不要我死，至少目前還不要。大家都曉得，鑼響之後，他們可以在眨眼之間摧毀我們所有的人。但飢餓遊戲眞正吸引人的地方在於觀看貢品互相殘殺。偶爾，他們也會殺掉一個貢品，用來提醒其他參賽者他們有此能力。但大多數時候，他們會操縱情況，使我們互相正面對決。也就是說，當我不再受火球威脅，表示至少有另一位貢品離我不遠。

如果辦得到，我會把自己拖上一棵樹找尋掩蔽，但煙霧仍舊濃到可以要我的命。我勉強站起來，一跛一跛離開那燒紅了半邊天的火牆。除了那嗆人的滾滾黑煙，它似乎已經不再追趕我了。

另一種光，晨曦柔和的微光，開始浮現。滾滾上騰的濃煙遮蔽了陽光，我周遭的能見度很差，無論往哪個方向，都頂多只能看到十五碼遠。這裡若有別的貢品，可以輕易躲過我。若要小心起見，我應該拔出刀來，但我懷疑自己有能力長時間握著刀。我雙手的疼痛當然比不上我的小腿肚。我向來十分痛恨燒傷，即使是從烤爐中抽出一盤麵包被稍微燙傷，我都恨得要死。這是我最受不了的一種痛，但我從來沒經歷過這樣的燒傷。

我累到了骨子裡，以至於當水淹到腳踝，我才察覺自己走進了水池裡。這是個泉水池，水從一堆岩石的裂罅中冒出來，沁涼透心，令人舒暢。我立刻把雙手伸進淺水中，痛楚馬上舒緩下來。我媽說過，燒傷的首要處理方式是浸泡冷水，因爲它能使溫度降下來。不過她是指輕度的燒傷吧。對我的手，她大概會這樣建議。但我的小腿肚呢？雖然我還沒有勇氣察看，但我猜那是一種完全不同程度的傷害。

我趴在池邊好一會兒，把手泡在水裡擺動著，細看著我指甲上開始剝落的小火焰。好極了，我這輩子已經受夠火焰了。

我洗掉臉上的血痕跟灰燼，試著回想所有我知道有關燒傷的事。這在炭坑是常見的傷害，因爲我們在家裡都用煤炭燒飯跟取暖。並且，礦場會發生意外……有一次，有戶人家送來一位昏迷的年輕人，懇求我媽救他。行政區中負責治療礦工傷害的醫生已經開了他的死亡證明書，叫他家人把他抬回去等死，但他家人不肯接受這件事。他躺在我們廚房的桌上，毫無知覺。我在奪門而逃之前瞥了一眼他的大腿，嚴重裂開，肉已燒成焦炭，深可見骨。我衝進森林裡，打了一整天的獵，腦子裡不時浮現那可怕的腿，不停想到我爸的死。奇怪的是，會被自己影子嚇到的小櫻卻留下來幫忙。我媽總說，治療師是天生的，不是養成的。她們盡一切努力救治那個年輕人，但他還是死了，就如那位醫生說的。

我的腿需要處理，但我還是無法看它。萬一它傷得跟我所見的那個年輕人一樣糟，我可以看見自己的骨頭，要怎麼辦？然後我想起我媽說，如果燒傷很嚴重，受傷的人可能根本不會覺得痛，因爲神經都燒毀了。想到這裡，我鼓起勇氣，坐起來，把腳甩到面前來。

看到我的小腿，我幾乎昏了過去。紅腫的皮肉上布滿了水泡。我強迫自己深長、緩慢地呼吸，十分確定地感覺到攝影機鏡頭正對著我的臉。如果我想獲得幫助，就不能對這傷勢顯露出軟弱的樣子。可憐兮兮的模樣不會爲你贏得援手。拒絕屈服，才能讓人敬佩，願意幫助你。我把長褲膝蓋以下剩餘的部分整個裁掉，更仔細地檢查我的傷。燒傷的部位約有我手掌大小，但沒有一處皮膚是焦黑的，我想泡水應該沒有壞處。我戰戰兢兢地把腿伸直泡進池裡，把靴子的足跟撐在一塊石頭上，讓皮靴不會泡得太濕，然後大聲吐了口氣，因爲這眞的很有舒緩效果。我知道有些草藥可治療燒傷，如果我能找到它們，痊癒的速度會加快，但我一時之間想不起來是哪些草藥。冷水與時間，大概是我唯一可獲得的治療了。

我該繼續前進嗎？濃煙已經漸漸散了，但目前的濃度仍對健康有害。若我繼續遠離火牆，會不會一頭撞進攜帶武器的專業貢品的懷裡？再說，每次我一把腿抬離開水面，強烈的灼痛立刻竄升回來，使我不得不把腿再滑回水裡。我的手傷得比較沒那麼厲害，它們可以受得了離開池子一小段時間。因此，我慢慢把我的物資有順序地歸位。首先，我把水壺裝滿池水，加碘淨化，等候足夠的時間，然後開始給自己的身體補充水分。過了一陣子之後，我強迫自己細嚼慢嚥地吃了一片餅乾，這讓我翻攪的胃鎮定下來。我捲起睡袋。除了幾處燒黑的痕跡，它可說毫無損傷。我的外套則是另一回事了。又臭又焦，背後燒了呎來長的大洞。我裁掉損壞的部分，剩餘的上半身長度只到我肋骨底部。但兜帽的部分是完好的，而且有半件外套總比什麼都沒有好。

除了疼痛，睡意也開始襲來。若不是此時爬上樹反而容易被發現，我一定會找棵樹爬上去睡一覺。此外，我看來是離開不了這水池。我把物資整齊收妥，甚至把背包背到肩上，但我仍無法離開。我看見一些水生植物，有可食的根莖，於是拔來配我最後一塊兔肉，吃了一餐。我小口小口喝著水，看太陽循著它弧形的軌道緩慢前進。反正，我還能到哪裡找個比這裡還安全的地方？我的背向後靠，敵不過睡意。**如果專業貢品要我，就讓他們找到我吧**。我在昏睡過去之前想，**就讓他們找到我吧**。

他們的確找到了我。幸好，我已經隨時可以上路。當我聽到腳步聲，我起身離開，超前他們不到一分鐘。此時，黃昏已經來臨。我一醒來，立刻起身奔跑，直奔過水池，踩得水花四濺，衝進灌木叢中。我的腿拖慢了我的速度，但我察覺那些追擊者的速度也不如大火之前那麼快。我聽到他們咳嗽，用沙啞的聲音呼喚彼此。

但他們還是越來越靠近，就像一群野狗，因此我採取了每次碰到野狗時會採取的行動。我挑了一棵很高的樹，開始往上爬。如果奔跑很痛，攀爬更是痛苦難當。因爲攀爬不單費力，還得用雙手接觸樹幹。但我的動作還是很快，當他們抵達我所在的樹下時，我已經在二十呎高的地方了。有那麼片刻，我們停下來打量彼此。我希望他們聽不見我怦怦作響的心跳聲。

完蛋了，我想。要對抗他們，我豈有機會？他們六個全在，五個專業貢品加上比德。我唯一感到安慰的是，他們看起來也都很慘。即便如此，看看他們精良的武器，看看他們的臉：露齒獰笑，咆哮，對著我，他們上方這個他們絕對有把握宰掉的人。看來眞是毫無指望了。但，我又注意到另一點。他們個子都比我高大比我強壯，毫無疑問，也比我重。這就是爲什麼每次都是我，而不是蓋爾，去摘樹上最高處的水果，或摸走最高處的鳥窩裡的蛋。我至少比個頭最小的那個專業貢品還輕個五、六十磅。

現在輪到我笑了。「你們都還順利吧？」我興高采烈地對他們喊道。

這使他們大吃一驚，但我知道觀眾會愛死了。

「還不錯。」第二區的男孩說：「妳呢？」

「比我喜歡的要稍微熱了點。」我說，幾乎可以聽到都城響起一片笑聲。「這上面的空氣好多了。你們何不上來坐坐？」

「我想我會的。」同一個男孩說。

「卡圖，把這帶著。」第一區的女孩說，然後把銀色的弓跟那一袋箭遞給他。我的弓！我的箭！單是看見那副弓箭，便令我氣到想要對自己，對讓我分心，害我沒能奪得它們的叛徒比德大聲尖叫。這會兒我想用視線跟他正面接觸，但他刻意避開我的凝視，正專心用衣襬擦拭他的刀。

「不。」卡圖把弓箭推開，說：「我寧可用我的劍。」我可以看見那把武器，短而厚重的利刃，就掛在他腰間。

我先給卡圖一點時間讓他爬上樹，然後才開始繼續往上爬。蓋爾總是說，我連最細的樹枝都能迅速攀爬的靈巧模樣，讓他想到松鼠。我能這樣攀爬，一方面是因爲我體重輕，另一方面則是由於多年的練習。你必須知道手腳放哪兒才對。當我聽見樹枝斷裂聲，我已經往上又爬了三十呎。我低頭看見卡圖無能爲力地隨著斷枝往下墜，重重跌在地上。我希望他摔斷脖子，不過他爬了起來，瘋狂地咒罵。

那個拿著弓箭的女孩，我聽見有人叫她「閃爍」——哈，第一區的人給他們孩子取的名字眞可笑。總之，這位閃爍也爬上樹來，一直爬到她腳下的樹枝開始發出斷裂聲。她總算有點常識，知道要停下來。現在我離地面起碼有八十呎高了。她企圖用箭射我，卻立刻暴露出她不會使用弓箭。不過，還是有一支箭射中我旁邊的樹幹，我伸手拔過來，嘲弄地朝她頭上揮舞著，彷彿我取得它就只爲了嘲笑她。但事實上，我打算一有機會便使用它。如果那銀色的弓箭是在我手裡的話，我可以殺了他們每一個人。

專業貢品們在地面重新聚集，我可以聽見他們低聲咆哮著籌劃新的辦法，而且因我讓他們看起來很愚蠢而氣憤難平。但夜幕已經降臨，他們攻擊我的時機已經過去了。最後，我聽見比德低聲說：「噢，讓她待在上面吧，反正她哪兒也不能去。我們明天早上再來對付她。」

嗯，有件事他沒說錯，我哪兒也不能去。所有從水池那兒得來的舒緩都消失了，我感覺到燒傷的劇痛這時散發出全部的威力。我迅速往下攀到一處枝椏分叉的地方，笨拙地準備我的床。我穿上外套，鋪開睡袋。我把自己用皮帶固定好，忍著不發出呻吟。我的腿受不了睡袋裡的熱度，我只好把睡袋割開一條縫，把小腿伸出來吹風，又灑一點水在燒傷處及雙手上。

所有的虛張聲勢都消失了。我因疼痛和飢餓而衰弱不堪，卻毫無胃口吃東西。即使我可以度過今夜，明天早晨到來時，要怎麼辦？我瞪著上方的枝葉，強迫自己睡覺，但燒灼的痛楚讓我睡不著。鳥兒都歸巢過夜了，正對牠們的雛鳥唱著催眠曲。夜間動物也出來了。有隻貓頭鷹在叫，有隻臭鼬的味道淡淡穿梭在煙味中。旁邊一棵樹上有隻動物正盯著我，大概是隻負鼠吧，那雙眼睛因專業貢品的火把的映照，閃閃發亮。突然間，我用手肘撐起身子。那不是負鼠的眼睛，我對負鼠那玻璃似的眼珠反光太熟悉了。事實上，那根本不是動物的眼睛。在最後一絲天光中，我認出她來，正從枝葉間默默地看著我。

小芸。

她躲在那裡多久了？也許從頭到尾都在，文風不動，完全無人察覺地觀看著她底下這幕行動劇。也許她也聽見那群人接近，只比我早一點爬上她那棵樹。

有那麼片刻，我們互相盯著對方。然後，她伸出手來，連一片葉子都沒驚動，往我上方指了一指。

14

順著她手指的方向，我的眼睛朝上看向我上方的枝葉。起先，我完全不知道她在指什麼。隨後，在昏暗的光線中，我看見在我上方大約十五呎高的地方，有個模糊的形體。但那是……是什麼呢？某種動物嗎？它看起來約有浣熊大小，但吊在一根樹枝的底部，微微晃動著。另外還有別的什麼。在我所熟悉夜間森林的各種聲音中，我的耳朵聽出一種低沉的嗡嗡聲。於是，我明白了，那是個馬蜂窩。

一陣恐懼竄過我全身，但我夠理智，保持鎮定不動。畢竟，我不知道上面住的是哪一種馬蜂。牠們有可能是平常那種你不惹牠，牠也不螫你的類型。但這裡是飢餓遊戲的競技場，平常的東西不太可能出現在這裡。牠們很可能是都城的變種生物，追蹤殺人蜂。就像學舌鳥，這些殺人蜂是戰爭期間在實驗室裡孵育出來的，然後按戰略需要，像安置地雷一樣，安置在各行政區周圍。牠們的體型比一般馬蜂大，有與眾不同、堅硬的金黃色軀體，被牠的刺螫到會腫起像李子那麼大的腫包。大部分人只要被螫上幾下就完蛋了。有些人立刻就死了。

若沒死，蜂毒所引發的幻覺也會使人發瘋。還有，這些馬蜂會追殺任何干擾牠們蜂窩的人，直到叮死他們爲止。這是何以牠們的名稱中有「追蹤」二字。

戰爭過後，都城摧毀了所有環繞在他們城市四周的蜂窩，但那些安置在各行政區周圍的，卻留下沒人處理。我猜，正如飢餓遊戲，那是另一種提醒，要我們記得自己有多脆弱。這也是我們不得不乖乖待在第十二區鐵絲網內的另一個原因。當蓋爾跟我在森林裡碰上追蹤殺人蜂的蜂窩，我們會立刻掉頭就走。

所以，掛在我頭上的是那東西嗎？我轉頭向小芸尋求協助，但她已經融入她藏身的樹中了。

就我目前的處境來看，我猜，頭頂上是哪種類型的馬蜂窩都無所謂。我受傷又受困。黑夜暫時使我獲得了緩刑，但等太陽出來，那些專業貢品會想出辦法來殺掉我的。在我戲弄他們，令他們看起來愚蠢不堪之後，他們不可能放過我的。那個蜂窩也許是我唯一的選擇。如果我能讓它掉在他們身上，說不定我能逃過一劫。但在這過程中我也得冒生命的危險。

當然，我永遠不可能去到蜂窩旁邊把它切離樹枝，我得在接近樹幹的地方把整根樹枝鋸斷，讓它連枝帶窩一起掉下去。我刀上鋸齒的部分可以幫我辦到。但我的手有辦法嗎？鋸樹枝的震動會驚起整窩的馬蜂嗎？萬一那些專業貢品明白我在幹什麼，拔營離開，怎麼辦？我的目的就會落空。

我發覺，要鋸樹枝卻不引人注意的最好機會，是播放國歌的時候。那很可能隨時會開始。我強迫自己離開睡袋，確定好刀子牢牢插在皮帶上，便開始往上爬。這是非常危險的舉動，因爲連對我而言，如今那些樹枝也都太細了。但我堅持下去。當我到達懸掛蜂窩的那根樹枝，嗡嗡聲變得明顯許多。不過，如果這些是追蹤殺人蜂，牠們的聲音也小得古怪。**因為濃煙的緣故**，我想到，**濃煙使牠們昏昏欲睡**。這是當年叛軍在對付這些大馬蜂時，所發現的防衛方法。

都城的徽章在我上方閃亮，國歌大聲嗚奏起來。我動手開始鋸，心想：**良機勿失啊**。當我笨拙地來回鋸著，右手的水泡突然破了。等我在樹枝表皮鋸出一道溝槽，接下來就比較不費力，但我痛得幾乎握不住刀子。我咬緊牙關繼續鋸，且不時瞥一眼天空，確定今天沒有死人。那沒關係。觀眾看到我受傷，被困在樹上，有一群人在我底下，應該感到心滿意足了。可是國歌播完了，音樂結束，天空暗下來，我才鋸了大約四分之三深，只好停下來。

現在怎麼辦？也許我可以憑感覺完成剩下的部分，但那不是聰明的做法。如果這群馬蜂太昏沉，根本無法追擊我的敵人呢？如果樹枝連窩在掉下去的時候卡住了呢？那麼，如果我趁黑夜逃走呢？這可能完全是在浪費時間，說不定還會送了我自己的命。我想，最好還是等天快亮時再爬上來，鋸斷樹枝把整個蜂窩送下去給我的敵人。

在專業貢品的火把的微光中，我緩慢小心地往下退回我棲身的枝椏，同時發現自己獲得有生以來最大的驚喜。在我的睡袋上，有個繫在銀色降落傘上的小塑膠罐子。我從資助人獲得的第一個禮物！黑密契一定是在國歌播放當中把它送來的。那個罐子的大小剛好可以讓我一手握住。是什麼東西呢？肯定不是食物。我扭開蓋子，從它的味道，我知道那是藥膏。我小心地觸摸軟膏的表面，指尖的抽痛立刻消失了。

「噢，黑密契，」我低聲說：「謝謝你。」他沒有拋棄我，沒有讓我得完全靠自己的力量照顧自己。這罐藥膏的價錢一定是天文數字。也許不是一位而是許多位資助人一起合資，才買得起這一小罐藥膏。對我而言，這是無價之寶。

我伸兩根手指進去罐裡，然後輕柔地把藥膏抹在我的小腿肚上。那效果眞是太神奇了，一抹上去疼痛立消，給傷處留下清涼舒適的感覺。這絕不是我媽那種把森林中的藥草磨成粉後調製出來的藥膏，這是都城的實驗室提煉出來的高科技醫藥。當我處理好小腿後，我再給雙手抹上薄薄一層。我把罐子用降落傘包好，再把它安全地收妥在我的背包裡。現在，疼痛減輕了，所有我能做的，是重新回睡袋裡躺好，好好睡上一覺。

一隻停在我旁邊幾呎遠的鳥驚醒了我，告知我新的一天即將破曉。在灰濛濛的晨光中，我察看雙手。那藥膏已經把一塊塊通紅發炎的肌膚轉變成嬰兒般的嫩粉紅。我的腿仍然發炎紅腫，不過那裡的燒傷嚴重得多，不可能好得那麼快。我給腿傷再抹上一次藥膏，然後靜靜地收拾好裝備。無論發生什麼事，我都得移動，而且得動作迅速。我同時吃下一塊餅乾和一條牛肉乾，並喝了幾小杯水。我的胃昨天幾乎是空的，而我已經開始感受到飢餓的威力。

在我底下，我可以看見那群專業貢品和比德都躺在地上睡覺。從閃爍背靠著樹幹的姿勢來看，我猜她應該是負責看守，但她敵不過疲倦，睡著了。

我瞇著眼試圖看清楚我旁邊那棵樹，但我看不見小芸在哪裡。由於她對我示警，所以似乎要向她提出警告才算公平。再說，如果我今天非死不可，我會希望小芸贏。就算比德贏會給我家人帶來多一點的食物，但想到他可能坐上勝利寶座，我就受不了。

我把聲音壓低，叫喚小芸，那雙眼睛立刻出現，瞪得大大的，且充滿警覺。她再次指了指那個蜂窩。我舉起刀子，做了個鋸樹枝的動作。她點點頭，然後消失了。旁邊的樹發出一陣瑟瑟響，然後是再遠一點的樹發出同樣的聲音。我明白過來，她是從一棵樹跳到另一棵樹上。我憋氣忍住不大笑出聲。這就是她秀給遊戲設計師們看的本領？我想像她在訓練中心裡，在那些設備上滿場飛走，從未落地。她至少該得個十分才對。

東方開始出現玫瑰紅的光芒，我不能再等下去了。跟昨晚攀爬時的痛苦比起來，現在輕鬆得多。到了蜂窩所在的那根樹枝，我把刀對準鋸開的凹槽，正要動手鋸時，眼睛瞄到有東西在動。就在蜂窩上，一隻金黃閃亮的追蹤殺人蜂正緩緩爬過那薄如紙張的灰色蜂窩表面。沒錯，牠的動作還很緩慢，可是牠已經醒了，而且正在動，這表示窩內其他的殺人蜂也會很快就出來行動了。我雙手掌心開始冒汗，一顆顆透過那層薄薄的藥膏冒出來，我盡量把手掌在衣服上揩乾。如果我不馬上把這樹枝鋸斷，這整窩殺人蜂隨時會出來攻擊我。

沒道理拖延。我深吸一口氣，握緊刀柄，用盡力氣鋸下去。**來回來回**！追蹤殺人蜂開始嗡嗡聲大作，我聽見牠們出來了。**來回來回**！一陣刺痛貫穿我的膝蓋，我知道有一隻發現我了，其他的將會蜂擁跟上。**來回來回**！隨著刀子喀嚓一聲鋸穿，我揮手用力把枝子向外猛推出去。它嘩啦啦地擦過底下的枝葉往下墜，短暫鉤住一些樹枝停了一下下，隨即旋動鬆脫，直到碰一聲砸在地上。整個蜂窩像雞蛋般爆開來，一窩暴怒的追蹤殺人蜂騰空而起。

我感覺臉頰被叮了第二下，第三下叮在我脖子上，牠們的毒液立刻使我頭昏眼花。我一隻手緊抓著樹，另一隻手摸索著把那有倒鉤的刺拔出來。幸好，在蜂窩下墜之前，只有三隻殺人蜂找上我。其餘那一整窩認定了地面上的人才是牠們的敵人。

那眞是一場大混亂。專業貢品們在追蹤殺人蜂的全力攻擊中驚醒。比德跟其中幾位算有腦子，拋下一切拔腿就跑。我可以聽見他們大喊：「去湖邊！去湖邊！」心裡曉得他們冀望藉由潛進水裡避開殺人蜂。如果他們認爲自己能避過這窩暴怒的殺人蜂，那湖一定是很近才對。閃爍跟另一個來自第四區的女孩，可就沒那麼幸運了。她們還沒脫離我的視線，就已經被許多殺人蜂螫了。閃爍顯然完全瘋了，她不停尖叫，揮著手上的弓去打殺人蜂。那根本沒用。她對其他人喊救命。當然，沒人回來救她。第四區的女孩蹣跚著脫離了我的視線，但我敢打賭，她到不了湖邊。我看著閃爍倒下，在地上歇斯底里地抽搐了幾分鐘，然後完全靜止不動。

那蜂窩只剩下個空殼子，殺人蜂都追著人消失了。我想牠們不會回來，但我可不想冒險。我慌張地爬下樹，一落地就朝跟湖相反的方向跑。蜂針的毒令我暈眩，但我找到路回到了我的小水池，把自己泡進水裡，躲避萬一追蹤而來的馬蜂。差不多五分鐘之後，我拖著身子躺上岩石。大家果然沒誇大被追蹤殺人蜂螫到的後果。事實上，我膝蓋上的那個腫包已經有橘子而非李子那麼大。我拔出蜂針的那些地方，有一種很臭的綠色液體流出來。

腫脹、疼痛、流膿湯。才剛看著閃爍倒在地上抽搐到死。在太陽還沒完全爬上地平線之前，我就快應付不了這場景了。我不願去想閃爍現在已經變成什麼樣子。她的軀體大概不成人形了。她腫脹僵硬的手指抓著那把弓……

那把弓！我混沌的腦中有個念頭銜接上另一個，我立刻起身，搖搖晃晃往回走，穿過樹林回到閃爍那裡。那把弓跟箭。我一定要得到它們。我還沒聽到大砲聲響，所以，閃爍還處於某種昏迷狀態，她的心臟還在掙扎對抗蜂毒。然而一旦她的心跳停止，砲聲證明她死亡，就會有艘氣墊船前來收取她的屍體，把我在飢餓遊戲中所見到的唯一一副弓箭永遠收走。我拒絕再次讓它們從我手中溜走！

我抵達閃爍身邊時，大砲聲正好響起。追蹤殺人蜂完全不見蹤影。這個在訪問之夜，穿著一襲金縷衣，美得令人屏息的女孩，已經讓人完全認不出來了。她的臉一片模糊，完全看不出五官來，四肢腫得有原來的三倍大。那些腫包開始爆開，噴吐出來的腐臭綠汁淌流在她四周。我必須用石頭敲斷幾根原來是她手指的物體，才能把弓鬆脫。那袋箭被她壓在背後。我拉住一條手臂想把她翻過來，但手臂的皮肉在我手中爛碎，害我拉空，整個人往後跌在地上。

這是眞的嗎？還是蜂毒已經開始引發幻覺？我緊緊閉上眼，試著用嘴呼吸，命令自己不要嘔吐。吃下去的早餐一定要保住。可能要再過好幾天我才有能力打獵。第二聲砲聲響起，我猜第四區的女孩剛剛死了。我聽到鳥鳴突然停止，然後有一隻發出警告，意思是氣墊船馬上要出現了。昏亂中，我以爲他們是要來收取閃爍，但這沒道理啊，因爲我還在場，還在奮力搶那袋箭。我搖搖晃晃地跪起來，四周的樹開始打轉。我看到天空中出現一艘氣墊船，我撲到閃爍身上，彷彿是要保護她，但接著我看到第四區的女孩被提到空中，然後消失。

「快點！」我命令自己，咬緊牙關把一隻手伸到閃爍的身子底下，另一隻手抓住大概是她胸腔的肋骨，強迫她翻過身趴著。我無法控制自己，開始拼命喘氣，這整件事變得像個噩夢，我已經分不清什麼是眞什麼是幻。我猛力拉扯銀色的箭袋，但它鉤住了某個東西，大概是她的肩胛骨，總之某個東西。我拼命扯，終於把它扯脫。我才把箭袋抱在懷中，就聽到腳步聲，好幾雙腳，穿過灌木叢而來。我明白過來，是專業貢品們回來了。他們是回來殺我，或取回武器，或兩者都是。

現在要跑已經太遲了。我從箭袋裡抽出一支黏稠的箭，想把它架上弓弦，但是，我眼睛看見的不是一條而是三條弓弦，並且那些腐爛的惡臭是如此可怕，我根本辦不到。我辦不到。我辦不到。

我無能爲力地看著第一個獵人衝出樹叢，舉起標槍，準備投擲。比德臉上的震驚在我看來毫無道理。我等著被擲倒。相反的，他的手垂到了身側。

「妳還在這裡幹什麼？」他對我低聲嘶吼。我難以理解地瞪著他，看著一串水珠從他耳朵下方被螫的腫包滴下來。他的全身開始閃爍發亮，好像布滿露水似的。「妳瘋啦妳？」然後他用槍柄戳我。「起來，快起來！」我站起來，但他還是繼續推我。幹嘛？這到底是怎麼回事?他用力把我推開。「跑!」他對我大吼:「快跑!」

在他背後,卡圖猛地衝出樹叢。他也全身閃爍著水珠,一隻眼睛下方被螫得很慘。我瞥見陽光照在他劍上的一溜閃光,立刻依比德所言快跑。我緊緊抱著我的弓箭,闖入不知從哪兒冒出來的樹林裡。我試圖保持平衡,卻不斷絆倒。我回到我的水池,穿過它,奔進陌生的林子中。我眼前的世界變得很可怕。有隻蝴蝶膨脹得像個房子那麼大,然後爆炸成無數的小星星。樹木變成鮮血,對我當頭澆下。螞蟻開始從我手上的水泡裡爬出來,我沒辦法甩開牠們。牠們爬上我的手臂,我的脖子。有人在尖叫,又長又尖銳的叫聲,始終沒停下來喘息。我模糊地想到,那說不定是我的叫聲。我絆倒跌進一個小坑中,裡面布滿了橘色的小泡泡,看起來像一個個懸掛著的追蹤殺人蜂的窩。我蜷曲著把膝蓋縮到下巴,等死。

暈眩想吐,又完全分不清方向,但我仍有能力聚集最後一絲意念:**比德.梅爾拉克剛救了我一命**。

接著,螞蟻鑽進了我眼睛裡,我昏了過去。

15

我進入了一個重複醒來的噩夢中，每次醒來，都發現有更恐怖的事在等著我。所有我最害怕的事，所有我為他人感到害怕的事，都栩栩如生地顯現，使我不得不相信它們全是眞的。每次我醒來，心裡都想，**終於結束了**，但它並未結束。它是另一場新的折磨的開始。我得看小櫻以不同的方式死多少次？重新經歷我爸的最後一刻多少次？感覺自己肚破腸流多少次？這就是追蹤殺人蜂的毒液，被愼重製造來引發深藏在你腦海中的恐懼。

當我終於醒來，恢復意識，我躺著不動，等候下一波影像的攻擊。但最後我察覺，毒液一定已經耗盡它引發幻覺的力道，留下虛弱不堪的我。我仍側身躺著，蜷曲如胎兒。我抬起一隻手去摸眼睛，它們好好的，沒被從不存在的螞蟻咬爛。單單是伸直我的四肢，就要耗費極大的力氣。我全身無處不痛，似乎不值得去細數有多少的傷。我很慢很慢地坐起來。我是在一個淺坑裡，坑裡沒有我幻覺中所見嗡嗡作響的橘色泡泡，只有枯乾、腐爛的葉子。我的衣服潮濕，但我不知道那究竟是池水、露水、雨水或汗水造成的。有好長一陣子，我只是坐在那兒小口小口喝著水壺裡的水，看著一隻甲蟲從一叢忍冬花的一側往上爬。

我究竟昏迷了多久？我失去意識時是在早晨，現在是下午。但我僵硬的關節暗示著時間過了不只一天，甚至可能不只兩天。果眞如此，我根本無法知道哪些貢品在追蹤殺人蜂的攻擊中活了下來。閃爍跟第四區的女孩都死了。但還有來自第一區的男孩，第二區的男孩跟女孩，以及比德。他們因蜂螫而死亡了嗎？如果他們活下來，過去這幾天他們肯定跟我一樣，都待在噩夢中。小芸呢？她那麼瘦小，不需要多少毒液就能讓她沒命。但是……追蹤殺人蜂沒有必要追殺她，而且她離開得相當早。

我嘴裡瀰漫著一股腐臭味，喝水或漱口都除不掉。我拖著身子爬到忍冬花叢邊，摘了一朵花。我輕輕地把雄蕊拉起來，再把花蜜滴在舌上。那甜味在我口中散布開來，流下我的喉嚨，用夏日、家鄉的森林，以及蓋爾在我身邊的記憶，溫暖了我全身的血脈。不知怎地，我想起我們最後那天早晨的談話。

「妳曉得，我們辦得到。」

「辦得到什麼？」

「離開這個區。逃跑。在森林中生活。妳跟我，我們辦得到。」

突然間，我想的不是蓋爾而是比德和……比德！我想，**他救了我一命**！之前我看見他時，根本分不清什麼是眞實，什麼是追蹤殺人蜂的毒液使我產生的幻象。如果他眞救了我——我的直覺告訴我他是救了我，那是爲什麼呢？他是單純演出他在訪問時所說的戀愛男孩的角色？還是他眞的試圖保護我？他如果眞的是要保護我，爲什麼一開始要跟那些專業貢品混在一起？這全沒道理。

我好奇地揣想，蓋爾會怎麼理解這件事。然後我把這整件事拋到腦後，因爲，出於某種理由，蓋爾和比德無法在我的思緒中和平共存。

因此，我將注意力擺到我進入競技場以來，所發生的眞正最棒的一件事。我有了弓和箭！若你把我在樹上取得的那支也算進去的話，我有了整整十二支箭。它們沒有一絲從閃爍身上沾來的有毒綠色黏液，但有不少已經乾涸的血跡——這也讓我相信，我當時所看見和感覺到的，不全是眞的。我可以稍後再把血跡清洗乾淨，但我花了幾分鐘對鄰近的樹試射了幾支箭。它們比較像在訓練中心裡的武器，不像我在家鄉用的。不過誰在乎，只要我能用就好了。

這武器讓我對這場遊戲有了全新的看法。我知道我仍須面對一群強悍的敵手，但我不再只是獵物，只能逃、躲，或束手無策。如果卡圖這時衝出樹叢朝我奔來，我不會逃，我會射箭。我發現自己正滿心喜悅地等待那一刻來到。

不過，首先我得讓身體恢復一點力氣。我再度嚴重脫水，而我水壺裡的水少到了危險的程度。在都城做準備的那段期間，我拼命填塞自己所長出來的一點肉，現在不但已經完全不見，還再倒貼了好幾磅進去。我的髖骨和肋骨，比我記憶中我爸死後那幾個糟糕至極的月份，還要突出。另外，我身上還有一堆傷要處理，燒傷、割傷，撞到樹木的瘀傷，以及三個比之前還腫還痛的追蹤殺人蜂的腫包。我在燒傷的部位塗上藥膏，也塗了一點在被螫的腫包上，卻一點效也沒有。我媽知道怎麼治療這種蜂螫，有一種草藥可以讓毒液流出來，但她很少有機會用，所以我根本不記得那植物的名字，更別說它長什麼樣子了。

先找水，我想，**妳可以沿途打獵**。我輕易看出自己先前來的方向，我瘋狂地穿越森林造成一條破壞的軌跡。因此，我往另一個方向走，希望我的敵人還被困在追蹤殺人蜂的毒液所造成的超現實幻境中。

我沒辦法走太快，我的關節抗拒任何唐突的動作。因此我採用平常追蹤獵物時的緩慢步伐。才幾分鐘，我就看見一隻兔子，並用弓箭做了第一次獵殺。不是我平常乾淨俐落的一箭穿眼，但我可以接受。大約一個小時後，我找到一條小溪，淺而寬，遠超過我的需求。太陽又熱又烈，所以在等飲水淨化時，我脫到只剩內衣，涉水進到溪中央。我從頭到腳都髒得要死。我試著潑濕身體擦洗，但最後還是直接躺在水中幾分鐘，讓溪水沖刷掉那些煤灰、血跡，以及開始從燒傷的地方剝落下來的皮膚。在沖洗過衣服並把它們晾在樹叢上曬乾時，我坐在溪邊曬太陽，並解開我的髮辮，用手指梳了梳。我的胃口回來了，我吃了一塊餅乾與一條牛肉乾。然後，我抓起一把苔蘚，擦淨我那銀色武器上的血跡。

感覺自己煥然一新，振作起來之後，我再次給燒傷塗藥，綁好辮子，並穿上半乾的衣服，知道太陽很快就會把它們都曬乾。我逆流而上，覺得這才是聰明的行進方向。現在我是朝上坡走，這是我喜歡的。而且我現在有清澈的水源，不但足以自用，肯定也會有獵物來飲用。我輕鬆地獵到一隻奇怪的禽鳥，大概是某種野火雞。總之，在我看來是能吃的。到了傍晚，我決定生個小火來烤肉。我打賭黃昏的朦朧能幫我遮掩一些煙，只要在夜晚降臨前把火熄滅就可以了。我清洗獵物，特別仔細處理那隻禽鳥，但牠看起來沒什麼要特別擔心的地方。一旦毛拔掉，牠跟隻雞差不多大小，但牠的肉更豐滿厚實。我才把第一個獵物架在炭火上，便聽見樹枝折斷的聲音。

我一個動作便將弓箭背上了肩膀，同時轉身面對聲音的來源。沒有人，至少我看不見有人。然後，我看見一棵樹幹後露出一截小孩的靴尖。我笑了，肩膀放鬆下來。你絕對要相信，她有本事可以在森林中像影子般來去無蹤。她跟著我是要幹嘛呢？沒有別的理由吧？

我想也沒想便脫口而出：「妳知道，不是只有他們可以結盟作夥。」

有好一會兒，沒有任何回應。然後，小芸的一隻眼睛從樹幹後露出來：「妳要跟我結盟？」

「是啊，妳指出那些追蹤殺人蜂，救了我。妳夠聰明，到現在還活著。」我說：「再說，好像我也擺脫不了妳。」她驚訝地看著我，下不了決定。「妳餓了嗎？」我看見她雙眼瞄了瞄正在烤的肉，用力嚥著口水。「來吧，我今天獵到兩個東西。」

小芸有些猶豫地站出來。「我可以治好妳的腫包。」

「真的嗎？」我問：「怎麼治？」

她伸手到她的背包裡，抓出一把葉子。我幾乎可以確定那就是我媽用的藥草。「妳在哪兒找到的？」

「到處都有。我們在果園裡工作時都隨身帶著，他們留下好多蜂窩在那邊。」小芸說：「這裡也有好多。」

「對喔，妳是第十一區的。農業區。」我說：「果園喔？難怪妳能在樹上飛來飛去，像長了翅膀一樣。」小芸露出微笑。我說中了一件她感到驕傲的事。「好，那就過來吧。幫我治治。」

我在火邊一屁股坐下，捲起剩下的一條褲管，露出膝蓋上的腫包。令我驚訝的是，小芸將一把葉子塞到嘴裡，開始咀嚼。我媽會用別的方法，不過在這裡，我們好像也沒別的選擇。過了一分鐘左右，小芸把一團嚼爛的綠葉和著口水敷到我膝上。

「噢～。」我忍不住發出一聲長嘆，彷彿那葉子立刻消除了腫痛。

小芸咯咯笑了起來：「妳很幸運，曉得要把蜂針拔出來，否則妳會更慘。」

「快敷我的脖子！還有我的臉！」我幾乎是在哀求。

小芸又塞了一把葉子到嘴裡，很快的我就能笑了，因爲緩解的感覺眞是太美好了。我注意到小芸的前臂上有一條長長的燒傷。「我有藥可治那個。」我把武器放到一旁，拿出藥膏幫她搽藥。

「妳有很棒的資助人。」她說，語氣裡滿是羨慕。

「妳還沒收到任何東西嗎？」我問。她搖搖頭。「看著吧，妳會的。我們越接近結尾，就會有越多人明白妳有多聰明。」我把烤著的肉翻個面。

「妳說要跟我結盟，不是開玩笑吧？」她問。

「不，我是認眞的。」我說，同時幾乎能聽見黑密契大聲呻吟，責怪我怎麼會跟這麼個脆弱的小孩結盟。但我要她，因爲她是個生存者，並且我信任她。再說，何不乾脆承認呢？她讓我想到小櫻。

「好。」她說，伸出手來。我們握手。「一言爲定。」

當然，這樣的結盟是暫時性的，但我們都沒指出來。

小芸貢獻了一大把某種澱粉質根塊做晚餐，在火上烤過之後，嚐起來有一種防風草的濃烈甜味。她認得那隻禽鳥，他們那區管這種野生禽類叫古翎雞。她說，有時候會有成群的古翎雞跑到果園裡，那天他們的午餐就可以加菜。有好一會兒，我們停止交談，專心塡飽我們的肚子。古翎雞非常好吃，而且這隻很肥，當你大口咬下去，油脂會從你嘴邊滴下來。

「噢！」小芸滿足地嘆了口氣：「過去我從來沒自己獨享過一隻雞腿。」

我相信她沒有，我相信她很少有機會吃到肉。「把那隻也吃了吧。」我說。

「眞的嗎？」她問。

「妳盡量吃吧。現在我有了弓箭，可以獵到更多。再加上我還會設陷阱。我可以教妳怎麼設。」我說。小芸看著那隻雞腿，仍不確定。「唉，拿去吧。」我說，把雞腿塞進她手裡。「反正也保存不了兩天，再說我們有一整隻雞，還有兔子。」一旦拿在手上，她的食欲立刻贏了，她大口吃起來。

「我以爲，在第十一區，因爲你們自己種植食物，所以你們會比我們有東西吃。」我說。

小芸瞪大了眼睛。「噢，不，我們是不准吃那些農作物的。」

「他們會逮捕妳或做什麼嗎？」我問。

「他們會公開鞭打你，讓大家看。」小芸說：「市長對此非常嚴格。」

從她的表情，我知道這不是什麼罕見的事。在第十二區，雖然不能說沒有，但公開鞭打非常少見。嚴格說來，蓋爾跟我可以因爲每天進森林偷獵而遭受鞭刑，事實上我們可被處以更重的刑罰，差別只在那些官員買我們的獵物。再說，我們的市長，也就是瑪姬的爸爸，似乎很不喜歡這樣的事。或許，身爲全國聲望最低、最窮、最受人嘲弄的行政區，也有它的好處。譬如，只要我們生產足量的煤，都城幾乎不會注意我們。

「你們可以要多少煤就有多少嗎？」小芸問。

「不，」我回答：「除了那些掉到你靴子裡的算免費，其餘都得花錢買。」

「在收成的時候，他們會額外多給我們一點吃的，大家才有力氣做久一點。」小芸說。

「你們不用上學嗎？」我問。

「收成的時候不用，每個人都得去工作。」小芸說。

聽她談自己的生活還眞有趣。我們跟自己區以外的人少有接觸的機會。事實上，我猜遊戲設計師會擋下我們這段談話不播出，因爲，雖然聊天的內容看起來沒什麼，但他們不想要不同區的人知道彼此的狀況。

在小芸的提議下，我們把所有的食物都拿出來，預先做計畫。她已經知道我獵到的，但我又加上剩餘的餅乾與牛肉乾。她採集了相當多的根塊、堅果、野菜，甚至還有莓果。

我將一粒不認識的莓果拿在手裡看來看去。「妳確定這能吃？」

「嗯，能吃，我們家鄉有這種莓果。我已經吃了好幾天了。」她說，然後丟了一把到嘴裡。我小心翼翼地咬了一粒，味道嚐起來跟我們的黑莓一樣好吃。看來，如果一開始就能跟小芸結盟，應該很不錯。我們平分食物，這樣，萬一我們分開，我們兩個人都可以撐上幾天。除了食物，小芸有個小水袋，一把自製的彈弓，以及一雙多的襪子。她還有一塊銳利的岩片可做刀子用。「我知道這些東西很不起眼。」她說，似乎很不好意思。「可是我得盡快離開豐饒角。」

「妳做得很對。」我說。當我攤開我的物資，她看到那副太陽眼鏡時，忍不住驚嘆了一聲。

「妳怎麼得到這個的？」她問。

「就在背包裡。可是它到現在一點用都沒有，不但不能擋太陽，戴上之後反而更看不清楚。」我聳聳肩說。

「這不是太陽眼鏡，是夜視鏡。」小芸喊著說：「有時候，收成時我們得徹夜工作，那時他們會給我們幾副這種眼鏡，讓爬到最高處採收的人戴，因爲火把的光照不到那些地方。有一次，有個叫馬丁的男孩，拿了一副這種眼鏡，藏在他的褲子裡。他們當場殺了他。」

「他們爲一副眼鏡殺了一個男孩？」我說。

「對，而大家都知道他不會傷害任何人。馬丁的腦子有點不太對。我是說，他還像三歲小孩，只是想留著眼鏡好玩而已。」小芸說。

聽到這話，讓我覺得第十二區彷彿是個安全的避難所。當然，我們一直不斷有人餓死，但我無法想像維安人員殺害一個愚笨的孩子。我們區裡有個小女孩，是油婆賽伊的孫女，常在灶窩晃來晃去。她也是不太對勁，但大家對待她就像對待寵物，有人會拋些吃剩的麵包什麼的給她。

「好，那這有什麼用？」我拿起眼鏡問小芸。

「它能讓妳在一片漆黑中仍然看見東西。」小芸說：「今晚等太陽下山後，妳可以戴上看看。」

我給了小芸一些火柴，她則確保我有足夠的藥草，以防我被螫的腫包又痛起來。我們弄熄了火，繼續往上游走，直到天色幾乎全暗下來。

「妳都睡哪裡？」我問她：「樹上嗎？」她點頭。「只穿著妳的外套？」

小芸拿出她多出的那雙襪子：「我還有這個可套在手上。」

我想到這幾天晚上是多麼寒冷。「如果妳願意的話，可以跟我一起擠擠睡袋，夠我們兩個人睡的。」她神情一亮。我知道這遠超過她所敢期望的。

我們在樹上高處選定一個地方，安頓好過夜，這時國歌響起。今天沒有死人。

「小芸，我今天才醒來。我錯過了幾個晚上？」我低聲說，雖然國歌應該可以蓋住我們的對話。我甚至還謹慎地用手遮住嘴巴。我不想讓觀眾知道我打算告訴她比德的事。她明白我的意思，也這麼做。

「兩晚。」她說：「第一區跟第四區的女孩死了。現在只剩下我們十個人。」

「有件事很奇怪。至少，我覺得很奇怪。這有可能是追蹤殺人蜂的毒液讓我幻想出來的。」我說：「妳知道我們區的那個男孩，比德？我想他救了我的命。但他又跟那些專業貢品在一起。」

「他現在沒跟他們在一起了。」她說：「我去偵查過他們設在湖邊的大本營。他們在被殺人蜂擊潰之前趕了回去，但他不在其中。也許他真的救了妳，才必須逃走。」

我沒回答。如果比德真的救了我，那我又再次欠了他人情，而這次是無法還的。「如果他救了我，那大概是他表演的一部份。妳知道，就是要讓大家相信他愛我這件事。」

「噢，」小芸沉吟著說：「但我不認爲他是在演戲。」

「當然是。」我說：「那是他跟我們導師一起想出來的。」國歌結束了，天空暗下來。

「來試試這副眼鏡。」我拿出眼鏡戴上。小芸果眞沒開玩笑。每樣東西我都看得一清二楚，從樹上的葉子到五十呎外有隻臭鼬蹓躂過灌木叢，如果我想要的話，我可以從這裡一箭殺了牠。我可以殺了任何人。

「我好奇還有誰有這種眼鏡。」我說。

「那些專業貢品有兩副。是說，他們在湖邊什麼都有。」小芸說：「而且，他們好強。」

「我們也很強。」我說：「只是強的方式不同。」

「妳很強，妳能射箭。」她說：「我能幹什麼呢？」

「妳可以餵飽自己。他們能嗎？」我問。

「他們根本不需要。他們有所有的物資。」小芸說。

「假設他們沒有，假設那些物資都消失了，妳想他們能活多久？」我說：「我是說，這是一場飢餓遊戲，不是嗎？」

「可是，凱妮絲，他們一點也不餓。」小芸說。

「對，問題就在這裡，他們不餓。」我同意。頭一次，我有了計畫，一個不是因逃避跟躲藏的需要而有的計畫。一個攻擊的計畫。「小芸，我想我們得改變這情勢才行。」

16

我知道，小芸已經決定全心信任我。因爲國歌一演奏完，她便緊靠著我睡著了。我對她也沒有任何疑慮，因此沒另外做什麼預防措施。如果她要我死，她當初只需一走了之，不用在樹上對我指出那窩追蹤殺人蜂，我就完了。然而在我內心深處，有個聲音在嘲笑我，因爲這場遊戲我們無法兩人都贏。但既然目前我們倆任一個人得以存活的機率都很低，我便不去想這個。

何況，我剛有了新的點子，心思都放在專業貢品和他們的物資上頭。小芸跟我一定得找個辦法摧毀他們的食物。我很確定，要他們靠自己餵飽自己，肯定困難重重。傳統上，專業貢品的策略向來是一開始就掌控所有的食物，再以此做基礎，去對付其他人。他們沒保護好食物的那幾年——有一年食物被一群可怕的爬蟲摧毀，另一年則是被遊戲設計師引發的洪水沖走——通常就是其他區的貢品贏得勝利。那些專業貢品從小吃得又飽又好，反而成了他們的弱點，因爲他們不曉得如何忍受飢餓，在飢餓中求生存。不像小芸跟我。

但我今晚太疲倦了，無法擬定具體的計畫。我的傷口逐漸痊癒了，但我的頭腦仍因蜂毒還有點昏沈，而溫暖的小芸依偎著我，頭靠在我肩膀上，給了我一種安全感。我這才頭一次明白，我在競技場裡是何等孤單，有另一個人陪伴是何等溫暖。我向睡意投降，決心明天要讓局勢翻盤。明天，輪到專業貢品要小心提防了。

大砲的響聲把我驚醒。天光已亮，鳥兒已開始鳴叫。小芸蹲在我對面一根樹枝上，手裡捧著什麼。我們等著，聽大砲會不會再多響幾聲，但什麼也沒有了。

「妳想那是誰？」我忍不住想到比德。

「不知道。可以是其他任何一個人。」小芸說：「我想我們今晚就會知道。」

「還剩下誰呢？」我問。

「第一區的男孩。第二區的兩個人。第三區的男孩。打麥跟我。妳和比德。」小芸說：「這樣就有八個了。等等，還有那個跛腳的，來自第十區的男孩。這樣就九個了。」

還有一個人，但我們倆都想不起來是誰。

「我很好奇剛才那個是怎麼死的。」小芸說。

「不知道。但這對我們有好處。有人死亡會暫時吸引住觀眾的注意力。或許在遊戲設計師覺得獵殺速度太慢，而決定做些改變之前，我們有時間先做些什麼。」我說：「妳手上是什麼？」

「早餐。」小芸說，伸出手來，手中握著兩顆大大的蛋。

「這是什麼蛋？」我問。

「不確定。那邊過去有個沼澤，有些水鳥。」她說。

如果能把蛋煎過會比較好，但我們倆都不想冒險生火。我猜，無論剛才死的人是誰，都是那些專業貢品的受害者。這表示，他們已經康復到可以繼續獵殺了。我們各吸食了一顆蛋，吃了一條兔腿和一些莓果。即便不在競技場裡，這也是一頓不錯的早餐。

我背上背包，說：「準備好要大幹一場了嗎？」

「幹什麼？」小芸說。從她充滿活力跳起來的樣子，你知道無論我說要幹什麼，她都躍躍欲試。

「今天我們要清除掉專業貢品的糧食。」我說。

「眞的嗎？怎麼做？」你可以看見她眼中閃著興奮的光芒。這一點，小櫻跟她完全相反。冒險對小櫻而言是種折磨。

「還不知道。來吧，我們可以邊打獵邊想個計畫。」我說。

不過我們沒獵到多少東西，因爲我忙著詢問小芸，想了解有關專業貢品的基地的每個細節。她只短暫窺探過他們，但她觀察得很仔細。他們在湖邊紮營，物資就放在離營地約三十碼處。白天的時候，他們會留下第三區的男孩看守物資。

「第三區的男孩？」我問：「他跟他們是一夥的？」

「對，他整天待在營地裡。他們逃往湖邊躲避追蹤殺人蜂時，他也被蜂螫了。」小芸說：「我猜他們讓他活著，是因爲他願意當他們的守衛。不過他塊頭不是很大。」

「他用什麼武器？」我問。

「我只看到一根標槍。他大概能用標槍殺掉幾個人，但打麥能輕易宰掉他。」小芸說。

我說：「那些食物就這樣擺在空地上？」她點點頭。「整個情況聽起來不太對勁。」

「我知道。但我也說不上來究竟哪裡有問題。」小芸說：「凱妮絲，就算妳能接近那些食物，妳要怎麼清除它們？」

「燒掉，扔到湖裡，把它們浸到燃油裡。」我像會對小櫻做的那樣，伸手戳戳小芸的肚子，「都吃掉。」她咯咯笑起來。「別擔心，我會想出辦法來的。摧毀東西比弄出東西來要簡單多了。」

有好一會兒，我們挖掘根塊，採集莓果和野菜，並低聲討論策略。從談話中，我得知小芸是六個手足中的老大，極度保護弟弟妹妹們，總把自己的食物分給他們吃；他們那一區的維安人員遠比第十二區的人沒有人情味，但她仍常冒險去野外搜尋食物。當你問她在這世上最喜歡什麼，我怎麼也沒料想到，小芸的回答是：「音樂。」

「音樂？」我說。在我們的世界裡，就實用性而言，我把音樂排在綁頭髮的絲帶跟彩虹之間。彩虹起碼有預報天氣的功能。「妳有很多時間花在音樂上嗎？」

「我們在家時唱歌，工作時也唱。這是爲什麼我喜歡妳的胸針。」她說，指了指我早已經忘記的那隻學舌鳥。

「你們也有學舌鳥？」我問。

「是啊，有幾隻學舌鳥還是我很特別的朋友呢。我們可以互相來來回回唱上幾小時。牠們還會爲我傳遞消息。」她說。

「妳這話是什麼意思？」我說。

「通常我是那個爬到最高處的人，所以我都第一個看到收工旗。我創作了一首小曲子，」小芸說著，開口用甜美清亮的聲音唱出四個音符的快拍曲調。「然後學舌鳥會把這曲調傳遍整個果園，讓大家知道收工的時間到了。」她繼續說：「不過，如果太接近牠們的鳥巢，牠們也會攻擊人。但這也不能怪牠們。」

我拿下胸針遞給她。「喏，給妳。它對妳比對我有意義。」

「噢，不。」小芸說，伸手合起我的手指，讓我握住胸針。「我喜歡看它別在妳身上。我是因爲這樣才決定信任妳的。況且，我有這個。」她從襯衫領口拉出一條草編的項鍊，墜子是木頭粗略刻出的星星。或者，那是一朵花。「這是個幸運符。」

「嗯，它到目前爲止顯然都很有效。」我說，把學舌鳥別回我的襯衫上。「妳應該繼續戴好它。」

到了中午，我們擬妥了計畫。到了下午，我們準備好要執行這計畫。我幫小芸撿拾木頭並架好前兩堆準備做篝火的木柴，第三堆她有時間自己弄。我們決定事後在兩人第一次一起吃東西的地方碰面。那條溪流應該能引導我回到那裡。在我離開前，我再三確定小芸有足夠的食物跟火柴。我甚至堅持她留下睡袋，以免萬一我在天黑前趕不回去會面。

「那妳呢？妳不會冷嗎？」她問。

「如果我能在湖邊拿到另一個睡袋，就不用怕冷了。」我笑著說：「妳知道，偷竊在這裡可不犯法。」

在最後一分鐘，小芸決定教我她的學舌鳥訊號，那首她告訴大家一天工作已經結束的小曲子。「這有可能沒效。不過，如果妳聽到學舌鳥唱這曲調，妳就知道我沒事，我只是一時之間趕不回去而已。」

「這邊有很多學舌鳥嗎？」我問。

「妳沒看到牠們嗎？牠們在這裡到處做窩。」她說。我得承認我都沒注意到。

「好吧，就這樣。如果一切都按計畫進行，我會回去跟妳一起吃晚餐。」我說。

出乎意料之外，小芸張開手臂抱住我。我在回抱她之前，稍微猶豫了一下。

「妳千萬要小心。」她對我說。

「妳也是。」我說。我開始回頭朝小溪走，不知怎地感到憂心。擔憂小芸會被殺，擔心小芸沒被殺而我們成了最後的兩個人，擔心留下小芸單獨一人，擔心留下小櫻一人在家鄉。不，小櫻有我媽跟蓋爾，還有保證不會讓她挨餓的麵包師傅。小芸卻只有我。

一旦抵達溪邊，我只要跟著它往山下走，就會走到我在遭受追蹤殺人蜂攻擊後，第一次碰到小溪的地方。不過，我沿著溪走時應該要小心一點才對，因爲我發覺自己老是失神，只一再想著一些沒有答案的問題，絕大部分跟比德有關。今天一大清早發射的那聲大砲，是表示他死了嗎？若是，又是怎麼死的？是死在某個專業貢品的手上嗎？是報復他還讓我活著嗎？我再次拼命想要記起他衝出樹叢，我人在閃爍屍體旁邊的那一刻。但是他全身閃閃發光的印象，卻又讓我懷疑那一切曾經發生過。

我昨天的行動一定很緩慢，因爲才兩三個小時，我就抵達了昨天洗澡的那處淺水。我停下來補充飲水，並在背包上再塗一層泥。不管我塗多少次，它總是回復到橘色。

接近專業貢品的營地，使我的感官敏銳起來。我越接近他們，越是提高警覺，常停下來聆聽有沒有不屬於自然界的聲響。我已把箭搭在弓弦上。我還沒看到任何其他貢品，但我注意到小芸提到過的一些事。數叢甜莓果樹，一叢矮樹長著治療我蜂螫腫包的綠葉。在我之前被困住的那棵樹的鄰近，有好些追蹤殺人蜂的蜂窩。在我頭頂上，這裡那裡，黑白兩色的學舌鳥在高高的樹枝間振翅飛翔。

當我抵達那棵底下還留著破裂蜂窩的樹，我停了片刻，凝聚我的勇氣。小芸給過我明確的指示，如何從這裡去到接近湖邊的最佳偵伺地點。**記住**，我告訴自己，**現在妳才是獵人，不是他們**。我握緊弓，繼續前進，直到抵達小芸告訴我的小灌木叢。我得再次佩服她的機靈。這灌木叢就在森林邊緣，枝葉在接近地面處非常濃密，讓我藏身其後，可輕易地觀察專業貢品的營地，卻不會被發現。在我們之間，是那片展開競賽時的平原。

我看到四位貢品。第一區的男孩，卡圖和第二區的女孩，還有個皮膚蒼白，骨瘦如柴的男孩，一定就是那個來自第三區的貢品。在都城那段期間，我對他完全沒留下任何印象。我記不起來任何有關他的事，記不得他的服裝、他在訓練中心所得的評分、他接受訪問的情形。即使是現在，他坐在那裡，手上把弄著某種塑膠盒，在那些身材高大，凶神惡煞般的同件的對照下，也很容易就被忽視了。但他一定有某種價值存在，否則他們不會讓他活命。看到他，只更增加我的不安。專業貢品爲什麼會留下他守衛？他們究竟爲什麼容許他活著？

這四位貢品似乎尚未完全從追蹤殺人蜂的攻擊中復元。即使從這裡，我也可以看見他們身上又大又腫的腫包。他們一定不曉得要把蜂針拔出來，要不然就是拔了蜂針，卻不知道有藥草可以治那些腫包。無論他們在豐饒角裡找到什麼藥品，顯然都對蜂螫無效。

豐饒角還橫躺在它原來的位置，但角內的物資已經被搬空了。絕大部分物資都裝在板條箱、粗麻袋和塑膠大箱子裡，在離營地一段距離之外，整齊地堆成一座金字塔的形狀。他們讓物資遠離營地的動機，令人起疑。有少數其他一些東西則散放在金字塔周圍，幾乎複製了比賽一開始在豐饒角四周擺放物資的模樣。在那座金字塔上還罩著一張似乎沒有防護作用的網子，除了用來嚇鳥，不知道還能幹嘛。

金字塔跟營地的距離、網子，以及來自第三區的男孩，整個安排都令人十分困惑。不過有件事可以確定，要摧毀那些物資，絕對沒有表面上看起來那麼簡單。這當中一定有什麼蹊蹺，我最好按兵不動，等搞清楚怎麼回事再說。我猜，那座金字塔是某種陷阱。可能底下有陷坑，上頭有網子會落下來，或周圍有一條細繩索，一碰到就會引來毒箭穿心。說真的，有無數可能。

正當我在思考自己有哪些策略可以選擇時，我聽見卡圖大喊一聲。他指著我背後遠處的森林，不必回頭，我知道小芸一定已經點燃了第一堆篝火。我們在撿拾木頭時刻意多找了一些青枝，好讓濃煙大一點，容易被看見。那些專業貢品立刻開始武裝自己。

他們起了爭執，聲音大到我都能聽見。他們爭論著第三區的男孩該跟他們一起去還是留下來。

卡圖說：「他一起來。在森林中我們需要他，反正他在這裡的事已經做完了，沒有人能碰那些補給品的。」

第一區的男孩說：「那麼，戀愛男孩呢？」

「我一直跟你說不必管他了，我知道我砍了他什麼地方。他還沒流血致死，可真是個奇蹟。無論如何，他完全不可能來搶我們的東西。」卡圖說。

所以，比德傷得很重，正躲在森林裡。但我仍不明白他背叛這些專業貢品的動機是什麼。

「一起走吧。」卡圖說，把一支標槍塞進第三區男孩的手中，然後一行人朝篝火的方向去了。他們走進森林時，我聽見的最後一句話是卡圖說的：「等找到她，我要用我的方式宰了她，你們誰也不准插手。」

我知道他不是在講小芸。她可沒用一窩追蹤殺人蜂去砸他。

我繼續按兵不動，爲時約半小時，一直想著要怎麼對付那些物資。有弓箭在手，我擁有的優勢是距離。我可以輕易射一支燃燒的箭到那堆物資上，我夠準，可以穿過網眼射中東西，但無法保證能點燃它。比較可能發生的情況是，箭上的燃料最後自己燒完，然後呢？我什麼目的也沒達成，反倒給了他們太多有關我的訊息。就是我來過，我有同夥，我能使用弓箭，而且神準無比。

沒有別的選擇。我得靠近一點，看看能不能發現防護那些物資的究竟是什麼。然而，就在我要起身時，眼角瞥見了一點動靜。離我右方數百碼處，有個人從森林裡冒出來。有那麼一下下，我以爲是小芸，但接著我認出是那個狐狸臉的女孩。我們早上一直想不起來的人，就是她。她緩緩地走進平原，在確定一切安全之後，她直奔那個金字塔堆，步伐小而迅速。當她來到那圈擺放在金字塔四周的東西的邊緣時，她停了下來，雙眼注意搜索地面，然後小心翼翼地把腳踏在一個點上。接下來，她開始用一種奇怪的跳躍方式，朝金字塔前進，有時候單腳落地，身子禁不住稍微搖晃，有時候冒險走個幾步。到了某處，她猛地跳起來躍過一個小桶子，然後以足尖落地。但她跳得稍猛了一點，衝力使她往前傾。我聽到她在雙手觸及地面時發出一聲尖叫，但什麼事也沒發生。隨後，她又站好，繼續以奇怪的方式前進，直到抵達那一大堆物資。

所以，我猜有陷阱是對的，但這陷阱顯然比我想像的複雜許多。我對那女孩的猜測也是對的。她一定非常聰明，才能發現這條通往食物的路徑，並且有辦法如此乾淨俐落地重複走這條路。她從各種不同的容器裡各拿一點，裝滿自己的背袋。從一個板條箱中拿些餅乾，從一個用麻繩掛在大箱一側的粗麻袋中拿些蘋果。她每種都只拿一點，讓人察覺不出食物減少了，不會引發任何猜疑。然後，她再跳著那奇怪的舞步離開那圈物資，再次迅速奔回森林裡，完全平安無事。

我發現自己沮喪得咬牙切齒。狐狸臉確認了我的猜疑。但他們究竟設了怎樣的陷阱，讓人必須施展那麼靈巧的身手？怎麼會有那麼多的觸發點呢？當她的手碰到地面時，爲什麼會嚇得尖叫？你忍不住會想……漸漸地，我明白了……你忍不住要想，那地面會爆炸。

我低聲道：「是地雷。」這解釋了所有的事。專業貢品之所以願意離開他們的補給品，狐狸臉的怪異行動，第三區男孩的參與。第三區是工廠區，他們製造電視、汽車，以及炸藥、爆破物。但他是從哪兒弄來地雷的？豐饒角的物資中有地雷嗎？正常來說，那不是遊戲設計師會提供的武器，因爲他們喜歡看貢品們捉對廝殺。我溜出灌木叢，走到一個把貢品升上競技場的圓形金屬板前。它周圍的地面被挖掘過，然後又踏平回去。在我們站在金屬板上過了六十秒後，他們就會讓那些地雷失去作用，但第三區的男孩必定設法讓它們又恢復了作用。我從未在飢餓遊戲中見到有人這麼做過。我敢打賭，遊戲設計師對此也一定大吃一驚。

哈，第三區男孩萬歲，他瞞過了遊戲設計師，瞞得他們好苦。不過，現在我要怎麼辦？我顯然無法在不把自己炸到半空中的情況下，走近那堆東西。至於射一支燃燒的箭過去，更是可笑無比。地雷是藉由壓力引爆的，而且，不需要很大的壓力。有一年，有個女孩不慎把她那一區的象徵物掉到地上，一個小木球，那時她人還站在圓形金屬板上，後來他們簡直得把她的碎片一點一點地從地上刮起來。

我的臂力還不錯，也許我能扔一些石塊過去，然後引爆什麼？也許是一個地雷？那能引發連鎖反應嗎？可以吧？第三區男孩會不會用一種彼此互不干擾的方式埋設地雷？只炸一個不會影響到其他？因此這既能保護物資，又確保能炸死入侵者。即使我只引發一枚地雷，也保證會惹來專業貢品回頭追殺我。總之，我在想什麼呢？那張網子，顯然就在防範任何這樣的攻擊。再說，要把那整堆物資全部炸毀，我得同時扔出三十顆石頭，引發一連串的大爆炸才行。

我回頭瞥了一眼森林。小芸點燃的第二堆篝火的煙氣，正朝天空飄送。到這時候，專業貢品應該已經開始懷疑其中有許了。時間快用完了。

一定有辦法解決的，我知道一定有，如果我再專心一點思考。我瞪著那個金字塔堆。那些大箱子、板條箱都太重了，無法一箭射翻它們。也許其中有一個裝了食用油，說不定我能用燃燒的箭點燃它，但我隨即明白，我可能射光了這十二支箭，卻都沒命中任何一個裝油的桶子，因爲我只是用猜的。我開始認眞回想，嘗試重建狐狸臉接近金字塔的路徑，希望可以找出新的辦法。就在這時，我的目光無意間落到了那個裝蘋果的粗麻袋上。我可以一箭射斷那根繩索，我在訓練中心就做過了，不是嗎？那是個大袋子，但它仍有可能只引發一枚地雷爆炸。但如果我能讓袋裡的蘋果掉出來……

我知道該怎麼做了。我走到恰當的距離，決定用三支箭來完成這項任務。我小心地站穩雙腳，把整個世界摒除在外，瞄準目標，非常精準地瞄準目標。第一支箭穿過接近袋口的一側，把粗麻袋撕裂了一道口子。第二箭把那道開口撕成一個更寬的洞。我可以看見第一顆蘋果開始搖搖欲墜。我鬆手射出第三箭，射中那片翻動的麻布，把它從袋子上扯了下來。

有那麼片刻，時間像是凝止了。接著，蘋果全掉到了地上，我整個人也被爆炸的威力撞得向後飛了出去。

17

爆炸的威力和摔落堅硬地面的撞擊，擠出了我肺中所有的空氣。我的背包一點也沒減輕我著地的力道。幸好，我的箭袋滑到了我的肘彎，救了它自己跟我的肩膀。我的弓還緊握在手上。地面仍因連續的爆炸而搖晃。我聽不見連續的爆炸聲。事實上，這時我聽不見任何聲音。但那些蘋果一定引爆了夠多的地雷，導致四散的碎片又引爆更多地雷。我拚命用手臂擋住臉，因爲爆破的碎片，有些還燃燒著，像下雨般紛紛落在我四周。空氣中充滿了辛辣的氣味，這對一個嘗試恢復呼吸能力的人來說，實在很糟。

差不多一分鐘後，地面停止震動。我翻身側臥，望著原先是金字塔，如今是散落四處，冒煙的殘骸，容許自己享受片刻的滿足暢快。從殘骸之中，專業貢品們不可能救回任何有用的東西。

我最好趕快離開這裡，我想，**他們一定會立刻直奔回來**。但我一起身，便明白自己恐怕不容易脫身。我暈眩得厲害，不是輕微的頭昏眼花，而是周遭的樹木都繞著你打轉，地面在你腳下如波濤起伏。我走了幾步，便雙手雙膝趴跪在地。我等了幾分鐘，想等暈眩過去，但情況沒變。

驚慌開始襲來。我不能停留在這裡，一定得逃。但我既不能走又聽不見。我伸手摸了摸朝向爆炸方向的左耳，竟摸了一手的血。爆炸使我聾了嗎？這念頭把我嚇壞了。身爲獵人，耳朵和眼睛一樣重要，有時我說不定更倚賴耳朵。但我不能顯露出恐懼，此刻我絕對、肯定佔滿了施惠國全國所有的電視螢幕。

不能留下血跡，我告訴自己，並設法將外套的兜帽拉起來罩住頭，用不合作的手指勉力在下巴繫好帽繩。兜帽應該能幫忙吸收流出來的血。我無法起身走路，但我能爬嗎？我嘗試著往前爬。可以，如果我慢慢來的話，可以爬。森林裡大部分地方都無法提供足夠的遮蔽。我唯一的希望是回到小芸的那叢灌木，把自己藏身在草木中。我不能趴在這空地上被逮，否則我面對的不僅是死亡，還會是在卡圖手裡被他慢慢折磨到死。想到小櫻必須看那樣的場景，驅使我頑強地朝那隱匿之所一吋吋挪移。

又一聲爆炸將我擊倒，臉趴在地上。一枚離群的地雷，被一些飛散的板條箱破片引爆。這情況又發生了兩次，讓我想到在家裡，小櫻跟我在爐上爆玉米花時，鍋裡最後的幾顆玉米。

千鈞一髮還不足以形容我的險境。我才把自己的身子拖進樹林邊上那堆糾結的灌木叢中，卡圖就快速衝進平原，他的同伴緊跟在後。他是如此憤怒，憤怒到竟然顯得滑稽──所以人眞的會用力扯自己的頭髮，還會用拳頭拼命捶地。如果我不知道他的憤怒是針對我，是針對我剛剛加諸他身上的事情，我一定會覺得好笑。但我現在就在他附近，沒有能力逃跑或自我防衛，這整個情況把我嚇壞了。我很高興自己隱藏的地方讓攝影機無法對我拍攝特寫鏡頭，因爲我正不顧一切地拼命啃指甲。我啃掉指甲上殘餘的彩繪，盡量試著讓自己的牙齒不打顫。

第三區的男孩對那片廢墟丟了幾塊石頭，然後大概是宣布所有的地雷都引爆了，因爲專業貢品們開始朝殘骸走去。

卡圖已經發完他的第一輪脾氣，現在把怒氣發在那些冒煙的殘骸上，邊走邊猛踢各種爆開的容器。其他貢品則在四散的殘骸中東翻西找，尋找還能搶救的東西，但一無所獲。第三區男孩把他的工作做得太好了。卡圖也一定想到了這一點，因爲他轉向那男孩，看來像在對他大吼。第三區男孩只來得及轉身開始跑，卡圖已一個箭步衝上去，伸出手從第三區男孩的背後攬住他頭頸。當卡圖猛地把那男孩的頭扭向一邊，我可以看見他手臂上的肌肉抖動著。

眞快。第三區的男孩就這樣死了。

另外兩位專業貢品似乎嘗試要讓卡圖冷靜下來。我看得出他想回森林裡去，但他們一直指著天空，這讓我覺得很困惑，直到我明白過來，**當然，他們認為，無論是誰引起爆炸，那人都已經死了**。他們不知道箭跟蘋果的事。他們假設這地雷陷阱有缺點，但引爆摧毀這些物資的貢品也被炸上了天。即使大砲有響，也很容易被後續的爆炸聲給掩蓋了，而那名小偷殘餘的屍體也被氣墊船收走了。他們退到遠處的湖邊，好讓遊戲設計師收取第三區男孩的屍體。他們等待著。

我猜大砲響了。有艘氣墊船出現，取走了死亡的男孩。太陽落到地平線下，夜晚降臨。天空中，我看到了徽章，知道一定開始播放國歌了。片刻的黑暗。他們打出第三區男孩的照片。然後是第十區男孩的照片，今天早上死的一定是他。然後徽章再度出現。現在，他們曉得了，那個引爆者還活著。在徽章的微光中，我看見卡圖和第二區的女孩戴上夜視鏡。第一區的男孩點燃一根樹枝當火把，火光照出他們臉上強烈的決心。三位專業貢品大步返回森林去狩獵。

暈眩已經減輕了。我的左耳仍舊聽不見，右耳卻開始嗡嗡響，這似乎是個好徵兆。不過，現在沒理由離開我躲藏的地方。沒有比待在犯罪現場更安全的了。他們可能認爲引爆者已經領先他們兩三小時的路程。無論如何，在我冒險採取行動之前，最好再多等等。

我做的第一件事，是拿出夜視鏡戴上。獵人的感官至少有一個起作用，讓我放鬆了些。我喝了點水，並清洗我耳朵的血。有血腥味已經夠糟了，我怕肉味會引來掠食動物，因此我只吃今天跟小芸一起採集來的野菜、根塊和莓果，飽餐一頓。

我的小夥伴在哪裡？她回到我們約定會面的地點了嗎？她在爲我擔心嗎？至少，天上的照片表明我們倆都還活著。

我用手指數了數還活著的貢品。第一區的男孩，第二區的兩個人，狐狸臉，第十一跟十二區各兩人。只剩下我們八個了。都城的賭局一定押得難分難解，爲之沸騰。現在他們會開始播出我們每個人的特別報導，去專訪我們的朋友與家人。第十二區已經很久沒貢品進入前八強，而現在我們兩個都還活著。雖然，按照卡圖的說法，比德正在漸漸出局。卡圖的話不能算數。他豈不是才剛剛失去了所有物資嗎？

卡圖，第七十四屆飢餓遊戲現在開始，我在心裡說，**真正開始**！

一陣冷風吹來，我伸手去拿睡袋，這才想起來我把睡袋留給小芸了。我本來要在這邊找一個的，但由於地雷及其他種種事情，我忘了。我開始發抖。這時爬到樹上過夜不見得明智，所以我在灌木叢底下挖了個淺坑縮進去，用樹葉跟松針蓋住自己。我還是凍得要命。我把那片塑膠布拿出來蓋住上身，並用背包擋風。這樣感覺好一點。我開始對在第一天晚上生火取暖的第八區女孩有點同情。現在輪到我得咬緊牙關，硬撐到天亮。更多樹葉，更多松針。我把手臂縮到外套底下，把膝蓋縮到胸口。不知不覺，就睡著了。

當我睜開眼睛，世界看起來像是破裂了。我過了一會兒才明白，一定是太陽出來了，而夜視鏡扭曲了我的視覺。我坐起來，拿掉眼鏡，同時聽見一陣笑聲，從湖邊某處傳來。我整個人僵住。那笑聲聽起來怪異扭曲，但能聽見，表示我的聽力開始恢復了。沒錯，我的右耳雖然還會嗡嗡響，可是又能聽見了。至於我的左耳，嗯，至少已經不流血了。

我透過灌木叢向外瞄，很怕是專業貢品回來了，我會被無限期地困在這裡。結果不是他們，是狐狸臉，站在金字塔的殘骸中，哈哈大笑。她比專業貢品聰明，果眞在廢墟中找到一些有用的東西。一個金屬壺，一片刀刃。對她的興高采烈，我頗爲困惑，直到我想到，隨著專業貢品的物資遭到摧毀，她才開始跟我們其餘的人一樣，眞正有了可能會贏的機會。我突然有個想法，想找她做我結盟的第二個對象，一起對付那群豺狼。但我隨即打消這念頭。她臉上那狡猾的笑容裡，有某種東西讓我確定，跟她交朋友，結果一定是遭到暗算。想清楚這點之後，我想到這是射殺她的好機會。但她聽見了什麼，不是我，因爲她的臉轉向另一邊，平原過去像懸崖般落下的那邊，然後她全速奔進森林裡。我等著。沒人，什麼東西都沒出現。不過，既然狐狸臉覺得危險，或許我也該離開這兒了。況且，我渴望告訴小芸那堆金字塔的事。

由於我不知道專業貢品在哪裡，沿著溪邊走回去跟走別的路比起來，似乎沒什麼差別。我匆忙動身，一手拿弓，另一手抓著一塊古翎雞肉啃。我現在餓極了，不單需要野菜跟莓果，還需要食物中有油脂跟蛋白質。往溪邊的行程，一路上平安無事。到達溪邊後，我補充飲水，並梳洗一番，特別小心呵護受傷的那隻耳朵。然後我沿著小溪，朝高處走。在某個地點，我發現溪邊的軟泥上有一些靴印。專業貢品們曾來過這裡，但有好一陣子了。印痕很深，因爲是軟泥，不過在大太陽底下已經快乾了。我憑恃自己腳步輕快，又走在松針上，不會留下靴印，所以一路上沒特別留心自己是否留下足跡。現在，我脫掉靴子跟襪子，赤腳走在溪床上。

清涼的溪水讓我覺得神清氣爽。在這條水流緩慢的溪中，我輕而易舉地射中兩條魚。雖然才吃過一塊雞肉，我仍一邊往前走，一邊生吃了一條。第二條我要留給小芸。

我右耳的嗡嗡聲逐漸、緩慢地減弱，最後完全消失。我發現自己每隔一陣子便去挖挖左耳，想清掉阻礙我聽力的東西，不管是什麼。但即使左耳有進展，那也微小到根本察覺不出來。我無法適應自己的左耳聾了，那讓我覺得失去平衡，覺得左半邊身子失去了防衛，甚至像是瞎了。我的頭不停朝左轉，我的右耳則一直想幫昨天還持續不斷供應訊息，如今卻像一片空白的牆的左耳捕捉些什麼。隨著時間過去，我越來越覺得這個傷害是不會復元了。

當我抵達我們頭一次碰面的地點，我很肯定這裡沒人來過。沒有小芸的蹤影，地面或樹上都沒有。這太奇怪了。這時候她應該要回來了，都已經中午了。她肯定是在某處的樹上過了一夜。在漆黑的夜裡，她除此之外別無辦法，因爲專業貢品戴著夜視鏡在整個森林裡四處搜尋。我昨夜忘了察看她有沒有引燃第三堆篝火，但那個地點是在離我們據點最遠的地方。她說不定只是在回來的路上異常小心，因此行動慢了。我希望她快點，因爲我不想在這裡待太久。我想趁下午走到更高一點的地方，並在路上打獵。但現在我除了等待，沒別的事能做。

我洗掉外套跟頭髮上的血跡，清潔我仍在繼續增加的傷口。燒傷已經好很多了，不過我還是塗了些藥膏上去。現在最得當心的是別受到感染。我決定把第二條魚也吃了。在這麼烈的太陽下，魚沒辦法久留。還好，要再刺幾條給小芸應該不難。她要是能快點出現就好了。

不平衡的聽力讓我覺得待在地面很不安全，於是爬上一棵樹去等。如果專業貢品出現，這會是個瞄準他們的好地方。太陽緩慢地移動著。我找事做，來打發時間。我咀嚼那些藥草，把它們敷在蜂螫處。那些腫包已經消了，但碰到還是會痛。我用手指梳開潮濕的頭髮，梳順了之後再綁辮子。穿上靴子繫緊鞋帶。檢查我的弓與剩下的九支箭。重複再三地在左耳邊搖動枝葉，測試它聽不聽得見，結果都不怎麼樣。

雖然吃了雞跟魚，我的肚子又咕嚕咕嚕響了。我知道我將度過一個我們在第十二區稱爲空腹日的一天。遇到這樣的日子，不管你塞什麼東西進肚子裡去，都永遠不會飽。坐在樹上什麼都不能做，讓情況變得更糟。因此，我決定向食欲屈服。畢竟，我在競技場裡體重已經掉了許多，我需要額外的卡路里。再說，有弓箭在手，讓我對未來更有信心了。

我慢慢剝食一把堅果，吃了我最後一片餅乾，啃了雞脖子。要把它吃乾淨很花時間，這樣很好。最後，啃雞翅膀。這隻野禽就此成爲歷史啦。但我遇到了一個空腹日，雖然吃了那麼多東西，我還是開始做起白日夢，夢想著各種食物，尤其是在都城吃到的那些令人頹廢的餐點。橘子醬汁燉煮的雞肉，蛋糕和布丁，塗滿奶油的麵包，淋上青醬的麵條。還有，李子乾燉羊肉。我吸吮著幾片薄荷葉，告訴自己別再想了。薄荷葉很好，我們常在吃不飽的晚餐後喝薄荷茶，它可以騙騙肚子，讓肚子覺得吃飯時間已經過了。

溫暖的陽光照著我，靠在樹上晃蕩著腳，嘴裡含著薄荷葉，手上握著弓箭……這是我自從進入競技場以來，最放鬆的一個下午。如果小芸快點出現就好了，我們可以離開這裡。隨著天光漸暗，我越來越焦躁不安。到了傍晚，我決定出發去找她。我可以探一下她打算燃起第三堆篝火的地方，看能不能找到一點線索，得知她究竟去了哪裡。

出發之前，我在先前我們生營火的地方撒了幾片薄荷葉。由於我們是在一段距離之外採到這些薄荷葉的，小芸會一看就懂，知道我來過，而對專業貢品來說，這些葉子毫無意義。

不到一小時，我就抵達我們約定要生第三堆篝火的地方，我立刻知道事情出了差錯。那堆木頭堆得好好的，火絨的散布也很專業，但它從未被點燃。小芸布置好了這堆木柴，卻沒有回來點燃它。我炸掉那堆物資之前瞥見了第二堆篝火冒的煙，她在從那裡到這裡之間的某個地方，碰上了麻煩。

我必須一再告訴自己她還活著。真的嗎？會不會宣布她死亡的砲聲是在凌晨時分，在我連右耳都還聽不見時，就響過了？她會出現在今晚的天空中嗎？不，我拒絕相信。還有上百種原因可以解釋。她可能迷路了。她可能碰上了一群掠食動物或其他貢品，像是打麥，而必須躲起來。無論發生什麼事，我幾乎可以肯定她是被困住了，就在某處，位於第二堆篝火與我腳前從未點燃的這堆之間。某種東西讓她停留在樹上。

不管那是什麼，我一定要逮到它。

在閒坐了一個下午之後，能有事做真好。我輕手輕腳無聲地在陰影中穿梭，讓陰影遮蔽我。但一切看起來毫無可疑之處。地上的針葉沒有凌亂或破壞，沒有任何掙扎的痕跡。當我聽到那聲音時，我才剛停下腳步。我得把頭歪到一邊來確認，接著聲音再一次響起。小芸那四個音符的的曲調從學舌鳥的嘴裡唱出來。那個意味著她平安無事的曲調。

我露出笑容，朝那隻鳥的方向前進。另一聲鳥叫就在前頭不遠，反覆多唱了幾次。小芸一定才教過牠們不久。否則，牠們會唱起別的曲調。我抬眼向樹上張望，找尋她的蹤跡。我嚥了嚥口水，輕輕地唱回去，希望她能知道，來跟我會合是安全的。有隻學舌鳥對我重複了曲調。就在這時，我聽到了尖叫聲。

那是一聲孩子的尖叫，小女孩的尖叫。在競技場裡，除了小芸，沒有人會發出這樣的尖叫聲。我開始奔跑，知道這可能是個陷阱，知道那三位專業貢品可能準備好了要攻擊我，但我沒辦法不去。又是一聲尖銳的叫喊，這次喊的是我的名字：「凱妮絲！凱妮絲！」

「小芸！」我喊回去，好讓她知道我就快到了。這樣一來，他們也知道我來了。希望那個用追蹤殺人蜂攻擊他們，獲得了他們至今無法解釋的十一分的女孩，足以將他們的注意力從小芸身上引開。「小芸！我來了！」

我闖入林間空地時，看見她躺在地上，絕望地糾纏在一張網子裡。她只來得及從網眼中伸出一隻手並喊我的名字，標槍便射中了她。

18

第一區的男孩在來得及伸手拔標槍之前，就死了。我的箭深深貫入他頸部中央，他跪倒在地，用僅存的最後一口氣將箭拔出，然後撲倒在自己的血泊裡。我隨即搭上另一支箭，迅速向左右瞄準，同時大聲問小芸：「還有人嗎？還有人嗎？」

她說了好幾遍沒有，我才聽見。

小芸已經翻身側臥，整個人蜷縮成一團，包著標槍。我把那男孩從她身邊推開，拔出刀來割開網子。只看了一眼那傷口，我就知道她已回天乏術。不單我，恐怕任何人都救不了她。標槍刺入她的胃部，直埋至柄。我在她面前跪下，絕望地瞪著那深埋的武器。安慰她會沒事的話，毫無意義，她不是笨蛋。她伸出手來，我緊握住她的手，彷彿那是救生索，彷彿快要死的人是我而非小芸。

「妳炸掉了那些食物？」她氣若游絲地說。

「徹底炸光。」我說。

「妳一定要贏。」她說。

「我會。如今我會爲我們兩個人贏。」我承諾道。我聽到砲響，抬起頭來。這砲一定是爲第一區的男孩響的。

「別走。」小芸抓緊了我的手。

「我不走，哪兒也不去。」我說。我移身靠近她，將她的頭抱起來枕在我腿上，溫柔地用手指將她又黑又密的頭髮梳到她耳後。

「唱個歌。」她說，我幾乎沒聽懂她說什麼。

唱歌？我想，**唱什麼**？我是知道幾首歌。說來讓人難以相信，我家也曾經有過音樂，我還幫忙一起和聲。我爸用他那異常優美的聲音拉著我加入，但他死後我就很少唱歌了。只除了小櫻病得厲害時，我會唱她小時候喜歡的那些歌給她聽。

唱歌。我的喉嚨因聚滿了淚水而緊縮，因硝煙與疲憊而嘶啞。但如果這是小櫻，我是說，小芸最後的要求，我就必須盡力而爲。我想到的是一首簡單的搖籃曲，是我們唱給那些飢餓、煩躁不安的小嬰孩聽的，讓他們好睡。我想，這首歌很古老，非常古老了。是很久很久以前在我們山村傳唱的歌，我們音樂老師所謂的山歌。歌詞簡單又充滿安慰，向人保證明天會比我們稱之爲今天的這個糟糕時刻，更充滿希望。

我輕咳了一下，困難地嚥了嚥，然後開始唱：

青青草地，楊柳樹下
鮮草為枕，綠茵為床
睡下吧，閉上疲倦雙眼
等明天醒來，迎接耀眼陽光

這兒安全又溫暖
白色雛菊守護你
你的美夢將成真
這裡有我愛著你

小芸顫動的眼睛閉上了。她的胸口仍在起伏，但非常輕微。我的喉嚨鬆開了壓緊的淚，它們沿著我的臉頰滑下來。但我必須爲她唱完這首歌。

青青草地，遠離塵囂
蓋上綠葉，再灑上點月光
睡下吧，放下你的煩惱
等明天醒來，你就無愁無憂

這兒安全又溫暖
白色雛菊守護你

最後兩句幾乎難以聽見。

你的美夢將成真
這裡有我愛著你

萬物靜止。然後，非常詭異地，學舌鳥開始唱起我的歌。

有那麼片刻，我坐在那裡，看著自己的眼淚滴在她臉上。小芸的砲聲響了。我俯身，將唇貼在她額旁。彷彿不願吵醒她似的，我緩緩地將她的頭放回地面，鬆開她的手。

現在他們會希望我離開現場，好讓他們收取屍體。這裡已沒有什麼可讓我留戀的。我把第一區的男孩翻個身面朝下，拿了他的背包，取回那支取他性命的箭。我也割下小芸背的包包，知道她會要我得到它，但我留下她腹中的標槍沒碰。留在身體上的武器會被帶回氣墊船。我不善用標槍，所以它越快從競技場消失越好。

我無法不注視小芸，她變得比以往瘦小，像個動物寶寶蜷縮在網狀窩巢裡。我無法就這樣離開她。不再有人能傷害她了，她卻似乎顯得更脆弱無助。已經死亡的第一區男孩，也顯得脆弱無比，要恨他似乎變得不應該。我要恨的是都城，是它迫使我們這麼做。

蓋爾的聲音在我腦海中響起。他咒罵都城的那些胡言亂語，似乎都變得有意義了，不該再被忽視了。小芸的死迫使我勇敢面對自己的憤怒，憤怒他們的殘暴，憤怒他們加諸我們身上的不義。但就在這裡，我甚至比在家裡，更強烈感覺到自己的無能爲力。我無法向都城展開復仇。有可能嗎？

然後我想起比德在天台上說的話。「**我只是一直期望自己能想出個辦法……向都城顯示他們並不擁有我。我不僅僅是他們遊戲中的一顆棋子。**」我頭一次明白了他話裡的意思。

我要做件什麼事，就在這裡，就在此刻，羞辱他們，要他們對此事負責，要都城知道無論他們做什麼，或強迫我們做什麼，每位貢品都有某個部分是他們不能擁有的。小芸絕不僅僅是他們遊戲中的一顆棋子。我也不是。

朝森林裡走幾步，就可以看到一片野花。它們大概是某種野草，但開著漂亮的紫色、黃色和白色的花朵。我採了一大把，再回到小芸身邊。一次一朵，我慢慢地用花裝飾她的身體，遮住那醜陋的傷口，繞著她的臉擺放，給她的頭髮插上色彩鮮豔的花。

他們必須把這場景顯示在螢幕上。或者，就算他們這時選擇轉開鏡頭去拍別處，當他們收取屍體時，鏡頭還是得轉回來，然後大家就會看見她，並知道我做了什麼。我起身退後一步，再看小芸最後一眼。她看起來眞的像在這片林間草地上睡著了。

「再見，小芸。」我低聲說，將左手的中間三根指頭貼著唇，再伸出手來向著她。然後我頭也不回地離開。

鳥聲突然全靜下來。某處，有隻學舌鳥發出一聲警告，是氣墊船來了。我不曉得牠怎麼知道。牠一定聽得見人類聽不見的聲音。我停下來，雙眼專注看著前方，而不是背後正在發生的事。沒多久，鳥兒又開始鳴叫，我知道她已經被帶走了。

另一隻學舌鳥，樣子看起來還幼小，停在我面前的一根樹枝上，突然唱起小芸的曲子。我的歌曲、氣墊船，對這隻雛鳥而言都還太陌生，學不起來，但牠將小芸簡單的曲調唱得極爲流利。那個意味著她平安無事的曲調。

「無比安全。」我說，從牠棲息的樹枝下走過。「我們再也不用擔心她了。」無比安全。

我不知道該往哪裡走。我跟小芸共度一夜而有的家的感覺，已經消失了。我漫無目的地走著，直到太陽下山。我不害怕，甚至沒有警戒。這讓我成了一個易受攻擊的目標，但現在我會在照面的第一眼，就毫不留情地射殺對方，連手都不會抖一下。我對都城的憎恨絲毫沒有減損我對那些競爭對手的憎恨，尤其是對專業貢品。至少，他們要爲小芸的死付出代價。

但沒有任何人出現。這是個很大的競技場，而我們剩下的人已經不多。要不了多久，他們就會使出某種手段，迫使我們聚在一起。但今天流的血已經夠多了。說不定我們今晚能睡個好覺。

正當我要把那些背包弄上樹，打算上去安營時，一朵銀色的降落傘飄蕩而下，落在我面前。一件資助人送來的禮物。爲什麼是現在呢?我身體的情況很好，又有物資。也許黑密契知道我很喪氣，打算鼓舞我一下。或者，這是幫我治療耳朵的東西?

我打開降落傘，發現裡面是一個小麵包。不是都城精緻的白麵包。它是用深色的配給穀物做的，狀如新月，上面撒著種子。我回想起比德在訓練中心時給我上的課，教我認識各行政區的麵包。這是來自第十一區的麵包。我慎重地拿起這尚有餘溫的麵包。對那些自己都吃不飽的第十一區百姓來說，這要花上他們多大的代價？有多少人必須攢下每一塊錢，才足以湊出送來這麵包的費用？我敢肯定，它本來是要送給小芸的。但他們沒有在她身亡之後把禮物收回，相反的，他們授權黑密契把麵包給了我。這意思是感謝我嗎？或是他們跟我一樣，不想欠下人情未還？無論是什麼理由，這都開創了先例。一個行政區送禮物給不是自己區的貢品。

我仰起臉，踏入落日最後一絲餘暉中，說：「我衷心感謝第十一區的同胞們。」我要他們知道，我曉得這麵包是哪裡來的，並且明白他們送我的這個禮物是何等貴重。

我爬上樹，爬到高到危險的地步，不是為了安全，而是想盡可能遠離這一天。我的睡袋在小芸的袋子裡，整齊地捲著。明天，我會察看所有的物資。明天，我會訂個新計畫。但今晚，我只能做到把自己用皮帶綁好，一小口一小口吃著麵包。這麵包很好吃，也讓我嚐到家的味道。

很快，天空出現了徽章，我右耳聽見國歌演奏。我看見第一區的男孩、小芸。今晚就這樣。**還有六個人活著**，我在心裡說。**只剩下六個**。我很快睡著了，手裡還握著麵包。

有時候，當情況特別壞，我的腦子會讓我做個快樂的夢。一個跟我父親去森林的夢。一個跟小櫻一起曬太陽吃蛋糕的夢。今晚，我夢到小芸，身上仍裝飾著花朵，坐在一片樹海的高處，嘗試教我跟學舌鳥說話。我沒看見她的傷口，沒有血跡，只有一個滿臉燦爛、笑盈盈的女孩。她用一種我從未聽過的清亮、優美的聲音歌唱，一直唱一直唱，唱了一整夜。後來，在半睡半醒之間，我仍能聽見她的餘音繚繞，但她已經消失在濃密的樹葉中。我完全清醒時，感到片刻安慰。我試著抓住夢境給我的那股平安的感覺，但它很快就溜走了，留給我的是更深的哀傷與寂寞。

我整個身體異常沈重，彷彿血管裡流的全是鉛。除了躺在這裡，眼睛直直盯著上方層層的樹葉，我什麼也不想做，即使是最簡單的事我都沒有意願。我這樣動也不動地躺了好幾個小時。最後，跟往常一樣，是想到家鄉裡小櫻看著螢幕時的一臉焦慮，我才試著振作起來。

我給自己下了一連串簡單的命令去遵守，像是「凱妮絲，現在妳要坐起身來。凱妮絲，現在妳得喝水。」我緩慢、機械性地按著命令行動。「凱妮絲，現在妳得察看那些背包。」

小芸的背包裡有我的睡袋、她幾乎喝光了水的皮袋、一把堅果與根塊、一點兔肉、她多出的那雙襪子，以及她的彈弓。第一區的男孩有好幾把刀、兩個備用的標槍頭、一個手電筒、一個小皮袋、一個急救箱、一壺滿滿的水，以及一包水果乾。一包水果乾！在所有他可挑的食物裡，他竟選擇一包水果乾！對我而言，這是傲慢到了極點的標記。當你在營地裡有那麼多的補給品，幹嘛費事帶食物在身上？當你可以迅速殺了對手，在肚子還沒餓之前就折回營地，幹嘛多帶食物？我只希望其他的專業貢品也都這樣輕裝就道，沒帶食物，然後現在發現自己一無所有。

說到這點，我自己的食物也所剩不多了。我吃掉第十一區送來的麵包及那塊兔肉。食物消失得眞是快啊。現在我只剩下小芸的堅果和根塊、那男孩的水果乾，以及一條牛肉乾。**凱妮絲**，我告訴自己，**現在妳得去打獵**。

我順從地把我要的物資合併放進我的背包裡。在我爬下樹之後，我把那男孩的刀子跟標槍頭藏在一堆石頭底下，這樣就沒有人能使用它們。我在昨天傍晚漫無目的地遊蕩時失去了方向，但我朝大致的方向往前走，想回到那條溪流。當我碰到小芸那第三堆未點燃的篝火，我知道走對了路。之後不久，我發現一群古翎雞棲息在樹上，於是在尚未驚動牠們之前，迅速射下三隻來。我回到小芸所堆的篝火，點燃它，不在乎會有濃煙。**你在哪裡，卡圖**？我邊烤著雞和小芸的根塊，心裡邊說，**我在這兒等著你呢**。

誰知道現在專業貢品在哪裡呢？他們若不是路程太遠趕不過來，就是太確定這是個陷阱，或……有這種可能嗎？太怕我？當然，他們知道我有弓箭，卡圖看見我從閃爍身上取得它們。但他們終於猜出是怎麼回事了嗎？想到是我炸掉他們的補給品跟宰掉他們的同伴了嗎？說不定他們以爲這是打麥幹的。來自同一區，他豈不是比我更有可能爲小芸的死復仇？雖然他從來沒理會過她。

狐狸臉呢？她躲在附近看我炸掉那堆物資嗎？不。第二天我看見她對著那堆殘骸大笑，看起來像有人送給她一個妙極了的驚喜。

我想，他們不會認爲是比德生了這堆火。卡圖很確定他差不多是個死人了。我發現自己想要告訴比德，我在小芸身上放了花，並且，現在我明白他在天台上試著要說的是什麼了。也許，若他贏得競賽，他會在勝利者之夜從螢幕上看見我。在我們受訪的舞台的對面會有個大螢幕，他們會重播遊戲的精彩片段，那時他會看見我。贏家會坐在舞台的寶座上，被他們的支持小組環繞著。

但我已經告訴小芸，我會爲我們兩人坐在那裡。而這誓言，不知怎地，似乎比我對小櫻發的誓還重要。

現在，我眞的覺得我有機會辦到，有機會贏得勝利。原因不在我有弓箭，或數次與專業貢品鬥智贏了他們，雖然這些都幫上了忙。我握著小芸的手，看著生命慢慢從她身體流失時，發生了一件事。現在我決心爲她復仇，讓她的死叫人永難忘懷。而我只能靠贏得勝利，讓自己叫人永難忘懷，來做到這一點。

在我希望有人來當箭靶，卻沒人出現的這段時間裡，那些雞烤過頭了。也許其他貢品都在某處拚得你死我活。那樣也好。在遊戲開始那天的浴血戰之後，我出現在螢幕上的次數已經多到我不想理會了。

最後，我把食物包起來，回到溪邊，補充飲水，再做些採集。但早晨的那股沉重又落回我身上。雖然才剛黃昏，我已爬上一棵樹，安頓好準備過夜。我的腦子開始重播昨天的事。我不斷看見小芸中了標槍，我的箭射中那男孩的頸項。我不知道自己爲什麼老想到那男孩。

然後我明白了……他是我殺的第一個人。

他們在提供統計資料給人下賭注時，會爲每位貢品列一張殺人清單。我猜，嚴格說來，閃爍跟那個第四區的女孩也算我殺的，是我把蜂窩對她們砸了下去。但第一區的男孩是頭一個我親手殺了的人。在我手中喪命的動物不計其數，但人只有一個。我聽見蓋爾說：「說眞的，那有多大差別？」

處決的方式驚人地相似。拉弓，射箭。後果卻截然不同。我殺了一個我甚至不知道叫什麼名字的男孩。他的家人在某處爲他流淚哀悼。他的朋友正誓言要殺我復仇。說不定他有個女朋友，眞的相信他會返回家園……

接著，我想到小芸靜止不動的身體，這讓我將那男孩從我腦海中摒除。至少，現在摒除。

按照天空顯示的，今天平靜無事。沒有死人。我想知道在下一個災難來逼使我們碰頭之前，我們能有多少平靜的時光。如果事情會發生在今晚，我想先睡一覺。我蒙住那隻好的耳朵，讓自己聽不到國歌演奏，但接著我聽到了喇叭聲，我立刻坐起身來，充滿期待。

大部分時候，貢品從外界所獲得的唯一訊息，是夜間的死亡人數。但偶爾，在一陣喇叭聲過後，會有事情宣布。通常，那是招呼大家去參加宴席。當食物匱乏，遊戲設計師會設下宴席，地點是大家都知道的地方，譬如豐饒角，引誘我們聚集並互相廝殺。有時候那裡眞的會有一桌酒席，有時候那裡只有一條變了味的麵包讓貢品去搶。我不會爲了食物而去，但那會是除掉幾名對手的理想時機。

克勞帝亞斯·坦普史密斯的聲音在頭上隆隆響起，恭喜我們六個還活著的人。但他不是邀請我們去赴宴。他在說一些讓人很困惑的話。遊戲的規則有一項改變。有規則要改變！這說法本身就讓人想不通，因爲除了在六十秒內不可踏出你的圓形金屬板，以及那條沒有言明的不准吃人的規定外，我們沒有任何確切的規則可言。在新的規定下，如果來自同一區的兩位貢品是最後僅存的兩個人，將宣布他們一同獲勝。克勞帝亞斯停了停，彷彿知道我們沒聽懂一樣，又重複說了一次改變的規則。

我終於明白過來。今年也許有兩名貢品可以贏。如果他們是來自同一區，兩人都能活下去。我們兩人都能活下去。

我想也沒想，脫口就喊比德的名字。

第三篇

勝利

19

我用雙手摀住嘴，但聲音已經傳出去了。天空轉成一片漆黑，我聽見一群青蛙開始合唱。**笨蛋！**我對自己說。**妳在做哪門子的蠢事！**我一動也不動，靜待一群攻擊者出現，森林再度熱鬧起來。然後，我才想起來，活著的已經沒剩幾個了。

受傷的比德，現在是我的盟友了。無論我對他有過什麼疑慮，都已煙消雲散，因爲我們無論哪一個，現在如果還取了對方性命，等我們回到第十二區，都將遭到唾棄。其實，我知道，如果我是觀眾，我會憎惡任何沒有立刻與自己區夥伴結盟的貢品。再說，保護彼此是有道理的。在我的例子裡，身爲第十二區的悲劇戀人之一，若還想獲得資助人的同情、幫助，結盟絕對是必要條件。

悲劇戀人……比德一定一直以來都在鋪陳這個故事。爲什麼遊戲設計師會史無前例地改變規則，讓兩名貢品有機會同時贏得勝利？我們的「羅曼史」一定在觀眾中大受歡迎。懲罰我們的戀情，就會危及這場遊戲的成功。這絕不是因爲我的緣故。到目前爲止，我所做的不過是沒有幹掉比德。但無論他在競技場裡做了什麼，他一定讓觀眾深信，那都是爲了保住我的命。他搖頭要我別衝向豐饒角。對抗卡圖好讓我逃命。就連跟專業貢品混在一起，一定也是爲了要保護我而採取的行動。原來，比德對我從來不構成威脅。

想到這裡，我忍不住露出微笑。我放下雙手，仰起臉來對著月光，確定鏡頭能清楚照到我。

好，剩下來還有誰是我要怕的？狐狸臉？跟她同區的男孩已經死了。她是單獨行動，且是在夜裡。到目前爲止，她的策略一直是躲避，而非攻擊。即使她眞的聽見了我的聲音，我不認爲她會採取任何行動，她只會希望有別人聽見，來追殺我。

另外還有打麥。好吧，他是個明顯的威脅。但從遊戲開始之後，我就沒見過他，一次也沒。我想到狐狸臉在爆炸現場聽到了什麼聲音，立刻驚惶不安。但她轉頭警戒的方向不是森林，而是森林的正對面，那個突然下陷的地方，競技場中我一無所知的區域。我幾乎可以確定她所逃離的人是打麥，而那區域是他的勢力範圍。他在那邊不會聽到我的聲音，就算他聽到，以我目前所在的高度，他那麼碩大的身材也爬不上來。

如此一來，就只剩下來自第二區的卡圖跟那女孩了。他們現在肯定在慶祝。除了比德跟我，他們是唯一能從這新規則獲益的一對。他們有可能聽見我呼喊比德的名字，所以現在我該逃離嗎？不，我心想，**讓他們來吧**。讓他們戴著夜視鏡，帶著那折枝斷葉的笨重身軀過來吧，直接踏進我弓箭的射程範圍內。但我知道他們不會。如果他們在白天都不敢靠近我的篝火，在夜晚就更不敢冒險踏進可能存在的另一個陷阱。如果他們會來，一定是因爲他們有自己的打算，是自己要來，而不是因爲我讓他們知道我身在何處。

我希望可以立刻開始尋找比德，但我還是給自己下了指令：**凱妮絲，待在原地，想辦法睡一覺，明天妳會找到他的**。

我確實睡了一覺，但到了早上，我格外謹慎，因爲我知道，專業貢品或許怯於攻擊在樹上的我，但他們百分之百有能力設下埋伏對付我。我得確定自己對這一天有充分的準備，先吃了頓豐盛的早餐，再背牢背袋，備妥武器，然後才爬下樹。但地面一切都顯得很平靜，沒有任何動靜。

今天，我必須非常小心，注意所有細節。專業貢品一定知道我在想辦法尋找比德。他們可能會等我找到時才動手。如果比德眞像卡圖所認爲的傷得很重，我就必須在沒有任何援助下，同時保衛我們倆。可是，如果他眞的傷得那麼重，他是怎麼設法讓自己活下來的？還有，天知道我要怎樣找到他？

我試著回想比德說過的話，看有沒有可能發現任何線索，指引我找到他藏身的處所，但沒有哪句話讓我想起任何東西。於是我回想最後見到他的那一刻，他在陽光下全身閃閃發亮，大喊著叫我快逃。然後卡圖出現了，且拔刀在手。在我逃走之後，他傷了比德。但比德是怎麼脫身的？也許他比卡圖更有本事對抗追蹤殺人蜂的毒液。也許就是因爲這項變數，才容他逃脫。但他也被螫了。所以，身負刀傷跟蜂毒，他能逃多遠？而且從那之後，這麼多天以來，他是怎麼活下來的？如果刀傷跟蜂螫沒要了他的命，到現在，肯定渴也把他渴死了吧？

就在這個時候，我想到了尋找比德的第一個線索。沒有水，他就不能活。遊戲開始的那幾天，我就明白這一點。他一定躲在某個靠近水源的地方。這裡有個湖，但我想可能性不高，因爲它太靠近專業貢品的人本營。另外有幾個泉水池。但待在任何一個水池，都將成爲敵人的囊中物。還有一條小溪。那條溪從我跟小芸安營的地方，一直往下流到接近湖邊，甚至更遠。只要他緊緊沿著溪流走，他可以變換地點，且始終接近水源。他可以走進溪中，消除任何蹤跡。他甚至還可能抓到一兩條魚果腹。

嗯，反正，總算有個開始的地方。

爲了欺敵，我點燃一堆篝火，丟進許多能冒濃煙的青枝。即使他們認爲這是個詭計，我也希望他們會以爲我就躲在篝火的附近。然而，事實上，我正在追尋比德的下落。

太陽一出來，晨霧幾乎立刻蒸發掉。我敢說，今天一定比過去幾天熱。我往下游走，溪水流過我的赤腳，十分清涼舒服。我很想邊走邊叫喊比德，但最後還是決定別這麼做比較好。我得用雙眼和一隻耳朵找到他，或他得找到我。他知道我會來找他吧？他對我的評價不會低到認爲我會忽略新規則，仍選擇單獨行動吧？他會這麼想嗎？他實在很難預測，在不同的情況下，這或許很有意思，但在這時候只是徒增困擾。

沒多久我就到達了離開小芸，轉往專業貢品營地的地方。那裡並無比德的痕跡，但這並不令我驚訝。在追蹤殺人蜂的事件之後，我已經上上下下走過這條路三遍了。如果他曾經在附近，我肯定早就發現令人起疑的地方。小溪開始向左轉進林中一處我完全陌生的區域。泥濘的溪岸長滿了糾結的水生植物，沿途的岩石越來越大，直到我覺得自己像被困住了。現在，要快速脫離這條溪流，可不是簡單的事。攀爬這些岩石，就像對抗卡圖或打麥一樣困難費力。事實上，正當我開始認爲自己完全找錯地方，一個受傷的男孩不可能遊走在這個水源附近時，我看到沿著一塊巨石的弧形表面淌下來的一道血跡。它早就乾了，但那些橫掃過血跡的污痕，顯示有人企圖把它擦掉，或許，是在神智不清的情況下做的。

我緊挨著一塊塊岩石，慢慢朝血跡的方向移過去，搜尋他的蹤跡。我又找到幾處血印，有一處還黏著幾條碎布，但都沒看到生命的跡象。我受不了了，開始低聲叫喚他的名字。

「比德！比德！」接著，一隻學舌鳥在一棵枝葉蓬亂的樹上停下來，開始學我呼叫，害我只好閉上嘴。我放棄岸上，往下爬回到溪裡，同時想著，**他一定是繼續往前走，到了更下游的某個地方**。

我的腳才剛踏進水裡，就聽到一個聲音。

「小甜心，妳是來這裡解決我的嗎？」

我猛轉過身。聲音是從左邊傳來的，所以我聽得不是很清楚。並且，那聲音沙啞又微弱。但那一定是比德。在競技場裡還有誰會叫我小甜心？我雙眼掃視溪岸，但除了泥巴、植物和岩石的根部外，什麼也沒有。

「比德？」我悄聲呼喚：「你在哪裡？」沒有回答。難道剛才的聲音是我幻想出來的？不，我確定那聲音是真的，而且就在身邊不遠。「比德？」我沿著溪岸躡手躡腳地前進。

「唉呀，別踩到我。」

我往後跳開。他的聲音就在我腳下。可是我腳下依舊沒人啊。接著，他的眼睛張開了，在黃褐泥土與綠葉中，一雙清楚分明的藍眼睛。我倒抽一口氣，回報我的是一排白牙，他笑了。

這真是偽裝的極致。別管什麼拋擲重物了。比德在接受遊戲設計師單獨面試時，應該把自己僞裝成一棵樹，或一塊大岩石，或一片長滿水草的泥濘溪岸。

「再把你的眼睛閉起來。」我命令道。他閉上眼，也閉上嘴，完全消失了。大部分我判斷是他身體的地方，都在一層泥巴跟植物底下。他的臉和手臂巧妙僞裝到讓人看不見。我在他旁邊跪下。「我猜，那些花在裝飾蛋糕的時間，這下可都值得了。」

比德笑了。「是啊，加上糖霜。這是對死亡的最後防禦。」

「你不會死的。」我堅定地告訴他。

「誰說的？」他的聲音實在很破。

「我說的。你知道，現在我們是同一組的了。」我告訴他。

他睜開眼睛。「是啊，我聽說了。謝謝妳找到還剩一口氣的我。」

我拿出水壺讓他喝水。「卡圖砍傷了你嗎？」我問。

「左腿，很上面。」他回答。

「我們挪到溪裡，把你沖洗一下，這樣我才能看清楚你傷得怎麼樣。」我說。

「妳先彎下腰來一下。」他說：「有件事需要告訴妳。」我彎下身，把我好的耳朵貼近他的唇，他輕聲說話時害我耳朵發癢。「記住，我們正在瘋狂熱戀中。所以，妳喜歡的話，隨時都可以吻我。」

我猛仰起頭來，但終於忍不住大笑。「謝啦，我會記得的。」至少，他還能開玩笑。但是當我開始試圖幫他挪到溪裡，所有的輕鬆愉快都不見了。不過兩步路，能有多難？非常難，因爲我發現他完全無法靠自己移動半吋。他虛弱到頂多只能做到不抵抗。我試著要拉他，儘管我知道他竭盡全力不要出聲，卻還是忍不住痛得大叫。那些泥巴跟植物似乎困住他了，最後我只好用力猛拽，才使他脫離那堆東西的掌握。他離溪水仍然還有兩步，躺在地上，咬緊牙關，眼淚淌過他臉上的污泥，出現兩道痕跡。

「這樣吧，比德，這裡的水很淺，我打算把你滾進溪裡，好嗎？」我說。

「好極了。」他說。

我在他身邊蹲下來。我跟自己說，不管發生什麼事，都不要停，直到他掉進水裡。「數到三。」我說：「一，二，三！」我只推他翻了一圈，就必須停下來，因爲他發出的叫喊實在太恐怖了。現在他已經到了溪邊上。或許這樣比較好。

「好吧。改變計畫。我不把你整個推進水裡去。」我告訴他。再說，如果我把他推進去，天曉得我是不是還能把他弄上來？

「不再翻滾了？」他問。

「翻滾已經結束了。現在我們來做清潔的部分吧。幫我留意森林的動靜，可以嗎？」我說。眞不知道要從哪裡開始。他整個人都裹在凝結的泥巴跟糾纏不清的樹葉裡，我連他的衣服都看不見。如果他有穿衣服的話。這念頭讓我遲疑了一下，但接著我開始動手。裸體在競技場裡不算什麼，對吧？

我有兩個水壺，還有小芸的皮袋。我把它們抵著溪裡的岩石擺好，這樣每當我拿起一個把水澆在比德身上時，另兩個總是灌滿了水。這花了好些時間，但我最後還是清掉夠多的泥巴，找到了他的衣服。我輕輕地拉開他外套的拉鍊，解開他襯衫的釦子，動作和緩地將它們脫下來。他的內衣緊黏在傷口上，以至於我得拿刀割開它，然後把他身子打濕，好讓布料鬆脫開來。他的胸口有一道長長的嚴重燒傷，另外，若把他耳下的那個也算進去的話，總共有四個蜂螫的腫包。但我覺得好多了，因爲這些傷我能治。我決定先處理他的上半身，減輕他一些痛苦，然後再來對付卡圖在他的腿上所造成的傷害。

當他躺在一攤泥水中時，要處理他的傷口似乎毫無意義，因此我設法扶他坐起來靠著一塊岩石。我把他頭髮跟皮膚上的污泥一一沖洗乾淨時，他坐著，沒有喊痛。在陽光下，他的肌膚非常蒼白，看起來早已不再結實強壯。我必須把蜂針從他被螫的腫包中挖出來，這令他痛得畏縮。但我一將那些葉子敷上去，他立刻因舒緩而吐了一口氣。他在太陽底下曬乾身子時，我清洗他骯髒的襯衫跟外套，把它們攤開在石頭上曬。然後我在他胸口塗上治療燒傷的藥膏，這時，我才發覺他的皮膚有多燙。那層泥巴和那麼多壺水掩蓋了他正在發高燒的事實。我從背包裡掏出第一區男孩的急救箱，找到可以退燒的藥片。其實，我媽在她的家庭式草藥療法無法奏效的時候，會認了，花錢去買這種退燒藥。

「把這些吞下去。」我告訴他。他順從地吞了藥。「你一定餓了。」

「我不餓。說來奇怪，我已經好幾天不覺得餓了。」比德說。實際上，我要餵他吃古翎雞肉時，他對那肉皺了皺鼻子，把頭轉開。這時，我才知道他病得有多重。

「比德，你得吃一點東西。」我堅持。

「我會馬上吐出來的。」他說。最後，我只做到餵了他幾片蘋果乾。「謝謝妳，我眞的覺得好多了。我能睡一會兒嗎，凱妮絲？」他問。

「再等一下下。」我跟他保證：「我需要先看一下你的左腿。」我盡可能輕柔地脫掉他的靴子、襪子，然後很慢很慢很慢地，一吋吋把他的長褲脫下來。我可以看見卡圖的刀砍在他大腿長褲上的裂痕，但這絕對沒讓我準備好面對底下的情形。傷口很深，嚴重發炎，緩緩流出血水和膿汁。整條腿異常腫大。最令人難以忍受的是肌肉化膿的臭味。

我想要逃跑，像他們把那個燒傷的人抬進我家來那天一樣，趕快逃進森林裡。在我媽跟小櫻照顧我既無能力也無勇氣面對的傷者時，逃進森林去打獵。但在這裡，除了我，沒有別人。我嘗試模仿我媽在處理嚴重傷患時，那副冷靜的神態。

「很糟糕，是吧？」比德說。他很認眞地盯著我。

「還好。」我聳聳肩，好像沒什麼大不了的。「你該看看他們從礦坑裡抬來給我媽的一些傷患。」我差點兒沒告訴他，通常我媽處理任何比感冒嚴重的病人時，我會立刻逃開。我承認，連碰到咳嗽的人，我也不喜歡待在旁邊。「首先，要把傷口清乾淨。」

我留下比德的內褲沒碰，反正那條內褲看起來還好，再說我也不想把它拉下他腫脹的大腿，而且，好啦，想到他完全赤裸，讓我很不自在。這又讓我想到我媽跟小櫻了。裸體對她們毫無影響，不會讓她們感到害臊。諷刺的是，在這個節骨眼上，在競技場裡，對比德而言，我那小妹妹會比我有用得多。我把那塊方形塑膠布墊在他身子底下，好讓我沖洗他的下半身。隨著我在他身上澆下一壺又一壺的水，那傷口看起來就更糟糕了。他的下半身其實沒有大礙，只有一個蜂螫的腫包和幾小處燒傷，我很快就處理好了。但是他腿上刀砍的傷口……天知道我能做什麼？

「我們先讓它透透氣，然後……」我的聲音變弱消失。

「然後妳會打理它？」比德說。他看起來像是幫我感到抱歉，彷彿他知道我是多麼的不知所措。

「沒錯。」我說：「現在，你把這個吃了。」我把一些梨子乾放在他手上，然後回到溪中去洗他其餘的衣服。當它們攤平並等著曬乾時，我再度打開急救箱察看。都是些最基本的東西，繃帶、退燒藥、胃藥等。沒有高級到足以讓我治療比德的藥劑。

我承認說：「我們得做些實驗。」我知道治療蜂螫的葉子可以吸出膿血，所以我從那些葉子開始著手。我將一把葉子嚼爛，敷在那傷口上，幾分鐘後，膿汁開始沿著他的腿側淌下來。我告訴自己這是好事，同時用力咬住我臉頰內側，因爲我吃下去的早餐快要吐出來了。

「凱妮絲？」比德說。我與他四目相對，曉得自己一定臉色發青。他沒有出聲，但那嘴形是說：「來親一下怎麼樣？」

我爆笑，因爲這整件事實在太噁了，讓我受不了。

「有什麼不對嗎？」他裝無辜地問。

「我……我不擅長這種事。我不是我媽。我不知道自己是在幹嘛，而且我討厭膿汁。」我說。「噁～！」我容許自己發出噁心的聲音，同時動手沖洗掉第一坨嚼爛的葉子，然後敷上第二坨。「噁～～！」

「那妳怎麼打獵？」他問。

「相信我，殺害動物比這容易多了。」我說：「雖然我知道我恐怕正在殺害你。」

「那妳動作能快一點嗎？」他問。

「不行。給我閉嘴，吃你的梨。」我說。

在敷了三次，逼出差不多滿滿一桶的膿以後，傷口確實看起來好多了。現在，既然腫消了一些，我可以看見卡圖這一刀砍得有多深——深可見骨。

「艾佛丁大夫，接下來呢？」他問。

「也許我該在傷口上塗些燒傷藥膏。反正，我想它能抑制感染。然後我們把它包起來。」我說。我這麼做了。然後，傷口被乾淨的繃帶覆蓋起來，這整件事看起來似乎容易處理多了。不過，在那潔白無菌的繃帶對照下，他內褲的邊緣看起來髒死了，並且沾滿了病菌。我拿出小芸的背包。「來，用這個遮一下你自己，我幫你把內褲洗洗。」

「噢，我不在乎妳看見我沒穿。」比德說。

「你就跟我家人一樣。」我說：「我在乎，可以吧？」我轉過身看著溪流，直到那條內褲啪地扔進水中濺起一陣水花。既然他能扔東西，那表示他感覺好多了。

「妳知道嗎，對一個像妳這麼致命的人來說，妳也未免太容易大驚小怪了。」比德說，而我正抓著他的內褲在兩塊石頭間甩打。「我眞希望當時有讓妳幫黑密契洗澡。」

想到那件事，我皺起了鼻子。「到目前爲止，他給你送了什麼來？」

「啥也沒有。」比德說。然後他停了一下，明白了我的話。「怎麼，妳得到了什麼東西？」

「燒傷藥膏。」我幾乎是怯懦地說道。「喔，還有麵包。」

「我就知道，妳才是他的最愛。」比德說。

「拜託，他根本受不了跟我同處一室。」我說。

「那是因爲你們兩個太像了。」比德喃喃地說。我假裝沒聽見，因爲我立即的衝動是對黑密契出言不遜，但現在眞的不是時候。

在等衣服曬乾時，我讓比德打個盹。但到了傍晚，我不敢再等下去。我輕輕地搖他肩膀。「比德，我們得動身了。」

「動身？」他好像睡迷糊了。「要去哪裡？」

我說：「隨便哪裡，就是不能待在這兒。也許再往下游走，找個我們能把你藏起來的地方，等你壯一點再說。」我幫他把衣服穿上，但讓他光著腳，這樣我們才能在溪裡走。我扶他站起來。當他把重量放到腿上那一刻，整個臉失去了血色。「來吧，你辦得到的。」

但是他辦不到，起碼是撐不久。我們往下游走了大約五十碼，他整個人靠我的肩膀支撐著，而我看得出來他快要昏過去了。我扶他在岸邊坐下，把他的頭往下壓到他雙膝之間，笨拙地拍著他的背，同時打量四周的情況。當然，我很想把他弄到樹上去，但那是不可能的。那說不定會使他情況更壞。我看見有些小一點的岩石形成像洞穴一樣的結構。我把目光定在其中一個，在溪流上方，離我們休息的地方約二十碼。等比德能夠站起來時，我半抱半拉地扶他上到那個洞穴去。說眞的，我想要四處看看，找個更好的地方，但我的盟友已經精疲力竭了，這地方得先湊合著用。他臉白如紙，呼吸急促，並且，雖然天氣只是稍微轉涼了一點，他已經開始發抖。

我在洞穴的地面鋪上一層松針，攤開睡袋，扶他躺進去。我趁他不注意時，讓他和水吞了些藥，但他拒絕吃東西，連水果乾都不要。然後他就躺在那裡，在我忙著拉些藤蔓來遮洞口時，盯著我的臉看。結果實在令人不太滿意。動物可能不會起疑，但人類很快就會看出這是人造的遮蔽物。我洩氣地把它們都扯下來。

「凱妮絲。」他叫我。我走到他身邊，把遮住他眼睛的頭髮撥開。「謝謝妳找到我。」

「如果你能的話，你也會來找我。」我說。他的額頭燙極了，彷彿那些藥毫無效果。突然間，沒來由地，我很怕他會死。

「對。聽著，如果我回不去了——」他開始說。

「不准講這種話。我排光那些膿可不是要白費力氣的。」我說。

「我知道。但是萬一我無法——」他嘗試繼續說。

「不，比德，這件事我連談都不想談。」我說，把手指放到他唇上，要他安靜。

「但我——」他堅持著。

衝動之下，我俯身吻他，堵住他的話。他說得對，既然我們正在熱戀，這吻也未免來得太晚了點。這是我第一次親吻一個男孩，我猜應該要感覺有點震撼之類的，但所有我能注意到的，是他的唇因爲發燒而燙得不得了。我退開來，把睡袋的邊緣拉上來裹住他。「你不會死的。我不准你死。知道了嗎？」

「知道了。」他低聲說。

我踏出洞穴，走進夜晚清涼的空氣中，一朵降落傘正好從天上飄下來。我的手指迅速解開它，盼望這是某種眞正能治療比德腿傷的藥。結果那是一小鍋肉湯。

黑密契傳達給我的訊息再清楚不過了。一個吻等於一小鍋熱肉湯。我幾乎可以聽見他咆哮說：「小甜心，你們應該正在熱戀中。那男孩快要死了。給我點什麼，讓我可以使得上力！」

他一點也沒錯。如果我要比德活著，我得給觀眾一些他們更關心的東西。悲劇戀人不顧一切想要攜手共返家園。心心相印。羅曼史。

我從來沒戀愛過，這可真有點棘手。我想到我爸媽。我爸從來不忘從森林裡帶點小禮物回來給她。我媽聽到門口響起他的腳步聲時神情一亮的模樣。還有，他死的時候，她也差點活不下去。

我試著模仿我媽的語調，那種我媽只在對我爸說話時才有的特殊語調，叫喚他：「比德！」他又睡著了，但我把他吻醒過來，這似乎嚇了他一跳。然後他露出微笑，彷彿樂意永遠躺在那裡凝望著我。他對這種事真在行。

我舉起那鍋湯，說：「比德，瞧黑密契給你送什麼來了。」

20

要讓比德喝下那一小鍋肉湯，花了我幾乎一整個鐘頭，哄騙、懇求、威脅，沒錯，還有親吻。但是，一小口又一小口，最後他還是把湯都喝完了。我讓他繼續睡覺，開始回頭照顧自己的需要。我狼吞虎嚥地吃了一頓古翎雞肉配根塊的晚餐，同時觀看天空中有關今天的情況報告。沒有新的死亡消息。不過，比德跟我已經給了觀眾相當有趣的一天。我希望，遊戲設計師們會允許我們度過一個平靜的夜晚。

我本能地環顧四周，想找棵好樹棲身，然後才想起來這種日子已經結束了，至少暫時是這樣。我不能把比德毫無防備地留在地面上。他之前在溪岸的藏身之處，我都還沒來得及處理——我要怎麼遮蓋或隱藏它？——而我們離那裡往下游還走不到五十碼遠。我戴上夜視鏡，備妥武器，安頓下來守夜。

溫度不停地下降，沒一會兒，我便凍到了骨子裡。最後，我放棄了，溜進睡袋中跟比德一起擠。睡袋中很暖和，我貼著比德躺下，覺得舒服極了。但我接著察覺，這不只是暖，是熱過頭了，因爲睡袋會反射他發燒的體溫。我探了探他的前額，又燙又乾。我不知道該怎麼辦。繼續讓他躺在睡袋中，希望極度的高溫能終止他發燒？還是把他挪到外面讓寒涼的夜風幫他降溫？最後，我只是弄濕一條繃帶，把它放在他的額頭上。這似乎沒什麼用，但我不敢做任何太劇烈的事。

這一夜，我就這樣半坐半躺，守在比德身邊，不斷打濕繃帶，並試著別去想這個事實——跟他結伴同行，反而讓我比獨自一人時更脆弱，更易受傷害。被限制在地面上，必須守衛，身邊是個需要照顧的重傷患者。但我本來就知道他受了傷，而我照樣來找他。我必須相信，驅使我來找他的直覺是好的、正確的。

當天色轉成玫瑰紅，我注意到比德唇邊有一層汗珠，發現高燒總算遏止了。他還沒恢復正常，但體溫已經降低了幾度。昨夜，我在蒐集藤蔓時，發現了一叢小芸說的莓果。我拔了果子，把它們擺進小湯鍋裡加水搗碎。

當我來到洞口，比德正掙扎著要起身。「我醒來時發現妳不見了，」他說：「我很擔心妳。」

我忍不住要笑，邊扶他躺回去，邊說：「你很擔心我？你最近有沒有照鏡子看看你自己啊？」

「我以為卡圖和克菈芙可能找到妳了。他們喜歡在夜間狩獵。」他說，仍然一臉嚴肅。

「克菈芙?那是誰?」我問。

「來自第二區的那個女孩。她還活著，對吧?」他說。

「對，現在只剩下他們跟我們，還有打麥跟狐狸臉——那是我給第五區的女孩取的綽號。」我說：「你覺得怎麼樣?」

「比昨天好多了。比起爛泥巴來，這真是改善太多了。」他說：「現在有乾淨的衣服、藥、睡袋……還有妳。」

噢，對喔，還有羅曼史這件事。我伸手摸摸他的臉，他抓住我的手，拉它貼在自己的唇上。我記得我爸對我媽做過同樣的事，我很好奇比德是從哪兒學來的。肯定不是從他爸跟那個巫婆那裡。

「你不吃東西就沒有親親。」我說。

我扶他起身靠著石壁坐好，他順從地吞下一匙匙我餵他的莓果醬。不過，他還是拒吃占翎雞。

「妳沒睡。」比德說。

「我還好。」我說。不過真相是，我累壞了。

「現在睡吧。我來看守。如果有任何動靜，我會叫醒妳。」他說。我遲疑著。「凱妮絲，妳不可能一直醒著不睡覺。」

他說得有理，我終究得睡覺。說不定趁現在他比較警覺，而且白天對我們有利，趕快睡個覺比較好。「好吧。」我說：「不過只睡兩、三個小時，然後你一定要叫醒我。」

白天睡在睡袋裡太暖了，所以我把它鋪在地上，躺在上面，一手還抓著搭上箭的弓，以備我一醒來就得射出。比德坐在我旁邊，靠著石壁，把那條受傷的腿伸直在他面前，雙眼則注視著外面的世界。「睡吧。」他輕聲說。他的手撥開散在我額前的幾縷頭髮。不同於之前表演出來的親吻與愛撫，這動作似乎很自然，也令人舒服。我不要他停，他也沒停。他撫著我的頭髮，直到我睡著。

太久了。我睡太久了。我睜開眼睛那一刻，就知道已經是下午了。比德就在我旁邊，姿勢完全沒變。我坐起來，覺得自己像是做錯了什麼事，但也察覺這是幾天來休息得最好的一次。

「比德，你應該在我睡了兩、三個小時後就叫醒我的。」我說。

「做什麼呢？這裡又沒發生什麼事。」他說：「再說，我喜歡看妳睡覺的樣子。臉上沒有怒氣，那使妳變得好看許多。」

當然，這話使我臉上出現怒氣，也讓他笑了起來。我這才注意到他的嘴唇有多乾。我探了探他臉頰，燙得像個煤炭爐似的。他宣稱他有喝水，但我看幾個水壺仍是滿的。我再給他一些退燒藥，並盯著他喝水，喝完一壺，再喝半壺。接著我打理他那些較小的傷。燒傷和螫傷都在好轉當中。然後，我咬緊牙，解開他腿上的繃帶。

我的心咚地墜到胃底。傷口的情況更糟了，非常糟。表面上看去沒什麼膿，但是更腫了，繃緊、發亮的皮膚發炎得厲害。然後我看見那些開始爬上他腿部的紅色條紋。敗血症。不控制住的話，肯定會要了他的命。我嚼碎的葉子跟藥膏完全無法削弱它的威力。我們需要都城的抗感染特效藥。我不敢想像這樣的特效藥需要多少錢。如果黑密契匯集每位資助人所捐的每一分錢，會夠嗎？我很懷疑。遊戲持續得越久，禮物的價錢就漲得越高。在第一天能買到一頓大餐的錢，在第十二天只能買到一片餅乾。而比德所需要的特效藥，從一開始就非常昂貴。

「嗯，腫得更厲害了，不過不流膿了。」我說，聲音有點抖。

「凱妮絲，雖然我媽不是治療師，」比德說：「我也知道什麼是敗血症。」

「你會活得比其他人久，比德。等我們贏了以後，他們在都城可以治好你的。」我說。

「對，這計畫不錯。」他說。但我覺得他是爲了我才這麼說的。

「你得吃點東西，保持體力。我去幫你煮點湯。」我說。

「別生火。」他說：「不值得的。」

「我們看情況吧。」我說。當我拿著小鍋子走向小溪，天氣酷熱的程度令我震驚。我敢發誓，遊戲設計師正在逐步調高白天的溫度，然後到夜裡再讓溫度垂直下降。不過，溪邊被太陽烤得發燙的石頭給了我主意，也許我不必生火。

從洞穴到小溪的中途，有塊扁平的石頭，我在那裡安頓下來。在淨化了半鍋水後，我把它直接放在陽光下，並將幾塊雞蛋大小的滾燙石頭放進水裡。說到烹飪，我會率先承認自己不行。不過基本上煮湯就是把所有的東西都丟進鍋裡，然後等待，所以我煮得還不差。我把雞肉剁碎，直到它幾乎成為糊狀，然後搗碎一些小芸的根塊。幸好這兩樣都已經烤熟了，所以只要再加熱就行。在陽光跟石頭的加溫下，水已經熱了。我把兩樣食物放進去，再換新的石頭，然後起身去找些野蔬來調味。沒多久，我就發現幾叢長在岩石底部的細洋蔥。太棒了。我把它們切得很細，加到湯裡，再更換石頭，蓋上蓋子，讓鍋子裡的東西悶燒。

我在附近幾乎沒看到過獵物，但留下比德一人獨自去打獵，又令我感到不安。所以，我安設了五、六個陷阱，希望自己能幸運地捕獲一些東西。我好奇地想著其他貢品，在他們主要的食物來源被炸毀後，現在是如何度日。至少有三個人，卡圖、克莉芙和狐狸臉，本來是靠那些物資過活的。不過打麥大概不需要那些東西。我有種感覺，他一定跟小芸一樣，懂得如何從大地取得食物。他們有彼此互相殘殺嗎？或在找我們嗎？也許他們當中有人已經找到我們的位置，現在只是在等待適當的攻擊時刻。想到這裡，我立刻趕回洞穴。

在岩石的陰影下，比德伸直四肢躺在睡袋上。我進來時他神情一亮，但很明顯他覺得很不舒服。我把冰涼的布塊放上他額頭，但那塊布幾乎一碰到他的額頭就馬上變熱了。

「你想要什麼東西嗎？」我問。

「沒有。謝謝妳。」他說：「等一下，有了。講個故事給我聽。」

「故事？什麼故事？」我說。我不太會講故事，那跟唱歌一樣難。不過偶爾小櫻會用甜言蜜語哄得我講一個給她聽。

「快樂的故事。告訴我妳所記得的最快樂的一天。」比德說。

我口中發出某種介於嘆氣跟氣急敗壞之間的聲音。一個快樂的故事？有沒有搞錯！這會比煮一鍋湯還費勁得多。我絞盡腦汁想著愉快的事。大部分都是蓋爾跟我去打獵的事，而我不知怎地曉得這些事對比德或觀眾來說，都不會有好效果。那剩下的只有小櫻了。

「我告訴過你我送小櫻一隻山羊的事嗎？」我問。比德搖搖頭，充滿期待地望著我。於是，我開始說，但非常小心，因爲我的話會傳遍全施惠國。毫無疑問，人們一定會猜到我非法打獵，但我不想傷害到蓋爾或油婆賽伊或鎮上的屠夫，甚至也不想傷害家鄉那些當過我顧客的維安人員。若我公然承認自己販售獵物，等於公開宣布他們也犯了法。

以下是我怎麼有錢幫小櫻買到那隻山羊「貴婦」的眞實故事。那是五月底，一個星期五晚上，小櫻十歲生日的前一天。學校一下課，蓋爾和我立刻前往森林，因爲我希望能打到夠多的獵物，幫小櫻換個禮物。也許是件新的洋裝，或一把梳子。我們安設的陷阱收穫不錯，而森林中長滿了野菜，但這只達到我們平常週五夜晚的獵獲量而已。當我們往回走，雖然蓋爾說我們第二天一定能有更好的收穫，我仍然很失望。我們在一條小溪旁停下來稍歇一下時，看見了牠，一頭年輕的公鹿。看牠的大小，說不定才一歲多。鹿角剛長出來，還很小，布滿了絨毛。牠已經擺出要跑的姿勢，卻又不確定我們是否有惡意，顯然對人類還不熟悉。漂亮極了。

然後，牠變得或許沒那麼漂亮了。蓋爾跟我同時射出一箭，一支箭射中牠頸項，另一支射中牠胸口。公鹿企圖逃跑，但絆倒了。在牠明白發生什麼事之前，蓋爾的刀子已經割斷牠的喉嚨。有那麼片刻，我對殺害這麼一隻清新、純眞的動物，感到心痛。接著，我想到那新鮮、潔淨的肉，肚子竟咕嚕咕嚕叫起來。

一頭鹿！蓋爾和我總共也只獵到過三頭而已。第一頭是母鹿，不知怎地腳受了傷，幾乎不能算是我們獵到的。但那次的經驗讓我們知道，不要把動物的屍體拖進灶窩去。那次造成了大混亂，人們對不同的部位競相標價，甚至企圖自己動手砍。油婆賽伊介入，把我們跟鹿送到屠夫那裡，但那時母鹿已經傷痕累累，有好幾塊肉被砍走，皮毛四處是傷。雖然每個人都付了公允的價錢，整隻獵物的價值還是降低了。

這次，我們等到天黑，然後從靠近屠夫家的鐵絲網的洞溜回去。我們是眾所周知的獵人，但最好還是不要在光天化日下，扛著一頭一百五十磅重的鹿走過第十二區的街道，彷彿我們是故意讓官員們臉上無光。

鎮上的屠夫是個矮胖的女人，名叫魯芭。我們敲門時，她前來應門。你不會跟魯芭討價還價。她會開個價錢給你，你要就收下，不要就拉倒，但她給的都是很公道的價錢。我們接受了她開的價錢，她還額外讓我們在她屠宰之後挑幾塊鹿肉帶回去。即使把錢平分成兩份，蓋爾跟我這輩子都沒一次拿過那麼多錢。我們決定保密，然後在第二天晚上把肉跟錢拿出來，給我們家人一個驚喜。

買那頭山羊的錢，其實是這樣來的。但我告訴比德，我賣了我媽一條項鍊上古老的小銀盒。這說法不會傷害到任何人。然後，我接下去說小櫻生日那天傍晚的事。

蓋爾跟我去到廣場上的市集，打算買洋裝什麼的。正當我的手指撫摸著一件棉質深藍色長洋裝，某個東西吸引住了我的視線。在炭坑的另一頭，有個老人養了一小群山羊。我不知道他眞正的名字叫什麼，大家都叫他山羊佬。他的關節腫大，痛苦地扭曲著。他還有乾咳的毛病，顯示他曾在礦坑中工作多年。但他很幸運。在人生的路上，他在某個階段存下了足夠的錢，養了這些山羊，讓他能在老年時，除了慢慢餓死之外，還有點事可做。他又臭又髒，脾氣暴躁，但那些山羊都很乾淨，而且只要你喝得起，牠們的奶也很濃。

有一頭白底黑花的山羊躺在手推車上。很容易就看出原因何在。某種動物，也許是一隻狗，咬傷了牠的肩膀，傷口已經受到感染。情況很壞，山羊佬得把牠抱起來才能擠奶。但我知道有誰可以醫治牠。

「蓋爾，」我低聲說：「我要買那頭山羊給小櫻。」

在第十二區，擁有一頭母山羊，可以改變你的人生。這種動物幾乎能靠任何食物存活，草場是絕佳的放養處所。牠們一天可出產四夸脫的奶。可以喝，可以做成乳酪，還可販賣。這甚至不違法。

「牠傷得很嚴重。」蓋爾說：「我們最好靠近看仔細一點。」

我們走過去，買了一杯羊奶分著喝，然後站在羊旁邊，彷彿無所事事地好奇看著牠。

「別吵牠。」老人說。

付一半的錢。」老人說。

「只是看看。」蓋爾說。

「那快點看。牠馬上就要送去屠夫那裡。幾乎沒有人要買牠的奶了，而且買的人還只肯付一半的錢。」老人說。

「屠夫開多少錢買牠？」我問。

老人聳聳肩，說：「你們等著看吧。」我轉身，看見魯芭橫過廣場朝我們走來。山羊佬在她走到時說：「運氣不錯啊，妳趕來了。這女孩看上妳的羊呢。」

「如果有人訂了，那就算了。」我不在乎地說。

魯芭把我從頭打量到腳，然後對那頭山羊皺了皺眉頭。「沒人訂了牠。看看那個肩膀，我敢說，起碼有一半的肉已經爛到連香腸都不能做。」

「什麼？」山羊佬說：「我們已經講好了。」

「我們講好的是一頭身上有幾個牙印的動物，不是這爛東西。賣給那女孩吧，如果她笨到想要的話。」魯芭說。她大踏步走開時，我看見她對我擠了擠眼。

山羊佬氣壞了，但他仍想將那頭羊脫手。我們花了半小時才講定價錢。過程中聚集了許多人，大家都來出主意。如果山羊活下來，那這筆交易實在太划算了；如果牠死了，我的錢等於是被強盜搶了。大家分成兩邊七嘴八舌吵著，我要了山羊。

蓋爾自願幫我抱羊。我想，他跟我一樣想看小櫻臉上的表情。在興奮地挑揀了片刻後，我買了條粉紅色的絲帶綁在山羊的脖子上，然後我們趕回我家。

你眞該看看我們抱著山羊走進屋裡時，小櫻的反應。記住，這是個會涕泗縱橫地哀求留下老貓金鳳花的女孩。她實在太興奮了，竟同時又哭又笑起來。我媽看到那傷口後，比較沒那麼肯定，但她們倆開始動手治療牠，把藥草磨碎，哄著那頭動物把調製的藥吞下去。

「她們聽起來眞像妳。」比德說。我幾乎忘了他在旁邊。

「噢，不，比德。她們製造了奇蹟。那頭山羊後來就算想死也很難。」我說。但接著我閉上嘴，想到自己的無能，明白這話聽在性命垂危的比德的耳裡，會是什麼感覺。

「別擔心，我不想。」他打趣說。「把故事講完吧。」

「喔，就這樣。我還記得那天晚上，小櫻堅持要跟裹著毛毯的貴婦一起睡在火爐旁。就在她們快要睡著之前，那頭山羊舔了她的臉，好像是在向她道晚安似的。」我說：「那頭羊那時已經愛死她了。」

「牠還繼續戴著那條粉紅色絲帶嗎？」他問。

「我想是。」我說：「怎麼？」

「我只是試著想像那情景。」他沉思著說：「我明白那天爲什麼讓妳感到快樂。」

「嗯，我知道那頭羊會是個小金礦。」我說。

「對，當然我是指這件事。妳深愛妳妹妹，愛到甚至在抽籤日取代了她；那天，妳給妳深愛的妹妹帶來長久的喜樂，這不算什麼。」比德故意冷冷地說。

「那頭羊**確實**值回票價，還多賺了好幾倍。」我說，堅持自己沒胡說。

「嗯，在妳救了牠的命之後，牠不敢有別的打算。」比德說：「我也打算做同樣的事。」

「眞的嗎？你害我花費多少？」我問。

「一大堆麻煩。別擔心，妳會全部賺回來的。」他說。

「你在胡說八道了。」我說，摸摸他的額頭，溫度還在升高。「不過，你的溫度降了一點了。」

小喇叭的聲音嚇了我一大跳。我立刻起身衝到洞穴口，不打算錯過任何一個字。克勞帝亞斯·坦普史密斯已經成了我新交的好朋友，且正如我所預期的，他邀請我們去參加宴席。可是，我們沒那麼餓。正當我不自禁地眞的擺擺手，表示不感興趣時，他說：「現在，請等一下。你們當中有些人已經婉拒了我的邀請。但這不是普通的宴席。你們每個人都迫切想要得到某樣東西。」

我確實迫切想要某樣東西，某樣可以治好比德腿傷的藥。

「你們每個人都會在一個標示著你們行政區號碼的背包裡，找到你們要的東西，背包會在明天清晨出現在豐饒角。請慎思拒絕到場的後果。對你們某些人而言，這將是最後的機會。」克勞帝亞斯說。

宣布結束，但他的話還在半空中迴盪。比德從背後抓住我肩膀，害我嚇一跳。「不。」他說：「妳不准爲了我去冒生命的危險。」

「誰說我會？」我說。

「所以，妳不會去？」他問。

「我當然不會去。對我有點信心好吧？你以爲我會不顧一切加入混戰，去對抗卡圖、克菈芙跟打麥嗎？別蠢了。」我說，扶著他回去躺下。「我會讓他們自己去爭個你死我活，明天晚上我們看誰出現在天空中，然後再著手訂定下一步的計畫。」

「凱妮絲，妳真是個差勁的騙子。我真不曉得妳是怎麼活到現在的。」他開始模仿我：**「我知道那頭羊會是個小金礦。不過你的溫度降了一點了。我當然不會去。」**他搖搖頭，說：「千萬別去跟人賭牌，妳會輸得光光的。」

憤怒燒紅了我的臉。「好，我要去，而你沒辦法阻止我！」

「我可以跟著妳，至少跟一段路。我也許到不了豐饒角，但我如果大喊妳的名字，我敢說會有人找到我。到時候，我敢說我就死定了。」他說。

「憑你那條腿，一百碼都走不到。」我說。

「那我會拖著自己爬去。」比德說：「妳去，我就去。」

他眞頑固，也許也夠強壯，能做出這樣的傻事，在森林裡跟在我後面嚎叫。屆時，即使沒有貢品找上他，也可能會招來別的東西。他無法防禦自己。我恐怕要把洞穴封起來困住他，才有辦法走人。若他耗盡體力，天曉得會怎麼樣？

「那我該怎麼辦？坐在這裡看著你死嗎？」我說。他一定得知道，我不可能這麼做，否則觀眾會恨死我。坦白說，若我連試也沒試，我也會恨死我自己。

「如果妳保證不去，」他說：「那我也保證我不會死。」

我們陷入了僵局。我知道在這件事上我說服不了他，因此我也不再白費唇舌了。於是，我假裝很不情願地放棄了。我對他吼道：「好，那你要乖乖照我的話做。喝你的水，我告訴你幾時叫醒我就照做，還有，不管那個湯有多噁心，都給我吃乾淨！」

「好。湯煮好了嗎？」他問。

「等等，我去看。」我說。雖然太陽還在，空氣已經變涼了。我猜得沒錯，遊戲設計師們故意打亂氣溫。我懷疑會不會有人迫切需要的東西是毛毯。鐵鍋中的湯還是熱的，而且，嚐起來還不壞。

比德毫不抱怨地吃著，甚至把鍋底刮得乾乾淨淨，來表示他有多愛吃。他嘰哩咕嚕地稱讚湯好喝，如果你不曉得發高燒的人會胡言亂語，聽了說不定會很受用。他現在講話就像黑密契在醉到口齒不清前的那片刻。我在他完全失去意識之前，趕快再餵了他幾顆退燒藥。

就在我走下溪邊去清洗時，我腦子裡仍不住地想著，我若不去參加宴席，他必死無疑。我可以維持他再活個一兩天，然後感染會擴及他的心臟或他的腦或他的肺，然後他就完了。然後我會完全孤單一人，待在這裡，等其他的人來。

我完全沉浸在這思緒中，差點錯過了從我面前隨水漂流過去的降落傘。我踏入水中去追，把它從水裡撈上來，扯開銀色的布，取出裡面的小玻璃瓶。黑密契辦到了！他拿到了治療的藥！我不知道他是怎麼辦到的，也許是說服了一群浪漫的蠢蛋賣掉珠寶。現在我可以救比德了！可是這瓶子好小。它的藥效一定很強，否則怎麼救得了像比德病得這麼重的人？我內心升起一連串的懷疑。我拔開瓶塞，用力嗅了嗅。我的歡喜之情隨著那股噁心的甜味煙消雲散。爲了確定沒猜錯，我滴了一滴到舌尖。毫無疑問，這是睡眠糖漿。第十二區很常見的藥品。就藥品來說，價錢很便宜，但會讓人上癮。幾乎每個人都吃過，我們家裡也有一大瓶。我媽會給那些歇斯底里的病人吃這東西，讓他們昏睡過去，好縫合他們的傷口，或讓他們平靜下來，或只是幫某個痛得厲害的人度過一夜。只要一小匙就夠了。這樣大小的一瓶糖漿，可以讓比德昏睡一整天，但這能幫上什麼忙？我太生氣了，差點把黑密契剛剛送來的禮物丟進溪裡。就在這時候，我突然領悟，一整天？這遠超過我的需要。

我搗碎一把莓果，並多加了好些薄荷葉，好讓味道嚐起來不那麼明顯，然後我回到洞穴裡。「我給你帶來了好吃的。我在下游稍遠處找到了一叢新的莓果。」

比德毫不遲疑地張嘴吃了第一口。他吞下去，然後微微皺了皺眉頭，說：「好甜。」

「是啊，這叫糖莓果。我媽都用它們做果醬。你以前從來沒吃過嗎？」我說，把第二匙塞進他嘴裡。

「沒有。」他說，顯得很困惑。「可是這味道吃起來好熟悉。糖莓果？」

「嗯，你在市場上買不到，它們只生長在野外。」我說。又餵他吞下一匙。只剩最後一匙了。

「它們甜得像糖漿似的。」他說，吞下最後一匙。「糖漿！」他的眼睛睜大，突然明白過來。我伸手用力摀住他的口鼻，強迫他吞下去而非吐出來。他企圖嘔掉它們，但太遲了，他已經開始失去意識。就在他昏過去之前，我看見他眼中的神情，像在指責我做了一件不可原諒的事。

我坐回腳跟上，看著他，心裡混合著悲傷跟滿足。有一滴莓汁溜下了他下巴，我伸手擦掉它。「是誰不會騙人啊，比德？」我說，雖然他聽不見我的話。

不過沒關係，其餘整個施惠國都聽見了。

21

在天黑前的幾小時中，我搬了些石頭，盡力把洞穴的出入口僞裝起來。那是個緩慢又艱辛的過程，但在搬來搬去，做了許多調整跟流了一堆汗之後，我對自己的工作成果相當滿意。那洞穴現在看起來像是一個大石堆的一部份，這附近有許多這樣的大石堆。我還是可以從一個小開口爬進去看比德，但從石堆外表看不出這裡有個開口。這眞是好極了，因爲今晚我還需要進洞和比德共用一個睡袋。還有，若我赴宴後無法回來，比德可以藏在洞裡，但不是完全被困住。雖然我知道他若沒有醫藥，大概也活不了多久。如果我在赴宴後死亡，第十二區恐怕不會有勝利者了。

我抓了些此地溪流中的多刺小魚當晚餐，裝滿每個水壺水袋，淨化飲水，並清潔我的武器。我只剩下九支箭。我反覆想著要不要把刀子留下來給比德，讓他在我不在時，有東西防身，但這眞的沒必要。他是對的，僞裝是他最後的防禦。而我說不定用得上小刀。誰曉得我會遭遇什麼事？

有些事我十分確定。宴席開始時，至少卡圖、克菈芙和打麥都會出現。對狐狸臉我比較不確定，因爲正面衝突不是她的風格，也不是她所擅長的。她的個頭甚至比我還小，又沒有武裝，除非，她在這兩天獲得了什麼武器。她大概會在附近逗留，看自己有什麼撿便宜的機會。但另外三人……我一定會接應不暇。我最大的優勢是在一定距離之外射殺他們，但我知道我一定得直接進入混亂的現場，才能拿到克勞帝亞斯．坦普史密斯所提過的，上面標示著數字12的背包。

我看著天空，希望天亮時能少個對手，但今晚的天空沒出現任何人。明天晚上，天空中將會出現一些面孔。宴席總是以有人喪命收場。

我爬進洞穴，戴上夜視鏡，然後在比德身邊躺下。幸虧我今天睡了很久。我得保持清醒。我不認爲今晚會有人來攻擊我們的洞穴，但我不能冒險錯過清晨。

今晚好冷，簡直凍死了。彷彿遊戲設計師給整個競技場注入了一股結冰的空氣。或許，這正是他們幹的好事。在睡袋中，我躺在比德身邊，試圖吸收他高燒所散出的每一絲熱氣。跟一個思緒可能在遠處的人身體靠這麼近，感覺眞奇怪。此刻的比德，與其說是在我身邊，不如說可能已經回到了都城，或說不定在第十二區，或正在月亮上。他再沒有比現在更難觸及了。打從遊戲開始到現在，我頭一次感覺如此的寂寞孤單。

我告訴自己，**認了吧，這註定是個糟糕的夜晚**。我試著不去想我媽跟小櫻，卻辦不到。我猜想她們今晚根本無法入睡。到了遊戲後期這個階段，出現一件像宴席這麼重要的事，學校說不定會放假。我的家人可以在家裡看那台年久失修的老舊電視，或加入群眾，到廣場上從清晰的大螢幕上觀看。在家裡，她們會擁有隱私；到廣場上，她們會獲得支持。人們會對她們說仁慈的話語，甚至分一點自己省下來的食物給她們。我很好奇麵包師傅去找過她們沒有，尤其在我跟比德結伴之後，他會不會信守承諾，讓我妹妹不餓肚子。

第十二區的人一定非常振奮。我們極少在遊戲進行到這個階段的時候，還有人可以支持。人們肯定爲比德跟我感到非常興奮，尤其是在我們聯合起來之後。我閉上眼睛，可以想像他們對著螢幕大喊大叫，爲我們打氣。我可以看見他們的臉——油婆賽伊、瑪姬，甚至買我東西的維安人員，爲我們高聲歡呼。

還有蓋爾。我知道他。他不會高聲喊叫或歡呼，但他會觀看，每時每刻，注意每個轉折與變化，祈願我能平安歸家。我懷疑他會希望比德也平安回家。蓋爾不是我男朋友，但如果我願意敞開那扇門，他會願意當我男朋友嗎？他談過我們一起逃跑的事，那只是在務實地評估我們離開行政區後的存活機會嗎？或是另有深意？

我好奇他對所有這些親吻作何感想。

透過一處石縫，我看著月亮行過天際。我判斷離天亮還有三小時，開始做最後的準備。我小心地爲比德留下飲水和急救箱，放在他身邊。如果我回不來，其他的東西都將沒什麼用。而我留下的這些，也只能讓他再多活個一兩天。在反覆考慮了一陣子之後，我脫下他的外套，穿在自己的外套上。他不需要外套，起碼在他發著高燒躺在睡袋裡的時候不需要。到了白天，若我不在這裡幫他脫下外套，他會被烤熟的。我的手已經因冰冷而僵硬，所以我拿出小芸那雙多的襪子，割幾個洞讓我的手指可以伸出來，然後戴上它們。這樣多少有點幫助。我在她的小背包中裝了些食物、一個水壺、繃帶，把刀插在皮帶上，拿起我的弓箭。我正打算起身離開，突然想到維繫悲劇戀人的慣例是很重要的，於是我俯身給了比德一個不捨的長長的吻。我想像著有無數淚光盈盈的嘆息，從都城發出來。我伸手抹了抹臉，假裝自己也流下了眼淚。然後我從岩石上的開口擠出來，踏進黑夜中。

我的呼吸一接觸到空氣，便凝成一團白霧。跟家鄉十一月的夜晚一樣冷。那種時候，我已經提著燈籠溜進森林，跟蓋爾在某個事先說好的地點碰面，我們會裹在毯子裡坐在一起，喝著被單布塊包著的熱水瓶所倒出來的青草茶，希望隨著晨曦逐漸展露，獵物會經過我們面前。**噢，蓋爾**，我想著，**如果有你幫我守著背後多好……**

我以我膽敢冒險的最快速度前進。夜視鏡很厲害，但我還是非常想念我左耳的聽力。我不知道爆炸的威力究竟怎麼造成傷害的，但它所造成的傷害不但嚴重，而且無法彌補。沒關係。如果我回得了家，我會有錢到惹人厭，我能付錢找人治療我的聽力。

森林在夜裡看起來總是不同。即使戴著夜視鏡，每樣東西看起來仍都變得不太一樣。彷彿白天的樹木花草和岩石都上床睡覺去了，另外派了它們有點詭異的翻版來代班。我不嘗試困難的事，像是走一條新的路徑。我走回小溪的上游，再沿舊路回到小芸那靠近湖邊的藏身之所。沿途，我沒看見其他貢品的蹤跡，沒有一聲呼吸聲，連一根顫動的樹枝都沒有。我若不是第一個抵達的人，就是其他人已經在昨夜佔好了位置。當我蠕動身體藏到那叢灌木底下，等候浴血戰時，離天亮大概還有一小時，或是兩小時。

我嚼著幾片薄荷葉。我太緊張，吃不下什麼東西。感謝老天，我身上有比德跟我自己的外套。要是沒有的話，我必須起身動來動去才能保暖。天色轉變成快要天亮的朦朧灰，但依舊不見其他貢品的蹤影。這並不令人驚訝。眼前每個人都有自己的特長，或者是力氣，或者是冷血，或狡猾。我很好奇，他們會假定比德跟我在一起嗎？我猜狐狸臉跟打麥恐怕連他受了傷都不知道。如果他們認為我去搶背包時有他在掩護我，那更好。

但東西在哪裡呢？競技場已經亮到我可以拿下夜視鏡了，早晨的鳥鳴也已響起。時間還沒到嗎？有一剎那，我恐慌起來，擔心自己跑錯了地方。但是，不，我確定自己記得克勞帝亞斯．坦普史密斯說的是豐饒角，而豐饒角就在那裡。我已經在這裡。可是我的宴席在哪裡？

正當太陽的第一道光芒閃爍在金色的豐饒角上時，平原起了一陣震動。豐饒角開口前方的地面裂開，有個鋪著雪白桌巾的圓桌升上到競技場來。桌上放了四個背包，兩個大的黑色背包上分別標示著2和11，一個中型的綠色背包上標示著5，還有一個非常小的橘色包包，小到我可以戴在手腕上，上面應該就標示著12。

桌子才喀的一聲就定位，一個人影便從豐饒角裡面衝出來，迅速抓住綠色的背包，一溜煙跑掉。狐狸臉！不愧是狐狸臉，想出這麼聰明又危險的辦法！我們其餘的人仍守在平原四周衡量情勢，準備行動，而她已經拿到她的背包了。她也讓我們一時間困在原地，因爲沒有人會在自己的背包仍毫無防備地擺在桌上時，跑去追她。狐狸臉一定是刻意留下其他背包的，知道偷走不屬於她的背包肯定會招來追擊。我應該早想出這個策略才對！等到驚訝、佩服、生氣、嫉妒和挫折等情緒一一平撫之後，我已經眼睜睜看著那頭紅色的長髮消失在森林裡，遠遠脫離了射程範圍。啊，我一直對其他人心存畏懼，但在這裡，也許狐狸臉才是我眞正的對手。

她也害我浪費了時間，因爲這時情勢已經很明白，我必須是下一個到達桌前的人。任何捷足先登的人都可輕易抓起我的包包走人。再無遲疑，我朝桌子衝去。我在看見之前，就感覺到危險已經迫近。很幸運的是，第一把刀子是從右邊飛旋而來，所以我能聽見，並用我的弓把它擋歪掉。我轉身，拉開弓弦，射出一箭直逼克菈芙的心臟。她急轉身，只來得及避開致命的一擊，箭尖刺入了她左上臂。運氣眞差，她是右手擲刀。不過這仍足以使她停下片刻，她得把箭從臂上拔下來，察看傷口的嚴重程度。我繼續跑，機械性地把第二支箭搭上弓。這是只有打獵多年的人才辦得到的。

現在我到達桌邊，探手向前，手指在那橘色小包包上方併攏，手穿過兩條背帶，猛地用手臂把包包挽起來。它實在太小，我身上沒別的地方適合安置它。正當我轉過身要射第二箭，第二把刀飛來，劃過我前額。它劃破了我右眉上方，鮮血從那道開口奔流下我的臉，遮蔽了我的視線，讓我嚐到了自己鹹腥、含金屬味的鮮血。我踉蹌後退，但仍朝攻擊者的大致方向射出已搭好的箭。我一鬆手就知道這一箭準沒射中。接著，克菈芙猛撞上來，我仰天重跌在地，她的膝蓋頂住我肩膀，把我緊壓在地上。

我死定了，我想，並希望爲了小櫻的緣故，能結束得快一點。但克菈芙打定主意要享受這個時刻。卡圖毫無疑問就在附近某處，幫她守衛，等候打麥，說不定也在等候比德。

「第十二區的，妳男朋友在哪裡？還活著嗎？」她問。

只要我們繼續說話，我就還活著。「他就在附近，正在追殺卡圖。」我對她吼道。然後我拼盡全身力氣大喊：「比德！」

克菈芙一拳打在我胸口，非常有效地截斷了我的聲音。但她的頭迅速向左右轉，我知道有那麼片刻，她至少以爲我可能說的是眞話。然而因爲比德沒出現來搭救，她又回過頭來對著我。

「騙人。」她說，咧嘴笑著。「他快死了吧。卡圖很清楚砍了他哪裡。你大概把他綁在某棵樹上，試著要保住他的命。那個漂亮的小包包裡是什麼啊？給戀愛男孩的藥是吧？太遺憾了，他永遠得不到它。」

克菈芙敞開她的外套，裡面掛著一整排刀子，眞叫人一見難忘。她仔細地挑了一把優美、雅致的小刀，有著殘忍的弧形刀刃。「我向卡圖保證過，如果他讓我對付妳，我會給觀眾一場精彩的好戲看。」

我掙扎著想把她甩開，但一點用也沒有。她很壯，又把我壓得死緊。

「算了吧，第十二區的。我們會殺了妳，就像我們宰了妳那可憐的小夥伴一樣……她叫什麼名字？那個成天在樹上跳來跳去的？小芸？對，先是小芸，再是妳，然後我想我們就讓老天爺去料理那個戀愛男孩吧。這聽起來怎麼樣啊？」克菈芙說：「現在，要從哪裡開始啊？」

她毫不在乎地用她外套的袖子擦掉我傷口上的血，然後對著我的臉研究了好一會兒，把我的臉轉過來轉過去，好像研究一塊木頭，而她正考慮要雕刻個什麼圖樣。我企圖咬她的手，但她一把抓住我頭頂的頭髮，迫使我的頭躺回地面。「我想……」她低吟，似乎很滿足：「我想我們會從妳的嘴開始。」她嘲弄地用刀尖沿著我嘴唇的輪廓畫，我咬緊了牙。

我不會閉上眼睛。她提到小芸的那幾句話，令我憤怒極了，我想，憤怒到足以讓我死得有尊嚴。我會逼視她，能瞪多久就瞪多久，以蔑視作爲我最後一個動作。也許那撐不了太久，但我會以目光壓倒她。我不會大叫，我會死，但我會以我微不足道的方式抵抗到底，不被擊敗。

「沒錯，我不認爲妳的嘴唇還有什麼用。要送給戀愛男孩最後一個飛吻嗎？」她問。我聚了一口的血跟口水，吐在她臉上。她氣得滿臉通紅。「好，就讓我們開始。」

我繃緊自己，等候即將臨到的極度痛苦。但就在我感覺刀尖在我唇上劃開第一道口子時，某種巨大的力量將克莉芙猛地從我身上拉開，接著她大聲尖叫。起初我太震驚，無法理解究竟發生了什麼事。難道比德竟然跑來救我了？還是遊戲設計師送來某種狂野的動物，好增加樂趣？或是一艘氣墊船不知爲什麼把她一下子拉到空中？

但當我用麻痺的手臂撐起自己，我看見的都不是上述那幾項。克菈芙被困在打麥的雙臂中，離地約一呎高，身體晃蕩著。看見打麥這模樣，如巨塔般籠罩著我，抓著克菈芙像抓著個破布娃娃，我吃驚地大聲喘一口氣。我記得他很高大，但他似乎變得更巨大了，比我印象中原來的他更強壯有力。總之，他似乎在競技場裡增加了體重。他把克菈芙左甩右甩，然後把她猛摜到地上。

當他大聲喊叫，我忍不住跳起來。之前我從來沒聽他比咕噥低語更大聲過。「妳對那小女孩做了什麼？妳殺了她？」

克菈芙四肢著地胡亂向後退著，像隻驚慌的昆蟲。她太過震驚，忘了呼叫卡圖。「沒有，沒有！不是我！」

「妳說了她的名字。我聽見了。妳殺了她？」想到另一件事，讓他的五官浮現另一波憤怒。「妳切碎了她，就像妳現在要切碎這個女孩一樣？」

「不！不！我——」克菈芙看見了打麥手中那顆拳頭大小的石塊，突然神智盡失。「卡圖！」她尖聲大叫：「卡圖！」

「克菈芙！」我聽到卡圖回答，但我聽得出來，他太遠了，不可能來得及救她。他在幹嘛？想抓狐狸臉或比德嗎？還是他埋伏著等打麥，卻很糟糕地誤判了地點？

打麥握著石塊對克菈芙的太陽穴用力打下去。沒流血，但我可以看見她的頭骨凹了下去，我知道她完了。不過從她急速起伏的胸口，唇間溢出的低聲呻吟，我曉得她還沒斷氣。

當打麥猛轉過身來對著我，高舉著石塊，我知道跑也沒用。我的弓是空的，剛才搭上的那支箭已朝克菈芙的方向射丟了。我被困在他奇異的金棕色眼眸的怒視中。「她說的是什麼意思？小芸是妳的夥伴？」

「我—我—我們結盟，炸毀了那些物資。我試著救她，我眞的試了。但他先到一步，第一區的男孩。」我說。也許，如果他知道我幫過小芸，他不會用某種緩慢凌遲的方式殺我。

「而妳殺了他？」他逼問。

「對，我殺了他。我還把她埋在花中。」我說：「我唱歌讓她入睡。」

眼淚在我眼中湧出。想到小芸，當時緊張、打鬥的情景又浮現在眼前。我被小芸、額頭的疼痛、對打麥的恐懼，以及幾步外那垂死女孩的呻吟，整個給壓倒了。

「入睡？」打麥粗暴地問。

「過世。我一直唱到她過世。」我說：「你們的區……他們送了麵包給我。」我舉起手來，但不是要去拿我知道永遠也拿不到的箭，我只是抹了抹鼻子。「打麥，你下手快一點，好嗎？」

打麥臉上閃過各種矛盾、衝突的情緒。他垂下手，指著我，像是在控訴，說：「就這一次，我放妳走。爲了那個小女孩。妳跟我，我們扯平了，互不相欠。妳懂嗎？」

我點頭，因爲我懂。關於相欠。關於痛恨相欠，我知道如果打麥贏了，他得回去面對一個打破了所有規則來感謝我的區，因此他也打破了所有的規則來感謝我。我也明白，此刻打麥不會砸爛我的頭。

「克菈芙！」卡圖的聲音這會兒近多了。從他聲音中的痛苦，我知道他看見她躺在地上。

「妳現在最好快跑，燃燒女孩。」打麥說。

我不需要被告知第二次。我馬上轉身，兩腳劃進平原堅實的地面快跑，逃離打麥跟卡圖，還有卡圖的聲音。直到我衝進森林時，我才回頭瞥了一眼。打麥拿著兩個大背包跨過平原的邊緣，消失在那片我從未看過的區域。卡圖手握標槍，跪在克菈芙身邊，懇求她別拋下他。很快，他就會知道那是沒用的，她已經回天乏術。我不時撞到樹，一再抹掉流進眼睛裡的血，像受傷的野獸般飛逃。幾分鐘後，我聽到大砲響，知道克菈芙死了，而卡圖將會來追我們，若不是打麥就是我。恐懼攫住我，頭上的傷使我衰弱，我開始顫抖。我搭上一支箭，但我的箭可以射多遠，卡圖的標槍幾乎就可以擲多遠。

只有一件事讓我冷靜下來。打麥拿了卡圖的背包，裡面裝著他迫切需要的東西。如果我得打賭，我賭卡圖會去追打麥，而不是追我。但我還是沒放慢速度。當我到達溪邊，我直接衝下水，靴子也沒脫，掙扎著朝下游跑。我扯下我拿來當手套用的小芸的襪子，拿它們按住額上的傷口，試圖抑制血繼續流出，但襪子沒一會兒就濕透了。

不知是如何辦到的，我回到了洞穴，穿過了岩石間的小開口。在斑駁的光線中，我從手臂上扯下那個橘色小包包，割開口蓋的釦子，把裡面的東西倒在地上。一個細長的盒子裡裝了一支皮下注射針筒連針頭。我毫不遲疑地將針刺入比德的手臂，慢慢按下活塞。

我雙手伸去摸頭，然後垂落到膝上，滿手都是血。

我最後記得的事情是，有一隻非常精緻美麗，銀綠相間的蛾飛來停在我手腕上。

22

雨落在我們家屋頂上的聲音，緩緩將我的意識拉回來。但我掙扎著想要再睡一會兒，裹在溫暖的毛毯中，安全地待在家裡。我模糊地感覺到頭很痛。大概是感冒了，所以我才被允許還賴在床上，不過，我知道自己已經睡很久了。我媽的手輕撫著我的臉，我沒推開它。通常我醒著時我會推開，絕不讓她知道我有多渴望那溫柔的撫觸，不讓她知道我雖然仍不信任她，卻又多麼想念她。接著我聽到個聲音，那聲音不對，不是我媽，我嚇壞了。

「凱妮絲，」那聲音說：「凱妮絲，妳聽得見我嗎？」

我睜開眼睛，安全的感覺消失無蹤。我不在家，也不跟我媽在一起。我是在一個昏暗、寒冷的洞穴裡，雖然身上蓋著東西，我的光腳卻凍得像冰，空氣裡瀰漫著濃濃的血腥味。一張憔悴、蒼白的男孩臉孔映入我眼簾，「比德。」在起初的驚慌過後，我感覺好多了。

「嗨，」他說：「真高興看到妳睜開眼睛。」

「我昏迷了多久？」我問。

「我不確定。我昨晚醒過來時，妳躺在我旁邊，在一大攤嚇死人的血裡。」他說：「我想血終於止住了。不過，要是我，我現在不會起身或做任何事。」

我戰戰兢兢地抬起手來摸頭，發覺傷口已經包紮起來了。但就這麼個簡單的動作，也讓我感到一陣虛弱和暈眩。比德把一個水壺拿到我唇邊，我渴得拼命喝。

「你好多了。」我說。

「好太多了。不管妳在我手臂上注射的是什麼，都生效了。」他說：「今天早上，我腿上的紅腫幾乎全消了。」

他看來似乎沒氣我欺哄他，用藥迷倒他，然後跑去參加宴席。也許只是我現在狀況太悽慘，稍後等我強壯一點，他大概就會發火了。但在此刻，他非常溫柔。

「你吃東西了嗎？」我問。

「我要說很對不起，我狼吞虎嚥地吃了三塊雞肉之後，才想到該把它們留著慢慢吃。別擔心，我會回到之前嚴格節食的狀態。」他說。

「不，這樣很好，你需要吃東西。我很快就能去打獵的。」我說。

「別太快，好嗎？」他說：「妳得先讓我照顧妳一會兒。」

我似乎沒太多選擇。比德餵我吃了些古翎雞肉和葡萄乾，又讓我喝了許多水。他揉搓我的腳使它們稍微回暖，再用他的外套把它們裹起來，然後才把我從腳套進睡袋裡，把睡袋拉高到我下巴。

「妳的靴子跟襪子都還是濕的，這種天氣它們也乾不了。」他說。外面打了一聲雷，我從一處石縫往外看見天空的閃電。雨從穴頂好幾個洞滴進來，但比德把我那塊塑膠布塞進一些石縫中，在我頭頂上方搭了個遮雨棚。

「我很好奇是什麼導致這場暴雨？我是說，這是針對誰呢？」比德說。

「卡圖和打麥。」我想也沒想就說。「狐狸臉會躲在她位於某處的窩裡，而克菈芙……她割傷了我，然後……」我的聲音變小。

「我知道克菈芙死了。我昨晚在天空中看到了。」他說：「是妳殺了她嗎？」

「不，是打麥拿石頭敲碎了她的頭骨。」我說。

「幸好他沒逮到妳。」比德說。

宴席的記憶以強大的威力襲來，令我一陣反胃。「他是逮到我了。但他放我走。」然後，當然，我必須告訴比德那些他稍早因為病得太重而沒問，我早先也還沒準備好要說的事。像是爆炸、我的耳朵、小芸的死、第一區的男孩，以及收到麵包等等。所有這一切導致打麥跟我之間發生的事，以及他放過我，彷彿還我人情似的。

「他放妳走，因為他不想欠妳任何東西？」比德難以置信地問。

「對，我不指望你明白這件事。你總是一無所缺。你若住在炭坑，我就不必解釋了。」我說。

「別試。我顯然太過魯鈍，難以明白。」他說。

「就像那條麵包，我似乎永遠都沒辦法還你那份情。」我說。

「什麼？那條麵包？你是說我們小時候那件事？」他說。「我想我們就讓它成為過去吧。我的意思是說，妳才剛把我從鬼門關拉回來。」

「但那時你不認識我，我們甚至從來沒講過話。再說，最難還的總是第一次欠的情。要不是你先幫助我，我哪有可能在這裡做這些事？」我說：「總之，你為什麼那麼做？」

「為什麼？妳知道為什麼。」比德說。我微微地，痛苦地搖了一下頭。「黑密契說要說服妳得花很大力氣。」

「黑密契？」我問：「他跟我們講的事有什麼關係？」

「沒關係。」比德說。「所以，卡圖和打麥，是吧？我猜，期望他們會同時殺了對方，有點太過頭了是吧？」

但這想法只是讓我難過。「我想我們會喜歡打麥。若是在家鄉，他一定會是我們的朋友。」我說。

「那麼，讓我們希望卡圖殺了他，我們就不必動手。」比德嚴肅地說。

我一點也不想要卡圖殺了打麥，我不想要再有任何人死。但這絕不是勝利者會在競技場中到處走到處講的話。雖然我極力忍住，我還是感覺眼淚開始在眼眶裡打轉。

比德很擔心地看著我。「怎麼了？很痛嗎？」

我給了他另一個回答，因爲這也是眞話，卻可以讓人以爲我是一時軟弱，而不是忍受到了極限。「比德，我想回家。」我泣訴著，像個小孩一樣。

「妳會的。我保證。」他說，並彎下身來給了我一個吻。

「我現在就要回家。」我說。

「這樣吧，妳繼續睡，然後做夢夢到回家。然後在妳還沒意識過來之前，妳就眞的已經回家了。」他說：「好嗎？」

「好。」我低語：「等你要我守望時，叫醒我。」

「我休息夠了，多虧了妳跟黑密契。再說，誰曉得這會持續多久？」他說。

他是什麼意思？是指暴雨嗎？還是暴雨給我們帶來的短暫休息？或是指遊戲本身？我不知道，但我太難過又太累，沒有問。

比德叫醒我時，天已經黑了。原本的雨變成傾盆大雨，稍早滴在塑膠遮棚上的只是小雨滴，現在如同溪流一般。比德把那個湯鍋擺在漏得最厲害的地方，並重新調整了那塊塑膠布的位置，讓雨水盡量不會淋到我身上。我感覺好一點了，可以坐起身來而不會暈眩得太厲害，並且我餓壞了。比德也是。他分明在等我起來吃晚餐，而且迫不及待要開始。所剩實在不多。兩塊古翎雞肉，一小堆各種根塊，還有一把水果乾。

「我們該設法限量分次吃嗎？」比德問。

「不，我們都吃了吧。反正古翎雞已經不能再擺了，我們現在最不需要的就是吃壞掉的食物而生病。」我說，把食物平均分成兩份。我們試著慢慢吃，但我們實在太餓，所以沒幾分鐘就吃完了。我的肚子一點也沒飽。

「明天是打獵的日子。」我說。

「我大概幫不上什麼忙。」比德說：「我從來沒打過獵。」

「我打獵，你煮。」我說：「而且，採集你總會吧。」

「眞希望外頭哪裡長了麵包樹叢。」比德說。

「他們從第十一區送來麵包時，還是熱的。」我嘆了口氣說。「來吧，嚼這個。」我遞給他幾片薄荷葉，同時丟幾片進自己嘴裡。

我們很難看見天空的投影，不過可以清楚得知，今天沒死人。所以，卡圖跟打麥還沒分出高下。

「打麥去了哪裡？我是說，那圈平原的另一邊是什麼？」我問比德。

「一大片草原。放眼望去，全是我肩膀這麼高的草。我認不出來，也許當中有些是穀類吧。它們有好幾塊不同的顏色，但都沒有路。」比德說。

「我敢打賭，當中一定有些是穀類。我還敢打賭，打麥一定認得哪些是穀類。」我說：「你去過那邊嗎？」

「沒有。沒有人真的想去那片草原追擊打麥。那裡給人一種兇險的感覺。每次我望向那片草原，我能想到的都是隱藏的東西。蛇，有狂犬病的動物，還有流沙。」比德說：「那裡可能什麼都有。」

我不認爲，但比德的話讓我想起那些他們警告我們不要越過第十二區鐵絲網的話。有那麼片刻，我實在無法不把他拿來跟蓋爾比。蓋爾是會把那片草原視爲威脅，但同時也會把它視爲潛在食物的來源。打麥肯定也是如此。這不是說比德比較軟弱什麼的，他已經證明他不是懦夫。但我猜，當你家總是充滿了烤麵包的香味，你不會去質疑太多的事。但蓋爾質疑每件事。比德如果知道蓋爾跟我每天都在犯法偷獵，說些不敬的笑話，會怎麼想呢？那些我們談論到施惠國的話呢？蓋爾抨擊都城的長篇大論呢？那會令他震驚嗎？

「也許草原上長了麵包樹叢。」我說：「也許那正是打麥似乎吃得很好，看起來比遊戲開始時還要健壯的原因。」

「若不是這樣，就是他有非常大方的資助人。」比德說：「我很想知道，我們得做什麼，才能讓黑密契給我們送些麵包來。」

我揚起眉毛，然後才想起來，他不知道黑密契在數天前的夜裡送給我們的訊息——一個吻等於一小鍋肉湯。那也不是我能脫口說出來的事。把我的想法說出來，將暗示觀眾，這段戀情是虛構來玩弄他們的同情心的，如此一來，將不會再有食物送來了。爲了讓人們相信，我得讓事情回到軌道上，按計畫進行。先從簡單的開始。我伸手握住他的手。

我淘氣地說：「嗯，說不定爲了幫我把你敲昏過去，他已經用掉了許多資源。」

「對喔，說到這點，」比德說著，他的手指跟我的手指交纏在一起：「別再做那種事。」

「要不然呢？」我問。

「要不然……要不然……」他想不出什麼好主意。「讓我想一下。」

「有問題嗎？」我笑著說。

「有，問題就在我們都還活著，這只會讓妳更相信自己做對了。」比德說。

「我的確做了對的事。」我說。

「不！別再這麼做，凱妮絲！」他握我的手收緊，令我發疼。他的聲音顯示他眞的生氣了：「別爲我送命。妳這麼做對我一點好處都沒有，知道嗎？」

他強烈的情緒令我吃驚，但我立刻看出一個獲取食物的絕佳機會。我打蛇隨棍上，說：「比德，也許我是爲了我自己，難道你都沒想到嗎？也許你不是唯一一個……一個會擔心萬一……會是什麼樣子……」

我笨拙地謅著，找適當的話講。我不像比德那麼會講話。這時，我再度想到我可能眞的會失去比德，我心裡突然一陣緊。這使我明白我多麼不希望他死。這跟資助人無關，也跟回到家會發生什麼事無關。事情也不單是因爲我不想孤單一人。是因爲他。我不要失去那個給我麵包的男孩。

「萬一什麼，凱妮絲？」比德溫和地說。

我眞希望這時能把什麼門窗關上，將施惠國所有窺探的眼睛全擋在外面，即使那表示會失去食物。無論此刻我有什麼感受，那都是我的，不關他人的事。

我沒有正面回答，只說：「這正是黑密契叫我不要碰的話題。」雖然黑密契從來沒說過這種話。實際上，這時他說不定正在大聲咒罵我，我竟在如此賺人熱淚的一刻，把話岔了開去。但比德不知怎地抓到了我的意思。

「那麼，我只好自己來把這空白塡上。」他說，身體靠過來。

這是第一次我們在兩人都意識清醒的情況下接吻。我們倆都沒有因生病或疼痛而心思遲鈍，也都沒有昏過去。我們的唇既未因高燒而發燙，也不冰冷。這是第一個確實讓我感到心頭小鹿亂撞的吻。溫暖又好奇。這是第一個讓我想要再有下一個的吻。

但我沒得到下一個吻。嗯，我是得到了第二個吻，但它輕輕落在我鼻尖上，因爲比德分心了。「我想妳的傷口又流血了。來，躺下，反正睡覺的時間也到了。」他說。

我的襪子已經乾到能穿了。我要比德穿回他的外套。濕冷的寒氣似乎鑽進了我骨頭裡，所以他一定早就凍僵了。我也堅持先守夜，雖然我們倆都不認爲這種天氣會有人來。但他要我先躺進睡袋裡，否則他不同意，而我抖得太厲害，沒道理反對。跟兩天前的夜裡，我覺得比德遙不可及相比，現在情況完全相反，我震驚於他這時就在我身邊，這麼靠近。當我們都躺進睡袋裡，他把我的頭扳過去枕在他手臂上，即使他要先睡，他另一隻手仍保護地環抱著我。已經很久沒有人這樣抱著我了。自從我爸過世，我不再能信任我媽之後，就沒有人的懷抱讓我感到如此安全過。

在夜視鏡的幫助下，我躺著觀看雨水滴下，飛濺在遮棚頂。韻律勻整，催人欲眠。有好幾次，我短暫睡了過去，又猛地醒來，對自己感到內疚和生氣。過了三、四個小時後，我沒辦法了，我必須叫醒比德，因爲眼睛實在睜不開了。他似乎不在意。

「明天天氣好了之後，我會找一棵高高的樹安身，讓我們倆都能安穩地睡個好覺。」我邊保證邊睡著了。

但到了第二天，天氣一點也沒好轉。暴雨繼續下個不停，遊戲設計師彷彿下定決心要把我們全都沖走。雷聲大到似乎連地都在震動。比德考慮無論如何都要出去尋找食物，但我告訴他，在這種天氣，去了也是白去。他將無法看見面前三呎外的景物，結果將是他全身濕透，給自己招來麻煩。他知道我說得對，但我們腹中的絞痛越來越令人難以忍受。

時間過得很慢，又已經是黃昏，雨勢絲毫沒有停歇的意思。黑密契是我們唯一的希望，但沒有任何東西出現，若不是因爲沒有錢——到這時候什麼東西都會是天價——就是因爲他對我們的表現不滿意。也許是後者。我得率先承認，我們今天的確不太精彩。飢餓，因受傷而虛弱，試著不讓傷口再度裂開。我們坐著，緊靠在一起，對啦，裹在睡袋裡，但主要是爲了取暖。我們倆做的最有意思的事是打盹。

我不確定要怎麼爲羅曼史加溫。昨晚的親吻很窩心，但我需要好好想想，才能再醞釀出一次。炭坑裡有些女孩，以及有些商家的女孩，對這種事非常拿手。但我沒時間玩這個，而且玩這個也沒有用處。反正，只有一個吻是不夠的，這點已經很清楚，因爲，如果親吻有效，我們昨晚早該得到食物了。我的直覺告訴我，黑密契不只是期望我們有身體的接觸，他還要某種更私人的東西。也就是我們在做訪問練習時，他試著要從我身上挖出來的那些東西。我非常討厭說私人的事，但比德不會。也許，最好的辦法是讓他說話。

「比德，」我輕快地說：「你在訪問中說，你對我一見鍾情。那一見是什麼時候啊？」

「噢，我想想看。我想是上學的第一天。我們五歲的時候。妳穿了件紅色格子呢洋裝，妳的頭髮……是綁成兩條辮子，而不是一條。我們在等著要排隊時，我爸指著妳要我看。」比德說。

「你爸？爲什麼？」我問。

「他說：『看到那個小女孩嗎？我想要娶她母親，但她跑去嫁給了一個煤礦工人。』」比德說。

「什麼？這是你編的吧！」我大聲說。

「才不，我句句實言。」比德說：「然後我說：『煤礦工人？如果她可以嫁給你，她爲什麼要跑去嫁給煤礦工人？』然後他說：『因爲他唱歌的時候……就連鳥兒都會安靜地聆聽。』」

「那倒是眞的，牠們眞的會靜下來聽。我是說，牠們以前會。」我說。想到麵包師傅告訴比德這些事，我非常震驚，且很驚訝自己竟十分感動。我突然想到，自己不願意唱歌，不再接觸音樂，也許不是眞的因爲我認爲它浪費時間，有可能是因爲它讓我想起太多有關我爸的事。

「那天，在合班的音樂課裡，當老師問誰會唱山谷的歌，妳立刻把手舉得高高的。她讓妳站在一張矮凳上，把歌唱給我們大家聽。我敢發誓，窗戶外所有的鳥兒都閉上了嘴，完全寂靜無聲。」比德說。

「噢，拜託。」我說，笑了起來。

「不，我說眞的。等妳一唱完，我知道我完了，就像妳母親一樣，不可自拔。」比德說：「然後，接下來的十一年，我一直試圖鼓起勇氣跟妳說話。」

「卻一直沒成功。」我幫他說。

「一直沒成功。」比德說：「所以，就某方面來說，我的名字在抽籤日被抽中，還眞是好運氣。」

有那麼片刻，我幾乎是傻呼呼地快樂著，接下來，我卻被困惑所淹沒。因爲，我們豈不是該捏造這件事，假裝在談戀愛，而不是眞的在談戀愛，不是嗎？但比德的故事聽起來卻是眞實的。有關我爸跟鳥兒的部分都是眞的。我在上學的第一天的確唱了歌，雖然我不記得是唱什麼歌。還有那件紅色格子呢洋裝……是有這麼件衣服，給小櫻穿時已經半舊了，在我爸過世後，那件衣服最後洗到成了破布。

這也解釋了另一件事。爲什麼比德會在我遇到悲慘的空腹日那天，寧可挨打，也要給我麵包。所以，如果這些細節是眞的……會不會整件事都是眞的？

「你的記憶力……眞是驚人。」我猶豫地說。

「我記得有關妳的每一件事。」比德說，把一縷散開的頭髮捋到我耳後。「妳才是那個始終都沒在注意的人。」

「我現在注意到了。」我說。

「嗯，在這裡我沒什麼競爭者。」他說。

我想要溜開，再次想把什麼門窗關上，但根本沒有門窗，我知道我辦不到。我彷彿能聽見黑密契在我耳邊低聲道：「說出來！說出來！」

我困難地嚥了嚥，把話逼出來：「你在任何地方都沒什麼競爭者。」這次，是我向他靠過去。

我們才剛剛碰到彼此的唇，外頭便砰的一聲嚇得我們跳起來。我的弓已抓在手上，箭已上弦，但沒有別的聲音再傳來。比德透過石縫往外瞄，然後發出了一聲歡呼。我還來不及阻止他，他已經衝進雨裡，然後遞了個東西進來給我。一朵銀色的降落傘掛著一個籃子。我立刻把它扯開，裡面是一籃大餐——新鮮的麵包、山羊乳酪、蘋果，而且最棒的是，有蓋的大湯碗裡是令人難以置信的燉羊肉跟野栗。這一道菜，正是我告訴凱薩．富萊克曼，都城裡最令我印象深刻的東西。

比德從洞口擠進來，他的臉燦爛得像太陽。「我猜黑密契終於受不了看我們挨餓。」

「我猜也是。」我答道。

但在我腦中，我可以聽見黑密契既自滿又帶點惱火地說：「沒錯，小甜心，**那才是**我所要的。」

23

我全身每個細胞都要我撲向那碗燉肉，大口大口塞進嘴裡。但比德的聲音阻止了我：「我們吃那碗燉肉的速度最好慢一點。記得第一天晚上在火車上那頓飯嗎？油膩的食物令我吃到想吐，我那時甚至根本不餓。」

「你說得對。我可能會一口氣把一籃子的東西吃光！」我失望地說。但我並沒有狼吞虎嚥。我們很明智，各取了一個麵包、半顆蘋果，還有雞蛋大小份量的燉肉加野粟。他們甚至給我們送了銀餐具和盤子來。我用小湯匙小口地吃著燉肉，盡情享受每一口的滋味。當我們吃完，我仍渴切地望著那道菜，說：「我還想要。」

「我也是。這樣吧，我們等一小時，如果食物都乖乖待在胃裡，我們就再吃第二盤。」比德說。

「好。」我說：「這一小時一定很漫長。」

「也許沒那麼漫長。」比德說：「在食物送來之前，妳在說什麼來著？我怎麼樣……沒有競爭者……發生在妳身上最好的事……」

「我不記得有最後一句。」我說，希望攝影機鏡頭會因爲這裡光線太暗，拍不到我的臉紅。

「噢，沒錯。那是**我**這麼想。」他說：「挪過去一點，我凍死了。」

我在睡袋裡挪出位置給他。我們往後靠著洞穴的石壁，我頭靠著他肩膀，他的手臂環抱著我。我可以感覺到黑密契用手肘輕推著我，要我繼續往下演。「所以，從我們五歲開始，你就再沒注意過別的女孩了？」我問他。

「那倒不是，別的女孩我每個都注意到了，但除了妳，沒有一個讓我留下深刻印象。」他說。

「我敢說，你爸媽一定喜出望外，你居然喜歡一個來自炭坑的女孩。」我說。

「才不呢。但我不在乎。反正，等我們返回家鄉，妳將不再是來自炭坑的女孩，妳會是來自勝利者之村的女孩。」他說。

沒錯。如果我們贏了，我們將會個別獲得一棟房子，位於鎮上特別規劃出來的一區，是專門保留給飢餓遊戲的勝利者住的。很久以前，都城開始舉辦遊戲時，在每個行政區都蓋了十二棟漂亮的房子。當然，在我們這區，只有一棟住了人。其他大部分都從來沒人住過。

我突然想到一件令人困擾的事：「可是，如此一來，黑密契將是我們唯一的鄰居！」

「啊，那眞是好極了。」比德說，收緊了環抱著我的手臂。「妳和我和黑密契。一起郊遊野餐，一起過生日，漫長的冬夜裡圍在火爐邊遙想當年飢餓遊戲的故事。多麼溫馨啊。」

「我告訴過你，他討厭我！」我說，但想像黑密契成爲我的新哥兒們的景象，我忍不住笑出來。

「只有偶爾啦。他清醒的時候，我從沒聽他說過妳的壞話。」比德說。

「他從來沒清醒過！」我抗議道。

「那倒是。那我是想到誰呢？噢，我知道了。喜歡妳的是秦納。不過那主要是因爲他在妳身上點火的時候，妳沒拔腿逃跑。」比德說：「至於黑密契……嗯，如果我是妳的話，我會完全避開黑密契。他討厭妳。」

「我以爲你說我是他的最愛。」我說。

「他更討厭我。」比德說：「我想，基本上，人類根本不合他的口味。」

我知道觀眾會喜歡看我們消遣黑密契。他進進出出這麼久了，幾乎可說是他們某些人的老朋友了。並且，他在抽籤日那天一頭栽下舞台後，可說已成了舉國皆知的名人。到這時候，他們應該已經把他拖出控制室做專訪，談有關我們的事。天曉得他會捏造出什麼話來。

他其實是處於劣勢，因爲絕大多數導師都有同伴，有另一個勝利者幫忙，然而黑密契卻得隨時準備採取行動，沒有幫手。這跟我在競技場中獨自一人時的情況有點像。我好奇他既要喝酒，又要承受別人的眼光，承受保持我們活命的壓力，他怎麼撐得住。

奇怪的是，黑密契跟我處得並不好，但比德有關我們兩人很像的講法也許是對的，因爲從他送禮物來的時機看，他跟我還蠻能溝通的。像是，當他不送水來，我就知道我已經接近水源了；我知道睡眠糖漿不只是用來緩和比德的疼痛；以及，我知道現在我得好好演出羅曼史。他其實沒費什麼力氣跟比德聯繫。或許，他認爲對比德而言，一鍋肉湯就是一鍋肉湯，我卻看到了一鍋肉湯的附帶條件。

我突然想到一個問題，而且我很驚訝這問題竟然這麼久才浮現。也許，是因爲我到這兩天才開始對黑密契產生好奇。「你想他是怎麼辦到的？」

「誰？辦到什麼？」比德問。

「黑密契。你想他當年是怎麼贏得遊戲的？」我說。

比德在回答前，認眞地想了好一會兒。黑密契很強壯，但比不上卡圖或打麥那種巨人身材。他長得也不是很帥，不是那種會吸引資助人拼命送禮物給他的相貌。而且他脾氣很壞，很難想像會有人要跟他結盟。黑密契想要贏，只有一種辦法，在我自己想出這個結論時，比德也說了出來。

「他以智謀取勝。」比德說。

我點頭，然後，不再談這件事。但私底下，我很想知道，黑密契到底有沒有保持夠久的清醒來幫助比德跟我，因爲他可能認爲我們有足夠的才智，能夠自己活下去。也許他不總是醉醺醺的。也許，一開始，他嘗試過幫助那些貢品。但到後來，情況實在令人受不了。指導兩個孩子，然後看著他們送死，一定很痛苦。如此年復一年，年復一年。我突然意識到，如果我活著離開這裡，那將成爲我的工作，指導來自第十二區的女孩。這件事實在令人受不了，我立刻從腦海裡把它甩開。

過了大約半小時，我覺得必須再吃點東西。比德也餓到不能反駁。當我又舀了兩小瓢燉羊肉加米飯時，我們聽到國歌開始播放。比德把眼睛貼在一處石縫看天空。

「今天晚上沒什麼可看啦。」我說，對燉肉的興趣遠遠超過天空。「什麼也沒發生，要不我們早就聽到大砲聲了。」

「凱妮絲。」比德靜靜地說。

「什麼？我們要不要也分了另一個麵包？」我問。

「凱妮絲。」他重複，但我發現自己不想理他。

「我要分一個麵包。不過我會把乳酪留到明天。」我說。我看見比德瞪著我。「怎樣？」

「打麥死了。」比德說。

「他不可能死的。」我說。

「他們一定是在打雷的時候發射了大砲，而我們沒聽見。」比德說。

「你確定？我是說，外面正下著傾盆大雨，我不曉得你怎麼能看見東西。」我說，推開他，湊過去瞇著眼望向外面漆黑、下雨的天空。有大約十秒鐘，我瞥見打麥扭曲了的影像，然後他就消失了。就這樣。

我一屁股坐在石頭上，有那麼片刻，完全忘了手邊的事。打麥死了。我應該高興，對吧？少了一個貢品要對付，而且還是一個強而有力的貢品。但我一點也不高興。所有我能想到的，都是打麥放過我，因為小芸而讓我逃走，小芸腹部中了標槍死了……

「妳還好嗎？」比德問。

我故意面無表情地聳聳肩，兩手抱住手肘貼緊身體。我必須隱藏內心的痛苦，因為誰會把賭注押在一個老是為對手死亡而哭泣的貢品上。小芸是另一回事，我們是夥伴，而且她年紀那麼小。但沒有人會瞭解我對打麥遭到謀殺所感受到的悲痛。謀殺！這兩個字讓我停頓了一下。感謝老天，我沒說出來。這可不會讓我在競技場裡多贏幾分。我開口說的是：「只是……如果我們沒贏……我會希望是打麥贏，因爲他放我走，因爲小芸。」

「是，我知道。」比德說：「但這也表示，我們離第十二區又近了一步。」他把一盤食物輕輕放到我手中。「趁現在還熱，吃吧。」

我吃了一口燉肉，顯示我不是那麼在乎，但它在我嘴裡嚐起來像膠水一樣，費了我好大的勁才吞下去。「這同時也表示，卡圖會回頭獵殺我們了。」

「而且他再度獲得了物資。」比德說。

「我敢打賭，他一定有受傷。」我說。

「爲什麼妳會這麼想？」比德問。

「因爲打麥絕不可能不戰而降。他那麼強壯，我是說，他本來是啦，而且他們是在他的地盤上。」我說。

「好極了。」比德說：「卡圖傷得越厲害越好。我很好奇狐狸臉過得怎麼樣。」

「噢，她會很好的。」我有些不高興地說。我對她會想到去躲在豐饒角裡面，而我沒有想到，仍然很生氣。「說不定逮到卡圖比逮到她還容易。」

「也許他們會逮到彼此，然後我們就能回家了。」比德說：「不過我們守夜時最好更小心一點，我打了好幾次瞌睡。」

「我也是。」我承認。「不過今晚不會了。」

我們默默地吃完我們的食物，然後比德自願守第一班。我鑽進睡袋在他身邊躺下，把外套兜帽拉上蓋住臉，讓攝影機照不到。我需要片刻的隱私，容許我的臉流露出各種情緒而不被他人看見。在兜帽底下，我默默地向打麥道別，謝謝他饒過我的命。我承諾我會記得他，如果我贏的話；要是能夠，我會爲他的家人，還有小芸的家人，做點什麼。然後我避入夢鄉，讓吃飽的肚子跟身旁比德穩定傳來的溫暖安慰我。

稍後，當比德叫醒我，我首先注意到的是山羊乳酪的味道。他遞給我半個麵包，上面塗著奶白的乳酪，鋪著蘋果片。「別發火，」他說：「我又需要吃了。這一半是妳的。」

「噢，好。」我說，立刻接過來咬了一大口。濃郁的乳酪嚐起來就像小櫻做的那種，蘋果又甜又脆。「嗯。」眞美味。

「在麵包店裡，我們會做蘋果山羊乳酪塔。」他說。

「可是那好貴。」我說。

「貴到我們家也吃不起，除非是擺太久已經不新鮮了。當然，實際上我們吃的每樣東西都是不新鮮的。」比德說，把睡袋拉上裹住自己。不到一分鐘，他已經開始打呼。

哈！我總以爲那些店家過著舒適的日子。那也是眞的，比德永遠都有足夠的食物可吃。

但每天都吃又乾又硬，沒有人要買的不新鮮的麵包，不免令人喪氣。至於我家，情況是，自從我每天會獵些東西回家後，由於大部分都太新鮮、太活跳跳了，你得注意別一不小心讓牠們給跑了。

輪到我守夜時，某個時刻，雨停了，不是漸漸地，而是整個一下停掉。傾盆大雨結束，只剩下樹梢上殘留的水滴，我們下方是氾濫奔騰的小溪。一輪美麗的滿月浮現，不用夜視鏡我都能看見外面的景物。我不能確定那月亮是眞的，還是遊戲設計師弄出來的投影。我知道上個滿月是在我離家之前不久。那天蓋爾跟我打獵到很晚，我們一起看著月亮升起。

我離家多久了？我猜我們在競技場中大約兩星期了，而先前在都城待了一星期做準備。也許月亮眞的走過了一個週期。不曉得爲什麼，在這一切事物的眞實性都讓人起疑的競技場上，在這競技場的超現實世界裡，我眞希望它是我的月亮，我在第十二區的森林裡所見到的那個月亮，好讓我覺得有某種可以依附、信賴的東西。

只剩下我們四人。

頭一次，我允許自己眞的去思考回家的可能性。名利雙收。在勝利者之村裡有自己的房子。我媽和小櫻會跟我一起住在那裡。再也不必害怕飢餓。一種新的自由。然後……呢？我每天的生活會變成什麼樣子？過去每天大部分的時間都耗在尋找食物。沒有了這點，我不確定我是誰，我的身份是什麼了。想到這裡，我不禁有點害怕。我想到黑密契，跟他那些錢。他的人生變成什麼樣子了？他獨居，沒有妻子或兒女，醒來的大部分時間都是醉茫茫的。我不想變成那樣。

我輕聲對自己說：「但妳不會孤單一人。」我有我媽跟小櫻。至少，目前如此。然後……我不想再去想然後了，那時小櫻長大了，我媽過世了。我知道我永遠不會結婚，永遠不要冒險生個孩子到這世上。因爲，身爲勝利者，照樣不能保證你孩子的安全。我的兒女的名字會跟其他所有的人一樣，時間一到，直接進到籤球裡去。我發誓我絕不讓這樣的事發生。

太陽終於升起來了，它的光芒漸漸透過石縫，照亮了比德的臉。如果我們真的歸返家園，他會變成什麼樣子？這個令人困惑、天性善良的男孩，能夠編出這麼令人信服的謊言，讓整個施惠國的人相信他無可救藥地愛上了我，而且我得承認，有些時候，他也讓我相信我們是在戀愛。**至少，我們會是朋友**，我想。什麼也不能改變我們在這裡救了彼此性命的事實。除此之外，他將永遠是那個給我麵包的男孩。**好朋友**。任何越過這條線的……我感覺到蓋爾的雙眼，從遙遠的第十二區一直望過來，望著我，望著我望著比德。

我覺得有些不自在，不自禁地動起來。我挪了一下身體，搖搖比德的肩膀。他張開雙眼，仍然充滿睡意。當他雙眼聚焦在我臉上，他拉我俯下，給了我長長一個吻。

當我終於掙脫，我說：「我們是在浪費打獵的時間。」

「我不會說這是浪費。」他說著，邊坐起來伸了個大懶腰。「那麼，我們要空著肚子去打獵，好讓自己更有鬥志嗎？」

「不，」我說：「我們要吃得飽飽的，好讓自己更有耐力。」

「算我一份。」比德說。但當我把剩下所有的燉肉跟米飯分成兩份，遞給他滿滿一盤時，他很吃驚。「全部吃光？」

「我們今天會賺回來的。」我說，接著我們便埋頭大吃。即便是冷的，它仍是我吃過最好吃的東西之一。我丟開叉子，用手指頭抹盡盤裡的最後一滴肉汁。「我可以感覺到，看到我這等教養，艾菲．純克特正在打哆嗦。」

「嗨，艾菲，看這裡！」比德說。他把叉子朝肩膀後一扔，然後伸出舌頭把盤子舔得乾乾淨淨，還大聲發出滿足的聲音。然後他朝大致的方向送出一個飛吻，大聲說：「我們想念妳，艾菲！」

我伸手摀住他的嘴，自己卻忍不住在笑。「閉嘴！卡圖可能就在洞穴外頭。」

他把我的手抓開。「我幹嘛擔心？現在我有妳在保護我。」比德說著，把我拉向他。

「拜託。」我氣急敗壞地說，拼命掙脫，不過還是讓他又吻了一下。

一等我們打包好，來到洞穴外，情緒便轉爲嚴肅。過去幾天，在岩石、大雨的掩護下，加上卡圖忙著解決打麥，我們彷彿度了一個短暫假期，好好休息了一番。現在，雖然陽光普照又溫暖，我們卻都感覺到自己眞的回到遊戲現場了。比德之前不管用什麼武器，早已經丟了。我把我的刀交給他，他把刀插在皮帶上。起初的十二支箭，我犧牲三支在爆破上，兩支在宴席上，現在剩下七支，放在箭袋裡嫌鬆了些，晃起來喀啦喀啦作響。我再承受不起損失任何一支了。

「他現在恐怕已經開始搜索了。」比德說：「卡圖不是那種會等候獵物遊蕩到他面前的人。」

「如果他受了傷——」我開始說。

「那也沒差。」比德插嘴說：「只要他能動，他就會來。」

那場大雨讓溪水暴漲，水流高過原來兩邊溪岸好幾呎。我們在岸邊停下來補充飲水。我察看了幾天前所設的陷阱，都是空的。天氣那麼差，沒有獵物一點也不令人驚訝。此外，在這一帶我沒見到過太多動物，或牠們的蹤跡。

「如果我們想要食物，我們最好回到我過去的打獵範圍。」我說。

「妳決定。只需告訴我妳要我做什麼。」比德說。

「睜大眼睛，注意警戒。」我說：「盡可能走在岩石上，沒道理留下痕跡讓他追蹤。還有，幫我們倆留心聆聽。」到了此刻，情況已經很清楚，爆炸永遠地摧毀了我左耳的聽力。我寧可走在水中，好完全掩蓋掉我們的蹤跡，但我不知道比德那條腿能不能承受水流。雖然藥劑已經消除了感染，他仍然很虛弱。我前額的刀傷還在痛，但經過這三天，現在血已經止住了。我頭上仍然纏著繃帶，以防身體的動作再度扯裂傷口。

當我們沿著小溪往上走，我們經過比德偽裝在雜草跟泥巴裡的地方。因著傾盆大雨跟溪流暴漲，所有他隱藏地點的痕跡都被沖刷掉了。這是好事。這表示，必要的話，我們可以回到我們的洞穴來。要不然，我不會明知卡圖在搜尋我們，還冒險回來。

大岩石逐漸減少，變成了石頭，最後變成了小鵝卵石，然後，我鬆了一口氣，我們回到了平緩傾斜、布滿松針的林地。也是頭一次，我發現我們有了麻煩。在岩石地面上，帶著一條受傷的腿走路，好吧，你總是會弄出一點聲音。但在平坦的針葉地面，比德還是很大聲。我的意思是，**很大的**大聲，彷彿他是重重踏著步伐之類的。我轉身看他。

「什麼？」他問。

「你走路得再小聲一點。」我說：「別提卡圖了，你把方圓十哩內的每隻兔子都嚇跑了。」

「真的嗎？」他說：「對不起，我不知道。」

我們重新上路，他稍微改進了點，但即使只有一隻耳朵可以聽見，他還是讓我跳起來。

「你可以脫掉靴子嗎？」我提議。

「在這裡？」他難以置信地問，彷彿我是要他光腳走在燒紅的煤炭上或諸如此類的。我得提醒自己，他仍然不習慣森林；對他而言，第十二區的鐵絲網外，是個可怕的禁忌之地。我想到蓋爾，還有他那輕軟的步履。當滿地都是落葉，要在不驚動獵物的情況下移動，是個極大的挑戰，但他的腳步聲輕得不可思議。我很確定他正在家裡看著我們大笑。

「對，我也會脫。這麼做會讓我們倆都更小聲一點。」我耐心地說，彷彿我也弄出任何聲音似的。於是，我們都脫了鞋襪。如此一來，是有些進步，但我發誓，他好像故意踩斷我們經過的每根樹枝。

我們花了好幾個小時，才抵達我跟小芸紮營的老地方，但想也知道，我什麼也沒獵到。如果溪流能緩和下來，我們可能可以選擇捕魚，但水流仍太湍急。我們停下來休息喝水時，我試著想出解決的辦法。最好是我現在丟下比德，交代他一些簡單的採集根塊的工作，我獨自去打獵。但這樣一來，面對卡圖的標槍跟強大的力氣，他只有一把刀可以防身。所以，我比較喜歡的辦法是，試著把他藏在某個安全的地方，然後出去打獵，再回來跟他碰面。但我有種感覺，他的自尊一定不會接受這樣的提議。

「凱妮絲，」他說：「我們需要分開行動。我知道我趕跑了所有的獵物。」

「那是因爲你的腿受傷了。」我的答覆很友善，因爲，說眞的，你可以看到那只是問題的一小部分。

「我知道。」他說：「所以，妳要不要教我採集一些植物，然後妳繼續往前走？這樣我們兩個都會有用一點。」

「不會有用一點的，萬一卡圖來了，他會宰了你。」我試著用比較溫和的方式說，但聽起來仍像是我認爲他很軟弱。

令人驚訝的是，他竟笑了。「聽著，我可以應付卡圖。我之前就跟他打過了，不是嗎？」

是啊，而且結果好得不得了，你差點死在溪岸的泥巴裡。這是我想說的話，但我不能說。畢竟，他爲了救我一命，才跟卡圖打起來。我嘗試另一個策略。「這樣好了，你爬到一棵樹上，在我打獵時擔任瞭望警戒的角色，怎麼樣？」我說，想辦法讓它聽起來是個很重要的工作。

「這樣好了，妳指給我看這附近什麼東西可以採集，然後妳去幫我們獵些肉來，怎麼樣？」他模仿我的語調說：「只是別走遠，以免萬一妳需要幫助。」

我嘆了口氣，然後教他可以挖掘哪些根塊來吃。我們需要食物是毫無疑問的。一顆蘋果、兩個麵包，以及一團李子大小的乳酪，是撐不了多久的。我只走開一小段距離，只要卡圖離我們還很遠，應該沒事的。

我教他吹一種模仿鳥鳴的口哨，不是小芸那種曲調，而是簡單兩個音符的口哨，我們可藉此傳遞平安的訊息。幸好，他一下就會了。我把背包留給他，立刻出發。

我覺得自己好像又回到了十一歲，不是被鐵絲網所代表的安全所束縛，而是被比德所束縛，只容許自己二十碼或三十碼的打獵範圍。不過，一離開他之後，整個森林立刻活過來，充滿了動物的聲音。在他每隔一陣就傳來的口哨的保證下，我容許自己再走遠一點，也很快就獵到兩隻兔子跟一隻胖松鼠。我覺得這就夠了。我可以再設一些陷阱，或許還可以抓一些魚。加上比德採集的根塊，在目前綽綽有餘了。

我趕著這短短一段距離回去時，突然意識到我們有好一陣子沒交換信號了。當我的口哨聲沒獲得任何回應，我開始奔跑。我馬上找到了背包，旁邊整整齊齊堆了一堆根塊。那片塑膠布鋪在地上，陽光正照在上面的一堆莓果上。但是他人在哪裡？

「比德！」我驚慌地叫道：「比德！」有一叢灌木發出響聲，我轉過身，差點一箭射穿他，幸好在最後一刻我偏了弓的方向，箭矢射入他左邊的橡樹樹幹。他倒彈回去，滿手的莓果撒了一地。

我的恐懼變成憤怒發出來：「你是在幹什麼？你應該要待在這裡，不是在森林裡到處亂跑。」

「我在下面溪流那邊發現了些莓果。」他說，明顯對我的發怒十分困惑。

「我吹了口哨。為什麼你沒吹口哨回答我？」我厲聲對他說。

「我沒聽見。我猜是水聲太大聲了。」他說。他走過來，把手放在我肩上。這時我才發現自己在發抖。

「我以為卡圖殺了你！」我幾乎是大喊。

「沒有，我很好。」比德用雙手環抱住我，但我不回應。「凱妮絲？」

我推開他，試著要釐清自己的感覺。「如果兩個人約好某個信號，他們會待在一定的範圍內。因為如果其中一人沒回答，他們就是有麻煩了，知道嗎？」

「知道！」他說。

「好。因為小芸就是發生這樣的事，而我眼睜睜看著她死掉！」我說，轉過身走向背包，打開一壺新的水，雖然我的壺裡還有一些水。但我還不打算原諒他。我注意到那些食物。兩個麵包跟蘋果都沒動，但肯定有人挖走了一點乳酪。「而且你沒等我就吃了！」我其實不在乎，只是想找個什麼理由來發洩一下。

「什麼？沒有，我沒吃。」比德說。

「噢，那我想是蘋果吃了乳酪，」我說。

「我不知道是什麼吃了乳酪。」比德緩慢又清楚地說，彷彿是盡力在控制著不發脾氣。「但不是我。我在下邊溪流那裡採莓果。妳要不要吃一點？」

我確實很想，但我不想那麼快就放軟下來。不過，我還是走過去察看它們。我過去從來沒見過這種莓果。不，我見過，但不是在競技場裡。雖然它們看起來很像小芸的莓果，但不是。它們也不像我在訓練中學到的任何一種。我彎下腰撈幾粒在手上，把它們拿在指尖轉動觀看。

我爸的聲音回到我腦海中。「這不能吃，凱妮絲。絕不能吃。它們叫作夜鎖。你吃進去還沒下到肚子裡，就已經沒命了。」

就在這時候，大砲響了。我猛轉身，以爲會看到比德倒在地上，但他只是揚起眉毛。氣墊船出現在大約一百碼外。狐狸臉只剩皮包骨的身子被拉到了空中。我可以看見她的頭髮在陽光下發出紅色的閃光。

我看到乳酪少了一點的那一刻，就該知道的……

比德馬上來到我旁邊，推著我往一棵樹靠。「爬上去。他馬上就會到了。我們從高處對付他，會比較有機會。」

我要他停下來，突然變得很冷靜。「不，比德，她不是卡圖殺的，是你。」

「什麼？我從第一天開始就沒見過她，」他說：「我怎麼可能殺她？」

我把手中的莓果伸到他面前，作爲回答。

24

我花了好一會兒工夫向比德解釋。狐狸臉如何在我炸掉那堆物資之前，偷取金字塔堆中的食物；她如何只拿足以維生，但不會多到被人發現的份量；以及，爲何這些莓果既然是我們準備自己吃的，她不會質疑它們是否安全。

「我很好奇她是怎麼找到我們的。」比德說：「我猜，如果我眞像妳說的那麼大聲，那就是我的錯了。」

我們就像一大群牛那樣令人難以追蹤。不過，我試著慈悲一點。「她非常聰明，直到她被聰明所誤。比德，你智取狐狸臉。」

「我不是有意的。這似乎不太公平。我是說，如果不是她先吃了莓果，我們倆都有可能死了。」他停下來想了想。「不，我們當然不會死。妳認得這些莓果，對吧？」

我點了下頭。「我們叫它夜鎖。」

「連名字聽起來都很致命。」他說：「對不起，凱妮絲。我眞的以爲它們是妳採集的那種。」

「不必道歉。這表示，我們離家又更接近一步了，不是嗎？」我說。

「我把其餘的扔掉。」比德說。他把藍色塑膠布收攏，小心地把莓果聚在當中，打算走進森林裡去扔掉它們。

「等一下！」我喊道。我找出那個屬於第一區男孩的小皮袋，然後從塑膠布上抓了幾把莓果放進去。「如果它們可以騙過狐狸臉，說不定也能騙過卡圖。要是他來追我們或怎麼樣，我們可以假裝不小心掉了這個小皮袋，說不定他會撿起來吃——」

「那就第十二區萬歲。」比德說。

「就是這樣。」我說，把小皮袋牢牢綁在我的皮帶上。

「現在他知道我們在哪裡了。」比德說：「如果他就在附近不遠，又看到氣墊船的話，他會知道我們殺了她，然後來追我們。」

比德說得沒錯。這可能正是卡圖一直在等的機會。但即使我們現在跑開了，我們畢竟還有獵物要烤，等我們生了火，那將是另一個告知我們身在何處的記號。「讓我們現在就生火。」我開始收集樹枝。

「妳準備好面對他了嗎？」比德問。

「我準備好要吃了。最好趁我們還有機會的時候把食物烤熟。如果他知道我們在這裡，他反正已經知道了。但他同時也知道我們有兩個人，說不定還假設我們一直在獵殺狐狸臉。那意思是，你已經康復了。而生火表示我們不躲藏，我們在邀請他來。你會來嗎？」我問。

「也許不會。」他說。

比德是個生火奇才，潮濕的木頭他三兩下就讓火點燃了。我立刻烤起兔子跟松鼠，那些根塊則包在葉子裡，埋在炭火中烤。我們輪流採集野菜，並留意提防卡圖，但正如我預料的，他沒出現。當食物烤好，我把大部分都打包起來，只留下一人一條兔腿，邊走邊吃。

我想再往森林的高處走一點，爬到一棵高大的樹上，安營過夜，但比德很抗拒。「凱妮絲，我沒辦法像妳那樣爬樹，尤其我的腿這樣，而且我想，在離地五十呎的高空，我是不可能睡著的。」

「可是，比德，留在開闊的地面不安全。」我說。

「我們不能回那個洞穴去嗎？」他問：「它靠近水源，又容易防守。」

我嘆了口氣。又要穿過森林走好幾個小時，或者說，踐踏出聲音好幾個小時，然後抵達一個我們明天早上爲了打獵又要再次離開的地方。但比德的要求並不多。他一整天都聽從我的指示，而且我很確定，如果事情倒過來，他一定不會強迫我在樹上過夜。想到這裡，我才意識到，今天我對比德實在不怎麼好。嘮叨挑剔他走路很大聲，對他的不見人影大吼大叫。我們在洞穴中所維持的輕快愉悅的羅曼史，在外面光天化日下，在卡圖的威脅籠罩下，全都消失無蹤了。黑密契說不定已經受夠了我。至於那些觀眾……

我踮起腳，親了他一下。「沒問題，我們回洞穴去吧。」

他看起來很高興，也放下了心。「嗯，那容易多了。」

我把那支釘在橡樹上的箭拔出來，小心不要傷到箭桿。如今，這些箭是食物、安全和生命的保障。

我們又丟了一堆木頭在火上。這會讓它再多冒幾個小時的煙。不過，我猜想卡圖在這時候不會相信任何事了。當我們抵達小溪，我看見水退了許多，而且恢復了它原來悠閒的流動步調，因此我提議我們走進水裡。比德很快樂地順從了，而他在水中比在陸地上小聲許多，下水看來確是個好主意。然而，走回洞穴的路途，即使是往下游走，即使有兔肉給我們力氣，還是非常漫長。我們倆都因爲今天走的路累壞了，並且仍然覺得很餓。我的箭始終搭在弦上，爲著提防卡圖，也爲著或許可打到一兩條魚，但這溪流似乎很怪異，沒什麼生物。

我們終於抵達目的地時，腳已累得抬不起來，太陽也落到地平線了。我們裝滿水壺，然後爬上那個小斜坡，回到我們的窩去。它實在不算什麼，但在這荒郊野外，它可說是我們最接近家的東西了。它也會比在樹上暖和，因爲它能擋風，而有一股風已經開始持續不斷地從西邊吹來。我擺出一頓豐盛的晚餐，但才吃到一半，比德就開始打瞌睡。經過多日的靜止不動後，打獵使人精疲力竭。我囑咐他躺進睡袋裡，把他剩下的食物放到一邊，等他醒來再吃。他立刻睡著了。我把睡袋拉高到他下巴，親了一下他的額頭，不是爲了觀眾，是爲我自己。因爲我非常感激他仍在這裡，沒有如我先前所擔心的死在溪邊。能夠不必獨自面對卡圖，實在太好了。

殘忍野蠻的卡圖，可以徒手扭斷人的脖子，擁有勝過打麥的力量，從一開始就受夠了我。說不定我在訓練中得分比他高時，他就恨死我了。分數的高低，對比德這樣的男孩來說，聳個肩就過去了。但我有種感覺，這件事讓卡圖很不爽。這並不難想像。我想到他發現物資被炸毀時的誇張反應。當然，其他人也很沮喪，但他完全像精神錯亂一般。我懷疑卡圖如今說不定心智已經有些失常了。

天空因爲徽章的出現亮起來，我看著狐狸臉在天空中閃爍，然後從這世上永遠消失。比德雖然沒說，但我不認爲他對殺了她感到愉快，即使這是必要的。我不會假裝自己懷念她，但我必須佩服她。我猜想，如果他們給我們某種測試，她恐怕會是所有貢品中最聰明的一個。事實上，如果我們是設了陷阱來等她落網，我敢打賭，她一定會察覺，不會去碰那些莓果。是比德的無知害她反被聰明所誤。我花了許多時間來確保自己沒有低估對手，但我忘了，高估他們也同樣危險。

這讓我又回頭考量卡圖這個人。但這時，我心裡一直想著狐狸臉，想著她是怎樣的人，以及她如何採取行動。卡圖是更狡猾，更強而有力，受過更好的訓練，但有多聰明？我不知道。不像她那麼聰明，並且完全缺乏狐狸臉展現出來的自制力。我相信卡圖在發怒的時候，很容易失去判斷力。我不覺得自己在這一點上比他好多少。我想到自己非常惱火時，一箭射飛了那隻烤豬嘴裡的蘋果。也許，我比自己所想的還要瞭解卡圖。

儘管我的身體很疲累，我的神智卻十分警醒，因此我讓比德繼續睡，沒在我們該換班的時間叫醒他。其實，我搖他肩膀時，天已經濛濛亮了。他往外看，幾乎驚慌起來。「我睡了一整夜。這不公平。凱妮絲，妳該叫醒我的。」

我伸個懶腰，鑽進睡袋裡。「我現在睡。如果發生什麼有趣的事，記得叫醒我。」

顯然沒什麼事發生，因爲我睜開眼睛時，又亮又熱的午後陽光從石縫中照進來。「有任何我們朋友的蹤跡嗎？」我問。

比德搖搖頭。「沒，他保持著令人不安的低姿態。」

「你想，在遊戲設計師逼我們碰頭前，我們還有多少時間？」我問。

「嗯，狐狸臉死了差不多一天了，所以觀眾已經有了足夠時間下賭注，並且開始無聊了。我猜，現在隨時都有可能。」比德說。

「沒錯，我有個感覺，今天就是一決勝負的日子。」我說，坐起身來，望著外面一片平靜的景致。「我很好奇他們會怎麼做。」

比德保持沉默。這問題其實沒有任何好答案。

「反正，在他們動手之前，沒道理等在這裡不去打獵。不過，我們應該盡量多吃一點，以防我們萬一碰上麻煩。」我說。

比德在打包我們的東西時，我擺出一頓大餐。所有剩下的兔肉、根塊、野菜，以及塗上最後一點乳酪的麵包。我唯一留下來保存的是松鼠肉和蘋果。

當我們吃完，只剩下一堆兔子骨頭。我滿手油膩，讓我覺得自己越來越髒了。我們在炭坑也許不是每天都洗澡，但我們保持得比我最近這些日子乾淨。除了我走過溪流的雙腳，我全身覆蓋著一層污垢。

離開洞穴，有一種這是最後一次住在它裡頭的感覺。不知怎地，我不認爲在競技場中還會有另一夜。無論如何，或死或生，我有一種今天不會再見到它的感覺。我輕拍那些石頭，以示道別，然後往下朝小溪走，準備好好洗個手臉。我可以感覺到自己的皮膚渴望著清涼的水。我也許該洗一下頭髮，然後濕漉漉地編起來。當我還想著說不定我們能很快地搓洗一下衣服時，我們走到了小溪。或者說，該是小溪的地方。現在只剩乾涸的溪床。我把手貼住溪床去感覺一下。

「連一點濕氣都沒有。他們一定是在我們睡覺時排乾它的。」我說。恐懼緩緩爬上我的心頭，我想到先前脫水時，舌頭乾裂、身體抽痛、神智模糊的情形。我們的水壺跟水袋都還相當滿，但太陽這麼熱，又有兩個人喝，要不了多久這些水就會喝完的。

「那個湖，」比德說：「那是他們要我們去的地方。」

「也許水塘還會有點水。」我抱著希望說。

「我們可以去看看。」他說，但只是在迎合我。我也是在迎合自己，因爲我知道當我們回到那個我泡過腳的水塘時，會發現什麼。一個布滿灰塵，空洞乾枯的開口。但我們還是去了，只爲確定我們已經知道的事。

「你說得對，他們要把我們趕到湖邊去。」我說。那裡沒有任何遮蔽。在那裡，他們保證能看見一場浴血殊死戰，沒有任何東西擋住他們的視線。「你要直接去，還是等水喝光才去？」

「趁我們現在吃飽又休息夠了的時候去吧。讓我們去把這件事結束掉。」他說。

我點頭。古怪的是，我覺得這幾乎像是飢餓遊戲開始的第一天。我站在同樣的位置。已經死了二十一個貢品，但我還必須去殺了卡圖。說眞的，他不一直就是該殺的那個嗎？現在，其他貢品似乎都只是次要的障礙、分心的事物，延遲了我們，我跟卡圖，展開這場遊戲中眞正的戰鬥。

但是，不，還有一個男孩在我身旁，我感覺到他的手臂環抱著我。

「以二對一，應該輕而易舉。」他說。

「下次我們用餐，將會在都城。」我回答。

「沒錯，一定是。」他說。

我們在那兒站了一會兒，緊緊擁抱彼此，感覺著對方、陽光、我們腳下發出沙沙聲的樹葉。然後，不發一語，我們分開，朝那湖前進。

現在，我不在乎比德的腳步聲把齧齒動物都趕跑，鳥都嚇飛。我們得對抗卡圖，而且要快，在這裡或在平原都一樣。但我懷疑我能有選擇。如果遊戲設計師要我們去到開闊的空地，那麼，就在開闊的空地吧。

我們在專業貢品困住我的那棵樹下停下來休息片刻。那個被滂沱大雨打得稀巴爛，又被烈日曬乾的追蹤殺人蜂的空巢，證實了這裡就是那個地點。我用腳尖碰了碰它，它碎成了粉，一下就被風吹散了。我無法不抬起頭來張望小芸祕密躲藏著，等著救我一命的那棵樹。追蹤殺人蜂。閃爍那腫脹的身體。可怕的幻覺……

「我們走吧。」我說，想逃離環繞著此地的陰暗。比德並未反對。

由於今天出發得晚，我們抵達平原時，已經是黃昏了。沒有卡圖的影子，沒有任何東西，只除了金色的豐饒角在夕陽的餘暉中發光。爲了預防卡圖採取狐狸臉那一招來對付我們，我們繞著豐饒角走了一圈，確定沒人躲藏。然後，彷彿跟隨著指示，我們順從地橫過平原，朝湖邊走去，裝滿我們的水壺。

我對著那下沉的太陽皺眉。「我們只有一副夜視鏡，我不想在天黑後對抗他。」

比德小心地把碘液擠進水裡。「也許那正是他在等待的。不然妳要怎麼辦？回那個洞穴去？」

「如果不回去，就找棵樹。不過，讓我們再等他半小時吧，然後我們尋找掩護。」我回答。

我們坐在湖邊，讓人一覽無遺。現在沒必要躲藏了。在平原邊緣的樹上，我看見學舌鳥飛來飛去，各種曲調像明亮的彩球一樣，在牠們之間來回跳躍。我開口，唱出小芸四個音符的曲調。我可以感覺到牠們聽見我的聲音後，好奇地停下來，想要再聽。我在一片沉寂中重複這曲調。第一隻學舌鳥顫聲唱出這曲調做回應，接著是另一隻。然後整個世界隨著這音調活起來。

「就跟妳父親一樣。」比德說。

我的手指摸了摸襯衫上的胸針。「那是小芸的曲調。」我說：「我想牠們記得這曲調。」

樂音擴大，我聽出它的精彩所在了。音符重疊，互相補足，構成天籟般的美妙和聲。由於小芸，是這首曲調，每天晚上歡送第十一區在果園中工作的人返家。我好奇想著，如今她已過世，還有人在收工的時候唱它嗎？

有好一會兒，我閉上眼睛聆聽，陶醉在這美麗的樂曲裡。然後，有什麼東西開始擾亂這音樂。歌唱突然截斷，變成不完整的、聒噪的樂句。刺耳的音符攙雜進旋律中。所有學舌鳥的聲音突然拔高，變成驚慌的尖叫。

我們站起來，比德握著他的刀，我已準備好要射箭，這時卡圖衝出樹林，朝我們衝過來。他手中沒有標槍。實際上，他兩手空空，但他朝我們直奔過來。我的第一支箭射中他胸口，卻難以理解地落到一旁。

「他身上穿了某種盔甲。」我對比德喊道。

就在這同時，卡圖已經來到我們面前。我綳緊自己，但他從我們倆中間衝過去，絲毫不打算減緩他的速度。從他的喘息，他汗如雨下的紫脹的臉，我敢說他已經狂奔了很長一段時間。不是朝我們而來，而是逃離某種東西。可是逃離什麼呢？

我雙眼掃視森林，立即看見躍進平原的第一隻生物。我轉身要跑時，看見另外五、六隻緊隨在牠後面。接著，我顛顛仆仆，盲目地緊跟在卡圖身後跑，什麼都沒想，只除了逃命。

25

變種動物。毫無疑問，就是牠們。我從來沒見過這類變種，但牠們肯定不是本來就有的動物。牠們類似體型巨大的狼，但哪有狼可以輕易地以後腿落地且平衡站立？哪有狼彷彿有手腕似的，可以揮動前爪，招呼其餘的狼群往前衝？這些怪事，我遠遠就看見了。等靠近，一定可以看到牠們更恐怖的特徵。

卡圖筆直衝向豐饒角，我毫不質疑地跟隨他。如果他認爲那是最安全的地方，我憑什麼反對？再說，即使我來得及爬上樹，比德那條腿也絕無可能跑得過牠們——比德！我的手碰到豐饒角的金屬尾端時，才想起我還有個同伴。他落在我身後大約十五碼，一跛一跛地，以他所能最快的速度奔跑，但那些變種狼以極快的速度接近他。我向狼群射出一箭，有一隻倒地，但其餘的立刻補上空缺。

比德揮手要我爬上角去。「上去，凱妮絲！上去！」

他說得對。我在地面上的話，無法同時保護我們兩人。我開始手腳並用爬上豐饒角。由於它的純金表面是仿照我們在收穫季節裝穀物的編織角狀容器設計的，所以沒什麼容你手抓腳踏的邊脊與接縫，很難攀爬。並且，在曬了一整天競技場裡的烈日後，金屬表面燙得足以令我的雙手起水泡。

卡圖側躺在離地二十呎的豐饒角開口頂端上面，趴在邊緣朝外嘔著，拼命大口喘氣。現在是我解決掉他的機會。我在角的中段停下來，搭上另一支箭，但就在我拉弓要射時，我聽到比德大叫。我猛轉身看見他才剛碰到角的尾端，那些變種狼就在他身後。

「快爬！」我喊道。比德開始往上爬，但不單他的那條腿，他手裡的刀子也遲滯了他的行動。第一隻把爪子放上金屬角的變種狼，被我一箭射穿咽喉。牠在死前瘋狂抓咬，不自覺地在牠幾個同伴身上留下好幾道口子。我這才看清楚那些爪子，有四吋長，十分鋒利。

比德爬到了我腳前，我抓住他手臂，拉著他往上爬。然後我想起卡圖正在頂端等著，立刻又轉過身去，不過他因爲痙攣正抱著腰，且很顯然比我們更注意那些變種狼。他咳著說了什麼，無法辨識。變種狼的喘息與吼叫很大聲，更讓人聽不清楚他說的話。

「什麼？」我對他喊道。

「他說：『牠們能不能爬上來？』」比德代他回答，把我的注意力又拉回到角的底部。

那些變種狼開始集合。牠們聚集在一起之後，再次輕鬆地用後腿站起來，彷彿人，帶有一種怪異、恐怖的人類特質。牠們每隻都有濃厚的毛皮，有些身上的毛直而光滑，有些蜷曲，顏色更是多樣，從漆黑到淡黃——我只能說是像金髮。牠們身上還有某種東西，某種讓我頸背汗毛直豎，卻一時間說不上來的東西。

牠們把口鼻湊到角上，嗅著、舔舐著，用爪子刮抓著金屬表面，然後彼此尖聲吠叫。這大概是牠們溝通的方式，因為牠們開始整群後退，彷彿要挪出空間。然後，牠們當中的一隻，體型相當大，有著波浪般絲滑金毛的變種狼，開始起跑，接著跳上豐饒角。牠的後腿一定非常強壯有力，因為牠落在我們下方時，離我們才十呎左右。牠粉紅色的唇向後咧開，大聲咆哮。有那麼片刻，牠停在那裡，也就在那片刻，我明白了這些變種狼令我不安的是什麼。那怒視著我的綠色眼睛不像任何的狗或狼，不像任何我見過的犬類。它們分明是人的眼睛。我才剛看出端倪，就看到牠戴的項圈鑲嵌著珠寶，並標著數字1。我登時明白，這整件事多麼恐怖。那金色毛髮、綠色眼睛，那號碼……牠是閃爍。

我忍不住尖叫，幾乎握不住手中的箭。我已經準備要發射，且十分清楚自己的箭已經越來越少。我在等著看這些怪物是否眞的能攀爬。但是，現在，即使這隻變種狼無法抓住金屬表面，已經開始往下滑，即使我可以聽見那些爪子發出緩慢尖銳的聲音，就像指甲刮過黑板，我還是一箭射穿牠的咽喉。牠的身體抽搐了一下，便砰地一聲巨大悶響，摔落到地面。

「凱妮絲？」我感覺到比德緊緊抓住我的手臂。

「是她！」我勉強說出。

「誰？」比德問。

我的頭猛地向左右轉，察看這群體型與毛色各不相同的變種狼。那隻體型小的，有紅色毛髮與琥珀色眼睛……狐狸臉！那邊，有著灰色毛髮與淡褐色眼睛，是來自第九區的男孩，他死時我們正在爭奪背包！最糟糕的是，那隻最小的變種狼，有著光滑的黑色毛髮，大大的褐色眼睛，身上戴著麥稈編的項圈，標示著11，充滿恨意地齜牙咧嘴。小芸……

「凱妮絲，怎麼回事？」比德搖著我的肩膀。

「是他們，全部都是他們。其他的人。小芸和狐狸臉和……所有其他的貢品。」我擠出話來。

我聽見比德認出來時倒抽一口氣的聲音。「他們對他們做了什麼事？妳該不會以為……那是他們眞正的眼睛吧？」

我才不擔心牠們的眼睛。牠們的腦子才是問題。牠們擁有任何眞實貢品的記憶嗎？牠們被設定看到我們的臉會產生強烈的恨意嗎？因爲我們還活著，而牠們被無情地謀殺了。那些我們眞正親手殺了的……牠們相信這是在爲他們自己的死復仇嗎？

在我能想出答案之前，變種狼已對豐饒角展開新一波的攻擊。牠們分成兩組，分據角的兩側，並運用牠們強健的後腿躍起，向我們撲來。一嘴利牙只差幾吋就咬到我的手，然後我聽到比德大叫出聲，感覺他身體遭到猛力一扯，他的體重加上變種狼的拉扯，使我往下滑到角的一側。如果不是緊抓著我的手臂，他已經掉到地上去了。此刻，我費盡全力，才使我們兩個停留在弧形角背上。有更多的貢品衝上來。

「殺了牠，比德！殺了牠！」我大吼。雖然我無法清楚看見到底發生什麼事，我知道他刺殺了那怪物，因爲拉扯的力道變小了。我終於把他拉回到角上，然後我們拖著身體爬向頂端。兩害相權，寧取上面那個。

卡圖仍未站立起來，但他的呼吸已經緩和下來，我知道他很快就會恢復到足以對付我們，把我們丟到底下去送死。我再度開弓，但結果這支箭是射殺了另一隻變種狼——那只可能是打麥。除了他，還有誰能跳那麼高？我稍微鬆了口氣，因爲我們終於退到變種狼所能躍及的範圍之上了。我正要轉身面對卡圖，比德在我身旁猛地往後被拉走，我以爲是狼群又逮到他了，直到他的血噴濺到我臉上。

卡圖站在我面前，幾乎就在角頂端的邊緣上，用一種摔角的手法將比德的頭緊夾在他腋下，讓比德喘不過氣來。比德抓著卡圖的手臂，但力道太弱，彷彿搞不清楚是恢復呼吸比較重要，還是試著去止住小腿肚上噴湧的鮮血重要。那傷口是變種狼造成的。

我將所剩最後兩支箭的其中一支瞄準卡圖的腦袋，知道箭矢傷不了他的身軀或四肢。現在我可以看見他穿了一套膚色的緊身網狀物。某種來自都城的高級緊身鎖子甲。這是他在宴席上背包裡的東西嗎？可抵禦我箭矢的緊身鎖子甲？哼，他們失算了，沒順便送個面罩來。

卡圖只是笑。「射了我，他就跟我一起下去。」

他說得對。如果我射死他，他會跌落到底下那群變種狼當中，比德肯定跟著陪葬。我們碰上了僵局。我無法射殺卡圖而不害死比德，他不敢殺害比德以免招來一箭穿腦。我們像雕像般僵在那裡，雙方都在找尋出路。

我的肌肉繃得太緊，感覺可能隨時會繃斷。我咬緊牙關，緊得牙齒彷彿快要咬碎。那些變種狼全都靜下來了，我唯一聽見的是體內的血流，在我那隻好耳朵裡轟轟作響。

比德的雙唇開始發青。若我不快點做些什麼，他會窒息而死，然後我會失去他，而卡圖可以用他的身體來對付我。事實上，我相信這正是卡圖的計畫，因爲他停止大笑後，緊抿的雙唇展露出勝利的微笑。

彷彿拼死盡最後的努力，比德舉起他沾滿腿上鮮血的手指，抬高到卡圖手臂的位置。他不是想抓開卡圖的手臂，相反的，他食指滑移方向，在卡圖手背上畫了一個X記號。卡圖慢了我一秒才明白那是什麼意思。我知道，因爲我看見他的微笑從他嘴角垮掉。但他已經晚了一秒，因爲他明白過來時，我的箭已經貫穿他的手。他大叫著反射性地鬆開比德，比德則猛地往後向他撞去。在那恐怖的剎那間，我以爲他們兩個會同時掉下去。我撲向前，及時抓住比德。卡圖在染血滑溜的角上站不住腳，筆直跌落下去。

我們聽見他撞到地面的聲音，撞擊擠出他體內的空氣，然後是變種狼攻擊他的聲音。比德跟我緊緊抱著，等候大砲聲，等候競賽結束，等候獲得釋放。但這些事都沒發生。還沒。因爲這是飢餓遊戲的最高潮，而觀眾期待看到一場好戲。

我不看，但我可以聽見那咆哮、嘶吼，以及卡圖對抗變種狼群時，人與獸的痛苦哀嚎。我不明白他怎麼還能活著，直到我想起他那身從頸項保護到腳踝的緊身鎖子甲，同時，也明白了這會是十分漫長的一夜。卡圖一定有刀或劍或什麼的，某種他藏在衣服裡的武器，因爲偶爾會傳來一隻變種狼死亡的號叫，或刀劍砍到黃金豐饒角所發出的金屬撞擊聲。戰鬥繞著豐饒角的邊上進行。於是我知道卡圖一定在嘗試唯一可以救他性命的辦法——往後殺開一條血路，繞回到角的尾端，爬上來，重新加入我們。但是，到了最後，他儘管有驚人的神力與本事，還是寡不敵眾。

我不知道時間過了多久，也許一個小時左右，當卡圖跌倒在地，我們聽見那些變種狼拖拉著他，把他拖進豐饒角的開口裡面。**現在，牠們會解決掉他**，我想。但大砲仍舊沒響。

黑夜降臨，國歌奏起，天空卻未出現卡圖的照片，只有微弱的呻吟從我們下方透過金屬傳來。冰冷的夜風橫過平原吹來，提醒我遊戲尚未結束，也沒人知道還要多久才會結束。而且，勝利尚未在握。

我把注意力轉向比德，發現他的腿嚴重流血。我們所有的物資跟背包都留在湖邊，我們逃避變種狼時把東西全扔在那裡。我沒有繃帶可以止住他小腿泉湧的鮮血。雖然刺骨的寒風令我不停發抖，我還是脫下外套，脫下襯衫，然後盡快把外套穿回去。剛才那一下暴露在寒風中，讓我牙齒無法控制地拼命打顫。

在蒼白的月光中，比德的臉色灰白。我先扶他躺下，再探看他的傷口。溫暖、滑溜的鮮血漫過我手指。僅靠繃帶是不夠的。我見過幾次我母親綁止血帶，現在我試著模仿她。我從襯衫割下一條袖子，在他膝蓋下方的腿上纏兩圈，綁個半鬆的結。我沒有木棍，因此我拿僅存的那支箭插入結中，再將它扭轉到我敢扭轉的最緊的地步。這是件很冒險的事，比德最後有可能會失去他的腿。但與其讓他失去生命，我還能有什麼選擇？我用襯衫剩下的布塊包紮他的傷口，然後在他身邊躺下來。

「別睡著了。」我告訴他。我不確定這符不符合醫療程序，但我真的很怕他睡著了會永遠醒不過來。

「你冷嗎？」他問。他拉開外套拉鍊，我靠過去緊貼著他，他用外套包住我。在雙層外套的包裹下互相取暖，是暖和一些了，但夜還長著呢。氣溫還會持續往下降。即使現在，我都可以感覺到在我剛開始爬上來時，會燙傷我雙手的豐饒角，正在慢慢變得像冰一樣冷。

「卡圖說不定會贏。」我低聲告訴比德。

「絕不可能。」他說，把我的外套兜帽拉上，但他抖得比我厲害。

接下來的幾個小時是我一生中最難捱的。想想看，就知道這有多難受。寒冷已經夠折磨人了，但眞正的噩夢是聆聽那些變種狼沒完沒了地撕咬卡圖時，他的呻吟、哀求，到最後是啜泣與嗚咽。才過沒多久，我就不在乎他是誰或他做過什麼事了，我只盼望他的痛苦趕快結束。

「牠們爲什麼不直接殺了他？」我問比德。

「妳知道爲什麼。」他說，把我拉得更靠近一點。

我的確知道。現在，沒有一個觀眾能把眼睛轉離這場秀。從遊戲設計師的觀點來看，這是娛樂的極致。

它一直持續持續持續著，最後完全耗盡了我的神智，遮蔽了我的記憶和我對明天的盼望，抹去一切，只留下我開始相信永遠不會改變的現在。除了寒冷、恐懼，以及那個在豐饒角裡面垂死的男孩的痛苦呻吟之外，再也沒有別的東西存在。

這時比德開始打瞌睡。每次他睡著，我發現自己就大喊他的名字，越來越大聲，因爲如果他這時死在我懷裡，我知道我會完全瘋掉。他在努力地抗拒著，或許更多是爲了我而不是爲他自己。這眞的很艱難，因爲失去意識本身就是一種解脫。但在我體內奔騰的腎上腺素絕不容許我跟著他走，因此我也不能讓他走。我就是不能。

時間流逝的跡象只呈現在天空，那難以察覺的月亮的移動。因此，比德開始指著月亮叫我看，堅持要我同意它是在移動。有時候，有那麼剎那，我感到一絲希望閃現，但接著黑夜的痛苦又再度吞噬了我。

最後，我聽見他在我耳邊輕聲說太陽升起了。我睜開眼睛，發現星星在蒼白的晨曦中隱退。我也看見，比德的臉變得何等蒼白。他所剩的時間不多了。而我知道，我一定要把他帶回都城去。

然而大砲依舊沒有響。我把那隻好的耳朵貼著豐饒角，堪堪可聽見卡圖的聲音。

「我想他現在已經差不多了。凱妮絲，妳能射中他嗎？」比德問。

如果他接近開口的邊沿，我或許能射中他。到了這個時刻，這將是一種慈悲的行爲。

「我最後一支箭在你的止血帶上。」我說。

「讓它有點價值吧。」比德說，拉開他外套的拉鍊，放我出來。

我抽出箭，把那條止血帶用我凍僵的手指綁到我能做到最緊的程度。我搓著雙手，試著讓血液恢復流動。當我爬到豐饒角頂端的邊上，倒掛過邊緣時，我感覺到比德的手抓緊我作爲支撐。

在昏暗的光線中，我花了一會兒工夫才找到卡圖，在血泊中。然後，那曾經是我敵人的一大團模糊血肉，發出了一個聲音，於是我知道他的嘴在哪裡。我想，他試著要說的話是**求你**。

是同情，而非報復，我把箭射入了他的頭。比德把我拉回來，弓仍在手，箭袋已空。

「妳射中他了嗎？」他低聲問。

大砲的響聲回答了他。

「那麼，我們贏了，凱妮絲。」他空洞地說。

「讓我們歡呼吧。」我說，但聲音中絲毫沒有勝利的喜悅。

平原的地面打開一個洞，彷彿收到信號，餘下的變種狼立刻紛紛跳入洞中，隨著地洞在牠們上方關閉而消失。

我們等著，等氣墊船來收卡圖的殘屍，等接下去的勝利號角吹響，但什麼也沒發生。

「喂！」我對著空氣大喊：「怎麼回事？」唯一的回答是醒來的鳥兒的吱吱喳喳。

「也許是因爲那屍體，或許我們得離遠一點。」比德說。

我試著回想。在最後一次獵殺後，你得拉開自己與死亡貢品之間的距離嗎？我的頭腦太混亂而無法確定，但除此之外，還有什麼理由延遲呢？

「好吧。你想你能走到湖邊嗎？」我問。

「我想我最好試試。」比德說。我們一吋一吋地挪到角的尾端，然後跌到地上。如果我的四肢僵硬得如此厲害，比德怎麼能夠移動？我先爬起來，甩動手臂，反覆彎曲雙腿，直到我認爲自己有能力幫他爬起來。我們不知是如何回到湖邊的。我捧起一捧冰冷的水給比德喝，第二捧才舉到自己唇邊。

一隻學舌鳥發出一聲長而低的嗚叫。氣墊船出現，取走卡圖的屍體時，我因一時放下心來，雙眼忍不住溢滿淚水。現在，他們會來帶我們走了。現在，我們可以回家了。

但，再一次，沒有任何回應。

「他們在等什麼？」比德虛弱地說。由於止血帶鬆開，加上費力來到湖邊，他的傷口再度裂開。

「我不知道。」我說。無論延遲的理由是什麼，我都不能看著他失去更多的血。我起身去找樹枝，卻馬上就看見那支從卡圖的緊身鎖子甲上彈開的箭。它跟另一支箭一樣，可以有相同的作用。正當我彎身撿起它時，克勞帝亞斯・坦普史密斯的聲音轟地一聲在競技場上響起。

「我們在此向第七十四屆飢餓遊戲的最後兩位參賽者問好。先前修訂的規則已經被撤銷了。在更仔細地察看規則手冊後，發現只允許有一位勝利者。」他說：「祝你們好運，願機會永遠對你有利。」

空氣中爆出小小的靜電響聲，然後就什麼都沒有了。隨著聽懂他的話，我難以置信，只是盯著比德。他們從來就沒打算讓我們兩個都活著。這全都是遊戲設計師搞出來的鬼，以保證這場遊戲出現有史以來最具戲劇性的一決勝負。而我就像個笨蛋，竟然相信它。

「如果妳仔細想想，其實也沒那麼令人驚訝。」比德聲調柔和地說。我看著他痛苦地站起來，然後朝我走過來。彷彿慢動作一般，他伸手從皮帶拔出刀來——

在我意識到自己的動作之前，我的弓已經搭上箭對準他的心臟。比德揚起眉毛，我看見那刀已經離開他的手跌進湖裡，濺起了一些水花。我拋下武器，後退一步，我的臉因爲羞愧而灼熱。

「不，」他說：「動手吧。」比德跛著腳朝我走來，把武器塞回我手上。

「我辦不到。」我說：「我不幹。」

「在他們把那些變種狼或其他什麼鬼派來之前，快動手。我不想死得像卡圖一樣。」他說。

「那你射我好了。」我憤怒地說，把武器塞回去給他。「你射死我，然後回家，讓這事一輩子跟著你！」當我說出這些話，我知道，死在這裡，死在此刻，反而是比較容易的。

「妳知道我下不了手。」比德說，拋下了武器。「好，反正我會先走。」他彎下身，扯掉他腿上的繃帶，撤除他的鮮血跟土地之間最後的障礙。

「不，你不能自殺。」我說。我跪在地上，絕望地把繃帶包回他的傷口上。

「凱妮絲，」他說：「這是我要的。」

「你別拋下我獨自一人在這裡。」我說。因爲，如果他死了，我將永遠不會回家了，不會眞正的回家。我的餘生將會永遠留在這個競技場上，試著爲自己找尋一條出路。

「聽著，」他拉我站起來。「我們倆都知道他們必須有一位勝利者。那只能是我們其中一人。我求妳，接受它吧，爲了我。」然後他繼續說他有多麼愛我，若沒有我，人生將變成什麼樣子等等，但我已經沒在聽了，因爲他前一句話卡在我腦子裡，在我腦子裡上下左右拼命地翻騰。

我們倆都知道他們必須有一位勝利者。對，他們必須有一位勝利者。沒有了勝利者，遊戲設計師們就得眼睜睜看著整件事情搞砸，無法向都城交代。說不定還會遭到處決，緩慢而痛苦地被處死，同時攝影機會把過程播放到全國的每一個電視螢幕上。

如果比德跟我都死了，或他們認爲我們都要死了……

我的手指僵硬地摸索著繫在皮帶上的小袋子，把它解下來。比德看見了，伸手扣住我的手腕。「不，我絕不讓妳這麼做。」

「相信我。」我低聲道。他盯著我雙眼好一會兒，然後才放開我。我解開袋口，倒了一些莓果在他手掌心，然後再倒一些在我自己手掌上。「數到三？」

比德俯過身來，非常溫柔地吻了吻我。「我們數到三。」他說。

我們站著，背緊緊地靠在一起，空著的手緊緊相握。

「把手伸出去，我要每個人都看見。」他說。

我攤開手指，黑色的莓果在陽光下閃耀。我最後一次緊緊握住比德的手，作爲信號，作爲道別，然後我們開始數。「一。」也許我錯了。「二。」也許他們根本不在乎我們倆都死掉。「三！」現在要改變主意已經太晚了。我把手送到嘴邊，望了這世界最後一眼。那些莓果才剛滑進我嘴裡，喇叭就大聲響起。

克勞帝亞斯．坦普史密斯慌張的喊叫聲壓過了喇叭聲：「住手！住手！各位女士、各位先生，我很高興向大家宣布，第七十四屆飢餓遊戲的勝利者是，凱妮絲．艾佛丁與比德．梅爾拉克！我向各位獻上——第十二區的貢品！」

26

我用力把莓果吐出來，用衣角擦舌頭，確保沒有一滴汁留在嘴裡。比德拉我走到湖邊，我們倆不停捧水漱口，然後軟癱在彼此的懷裡。

「你一粒都沒吞進去吧？」我問他。

他搖搖頭。「妳呢？」

「要是有，我猜現在已經死了。」我說。我看到他吸吸嘴回應，但聽不見他的聲音，他們用喇叭現場廣播的都城群眾歡呼聲壓倒了一切。

氣墊船終於出現在上空，兩條梯子墜下來，只是，我放不開比德。我扶他起身，一手環抱著他，我們各自把一隻腳踏上同一條梯子的第一階。電流隨即把我們凍住，這次我很高興，因爲我不確定在上升到船艙之前比德撐得住。由於我的眼睛正往下望，所以我可以看見，雖然我們的肌肉不能動，比德的腿仍然鮮血直流。果然，當門在我們背後關上，電流停止的那一刻，他隨即跌到地板上失去了意識。

我的手還緊抓著他外套的後背，緊到當他們來抬走他時，外套被扯破，留下一塊黑色的布在我手中。穿著無菌白袍，戴著口罩與手套，已經準備動手術的醫生們，立刻開始行動。蒼白的比德躺在一張銀色的檯子上，一動也不動，全身插滿各樣的管線。有那麼片刻，我忘記我們已經脫離遊戲現場，我把醫生們視爲另一種威脅，另一群被派來殺他的變種生物。在驚嚇中，我朝他撲過去，但他們抓住我，把我扔進另一個房間，一扇玻璃門隔開了我們。我用力敲擊玻璃，瘋狂地尖叫。大家都不理我，只除了一個都城的服務人員出現在我背後，提供我一杯飲料。

我跌坐在地上，臉貼著門，無法理解地瞪著我手中的水晶玻璃杯。冰涼，裝滿柳橙汁，吸管還鑲有白色的摺邊。它在我沾滿血污、指甲裡盡是泥垢，而且疤痕累累的手裡，是多麼的不對勁。它的香味讓我滿口生津，但我小心地把它擺到地上，不敢信任如此乾淨又漂亮的東西。

透過玻璃，我看見醫生們奮力在比德身上忙著，他們的眉頭因專注而緊鎖在一起。我看見液體經過幫浦不斷流過那些管子，一整面牆上對我而言毫無意義的儀表閃爍不定。我不敢確定，但我想他的心跳停了兩次。

這就像又回到了家裡，當他們從爆炸的礦坑中抬來毫無希望的傷殘者，或已經陣痛了三天還生不出來的婦女，或掙扎著與肺炎奮戰的飢餓孩童，我媽和小櫻的臉上會出現跟那些醫生相同的神情。現在，是逃往森林的時候，躲在樹林裡，直到病人死亡，在炭坑的另一頭鐵鎚釘出一具棺木。但我困在這裡，困在氣墊船的四壁中，也困在讓垂死者心愛的人不忍離去的那股相同的力量中。有多少次我看著他們圍在我們廚房餐桌的周圍，心裡總是想著，**為什麼他們不離開？為什麼他們留下來觀看？**

現在我知道了。那是因爲你沒得選擇。

當我發現有個人在我面前數吋外瞪著我，我嚇了一大跳，然後我才醒悟過來，那是映照在玻璃上的我自己的臉。狂亂的眼睛、凹陷的雙頰、蓬亂糾結的頭髮。狂暴、野蠻、精神錯亂。難怪每個人都跟我保持著安全距離。

下一件我記得的事，是我們降落在訓練中心的天台上，他們帶走了比德，但把我留在玻璃門後面。我開始猛撞玻璃，大聲尖叫，接著，我想，我瞥見了粉紅色的頭髮，那一定是艾菲，必須是艾菲，她趕來救我了。同時，一根針從我背後扎了進去。

當我醒來，一開始，我完全不敢動。整片天花板散發著柔和的黃色燈光，我看見我在一個除了我的床，別無他物的房間內。看不見門，也看不見窗戶。空氣中有一種刺鼻的殺菌藥水味。我的右手插著好幾條管子，延伸到我後方的牆上。我是赤裸的，但貼著我肌膚的床單非常舒服。我小心翼翼地試著把左手從被單下伸出來。它不但已經刷洗乾淨，指甲還修剪成完美的橢圓形，燒傷的疤痕也不明顯了。我輕觸我的臉頰、我的嘴唇、我眉毛上方收攏褶皺的疤痕。當我的手才剛撫著我光滑如絲的頭髮，我愣住了。我惴惴不安地撥弄我左耳邊的頭髮——不，這不是幻覺。我又聽得見了。

我試著要坐起來，但我腰部被某種寬帶子固定住，讓我只能仰起上半身幾吋。身體遭到拘限，令我驚慌起來，我開始把自己往上拔，扭動臀部試圖穿過那條固定帶，這時牆壁有一部份滑開了，那個紅髮去聲人女孩端了一個托盤進來。看到她，我才鎮定下來，停止嘗試逃脫。我想問她幾百個問題，但我怕任何顯得和她熟識的動作會給她帶來傷害。很顯然我正被密切監視著。她把托盤放在我腿上，然後按了什麼東西讓我升起來成爲坐姿。她調整我的枕頭時，我冒險問了個問題。我以沙啞的聲音盡可能清楚地大聲說出來，好讓人不覺得我在遮掩什麼。「比德活下來了嗎？」她對我點了個頭。她把湯匙塞進我手中時，輕輕壓了一下我的手，我可以感覺到這是友善的表示。

我猜，她終究不希望見到我死。此外，比德活下來了。這裡擁有一切昂貴的設備，他當然能活下來。不過直到這一刻之前，我都不確定。

隨著去聲人離開，那門悄無聲息地在她背後關上，我轉頭飢餓地看著托盤。一碗清肉湯，一小碟蘋果醬，還有一杯水。我不高興地想，**只有這樣**？我凱旋歸來的晚餐，難道不該更豐盛一點嗎？但我發現，要吃完面前這盤吝嗇的餐點，還蠻費力的。我的胃似乎已經縮到只有栗子大小。這也讓我不得不懷疑自己到底昏迷了多久，因爲，那天早晨在競技場中吃最後一頓早餐時，我毫無困難地結結實實吃了一頓。通常，在競賽結束到勝利者出來與大家會面之間，會間隔幾天時間。他們會在這幾天內把一個飢餓、受傷、糟糕透頂的人拼湊調養回來。秦納跟波緹雅一定在某處忙著設計我們公開露面時要穿的所有服裝。黑密契跟艾菲則應該在安排招待資助人的宴會，並討論我們最後一場訪問的題目。至於家鄉，第十二區大概爲了籌備比德跟我的返鄉慶祝會，已經陷入一片混亂。上回有這樣的盛會，幾乎是三十年前的事了。

回家！小櫻跟我媽！蓋爾！就連想到小櫻那隻邋遢的老貓，都令我忍不住微笑起來。我很快就會回家了！

我想要起床離開這兒，去看比德跟秦納，去了解更多目前的狀況。我爲什麼不能去呢？我覺得很好啊。但當我開始尋找法子脫離固定帶時，我感到一股涼涼的液體從某根管子滲入我的靜脈，我幾乎立刻失去了意識。

反覆醒來與昏迷的情況不知持續了多久。我醒來、進食，然後，即使我忍耐著沒有嘗試逃下床，還是又被迷昏過去。我似乎處於一種怪異、持續不斷的昏昧微明狀態中，只注意到幾件事。紅髮去聲人女孩從那次進食之後就再也沒出現。我的傷疤逐漸消失。還有，是我想像的嗎？還是我眞聽到一個男人怒吼的聲音？不是都城口音，而是粗野一點的家鄉的腔調。我不由自主地產生一種模糊、安慰的感覺，有人在看顧著我。

然後，時間終於到了，我醒來時，右手不再插有任何管子。綁在我腰上的固定帶也沒了，我可以自由走動了。我坐起身時，目光不禁被雙手的皮膚吸引住。光滑，煥發著光澤，完美極了。不僅在競技場裡弄來的疤不見了，就連多年來打獵所累積的傷痕，也全都消失無蹤。我的前額光滑如緞。當我試圖找出小腿肚上的燒傷，那裡什麼也沒有。

我把雙腿滑下床，心裡緊張著不知它們能否承受我的體重，結果，它們既強壯又穩定。床尾，擺著一套讓我畏懼的服裝。那是我們所有的貢品在競技場裡穿的衣服。我瞪著它，彷彿上面有利牙似的，直到我想起來，這當然是我與我的小組會面時該穿的衣服。

我不到一分鐘便把衣服穿好，然後在那面我看不出但知道有門的牆壁前面，焦躁地等著。門突然滑開，我踏入一個寬敞、空曠無人，也看不到有其他門的大廳。但一定有門，並且其中一扇的後面一定是比德。現在既然我已恢復意識，又能行動，我越來越急於知道他的狀況。他一定沒事，否則那去聲人女孩不會點頭。但我得親眼見到他才行。

由於無人可問，我便喊叫：「比德！」我聽到有人回應，喊我的名字，但不是他的聲音。那聲音先是挑起我的不悅，然後是勾起我的急切。艾菲。

我轉身，看到他們都等在大廳另一頭的一個大房間裡——艾菲、黑密契，以及秦納。我雙腳毫不遲疑地飛奔過去。也許一個勝利者應該表現得更自制，更有優越感，尤其是當她知道這會被錄影下來時，但我管不了那麼多。我奔向他們，而且連我自己都驚訝的是，我首先投入黑密契張開的雙臂。當他在我耳邊低語：「幹得好，小甜心。」聽起來竟一點都不惱人。艾菲有一點兒熱淚盈眶，不停撫著我的頭髮，叨叨說著她如何告訴大家我們是珍珠。秦納只是緊緊擁抱我，什麼都沒說。然後，我注意到波緹雅不在，心裡有一種不好的感覺。

「波緹雅呢？她跟比德在一起嗎？他沒事，對吧？我是說，他還活著？」我脫口而出。

「他沒事。」黑密契說：「只是他們想要在慶典上現場轉播你們重逢的場面。」

「噢，是這樣啊。」我說。想到比德死亡，是最令我害怕的恐怖時刻，所幸沒事了。

「我猜我自己也想看看那場面。」

「跟秦納去吧，他得把妳準備好。」黑密契說。

跟秦納單獨在一起，感覺到他保護的臂膀環繞著我的肩膀，心裡舒坦多了。他引領我離開攝影機的鏡頭，走過幾條通道，來到一部搭載我們到訓練中心大廳的電梯。所以醫院是在地下深處，甚至比貢品接受結繩與擲標槍訓練的體育館還更底下。大廳的窗戶很暗，有五、六名警衛在站崗。沒有其他人在場看我們走向搭載貢品的電梯，我們的腳步聲在空寂中迴盪。當我們上升前往十二樓，所有那些再也不會回來的貢品的臉，一一閃過我的腦海，我忍不住胸口一沉一緊。

電梯門一開，凡妮雅、富雷維斯和歐塔薇雅立刻包圍了我，同時樂得手舞足蹈，急切快速地說著話，害我一句也聽不懂。但他們的懷念之情溢於言表，對能看到我眞的很激動，而我也很高興能見到他們，雖然不像見到秦納那樣。現在的感覺，比較像是一個人在度過艱難的一天後，很高興見到三隻熱情地繞著你打轉的寵物。

他們簇擁著我進入餐廳，我總算吃到一頓像樣的飯——烤牛肉、青豆和鬆軟的麵包。不過我吃的量還是被嚴格控制著。因爲當我要求第二盤時，遭到了拒絕。

「不不不。他們不要妳上台時全然恢復之前的樣子。」歐塔薇雅說，但她悄悄地從桌底下多塞了個麵包給我，讓我知道她是站在我這一邊的。

我們回到我房間。預備小組忙著打理我的身體時，秦納消失了一會兒。

「噢，他們爲妳做了全身磨光保養。」富雷維斯嫉妒地說：「妳全身上下一點瑕疵都沒有。」

但是，當我望著鏡中自己赤裸的身體，我只看到自己瘦得皮包骨。我是說，我剛離開競技場時肯定比現在還糟，但這時我可以清楚數出我的肋骨。

他們為我設定好沐浴的按鈕，等我洗好澡後，他們打理我的頭髮、指甲和化妝。他們一句接一句講個不停，讓我幾乎不用回答。這樣很好，因為我不是很想講話。奇怪的是，雖然他們喋喋不休地談著飢餓遊戲，講的卻都是他們人在哪裡，在做什麼，或當一個特別事件發生時他們感覺如何。「我還在床上！」「我才剛染了眉毛！」「我發誓我差點昏了過去！」每件事都是關乎他們自己，而非競技場中將要死去的男孩與女孩。

在第十二區，我們不會這樣沈湎於遊戲。我們會咬緊牙觀看，因為遊戲結束時，我們必須試著盡快回到日常諸事中。為了不討厭這個預備小組，我實際上大部分時候刻意不理會他們在說什麼。

秦納進來，臂彎裡橫搭著一件看起來不招搖的柔黃洋裝。

「你完全放棄『燃燒的女孩』這個點子了嗎？」我問。

「妳說呢？」他說，從我頭上為我套上洋裝。我立刻注意到胸前的兩塊襯墊，把我被飢餓奪走的弧線給補回來。我把手伸到胸部，不由得皺起眉頭。

「我知道。」秦納在我開口抗議之前說：「但遊戲設計師想要用外科手術改變妳，黑密契爲此跟他們吵得臉紅脖子粗。這是個折衷的妥協方式。」在我望向鏡子之前他阻止了我。

「等一下，別忘了鞋子。」凡妮雅幫我穿上一雙平底的皮涼鞋，然後我轉身面對鏡子。

我仍是「燃燒的女孩」。這垂墜的布料散發著柔和的光芒。即使最輕微的一動，都能在我身上散發出一圈漣漪。如果加以比較，馬車上那套衣服十分炫耀、搶眼，訪問時的那件太造作。而穿上這件洋裝，給人一種我穿著燭光的幻象。

「妳覺得怎麼樣？」秦納問。

「我認爲它還是最棒的。」我說。當我設法把目光從那搖曳閃爍的衣料移開，看著自己時，我著實大吃了一驚。我的長髮自然下垂，頭上只戴了個簡單的髮箍。臉上的妝填遮了我臉部的銳角，把我的臉修圓了。我的指甲塗上透明的指甲油。無袖的洋裝在我肋骨而非腰部收攏，大大消除了胸部襯墊所企圖凸顯的效果。裙襬只到我膝蓋。沒了鞋跟，你可以看見我眞正的身高。我看起來非常單純，像個女孩。年輕的女孩，頂多十四歲。天眞。無害。是的，秦納能創造出這種效果眞令人吃驚，如果你還記得，我才剛贏了飢餓獵殺遊戲。

這是個經過精心規劃的打扮。秦納的設計沒有一樣是隨意的。我咬著唇，想要弄明白他的動機。

「我以爲會是某種更……老練高雅的打扮。」我說。

「我想比德會比較喜歡這樣。」他謹慎地回答。

比德？不，這跟比德無關。這是爲了都城、遊戲設計師，以及觀眾。雖然我還不明白秦納爲何如此設計，但它提醒了我，遊戲尚未完全結束。並且，在他溫和的回答背後，我感覺到一種警告，涉及某種他連在自己的組員面前都不能提的事。

我們搭電梯到我們接受訓練的那層樓。按照慣例，勝利者跟他的支持小組，都要從底下升上舞台。首先是預備小組，接著是伴護人，然後是設計師，再是導師，最後是勝利者。唯獨今年，兩位勝利者同有一位伴護人跟一位導師，以致整件事要重新安排。我發現自己站在舞台底下一個燈光昏暗的地方，一個嶄新的金屬圓盤是安置來升我上去的。你還可以看到旁邊有一小堆鋸屑，嗅到新油漆的味道。秦納和預備小組離開去換他們自己登台的服裝，並前往他們的位置，留下我一個人。在幽暗中，我看見十碼外有一面臨時豎起的假牆，猜想比德就在它後面。

群眾的喧嘩吵鬧很大聲，所以直到黑密契的手搭上我肩膀，我才察覺。我跳開，嚇了一大跳，我猜我還沒完全脫離競技場。

「放輕鬆，只有我。讓我看看妳。」黑密契說。我張開雙臂，轉了一圈。「還不錯。」

這眞算不上是稱讚。「怎麼啦？」我問。

我此刻暫時停駐的空間散發著霉臭。黑密契的眼睛環顧了一下周遭，似乎做了個決定。

「沒事。給我個幸運的擁抱如何？」

好吧，黑密契會提出這樣的要求眞怪，不過，畢竟我們是勝利者，也許人們會想要個幸運的擁抱。只是，當我的手環住他脖子，我發現自己被他環抱住，一時不能脫身。他開始說話，附在我耳邊，又快又小聲，我的頭髮遮住了他的嘴唇。

「注意聽。妳有大麻煩了。據說都城怒極了，因爲妳在競技場裡羞辱他們。他們最不能忍受的就是遭到訕笑，變成施惠國的笑柄。」黑密契說。

我立時感到恐懼竄過全身，但因爲沒有任何東西遮住我的嘴，我笑起來，彷彿黑密契說了什麼讓人非常高興的事。「那又怎樣？」

「妳唯一的辯護是，妳在瘋狂熱戀中，無法爲自己的行爲負責。」黑密契退後一步，伸手調整了一下我的髮箍。「懂了嗎，小甜心？」這會兒他這話可以是在談任何事。

「懂了。」我說：「你跟比德講了這件事了嗎？」

「不必要，」黑密契說：「他早已在狀況中。」

「可是你認爲我沒有？」我說，趁機調正他的大紅色蝴蝶領結，秦納一定是費盡全力才讓他戴上的。

「打什麼時候開始，我認爲怎樣變得重要了？」黑密契說：「我們最好趕快就定位。」他帶領我走到那金屬圓盤上。「今夜是屬於妳的，小甜心，好好享受它。」他親了一下我的前額，然後消失在昏暗中。

我抓著裙子，希望它長一點，但願它能蓋住我發抖的膝蓋。然後我明白這根本沒意義，我整個身體抖得像風中樹葉。希望這會被認爲是興奮過度。畢竟，這是屬於我的夜晚。

舞台下方潮濕、發霉的味道快要令我窒息了。我身上開始流冷汗，無法擺脫頭頂的舞台即將塌下來，把我活埋在瓦礫堆中的感覺。當我離開競技場，當勝利的號角響起，我應該就安全了。從那時開始，直到我一生結束。但如果黑密契說的是眞的，而他毫無騙我的理由，那麼我這輩子就從來不曾處在這麼危險的境況。

這比在競技場中遭人獵殺還糟糕。在那裡面，我大不了一死，故事就此結束。但在這外面，有小櫻、我媽、蓋爾、第十二區的百姓，家鄉任何一個我關心的人，都可能遭到懲罰——如果我無法好好扮演黑密契所提議的，那個爲愛瘋狂的女孩的話。

所以，我還有一次機會。眞好笑，在競技場裡，當我倒出那些莓果，我只想到我要智取遊戲設計師，卻沒想到我的行爲會如何招惹都城。但飢餓遊戲是他們的武器，你不應該有本事擊敗它。所以，此刻都城會表現得彷彿從頭到尾都在他們的掌控中，彷彿整個事件是他們精心安排策劃的，從一開始到我倆企圖自殺都是。但這只有在我隨著他們的音樂起舞時才會有用。

而比德……如果我跳錯舞步，比德也會跟著受苦。但當我問黑密契有沒有跟比德講過這狀況，要他假裝是在無可救藥的熱戀中時，黑密契是怎麼說的？

「不必要，他早已在狀況中。」

又在遊戲中先我一步想到，清楚意識到我們身處險境之中？還是……已經在無可救藥的熱戀中？我不知道。我甚至還沒開始釐清我對比德的感覺。這實在太複雜了。我在扮演遊戲中的一個角色所做的事情，和我出於對都城的憤怒而採取的行動，是不一樣的。我是顧慮家鄉第十二區的人會怎麼想？或者，單純只因爲它是合宜的，該做的事？或者，我這麼做是因爲我在乎他？

這些是回家之後必須解明的問題。等置身在森林的平靜和安靜之中，沒人觀看時，我會好好地仔細想一想。在這裡，每個人都睜大眼睛盯著我，我辦不到。但將來在家鄉享有平靜時光的日子，天知道能維持多久。而此時此刻，飢餓遊戲中最危險的部分即將開始。

27

國歌在我耳邊大聲響起，然後我聽到凱薩・富萊克曼問候觀眾。他知道從現在開始說對每一句話將有多麼要緊嗎？他必須知道。他知道了以後，會願意幫我們的。群眾在預備小組被介紹登台時，爆出熱烈的掌聲。我想像富雷維斯、凡妮雅和歐塔薇雅滿場飛，誇張地反覆九十度大鞠躬的模樣。我敢說他們完全搞不清楚狀況。然後是艾菲登場。她等這一刻等了多少年啊。我希望她能好好享受這一刻。她雖然老分不清是非黑白，對某些事卻有很銳利的直覺，一定至少會懷疑我們有麻煩了。波緹雅和秦納受到極大的歡呼，這是當然的，他們太傑出了，讓我們首次登場時炫目耀眼。現在，我明白秦納今晚何以為我選擇這樣的服裝了。我必須盡可能看起來像個天眞無邪的小女孩。黑密契的出場帶來一陣喧囂與跺腳歡呼，持續了至少五分鐘。他是有史以來第一個如此成就非凡的人，保住不只一個，而是兩個貢品的命。如果這一路上他沒有及時提醒我呢？我會有不同的表現嗎？我會明目張膽地當著都城的面炫耀我那一刻的毒莓果智謀嗎？不，我想我不會。但我大概不會那麼容易讓人信以為眞。讓人們相信，這正是我此刻所需要的。就是此刻。因爲我感覺到金屬圓盤正在把我升上舞台。

燈光亮得令人目盲。呼喊聲震耳欲聾，也震得我腳下的金屬圓盤嗡嗡響。接著，我看見比德，就在幾步外。他看起來好乾淨、健康與英俊，我簡直認不出他來。但他的微笑依舊相同，無論是在泥濘中，還是在都城。當我看見那笑容，我三步併作兩步飛奔進他懷中。他踉蹌後退，幾乎站不穩，這時我才注意到他手中那細長的金屬物是某種手杖。他穩住自己，我們緊緊擁抱在一起，而觀眾像瘋了一樣。他親吻我，而我從頭到尾只是想著，**你知道嗎？你知道我們現在有多危險嗎**？這樣過了約十分鐘，凱薩·富萊克曼過來拍拍他肩膀，示意要讓節目進行下去，但比德看也沒看他一眼，把他推開。觀眾爲之瘋狂。無論比德自己曉不曉得，一如往常，他總能投眾人所好。

最後，黑密契打斷我們，笑容可掬地把我們推向勝利者的寶座。以往，那都是裝飾華麗的單人座，得勝的貢品會坐在寶座上，觀看一段由遊戲精彩片段所組成的影片。但由於今年我們是兩個人，遊戲設計師提供了一張華麗的天鵝絨紅沙發，並不大，我想我媽會叫它情人座。我緊貼著比德坐下，幾乎要坐到他腿上了，但從黑密契拋來的一個眼神，我知道這樣還不夠。我踢掉涼鞋，把腳縮上來疊到一側，把頭靠在比德的肩膀上。他的手臂立刻自動環抱住我。我覺得好像回到了洞穴中，蜷曲起身子靠著他，試著保持溫暖。他的襯衫跟我的洋裝是同樣的柔黃質料，但波緹雅讓他穿黑長褲。他也不是穿涼鞋，而是穿一雙看起來很堅固的黑色長筒靴，他始終穩穩踩在台上。我但願秦納給我同樣的打扮，現在這身輕而薄的洋裝讓我感覺好脆弱。但我猜這正是重點所在。

凱薩．富萊克曼說了幾個笑話，然後就該正戲上場了。這場戲將持續整整三小時，並且是全施惠國的人都被強制一定要看的。隨著燈光轉暗，都城的徽章出現在螢幕上，我才發覺我並未準備好面對這影片。我不想觀看我那二十二位貢品同伴的死亡。我看夠了他們現場死亡的模樣。我的心開始狂跳，有個強烈的衝動想要逃跑。其他的勝利者是如何獨自面對這時刻的？在這段集錦的放映過程中，他們會在螢幕一角開個小方塊，不時顯示勝利者觀看的反應。我回想過去幾年……有些人歡欣鼓舞，得意洋洋，握拳對著空中揮舞，甚至捶胸。但絕大部分似乎都是震驚。我只知道，唯一讓我保持坐在這情人座上的，是比德——他一條手臂環著我肩膀，另一隻手被我雙手緊緊抓住。當然，過去的勝利者並未招惹都城想辦法要摧毀他們。

把數週的事件濃縮成三小時，絕對需要本事，尤其當你想到有多少攝影機在同時運作。無論是誰剪接這部集錦影片，都需要選擇故事的敘述角度。今天，史無前例地，他們述說一個愛的故事。我知道比德跟我是贏了，但從一開始，影片花在我們身上的時間就多得不成比例。不過我很高興，因爲這支持了整個瘋狂熱戀的戲碼，有助於我爲自己違抗都城的舉動做辯護。同時這也表示，我們不會有太多時間流連在死亡畫面上。

影片的前半小時左右，焦點擺在進入競技場前的事件，抽籤、馬車在都城遊行、我們的訓練評分，以及我們的訪問。影片配了一首積極樂觀的樂曲，這讓我的感覺更糟，因爲，理所當然的，幾乎螢幕上的每個人都死了。

一旦我們進入競技場，一開始的浴血戰有詳細的報導，然後影片的製作群基本上是交替播出一個個貢品的死亡，跟我們兩人的進展。實際上大部分是比德，毫無疑問，他承擔起演出戀愛戲碼的責任。現在我看見觀眾看到的是什麼了：他如何誤導專業貢品對我的認知，在那棵追蹤殺人蜂樹下整夜醒著沒睡，力戰卡圖讓我逃跑，即使躺在溪岸的泥濘裡，仍在睡夢中呼喚我的名字。相較之下，我像個沒心肝的人，躲避火球、扔蜂巢、炸毀物資，直到我開始找尋小芸。他們播出了她死亡的整個過程，我企圖救援失敗，標槍擊中她，我的箭射穿第一區男孩的咽喉，小芸在我懷中吐出最後一口氣。還有那首歌。我終於唱出那首歌的每個音符。此刻，我裡面有某個東西停擺了，麻木到對任何事都沒了感覺。我彷彿在看另一場飢餓遊戲中的陌生人。但我注意到他們刪除了我用花覆蓋小芸的片段。

沒錯，因爲那也帶有反叛的味道。

當他們宣布兩位來自同一行政區的貢品都可以存活，我大喊比德的名字，然後趕緊用雙手摀住嘴巴，故事開始由我接續。如果我早先對他毫不關心，現在我開始補償了。我找到他，照顧他恢復健康，爲了他的藥去參加宴席，並且毫不吝惜我的吻。確實，變種狼與卡圖的死現在看起來依然恐怖，但我的感覺依舊像是在看陌生人。

然後就到了吃莓果那一刻。我可以聽見觀眾互相發出噓聲，彼此要求禁聲，不想錯過任何事。我不禁對影片製作群湧起一股感激之情，因爲影片不是結束在宣布我們是勝利者，而是停在氣墊船上，他們對比德進行急救時，我捶著玻璃門尖叫比德的名字。

我們活下來了。這是我整晚感覺最好的一刻。

國歌又演奏了一次。史諾總統上台時，我跟比德站了起來。他後面跟著一個小女孩，手捧襯墊，上面放著冠冕。不過，襯墊上只有一個冠冕，你可以聽到觀眾們困惑地竊竊私語——這冠冕要戴在誰頭上？接著，史諾總統拿起冠冕一扭，分開成兩半，變成兩個半圓形的頭箍。他微笑著把第一個戴在比德的額頭。他把第二個往我頭上戴時，臉上仍帶著微笑，但他離我僅數吋的雙眼，卻像蛇一般，流露出絕不饒恕的神情。

這時，我才知道，即使我們兩人都可能吃下莓果，我卻是那個該責怪的始作俑者。我是煽動者。我是該被處罰的人。

接下來是更多的鞠躬跟歡呼。我的手已經揮到快斷掉時，凱薩．富萊克曼終於向觀眾道晚安，並提醒他們明天一定要記得收看告別訪問，彷彿他們有得選擇似的。

比德跟我轉眼間被送到總統官邸，參加勝利者的慶功宴。我們在宴會中幾乎沒時間吃東西，都城的官員們，尤其是慷慨大方的資助人，互相推擠著前來跟我們合照。一張張笑臉接連不斷地從眼前閃過，隨著夜越來越深，人們也在酒精催動下，變得越來越興奮。偶爾，我會看見黑密契瞥我一眼，那令我感到安心，或看到史諾總統的眼神，那令我膽戰心驚。但我保持歡笑，不斷感謝眾人，被要求合照時總是笑容可掬。從頭到尾，我唯一不做的，是放開比德的手。

當我們三三兩兩，緩步返回訓練中心的十二樓，太陽已經從地平線上露臉。我想現在終於有機會單獨跟比德講上兩句話了，但黑密契叫他跟波緹雅走，去挑適合告別訪問的服裝，並親自送我到房門口。

「爲什麼我不能跟他講話？」我問。

「等我們回到家，妳要講多久都隨妳。」黑密契說：「上床去休息，妳兩點鐘還要上鏡頭。」

儘管黑密契阻撓，我下決心要私下見見比德。我在床上翻來覆去幾小時後，溜進走廊。

我第一個念頭是去察看天台，但上面空無一人。就連遠遠下方的大街，在經過昨夜的慶祝後，現在也空蕩蕩的。我折回房間，在床上躺了一陣子，然後決定直接去他房間。但是當我扭轉門把，卻發現我臥室的門從外面被反鎖了。我起初懷疑是黑密契幹的，但接著，我毛骨悚然，意識到都城可能正在監視我，並故意拘限我的行動。從飢餓遊戲開始，我就逃不掉了，但現在這感覺不同，更像是針對我個人。我覺得像是因爲犯罪而被囚禁，正在等候宣判。我趕快回到床上假裝睡覺，直到艾菲．純克特來敲門，宣布另一個「大、大、大日子」的開始。

我有大約五分鐘的時間吃一碗熱的燉肉粥，然後預備小組就來了。我只說了一句：「觀眾愛死你們了！」然後接下來幾小時都不必開口說話。秦納進來時，把他們全趕了出去。他給我穿上白色的薄紗洋裝跟粉紅色的鞋子。然後他親自調整我臉上的妝，直到我散發出柔和的玫瑰色光澤。我們漫無目的地閒聊著，我不敢問他任何重要問題，因爲自從發現門被反鎖後，我就擺脫不了自己一直受到監視的感覺。

訪問就在長廊盡頭的起居室舉行。那裡騰出了一塊地方，昨晚的情人座被挪放進來，四周圍繞著大捧大捧的紅色與粉紅色玫瑰。現場只有四、五台攝影機來拍攝這場訪問。至少沒有現場觀眾。

我進門時，凱薩．富萊克曼給了我一個溫暖的擁抱。「恭喜妳，凱妮絲。妳好嗎？」

「還好。只是對訪問有點緊張。」我說。

「別緊張，我們絕對會很愉快的。」他說，輕拍了一下我的臉頰，要我安心。

「我不太擅長談我自己。」我說。

「妳說什麼都不會出錯的。」他說。

我心裡卻想著，**噢，凱薩，若你說的是真的就好了。但實際上，就在我們說話的當下，史諾總統可能正在為我安排某種「意外」呢**。

接著比德出現，一身紅白搭配的衣服，看起來帥極了。他把我拉到一旁。「我要見妳一面眞難。黑密契似乎執意分開我們兩人。」

實際上黑密契是執意保住我們兩人的命。但這裡耳目眾多，所以我只能說：「是啊，他最近可眞是負責極了。」

「好吧，這是最後一場，講完我們就回家了。然後，他不可能老盯著我們。」比德說。

我感到自己打了個哆嗦，卻沒時間分析是什麼原因，因爲他們已經準備好拍攝了。我們在情人座坐下，姿態多少有點拘泥、正經，但凱薩說：「噢，妳如果想窩在他身上，請別客氣，那看起來很甜蜜。」所以我把腳彎上來，比德擁緊了我貼著他。

某人倒數著計秒，然後開始，我們正對著全國做實況轉播。凱薩．富萊克曼眞的很棒，逗趣、說笑，談到某些事情時，還感動得說不出話來。他跟比德之間在第一次訪問那天晚上，已經有了和諧的默契，輕易地彼此說笑。因此，我只需不停地微笑，盡可能少說話。我是說，我還是得開口說話，但只要我能把話引回比德身上，我立刻這麼做。

不過，到了最後，凱薩開始提出一定要完整回答的問題。「嗯，比德，從在洞穴裡那幾天，我們得知，對你來說，那是一見鍾情，而且始於何時，五歲嗎？」凱薩說。

「從我看見她的第一眼開始。」比德說。

「但是，凱妮絲，妳這一路可走得有夠辛苦啊。我想觀眾眞正感到興奮的，是看到妳愛上他。妳是什麼時候發現自己愛上他的？」凱薩問。

「噢，這問題眞難……」我發出全是氣聲的微弱笑聲，低頭看著自己的手。救命啊。

「嗯，我知道我是何時察覺妳愛上他的。那天晚上妳在那棵樹上大喊他名字的時候。」凱薩說。

我心裡說，**謝謝你，凱薩！**然後順著他的想法說下去：「是的，我猜是那時候。我是說，直到那一刻，坦白說，我一直避免去想我自己是什麼感覺。因爲那實在太令人困惑了，而且如果我眞的把心擺在他身上，那只會使事情變得更糟。但是，那天晚上在樹上，一切都改變了。」我說。

「妳爲什麼這麼覺得呢？」凱薩敦促道。

「也許……因爲那是第一次……我有機會能保住他。」我說。

我看到黑密契在一位攝影師背後呼出一口氣，放下心來，我知道我說對話了。凱薩掏出手帕抹鼻子抹眼睛，我們得稍停一下，因爲他太感動了。我感覺到比德靠過來，額頭抵著我的太陽穴，他問：「那麼，現在妳得到我了，妳打算把我怎麼辦？」

我轉向他，說：「把你藏到某個你不會受到傷害的地方。」當他親吻我，房間裡的眾人竟眞的異口同聲嘆息。

對凱薩而言，這個時候正適合繼續談我們在競技場中受到的各種傷害，從燒傷、螫傷，到其他各種傷。話題一直談到變種狼那一段，我始終記得我們是在攝影機前。但，接著，凱薩問比德他的「新腿」好不好用。

「新腿？」我說，忍不住伸手拉起比德的褲腳，看見金屬與塑膠製成的東西已經取代他原來的腿。「噢，不！」我低語。

「沒人告訴妳嗎？」凱薩溫和地問。我搖搖頭。

「我還沒機會說。」比德輕輕地聳了聳肩說。

「都是我的錯。」我說：「因爲我用了止血帶。」

「是啊，都是妳的錯我才能活命。」比德說。

「他說得對。」凱薩說：「如果妳沒那麼做，他早就流血而死了。」

我猜這是眞的，但我還是控制不住，沮喪到了快要哭出來的地步，然後我想起全國人都在看著我，因此我把臉埋進比德的襯衫裡。這樣比較好，因爲沒有人會看見我。他們花了好幾分鐘時間哄我，當我終於抬起頭來，凱薩放過我，暫時不再問我問題，好讓我的情緒平復。事實上，他幾乎不再打擾我，直到莓果事件上場。

「凱妮絲，我知道妳才受了很大的驚嚇，但我還是得問妳。妳掏出莓果的那一刻，心裡在想什麼……啊？」他說。

在回答之前，我停頓了好一會兒，試著整理我的思緒。這是緊要關頭，我當時的舉動若不是在向都城挑戰，就是因爲想到要失去比德，令我瘋狂，以至於我無法爲自己的行爲負責。這似乎要來上一大段戲劇化的演說才成，但我開口時，只說了一句話，聲音小得幾乎聽不見：「我不知道，我只是……不能忍受……想到會失去他。」

「比德？要補充什麼嗎？」凱薩問。

「沒有。我想我倆都是這麼想。」他說。

凱薩嘆了口氣，然後就結束了。大家開始又哭又笑，互相擁抱，但我一直不敢確定，直到我來到黑密契身邊。我悄聲問：「可以嗎？」

「完美極了。」他回答。

我回房間去收拾東西，卻發現除了瑪姬給我的學舌鳥胸針之外，沒什麼好收拾的。在遊戲結束後，有人把胸針送回我房間來。他們用一輛有深色窗戶的轎車送我們，車子行過街道，火車已在站上等候。我們與秦納及波緹雅匆匆道別，雖然幾個月後，我們巡迴各行政區，出席一連串勝利儀式的時候，還會見到他們。這種巡迴活動是都城的一種手段，提醒人們飢餓遊戲永遠不會眞的結束。我們會拿到許多無用的匾額，而大家要假裝喜愛我們。

火車開始移動，我們進入黑暗中，直到穿出隧道，然後，我深深吸了一口氣，這是打從抽籤之後我的第一口自由空氣。艾菲陪伴我們返鄉，當然，還有黑密契。我們吃了很豐盛的一頓晚餐，然後靜靜坐在電視機前，觀看訪問的重播。隨著時間流逝，都城越來越遠，我開始想家。想小櫻跟我媽。想蓋爾。我向大家告退，去換了簡單的襯衫與長褲。隨著我緩慢、徹底地洗掉我臉上的妝，把我的頭髮編回原來的辮子，我開始變回我自己。凱妮絲·艾佛丁。一個住在炭坑的女孩，在樹林中打獵，在黑市灶窩交易。我瞪著鏡子，試著記得我是誰，我不是誰。當我重新加入大家，比德的手臂環住我肩膀的力道，竟讓我感到十分陌生。

當火車暫停下來補給燃料，我們獲准下車呼吸一點新鮮空氣。現在已經不需要防著我們了。比德跟我沿著鐵軌走，手牽著手。我們總算單獨相處了，我卻找不到任何話說。他停下來摘一把野花給我。他遞上花時，我得費力才能露出開心的表情。因爲他不知道這雜著粉紅與白色的花朵是野洋蔥的花，看到它們，只讓我想起我與蓋爾一同挖掘採集野洋蔥的時光。

蓋爾。想到再過幾小時就能見到他，我心裡便七上八下。但這是爲什麼呢？我想不出理由。我只知道自己像是欺騙了某個信任我的人。或者，更精確地說，是欺騙了兩個人。因爲飢餓遊戲，我一直逃避面對此事，直到現在。但回家之後，就沒有遊戲讓我躲了。

「怎麼了？哪裡不對嗎？」比德問。

「沒事。」我回答。我們繼續散步，直走到過了火車的尾端。到了這裡，連我都可以確定，鐵軌旁的樹叢中不會藏著攝影機。但我還是沒話可說。

當黑密契把手搭在我背上，我嚇了一大跳。即使是現在，在一個無人的無名之地，他仍舊壓低了聲音說話：「幹得好，你們兩個。回到家後繼續保持這樣子，直到所有的攝影機離開爲止。我們應該會沒事的。」我避開比德的雙眼，看著黑密契走回火車去。

「他這話是什麼意思？」比德問我。

我脫口而出說：「是因爲都城，他們不喜歡毒莓果這個招數。」

「什麼？妳在說什麼？」他說。

「那舉動太反叛了。所以，過去這幾天黑密契指點我要怎麼應對，以免我把事情弄得更糟。」我說。

「指點妳？卻不用指點我？」比德說。

「他知道你夠聰明，不會做錯事。」我說。

「我不知道我不會做錯什麼。」比德說：「所以，妳的意思是說，過去這幾天，還有，我猜……之前在競技場裡……都是某種你們兩人想出來的策略？」

「不是的。我是說，在競技場裡我根本沒辦法跟他說話，不是嗎？」我結結巴巴說道。

「但妳知道他要妳做什麼，不是嗎？」比德說。我咬住唇。「凱妮絲？」他放開我的手，我跨了一步，彷彿要保持平衡。

「妳的表現，」比德說：「全是爲了遊戲。」

「不完全是。」我說，緊緊握著我的花。

「那有多少是？算了，當我沒問。我猜眞正的問題是，當我們回到家，我們之間還剩下什麼？」他說。

「我不知道。我們越接近第十二區，我越糊塗。」我說。他等著我進一步解釋，但我無話可說。

「好，等妳想清楚，請讓我知道。」他說，聲音中的痛苦幾可觸及。

我知道我的耳朵已經完全痊癒了，因爲雖然火車引擎轟隆作響，我還是可以聽見他走回火車去的每一步腳步聲。當我爬上火車，比德已經進入他的車廂過夜去了。第二天早晨，我也沒看見他。事實上，等他再度出現時，我們已經朝第十二區的火車站靠站了。他對我點了點頭，臉上毫無表情。

我想告訴他，他這樣對我不公平。我們本來就是陌生人。我做了該做的事，爲的是要活命，要我們兩人在競技場中都活下來。我無法解釋我跟蓋爾之間的事，因爲連我自己都不知道。還有，愛我是不明智的，因爲我絕不結婚，他到頭來遲早會恨我的。就算我對他有感覺，那也無關緊要，因爲我承受不起最後會導致組成家庭，生兒育女的愛情。而他怎麼能夠，在我們才剛經歷過這一切之後，他怎麼能夠想要擁有那一切？

我也想告訴他，我已經開始多麼想念他了。但我這樣對人家也不公平。

因此，我們只是沉默地站在那裡，看著我們骯髒的小車站逐漸在我們四周上升。透過窗戶，我可以看見月台上擠滿了攝影機，大家都急著要看我們榮歸故里。

我從眼角瞥見比德伸出手來。我看著他，不敢確定。「爲了觀眾，最後一次吧？」他說。他的聲音裡沒有憤怒，而是更糟，只剩空洞。那個給我麵包的男孩，正在漸漸遠離。

我握住他的手，緊緊握住，準備好面對鏡頭，內心卻害怕著終得放手的那一刻。

首部曲終

10週年紀念版・對談1

回顧《飢餓遊戲》三部曲出版10週年

正逢《飢餓遊戲》三部曲出版十週年，作者蘇珊・柯林斯（以下簡稱蘇珊）與出版人大衛・萊維森（**David Levithan**，以下簡稱大衛）一起談論這個故事的演變、編輯過程，以及三部曲迎來第一個十年的這段日子，話題不只包括書籍，還有電影。接下來就是他們的筆談內容。

注意：以下對談會談到《飢餓遊戲》三部曲中的每一本書，所以如果你還沒讀過《星火燎原》和《自由幻夢》，或許應該先看完這兩本書再讀這篇對談。

大衛：先從最早萌生《飢餓遊戲》故事的那一刻開始談起吧。某天晚上，你在看電視時一直轉換頻道。

蘇珊：對，有天晚上我在電視頻道之間切來切去，一下子看實境節目秀，一下子又看伊拉克戰爭的紀錄片，然後就靈光一閃。那時我剛寫完《地底王國》第五集，正在動腦子思考下一本書要寫什麼。我原本想嘗試發展的是另一個故事，但就是沒辦法順利進行。我知道我想要繼續試著爲年輕讀者撰寫與正義戰爭理論有關的故事。在《地底王國》中我探討的是因爲貪婪、排外和長久以來的憎恨，而讓一場非正義戰爭演變成正義戰爭。我想在下一部系列小說中創造一個全新的世界，從不同的角度來探討正義戰爭。

大衛：請說明「正義戰爭理論」的定義，以及你如何將其運用到三部曲的情節設定中。

蘇珊：正義戰爭理論已經發展幾千年了，就是爲了去定義在什麼情況下挑起戰爭才符合人類道德的權利；在戰爭期間及戰後，什麼樣的行爲是可以被接受的？在《飢餓遊戲》三部曲中，行政區發動叛變是因爲政府的腐敗；行政區人民沒有基本人權、被當作奴工使喚、每年還得參加飢餓遊戲。我相信大部分的現代讀者都會認爲革命的發生其來有自，人民有正當理由，但是衝突的本質卻會引發許多問題：行政區是否有權宣戰？他們成功的機會有多大？第十三區的再現是否改變了局勢？在我們開始讀這段故事的時候，施惠國就是一座火藥庫，而凱妮絲是火花。

大衛：和我所認識的大部分小說家一樣，一旦故事最初萌生的那一刻出現——通常是將兩種元素連結起來（就《飢餓遊戲》三部曲而言是戰爭和娛樂）——接下來隨著不同的元素各就各位，連結會快速增加。我知道你初期所做的另一個連結是希臘神話，尤其是忒修斯（Theseus）的故事——這部分跟整個故事如何連結起來？

蘇珊：我從小就超迷希臘神話，所以一定多少會影響到我的敘事，《飢餓遊戲》馬上就能讓人聯想到忒修斯神話。忒修斯身爲雅典的年輕王子，參與了一場抽籤來決定哪七名女孩和哪七名男孩要被送到克里特島上一座迷宮中，等著牛頭怪米諾陶（Minotaur）來殺死他們，這故事有個版本，是這項極度殘忍的刑罰最後導致雅典人出兵對抗克里特人。有時候這座迷宮就是彎來繞去的關卡，有時候則是一座競技場。我十幾歲時讀了瑪麗·雷諾（Mary Renault）的《國王必須死》（The King Must Die），書中的貢品最後被送進了鬥牛場，接受訓練要和一頭野牛同場演出，觀眾則是克里特島的上流社會人士，他們在這場娛樂表演下了賭注；忒修斯和他的同伴跳著舞，手撐在牛身上跳躍過去，古代的雕刻和陶罐繪畫上都描繪過這種場景，一直等到他們將牛累到筋疲力盡或者牛殺死其中一人，表演才算結束。我讀過那本書之後，迷宮對我來說再也不是普通的迷宮——或許只在道德層面上。不過我會一直將之視爲一座競技場。

大衛：不過這樣說來，你倒是沒有把米諾陶放進來，對吧？小說中的競技場比較像是鬥士對鬥士，而非鬥士對野牛，是什麼影響了這個設定？

蘇珊：這是因爲我小時候很沉迷於競技場鬥士的電影，尤其是《萬夫莫敵》（Spartacus），每次播出的時候我都會黏在電視前不走。我父親會拿出《希臘羅馬英豪列傳》（Plutarch's Lives）讀〈克拉蘇傳〉（Life of Crassus）裡與電影情節相關的段落給我聽（因爲斯巴達克斯是奴隸，無法爲他作傳）。斯巴達克斯被迫成爲競技場鬥士，最後逃出鬥士訓練場/競技場並領導叛變，而成爲這場戰役的代表人物。上述這段戲劇曲線不僅說明了史實中的斯巴達克斯起義（Third Servile War），也代表了虛構的《飢餓遊戲》三部曲。

大衛：請談談當你還是年輕讀者時，以及成爲作家之後，戰爭故事對你的影響。而你對戰爭故事的了解如何影響你寫作《飢餓遊戲》？

蘇珊：現在可以看到有許多爲年輕讀者所寫的精采書籍都會談到戰爭，但在我小時候可不是這樣。而故事中的角色會打仗，有特洛伊戰爭，也是希臘神話會吸引我的原因之一。此外，我父親是職業軍人，在空軍單位服役，他到越南的那一年對我們全家產生重大影響。除了神話故事之外，我很少在書本裡讀到戰爭。我很喜歡愛絲特・佛布斯（Esther Forbes）所寫的《強尼崔曼》（Johnny Tremain），但這本書寫到獨立戰爭爆發前就結束了。描寫戰爭的書籍中，眞正令我印象深刻的是亞普．特哈爾（Jaap ter Haar）的《波利斯》（Boris），書中描述了二戰期間的列寧格勒圍城戰。

我所知的戰爭故事都是父親告訴我的，他是擁有政治學博士學位的歷史學家，在他離家前去越南打仗的前四年，陸軍將他從空軍借調到西點軍校教書，他的最後一項任務則是在美國空軍指揮參謀學院任教。身爲他的孩子，我們的學習永遠不嫌早，他會教我們歷史，休假時帶我們到戰爭遺址參觀，或者提出哲學難題讓我們思考。他教授歷史的方式是透過故事，幸好他非常擅長說故事，所以在我的作品中，戰爭對孩童而言似乎是稀鬆平常的主題。

大衛：《飢餓遊戲》另一個關鍵部分是凱妮絲所帶來的觀點和洞察力。我知道有些小說家會先塑造一個角色然後再從角色身上找到故事，不過就《飢餓遊戲》而言（如果我說錯了請糾正我），我相信你是先對故事有構想，然後凱妮絲才出現。她是從哪裡來的？我很想聽你談談她名字的起源，還有她那超級獨特的觀點是怎麼來的。

蘇珊：凱妮絲幾乎是在我剛有故事構想時就出現了，她帶著弓箭站在我床邊。我在寫作《地底王國》期間花了很多時間評估不同武器的特性，我很少寫弓箭手的角色是因爲他們需要光線，而地底王國幾乎沒有自然光源。此外，弓和箭都可以徒手打造，從遠處射擊，在故事演變到戰爭階段時又能當成武器。因此她命中註定就是個弓箭手。

她的名字則是後來才出現。那時我在研究求生訓練，尤其是可食用的植物。我在一本書裡發現一種葉片呈箭型的植物慈菇（Katniss），愈研究就愈覺得這種植物似乎很像她。慈菇的學名（Sagittaria sagittifolia）和射手座（Sagittarius）的字根相同，塊根可食用，箭頭狀的葉子則是防衛手段。因為它會開出小白花，所以符合《飢餓遊戲》中以花朵命名的傳統，就像小芸取自芸香草（Rue）和小櫻取自櫻草花（Primrose）。我查了慈菇的其他名字，有沼澤薯（Swamp Potato）、鴨薯（Duck Potato）……當然要選凱妮絲（Katniss）這個別名。

至於她的敘事觀點，我原先沒打算以第一人稱來寫，覺得這本書會像《地底王國》那樣以第三人稱進行。之後我坐下來開始寫作時，第一頁就這樣以第一人稱冒了出來，彷彿她在說：「讓開，該由我來講故事。」於是我就讓給她說。

大衛：我現在試著想像《飢餓遊戲》的「平行宇宙」版，那裡的學舌鳥叫做沼澤薯·艾佛丁，感覺書會很難做行銷。不過再繼續聊聊她的表達方式吧，因為聽起來並不像坦率的美國人，而是有一種區域特色對吧？從一開始就存在了嗎？

蘇珊：沒錯，是帶有一些第十二區的區域特色，其他幾位貢品也會使用各區獨有的語法。他們說話的方式，尤其是他們不想像都城居民那樣講話，這點很重要。第十二區沒有人想要像艾菲．純克特那樣講話，除非是在取笑她的時候。他們堅持自己的區域特色，是一種低調的反叛，他們所擁有的，最接近言論自由的東西就是他們的說話方式。

大衛：我很好奇凱妮絲的家庭結構，一直都是像我們所見這般，還是你有沒有考慮過要讓父母的角色更重要？你認爲艾佛丁家的故事在這三部曲中對凱妮絲的影響有多大？

蘇珊：她的父母在第十二區也有自己的過往，但我只納入了與凱妮絲有關的部分。像是她父親的狩獵技巧、愛好音樂，以及死在礦坑中；還有她母親的治療能力和脆弱；另外是她對小櫻深深的愛。這些在我看來似乎是不可或缺的元素。

大衛：我實在太欣賞這一點了。因爲我自己身爲作家，對於角色通常只（有意識地）知道發生在情節裡的一切。但是聽起來你似乎對艾佛丁家父母的了解遠多於小說中寫出來的。他們有哪些比較有趣的故事是讀者不一定知道的？

蘇珊：你的方法聽起來有效率多了，我有一大堆關於角色的資料都沒有寫進書裡。對有些故事來說，揭露這些背景故事或許會讓人茅塞頓開，但是就《飢餓遊戲》來說，除非打算在施惠國裡發展出新故事，否則我認爲太多資料只會引人分心。

大衛：有個問題我必須請教你。打從一開始你就設定好小櫻的結局嗎？（我無法想像在已經設定好結局的情況下寫出那場抽籤日，但同時也無法想像在還沒有設定結局的情況下寫。）

蘇珊：要在知道也不知道的狀態下才能將抽籤日寫得有說服力，因爲在第一集的第一章就提出了最戲劇性的問題：凱妮絲能不能拯救小櫻？卻幾乎是到了三部曲的最後才有答案。一開始的答案幸虧是能，她先自願代替小櫻；然後是小芸，凱妮絲看到她就想到小櫻，她們在競技場中結盟，但凱妮絲救不了她。這場悲劇又讓我們想到這個問題。在第二集的大半章節中，小櫻的安全基本上不受威脅，不過一直有來自都城的隱憂，他們可能會爲了傷害凱妮絲而傷害她。八卦鳥就是用來提醒我們這點。一旦她到了第十三區，戰爭也轉移到了都城，凱妮絲開始希望小櫻不只是安全，還能夠以醫生的身分擁有美好的未來。但這只是假象。一開始可能傷害小櫻的危險，也就是競技場的威脅，仍然存在。在第一集中競技場是舉行飢餓遊戲的地方，在第二集則是革命的場所，到了第三集就變成施惠國的戰場，最後在都城中終結一切。競技場會轉變型態，卻從未遭到消滅，甚至其影響力還擴展到將每一個人都牽扯進來。凱妮絲能不能拯救小櫻？不能，因爲只要競技場存在，就沒有人是安全的。

大衛：如果凱妮絲是在故事中第一個現身的角色，那麼比德和蓋爾是何時出現的？你從一開始就知道他們的故事會和凱妮絲的形成對比嗎？

蘇珊：比德和蓋爾很快就出現了，他們不只是三角戀中的兩端，更像是在正義戰爭辯論中的兩種觀點。蓋爾因爲自身的經歷和個性，更傾向採取暴力解決，而比德的天生偏好則是用外交手段。所以凱妮絲不只是在選擇伴侶，而是要決定自己的世界觀。

大衛：而你一直都知道哪種世界觀會勝出嗎？用這種一清二楚的方式呈現出來很有趣，因爲我想到凱妮絲的時候，一定會覺得是武力勝過外交。

蘇珊：但是凱妮絲並不是馬上就會動用暴力的人，而且她也不喜歡這麼做。她的處境不斷逼迫她要做出選擇，其中包括使用武力，但要是你仔細審視競技場中發生的一切，會發現她富有同情心的抉擇才決定了她的生存。她選擇與小芸結盟，結果讓打麥饒過她的性命；尋找比德的下落，在發現他受重傷之後照顧他，最後也讓她贏得遊戲。她只會在自我防衛或是要保護第三方時才使用武力，其中也包括了殺死卡圖讓他解脫。隨著三部曲進展，她愈來愈難避免使用武力，因爲戰爭爆發後暴力事件也愈來愈多，要如何使用、爲何使用就變得更難回答。

沒錯，我早就知道哪種世界觀會贏，但是爲了要檢視正義戰爭理論，就必須爲兩邊都盡量提出強力的論點。雖然凱妮絲最後選擇了比德，要記得爲了終止飢餓遊戲，她最後一次行動就是刺殺一名手無寸鐵的女人。相對來說，在《地底王國》系列中，葛瑞格最後的行動是打碎他的劍好中斷暴力循環。這兩個故事的重點都是要引領讀者去探索，讓他們面對主角所遭遇的問題，希望能夠啓發他們的思考並加以討論。如果他們處在凱妮絲或葛瑞格的處境下會怎麼做？他們如何定義一場正義或不正義的戰爭？戰爭中什麼樣的行爲是可以接受的？人類失去了性命、肢體或理智又算什麼？日新月異的科技對這場辯論有什麼影響？希望更完善的討論能夠帶來更多非暴力形式的解決衝突方法，因此讓我們更進步，不再將戰爭視爲選項。

大衛：黑密契在這場對正義戰爭的檢視中扮演什麼樣的角色？他帶來哪一種世界觀？

蘇珊：黑密契在他自己的戰爭中，也就是第二次大旬祭，受到嚴重的傷害，爲了活下去，他不僅目擊也參與了糟糕的行動，並看著自己所愛的人因爲自己的計策而死。他用酒精來治療自己，對抗嚴重的創傷後症候群，但是卻幾乎沒有痊癒的可能，因爲他每年都必須擔任貢品的導師。如果飢餓遊戲繼續舉辦下去，他就代表了凱妮絲可能成爲的樣子，比德也說過他們兩人有多像，這是眞的，他們確實都在掙扎著，無法確認自己的世界觀，雖然他有辦法三言兩語就阻止了蓋爾的鞭刑，不讓暴力持續加劇，但他也參與了打垮政府的計謀，最後導致了內戰。

凱妮絲自願代替小櫻的那一刻，一道光線鑽入了他腦海那片暗黑烏雲中。他就和施惠國的許多人一樣，都知道她的犧牲帶來何等力量，而當這股力量也顯現在她的參賽中，看見她如何救了小芸和比德，他慢慢開始相信有了凱妮絲，或許就有可能終結飢餓遊戲。

大衛：我也很好奇你在描寫凱妮絲與蓋爾的關係時，如何讓他們在私人與政治間取得平衡？畢竟他們之間有那樣一段過去。我認爲你很成功地描寫出，當你愛著某個人卻不愛他們的信念時會造成什麼樣的衝突（我想這點在如今尤其能引起共鳴，因爲有這麼多家庭、人際關係和友誼都因政治而產生分歧）。

蘇珊：對，我想這是很痛苦的，尤其是他們在許多方面都相當契合。凱妮絲和蓋爾的意見歧異是基於正義戰爭理論：我們應該反叛嗎？我們在戰爭中如何自處？最後，在殺死小櫻的那場雙重轟炸中，道德與個人的界線同時到達極限，但這從來就不是簡單的問題，當中有許多灰色地帶。比德通常抱持著反對觀點，同時又要爭取凱妮絲的心，讓問題更複雜，情感的引力和道德的引力緊緊交纏在一起，根本不可能分開。如果你知道你所愛的人是個好人，但是他的觀點卻恰恰與你的針鋒相對，這時你該怎麼辦？你會一直努力想理解是什麼造成這樣的差異，看看是否能夠有所彌補，或許可以，或許不行。我想有許多衝突是因爲恐懼而產生，爲了抵銷這樣的恐懼，人們會尋求短期內或許能有所慰藉的方法，但長期下來只會讓他們愈來愈脆弱，並且不斷造成更多破壞。

大衛：在描寫蓋爾與比德時，你是否意識到自己的筆法和傳統的敘事相較，是翻轉性別的？你在前面也提到了，這兩個角色的重要性不光是浪漫愛情這類次要的劇情，不過我確實認爲他們重新定義了這類在傳統上屬於「女朋友」的角色，相當有趣。尤其是蓋爾，他就代表了許多西部和冒險電影中那些「家鄉的女孩」角色，不過當然他的意義不僅於此；而比德雖然本身是一個非常強烈的角色，但他在凱妮絲和她的計策中通常只是坐在後座的旁觀者，無論是否在競技場中皆然。你會考量到他們的性別以及所象徵的意義，或者這些角色在小說中是自然展現他們的作爲？

蘇珊：那是自然發生的，因爲雖然蓋爾和比德是非常重要的角色，但這仍是凱妮絲的故事。

大衛：比德的能力……爲什麼是烘焙？

蘇珊：麵包在《飢餓遊戲》中佔了很大分量，是行政區的主要食物來源，歷史上來說對許多人也是。在第一集有一段倒敘情節，比德把麵包丟給挨餓的凱妮絲，讓她能夠繼續活下去找出生存策略。讓他的角色成爲烘培師，似乎也讓他成爲賦予生命的人。不過麵包也有黑暗面。普魯塔克．黑文斯比提到麵包的時候，他在說的是麵包與馬戲，意思是用食物和娛樂來引誘人民自願放棄自己的政治權力。麵包在飢餓遊戲中可以帶來生命，也能導致死亡。

大衛：說到普魯塔克，從形而上學的角度來說，你們兩人的工作是一樣的（即便在你工作的時候，只有虛構人物會死掉）。你在設計第一集的競技場時有受到什麼影響嗎？你是先設計好競技場再安排參賽者的因應方式，還是你在設計競技場時已經同時想好參賽者要如何反應以及情節發展？

蘇珊：凱妮絲在第一座競技場時會遇到很多阻礙，畢竟她沒有經驗，體型又比許多競爭者小，也沒受過職業貢品那樣的訓練，所以競技場的環境必須對她有利。地貌景色相似於第十二區周圍的樹林，也有類似的花草植物，讓她可以餵飽自己，又能認出毒莓果；爲了符合主題，燃燒的女孩到了某個時候也該遇到火，於是我把這個放進去。我不想把競技場設計得太過炫目，因爲觀眾必須專注在角色的互動上、悲劇戀人的困境、與小芸的結盟，還有最後的大逆轉，讓來自同一區的兩名貢品可以存活。同時，遊戲設計師也會想保留空間，好讓進入到大旬祭的飢餓遊戲有明顯升級的感覺，也就是在第二集《星火燎原》所看見的、設計更爲精巧的時鐘。

大衛：普魯塔克在小說中所發生的一切有各種層面涉入，那麼普魯塔克會落在正義戰爭光譜的哪裡？

蘇珊：普魯塔克的命名來源就是那位傳記作家普魯塔克，他是小說中少數幾個意識到歷史軌跡的角色。他從來沒有活在沒有飢餓遊戲的世界裡，在他出生時，飢餓遊戲已經行之有年，然後他一路升官直到成爲首席遊戲設計師。在某個時刻，他已經不再認同遊戲的必要性，轉而認爲不需要遊戲，然後決定要結束一切。普魯塔克也有個人的動機，他已經看到自己太多同僚遭到殺害，像是希尼卡．克藍。他不知道自己還能撐多久，什麼時候史諾總統會將他看成是威脅而非資產，不能讓他這麼活著。而身爲遊戲設計師中的佼佼者，他喜歡革命帶來的挑戰，但是就算他們成功之後，他也質疑著最後帶來的和平能夠維持多久。他對人類的評價相當低，但最後並未排除人類能夠改變的可能性。

大衛：說到建立更大的世界，你在開始寫作之前對施惠國了解多少？如果你還在寫開頭幾頁時我就問你：「蘇珊，第五區的主要產業是什麼？」你會知道答案嗎？還是說這些細節是隨著你在寫故事的時候才一一浮現的？

蘇珊：我在開始寫作之前就知道會有十三個行政區，這是向十三殖民地致敬，然後每個行政區都會有特定的產業，我知道第十二區會是煤礦，其他大部分也都決定了，但是還有幾個空白是隨著故事演進就自然而然補上的。我小時候玩過一種桌遊叫「五十州大富翁」（Game of the States），用各州的出口產品來定義，就連今天我們也會用產品來連結國內的不同地方，像是海鮮、紅酒，或科技。當然，這樣來看待施惠國相當簡化，沒有一個行政區是光靠指定產業就能存續，但是爲了飢餓遊戲，這也是另一種分化、定義行政區的方式。

大衛：你認爲來自第十二區這件事如何定義了凱妮絲、比德，還有蓋爾？他們有可能來自其他行政區嗎？或者說生在第十二區能夠說明他們一部分的個性，讓故事得以進行？

蘇珊：能說的可多著呢。第十二區是眾人取笑的地方，地方小又貧窮，很少出現飢餓遊戲的贏家，因此都城幾乎完全忽略了這裡，執法寬鬆，居民與維安人員的關係也比較不存敵意，這讓孩子們能夠在比其他行政區更不受限的環境下長大。凱妮絲和蓋爾可以溜進森林裡狩獵而成爲優秀的弓箭手，這種使用武器的訓練在其他地方，像是第一區那種軍隊高壓管理的地方，根本想都不要想。芬尼克的三叉戟和喬安娜的斧頭技巧都是隨著所在行政區的產業而發展出來的，但是他們在工作以外的地方絕對不會獲准使用那些武器。另外，凱妮絲、比德和蓋爾對都城的看法也不太一樣，因爲他們跟維安人員比較熟，例如他們就把會到灶窩去的達魯斯當成朋友，而他也不止一次證明自己是如此，這讓都城在某個程度上比較好親近、更有可能來往，也更有可能擊敗，更有人性。

大衛：來談談都城吧，尤其是最有權力的那位居民。我知道你爲每個角色取的名字都是有含意的，總統爲什麼要叫史諾，snow，有冰雪的意思呢？

蘇珊：用「冰雪」是因爲其冰冷與純粹的性質，在小說中指的是思想上的純粹，但大部分讀者會認爲是純粹的邪惡。史諾的手段殘忍，但他都只是爲了將施惠國各行政區聯繫在一起。他的名字科利奧雷納斯（coriolanus）是向莎士比亞同名劇作中的角色致敬，而莎劇又是根據《希臘羅馬英豪列傳》中的故事，這個角色最有名的就是其反民粹的心性，而史諾絕對不是爲人民著想的人。

大衛：凱妮絲和史諾之間的羈絆是整個系列中最有趣的地方，因爲即使他們倆站在對立面，彼此之間卻似乎有某種默契，這是三部曲中相當罕見的關係。你認爲史諾對凱妮絲的影響是什麼？這跟你對戰爭的檢視有什麼關聯？

蘇珊：從表面看來，凱妮絲是叛軍的代表，而史諾是都城的代表；在表面底下，事情其實更爲複雜。史諾儘管接受了一大堆整形手術，不消說，年邁的他早已等待著凱妮絲的出現。她是值得尊敬的對手，能夠檢視他一生戮力建起的這座堡壘的穩固程度；而他對她來說就代表了邪惡，手握生殺大權。他們都對彼此非常執著，執著到忽略了更大的局面。「我會注意的是你，學舌鳥，而你也只注意我，恐怕我們兩個人都被當作傻子耍了。」說的正是柯茵。接著兩人不甚光明正大的結盟最後也將她拉了下來。

大衛：史諾和凱妮絲都知道媒體和公眾形象的影響力。史諾在某些人看來可能是冷血無情，但他很清楚人民的「心之所向」……他也很清楚如果讓民心轉向凱妮絲有多危險。你認爲政治宣傳在他們所發起的這場戰爭中扮演什麼角色？

蘇珊：政治宣傳能夠決定戰爭的結果。這就是爲什麼普魯塔克要做傳播突襲，因爲他明白能夠掌控訊號的人就能掌控影響力。好比史諾，他一直在等凱妮絲，因爲他需要一個斯巴達克斯來主導他的宣傳，曾經出現過可能的候選人，像是芬尼克，但是沒有其他人能夠像她這樣抓住眾人的想像力。

大衛：考慮到要發起革命，外表是很重要的，而最了解這點的兩個角色就是秦納和凱薩．富萊克曼，一個自有一套原則，而另一個……沒那麼有原則。你如何將這兩個角色拉進你要探討的主題裡？

蘇珊：你說的完全正確。秦納利用他的藝術天賦以奇觀和美麗來吸引群眾目光，即使在他死後，他所設計的學舌鳥服裝依然在革命裡派上用場。凱薩的工作是要維持遊戲的輝煌神話，然後在訪問了戰俘比德後又轉爲誇耀戰事。他們都在幫著維持形象。

大衛：身爲作家，你刻意避免一直拿「舊」地理狀況來比擬施惠國，沒有哪個角色會說：「這個地方在過去叫做……德拉瓦。」（幸虧你沒這麼做。）爲什麼你決定要避免將施惠國和目前的地理分布相連起來？

蘇珊：地理分布的改變是因爲自然與人爲災害，所以並不只是將現有的地圖覆蓋在施惠國上這麼簡單，但更重要的是，那和故事無關。告訴讀者大陸的位置讓他們心裡有個底，但邊界是不斷變動的，看看北美洲的地圖在過去三百年來如何演變就知道了。對凱妮絲而言，過去我們如何稱呼施惠國並沒什麼差別。

大衛：你坐下來寫《飢餓遊戲》的時候，有將其視為反烏托邦小說嗎？

蘇珊：我將其視為一部戰爭故事。我很愛反烏托邦，但那永遠只會是次要主題。將三部曲設定在未來的北美洲，讓故事背景讀來熟悉、容易引起共鳴，但又有所不同，足以讓人從其他角度解讀。有人問我這是在多久以後的未來，我說：「那要看你有多樂觀了。」

大衛：關於《飢餓遊戲》被視為反烏托邦小說，你有什麼看法？

蘇珊：就好比人們會把《地底王國》系列當作奇幻小說，他們也會把《飢餓遊戲》定位成反烏托邦三部曲。這麼做也沒錯，就這兩套書來說都具備該類型的元素。但是對我來說，這兩套書首先、也最主要的就是戰爭故事，而且，不管是為了戰爭、反烏托邦、動作冒險、政治宣傳、成長故事，或者羅曼史而來的讀者，我都很高興有人在讀這些書。每個人都會把自己的經驗帶到書本中，總會影響到他們詮釋書本內容的方式。大部分的故事都不只有一個主題，我猜想會馬上就把這套書視為正義戰爭理論故事的讀者還是少數。

大衛：時事與你所描繪的書中世界有關係嗎？我知道有許多撰寫推想故事的作家看到新

聞播報的某件事，就會編進自己的虛構世界裡。你的小說有反應你的周遭世界嗎？或者你更深度反應那些沒有時效性的事件或是歷史上的戰役？

蘇珊：我想是後者。有些作家，好吧，就像你，可以很快消化一些時事然後導入自己的寫作裡，例如你很快就把九一一事件寫進《愛是更高法則》（Love Is the Higher Law）中。但是我無法快速處理新聞事件，將其整合寫進作品裡，所以歷史對我比較管用。

大衛：我最喜歡的就是跟作家談寫作了，所以我想問問你的寫作過程（雖然我總覺得「過程」一詞太有條理，不適合用來形容作家心智的運作情況）。我記得我們在學樂出版社（Scholastic）第一次看到《飢餓遊戲》三部曲提案的時候，第一集的簡介很豐富，第二集大綱明顯短很多，而第三集的大綱就……簡短到不行。好了，第一個問題：你的故事有按照最初的大綱嗎？

蘇珊：我得回頭去看一下。對，我相當程度上都跟著那份大綱，不過就像你說的，第三集的大綱短到不行，我基本上就只告訴你們會打一場仗，最後都城輸了。我那時才剛寫完《地底王國》系列，同樣以戰爭作結，我想我已經體驗過一邊寫作、故事一邊發展的感覺，所以也希望《飢餓遊戲》系列能有這樣的自由。

大衛：你在寫第一集的時候就會寫好第二集和第三集的概要嗎？還是說你只會寫筆記以

後再用？這跟你在寫《地底王國》的時候是否相同？

蘇珊：劇情結構是我最喜歡寫作的一部分。我總是使用便利貼來擬出故事概要，有時候用不同的顏色來代表不同的角色發展。我也會製作角色的表格，然後歸檔作爲後面集數使用，這樣無論什麼時候我有了可能派上用場的靈感，就能記錄下來。我在嘗試寫書之前從事劇本寫作很多年，所以有很多寫作習慣都是那個時候建立起來的。

大衛：你會刻意在第一集中埋伏筆，等到第二或第三集才發展嗎？有沒有哪些埋在第一集的伏筆後來你沒有再多著墨？

蘇珊：喔，有啊，我當然有埋伏筆。例如我在第一集的第三章就有提到喬安娜・梅森，不過她一直到《星火燎原》才出場；普魯塔克就是在凱妮絲把箭射往遊戲設計師群中，往後跌進一大缸雞尾酒裡的那個無名設計師；《星火燎原》中，比德在凱妮絲喝了安眠藥而神智不清時低聲對她說「永遠」，但凱妮絲一直到她在《自由幻夢》裡受傷才聽到。有時候就是沒時間讓所有伏筆都能發展，或者會刪掉幾個其實跟故事不太有關係的，就像那些在第十二區周圍遊蕩的野狗，或許可以馴養一隻，但金鳳花搶走了牠們的鋒頭。

大衛：既然你早期的寫作經驗大部分都是劇本，我很好奇：你在編劇時學到的經驗是否有助於你寫小說？

蘇珊：我鑽研戲劇多年，一開始是演戲，然後是編劇，而我特別喜愛古典戲劇。我知道以編劇的角度來構思劇情結構，有多麼重要，而只要結構做好了，又會跟角色密不可分。感覺就像呼吸一樣。我也爲兒童電視節目編劇了十七年，我學會不少爲學齡前兒童寫作的技巧。一個三歲小孩如果不喜歡某個東西，就會直接站起來離開電視機，我就看過自己的小孩這麼做。要如何抓住他們的注意力？很難，而網路讓這件事變得更難。所以我在所寫的八本小說中，使用舞台及電影劇本的結構元素，我發展出三幕劇的結構，每一幕都以九個章節組成，可說是雙層結構。

大衛：你都在哪裡寫作？你習慣傳統的紙筆還是用電腦？你寫作時會聽音樂嗎？還是習慣如清修般的寧靜寫作？

蘇珊：我最喜歡在家裡的躺椅上寫作，以前是用紙筆，不過現在都用電腦了。絕對不要音樂，音樂是要用心聽的；我喜歡安靜，但不必到寂靜一片。

大衛：你先前提到爲了這系列的書要研究求生訓練和可食用植物。你還得做哪些研究？你是在書本裡研究，還是喜歡自己動手做做看，或者兩者皆有？（我想像你家後院可能有一處設備齊全的弓箭練習場，但我認爲這麼描述並不完全正確。）

蘇珊：你知道嗎，我就是很手拙。我讀了很多書，並研究要如何從無到有製作弓箭，但我想自己永遠不可能做出來。雙手靈巧是一種天賦，所以我從很多書裡研究，有時候我會造訪博物館或歷史遺跡來找靈感。我有受過表演打鬥的訓練，尤其是在戲劇學校裡學習擊劍，我蒐集許多專門爲表演而設計的劍，但那對《地底王國》比較有用。我唯一一次接觸射箭是在高中的體育課。

大衛：雖然我希望自己可以說編輯團隊——凱特·伊根（Kate Egan）、珍妮佛·瑞斯（Jennifer Rees），還有我自己——是《飢餓遊戲》的第一批讀者，但我知道並非如此。你在寫書的時候，第一個讀者是誰？

蘇珊：我的丈夫凱普（Cap）跟我的經紀人蘿絲瑪莉·史提摩拉（Rosemary Stimola）一直都是我作品的第一讀者，他們都很擅長評論、給予高明的建議。我喜歡盡量讓編輯團隊不知道我在寫什麼，這樣等他們讀到初稿時就能以嶄新的目光來讀。

大衛：現在回頭想想跟我們編輯團隊在討論《飢餓遊戲》的時候，其實主要都是你跟凱特在討論，我和珍妮佛只是旁聽，你記得有哪些重要的改變或討論嗎？

蘇珊：我印象最深刻的是，知道自己的作品在推出之前，可以跟這麼厲害的人一起討論這套書，我當時有多麼慶幸。八年內，我在學樂出版社出了八本小說，對我來說進展很快，而我需要自己能夠信任的意見回饋。你們都很聰明、很敏銳，又很好溝通，跟你們三人討論，沒有什麼細節能被忽略掉。就《飢餓遊戲》三部曲來說，我真的很倚賴你們的頭腦和感覺來辨識出哪些行得通、哪些不行。

大衛：接下來聊聊書名的問題……

蘇珊：好，這個我記得很清楚。第一集原本的書名叫《第十二區的貢品》（The Tribute of District Twelve），你們想改成《飢餓遊戲》，而這本來是我爲書系取的名字。我說：「可以，但我想不到書系還可以另外取什麼名字！」直到今天，當人們提起《地底王國》系列時，有更多人會稱之爲「葛瑞格系列」，我也不想反覆提醒，因爲太容易混淆了。但你們是對的，《飢餓遊戲》更適合這本書。而《星火燎原》本來是叫做《漣漪效應》（The Ripple Effect），而我想改掉，因爲那個名字對燃燒的女孩來說太多水了，所以我們想出了《星火燎原》。我一開始給第三集取的名字實在太糟，我連想都想不起來，只記得有「灰燼」一詞，我們都很討厭那個名字，某天你說：「不如就叫《自由幻夢》（Mockingjay，原是學舌鳥之意）吧？」聽起來很完美，那一集的三個部分，分別叫做〈學舌鳥〉、〈攻擊〉（The Assault），以及〈刺殺〉（The Assassin）。由於我們把書名改成了《自由幻夢》，於是第一部分就改成〈灰燼〉（The Ashes），這樣副標題還押了漂亮的頭韻。感謝上天有你們在，你們對書名的品味好太多了，我記得自己在致謝詞裡稱呼你們爲「書名達人」。

大衛：關於「飢餓遊戲」這個書名，選擇用「遊戲」一詞很自然，但是選擇「飢餓」就比較奇怪，也很有趣。所以我想問：爲什麼叫「飢餓」遊戲？

蘇珊：因爲食物是致命的武器。也就是說要掌握食物，就像在《波利斯》書中的納粹將列寧格勒的人民餓死一樣。這項武器在戰爭中把每個人都當成目標，不只是參戰的士兵，還有人民。在《亨利五世》序幕中，合唱團將哈利比喻爲戰神馬爾斯，「跪伏其足邊，如獵犬般隨時出征，饑荒、刀劍與烈火，皆伏首由他派遣。」饑荒、刀劍和烈火就是他的戰犬，而犬群的老大就是饑荒。隨著全球人口增加、環境問題變多，我想食物在未來會成爲重要的武器。

大衛：封面又是另一項大工程。我們一口氣提了百來張不同的封面設計，最後才決定了這個具代表性的封面。有幾份設計的封面畫出了凱妮絲，如今我實在無法想像是否還會這麼做；此外，還有一些提案想描繪書中場景。當然，答案一直就擺在我們眼前：學舌鳥的圖樣，藝術總監伊莉莎白．派瑞錫（Elizabeth Parisi）創造了如此令人驚豔的效果。你認爲封面和這個圖樣造成了什麼影響？你看到這個封面的時候有什麼想法？

蘇珊：喔，封面非常棒，我必須說我完全沒出力。我只在你們要挑選的眾多封面裡看過幾個而已。最後送印的封面實在太棒了，我一眼就愛上，設計經典、有力，而且完全專屬於這個故事，這個封面並不會限制讀者年齡，我認為這真的能讓更多成人願意去讀這本書。還有，你們在整個系列中沿用了學舌鳥的精采進化，這個囚鳥獲得自由的圖樣在世界各地都能引起共鳴，我想這也是為什麼許多國外出版社選擇直接使用，而不是自己重新設計。而且這個設計也能完美轉化到銀幕上，在系列電影中依然成為核心圖騰。

大衛：四部改編電影顯然對於將《飢餓遊戲》宣傳到全球各地有重大影響。電影製作過程就是從製作團隊參與開始，你如何判斷能將《飢餓遊戲》轉化成另一種形式的人就是他們？

蘇珊：我決定賣出影視改編權利後，跟十幾位製作人透過電話溝通，而妮娜．傑各布森（Nina Jacobson）對故事的了解與熱情，再加上她承諾會如實改編，贏得了我的信賴。她的表達能力極好，我知道由她來將這個故事傳播到全世界是最適合的人選。獅門影業團隊的熱誠與見解也給我留下深刻印象。我需要有勇氣的夥伴，在面對故事中不好改編的元素也不會退縮，他們不會試圖改變故事走向，好讓結局更容易理解、更傳統。小櫻不能活，勝利不能是喜悅的，那些傷口必須留下永遠的傷疤，這不是輕鬆的結局，但卻是刻意如此。

大衛：你也參與了《飢餓遊戲》電影第一集的劇本。我知道作者要改編自己的作品是很麻煩的工作，你的方法是什麼？要把小說轉化成劇本最困難的是什麼？最有成就感的又是什麼？

蘇珊：我寫了最初的大綱還有初稿，比利．雷（Bill Ray）加入後草擬了幾個版本，接著我們的導演蓋瑞．羅斯（Gary Ross）將之發展成自己的拍攝腳本，最後我們一起寫了幾個版本。我負責將書本內容拆解開來，必須刪除掉很多東西，同時還得保持戲劇結構。我想對我來說最困難的是，因爲我不太擅長視覺化，所以要把許多文字轉化成影像很難，比利和蓋瑞都是比我更有經驗的編劇和才華洋溢的導演，他們眞的做得很好。在這系列電影中都有很棒的編劇參與，而最後三部電影的導演法蘭西斯．勞倫斯（Francis Lawrence）也非常擅長用影像來說故事。

參與《飢餓遊戲》電影最有成就感的時刻，應該是我第一次看到完整作品的時候，雖然還只是初剪，但我想著：成功了。

大衛：我認爲改編小說最奇怪的地方，就是知道其中的演員從此在許多人心中都會成爲那些角色的樣貌與形體，而原本這些角色在我心中卻只是無實體的聲音。我想接下來的問題可以分成三部分：你在撰寫角色時會想像他們的樣子嗎？如果會，珍妮佛．勞倫斯跟你腦中的凱妮絲有多接近？現在你想到凱妮絲的時候，你會想到珍妮佛或者仍然會想到你之前想像的樣子？

蘇珊：我在撰寫角色的時候當然會想像他們的樣子。完全符合我書中凱妮絲的女演員並不存在，珍妮佛的樣子已經很接近了，更重要的一點是，感覺也很對。她的表演十分精采。我想到小說的時候，仍然會想到一開始對凱妮絲的想像，而想到電影時就會想到珍妮佛，兩種形象毫不衝突，就像書本和電影也不衝突一樣，因爲電影是忠實的改編，故事是最重要的。有些人還是從來都不看書，但是他們或許能在電影中看到相同的故事，只要進行得順利，這兩個群體會相互支持、彼此豐富。

大衛：所有演員都精采詮釋出你的角色。有沒有哪個是特別讓你印象深刻的？

蘇珊：有個作家朋友曾經告訴我：「你的演員們就像一籃鑽石。」我對他們的看法就是如此。我覺得很幸運能夠擁有這麼有才華的團隊，包括導演、製作人、編劇、演員、設計師、剪輯、行銷、公關等等所有人，可以一起踏上這段旅程，我也很感激掏錢買書的讀者、花錢買票的觀影者，創造故事的目的就是要分享。

大衛：我們這次訪談是因爲《飢餓遊戲》邁入十週年，回頭看看過去十年，有哪些特別難忘的時刻？

蘇珊：最重要的就是讀者的迴響，尤其是年輕讀者，畢竟故事就是爲了他們而寫的；還有看見精緻而忠實的改編電影呈現在銀幕上；以及偶爾還能聽說這個故事在公共論述中被提起，用來討論政治或社會議題。

大衛：《飢餓遊戲》三部曲已經是全球暢銷書，爲什麼這系列能夠在世界各地引起這麼重要的共鳴？

蘇珊：或許是因爲這個主題是全球共通的吧。戰爭能夠引人去討論嚴肅的議題。在《飢餓遊戲》中，會看到貧富極度不均、環境破壞、政治鬥爭、被媒體炒作的戰爭、人權低落、政治宣傳，還有很多其他因素，在在影響著住在各地的人類。我想這個故事或許呼應了許多人現下對未來所感到的憂慮。

大衛：我們在慶祝十週年並展望這三部曲未來的許多個十年之時，你有什麼話想對支持這套書的百萬讀者說？

蘇珊：謝謝你們陪著凱妮絲踏上這段旅程，願機會永遠對你有利。

（徐立妍／譯）

10週年紀念版・對談2

如何撰寫戰爭故事

二〇一三年，知名作家華特・狄恩・麥爾斯（Walter Dean Myers，卒於二〇一四年，以下簡稱華特）與《飢餓遊戲》作者蘇珊・柯林斯（以下簡稱蘇珊）受邀至學樂出版講壇進行對談，討論為各年齡層的讀者撰寫戰爭故事。這段對話非常有啟發性，接下來就是經過編輯的紀錄。這段對談的引話人是華特・狄恩・麥爾斯的編輯安德莉亞・戴維斯・平克尼（Andrea Davis Pinkney，以下簡稱安德莉亞），主持人是大衛・萊維森（以下簡稱大衛）。

安德莉亞：我們今天要談論的話題可能會讓人不安，那就是戰爭。而我們要藉由兩位傑出文學思想家的作品和智慧來探討戰爭的複雜性。

蘇珊・柯林斯是開創新格局的《飢餓遊戲》三部曲，以及暢銷小說《地底王國》的作者。她今天要再次創新，帶來她不凡的繪本新作《叢林之年》（Year of the Jungle）來探討戰爭，這本書的繪者是詹姆斯・波易莫斯（James Proimos）。

華特・狄恩・麥爾斯是二〇一二年至一三年的國家青少年文學大使，也是廣受讚譽的暢銷作家，著有超過百本兒童及青少年文學作品。他在新出版的小說《入侵》（Invasion）中深入討論戰爭，這本書是他的經典戰爭小說《墮落天使》（Fallen Angels）與《費盧傑日出》（Sunrise Over Fallujah）的前傳。

大衛：華特，《入侵》作爲兩本經典戰爭小說的前傳實在太傑出了，《墮落天使》是描寫越戰，而《費盧傑日出》寫的則是伊拉克戰爭。爲什麼你想寫前傳？你想要表達什麼呢？

華特：嗯，我人生中大部分日子裡都經歷著某種戰爭。我小時候是越戰，我在十七歲生日那天從軍。因爲我覺得那是個好主意，我當時對戰爭有浪漫的想法。

後來我弟弟也從軍了，結果死在越南。之後又發生了伊拉克戰爭，我兒子去了伊拉克……讓你每一天都在擔心，每當電話在夜裡響起，你就會開始擔心。但是我一直看到把戰爭浪漫化的故事，一直看見戰爭呈現出的樣貌彷彿離人類很遙遠，而忽略了眞正在戰場上奮戰的人類。

因此我沒辦法不去想這件事，這是我的興趣所在。我想要用非常眞實的角度來看待戰爭，我認爲年輕人必須這麼做，因爲當初閱讀《墮落天使》的那個世代如今就是在現代戰爭中作決策的人。我們必須讓他們意識到這點：沒錯，我對戰爭有點了解，那就是會失去多少人命。

大衛：所以你決定把重點放在諾曼第登陸和二次世界大戰。

華特：過去對諾曼第的想法是：那天很不順利，但我們贏了，我們搶到灘頭上，而且我們贏了。我訪問過的許多人都這麼回想著，但其實接下來的日子也很不順利。我是說美國人、加拿大人、英國人花了二十五天只走了約四十公里路，而且代價非常、非常大。

大衛：寫二戰的故事與撰寫越戰或伊拉克戰爭有何不同？

華特：我還只是個孩子時，戰爭就是壞人在某個地方做某些事情。對我來說，其中一個不同之處在於我娶了一位德國太太，而我開始聽她的親戚說故事，他們談論著自己如何加入軍隊，以及面對美國人又意味著什麼。

這一切都是眞實的人性，如此眞實。

大衛：《入侵》有一個很精采的地方在於細節的描寫，你眞的會覺得身歷其境，不只是身處諾曼第那片海灘，而是就像你說的，是在之後的那個月進退維谷的處境。

甚至還有這麼一刻，就是你眞的也會從德國的角度，透過對囚犯的詰問來描寫（而這是我在書中最喜歡的一部分）。所以我很好奇你所做的研究，似乎能夠讓你進入這些士兵的腦中。

華特：嗯，要寫《入侵》所做的研究不太一樣。先前在寫越戰的時候，那是我參與過的戰爭，我那段時間就在軍中。而伊拉克戰爭呢，我兒子在那裡，我也有人可以聊聊。不過《入侵》這本書，我要訪問的是八十幾歲的老人，而我通常喜歡對人進行三次訪問。

第一次只是要讓他們的腦袋運轉起來，第二次則是要深入一點，所以為了寫這本書我所訪問的人當中，有一些已經八十幾歲了，他們在我面前哭泣，眞的在他們被喚起、重溫那些記憶時哭泣。

大衛：蘇珊，你爲了寫《叢林之年》而做的研究顯然是比較個人的，因爲你得回想六歲時的自己與家人，來探索你父親被派往越南的那一年。要挖出自己的過往是什麼感覺？

蘇珊：這個嘛……幾週前，繪者詹姆斯和我要爲這本書拍攝書介預告短片，導演寄給我一份分鏡表時說：「這裡是蘇珊要展示文物。」他指的是我小時候用過的東西，讓我覺得自己好像木乃伊還什麼的。不過我又想：不，這已經是四十五年前的事了，尤其對一個孩子來說，或許就像五千年前一樣久。就算那是我幼年時期的一部分，也已經是寫入歷史的事件。因爲那一年讓我感觸良多又如此緊張，就算是尋常物品也會有不同的重要性。所以我準備了在書裡提到的熱水瓶，就像是一九六八年的小小姐卡通熱水瓶（Junior Miss thermos）。我還有一個漂亮的越南娃娃，是我父親寄給我的。另外還有他寄回來的明信片。

爲了做訪問，我打電話給兄弟姊妹和母親。因爲那個時候我還很小，但他們也記得我所記得的事情。所以我的研究大概就是這些了。不像其他書籍，我得深入研究歷史才能用來當成系列故事中某部分的範本。這一切都是個人經驗。

大衛：華特，你剛剛提到你在十七歲時從軍了，你弟弟死在越南，兒子也從軍。這些經驗對你描寫戰爭有何影響？

華特：影響很驚人。因爲我在看待戰爭的時候所看到的都是死亡的人數。我兒子在伊拉克是創傷諮商師，他會告訴我這些歷經創傷之人的故事，無論他們還在軍中或者已經退役。爲什麼我在新聞上看不到這些？爲什麼眞正發生在這些人生活中的、眞正的人性，跟我每天在新聞裡聽到的消息有這樣的距離？這讓我很困擾，讓我不安，我不想繼續懷著這個念頭。

我知道得愈來愈多。我看見在伊拉克戰爭期間，美國首度想到智慧炸彈這個點子。但炸彈並沒有智慧，而是會殺人，炸彈會將人殺死。戰爭就是在殺人、殺死陌生人，殺死那些並沒有惹你生氣的人。但智慧炸彈聽起來就像：「喔，這是個智慧炸彈，只會打到壞人喔，你懂吧？壞人要去喝杯啤酒，砰，這樣就會殺死他。」

如今，我們談的是網路戰爭，這讓戰爭聽起來像是遊戲。或者我們可以談談無人機。無人機會殺人，而如果讓年輕人接收到這些想法，像是「喔，這是無人機，這是網路戰爭，你只要走到電腦前，操作這個和那個」。我看過一些照片，照片裡的人應該是在佛羅里達還是哪裡，他們要擊落在中東的無人機。這些現象讓我想說：「孩子對這場戰爭會怎麼想？對他們來說眞實嗎？這是眞的嗎？」

我覺得自己必須讓戰爭變得眞實，你必須用能夠傳達人性的方式來描寫戰爭。我們剛剛提到明信片，那是眞實的，那是一張從遙遠的地方寄來的明信片，代表了重大意義。我有彌撒卡片，如果某個德國士兵的家人死了，他就會帶著這種卡片。他們到哪裡都帶著。那是眞實的。

大衛：蘇珊，對你來說，《叢林之年》顯然是以在軍人家庭中長大爲主軸。但你是否認爲這一點在你其他作品中也有影響？

蘇珊：有的。我父親不只是越戰退伍軍人，也是職業空軍，他是政治學博士，也是軍事歷史學家。在他親身體驗過戰爭，從越南回來之後，幾乎是堅持要教育自己的孩子認識戰爭。我相信父親一直都是這樣教育我們。

所以從我們很小的時候他就這樣做了：他會跟我們講故事、帶我們去戰場遺址與紀念館……這些經驗跟我們的生活緊緊相連。因爲我從小就開始學習這些事情，我想我會爲各年齡層的孩子寫戰爭故事似乎也很自然。如果我只是從正常的美國教育體系長大，我或許不會這麼做，我們的教育中其實忽略了很多戰爭，對很多事情避而不談，但又對於很多其他事情揮舞著愛國的大旗；你不會眞正接觸到事情發生的核心。因此我認爲父親那樣的教育方式相當獨特，引領著我寫出這些有關戰爭的故事。

大衛：你們兩位都相當特別，如今在寫給幼兒的繪本、寫給小學生的小說，以及給青少年的小說中描寫戰爭。你們如何處理這類題材？

華特：我只想拿掉那些浪漫的想法。跟你說，我就是懷著對戰爭的幻想而長大的。什麼「六百壯士策馬入死亡之林」、「我可以辦到」、「無論我落腳何處，總有一小塊英國國土」……我小時候都在讀這些東西，看的電影都是這些。

時至今日，你還是會看到這樣的電影，你知道好人不會死、主角不會死，而人們在電影裡中槍的時候，會漂亮落地然後就「喔、喔」叫一下。現實不是這樣的，人們會尖叫大喊，很可怕。我不希望因為我們的國家牽扯在戰爭中，就讓孩子起而反抗政府，但他們必須知道要面對的是什麼。

那些在十五歲時拿起一本《墮落天使》閱讀的孩子，如今四十歲了，天啊，時光飛逝（笑聲），但他們是做決策的人，他們需要知道真相，而且必須早點學習。

大衛：我認為書本最美妙的地方在於你所創造的架構。談談你先前跟我們提過，你收到一封信是關於《墮落天使》的。

華特：那是我這一生中所收過最棒的信。當時伊拉克戰爭爆發，到處都在揮舞國旗、喊著同心協力的口號。有位女士寫信告訴我，她的兒子想要休學去從軍。她說：「我眼裡含著淚水哀求他，至少得把高中讀完。」然後她的兒子說，好，他會讀完高中，但他已經準備好了。

這位男孩所做的就是閱讀每一本他所能找到的戰爭書籍，然後他讀到《墮落天使》，接著就改變心意了。這位母親只是一直對我說著感謝、感謝、感謝，我從來沒見過她，但我知道她在某個地方，我知道那個孩子在某個地方。

蘇珊：沒錯，不管你是不是決定要從軍，我想都一定要先讀一本華特的書，你應該在出發前讀一本，這樣你才不會被太多的理想主義困住，你才會多少了解自己可能面臨的情況。

大衛：而從你的著作看來，《叢林之年》，然後是《地底王國》，還有《飢餓遊戲》，似乎有一個漸進式的歷程？

蘇珊：在《叢林之年》中，主角蘇西是六歲；在《地底王國》開始時，葛瑞格是十一歲；而到了《飢餓遊戲》，凱妮絲是十六歲。所以讀者可以選擇跟自己同年或年齡相仿的主角。

我要求讀者去思考的也是一種哲學式的漸進過程。如果我必須把父親這三十五年來教我的戰爭教育濃縮成一個問題，就會牽涉到戰爭的必要性，以及必須發動戰爭時所需具備的超高標準。《叢林之年》這部繪本是關於大後方的故事，主角了解到何謂戰爭。所以我們從這本開始讀。

《地底王國》系列著重探討非必要的戰爭。這系列有五集，到第四集的時候，戰爭依舊無法避免，只是基於憤怒、憎恨，以及糟糕的決定，就逼迫他們可能在導致種族滅絕的時候必須發動戰爭。然後到了第五集演變成一場浩大而血腥的地底全面戰爭。

我要寫青少年小說的時候，我想，現在可以從一個必要的戰爭這個概念出發。這場戰爭從我們今天的標準看來是可以接受的，也就是「如果發生了X、Y和Z，那麼就有充分理由發起戰爭」。因此在《飢餓遊戲》一開始，讀者看到施惠國的人民遭受可怕的壓迫，而其中的代表就是飢餓遊戲，孩子被迫要奮戰至死。

但即使如此也不是那麼簡單，因爲競技場所代表的意義在三部曲中各有不同，在第一集裡純粹就是格鬥的場所，在第二集成爲革命的溫床，而到了第三集眞正打起仗來，競技場就是都城，如此又回到原點。而所有不對的事情、迫使他們發起必要戰爭的原因，正是《飢餓遊戲》中在原本競技場裡所發生的一切，如今在《自由幻夢》也發生了，只是發生在戰場上。事實上，什麼也沒有解決，他們只是讓自己繞了一大圈，而因爲他們這麼做，所以沒有人是安全的。

大衛：那麼爲什麼要寫戰爭呢？你們覺得自己有其他選擇嗎？你們一直不斷地回到這個主題上，背後的動力是什麼？

華特：我一直回到這個主題是因爲我們一直有戰爭。就像蘇珊說的，你會一直問自己：這場戰爭有必要嗎？之所以發生戰爭就是因爲人會做出錯誤的決定。但我們允許他們做出錯誤決定，沒有人想要站起來說「等等，等等，等等」，但必須要有人這麼做。

圖書社群必須做這件事。圖書館員得這麼做，我們必須說：「等一下。」

某一天，我看著有關無人機的新聞，我說：「喔，這太糟了，實在太糟了。因爲這會讓人做出糟糕的決定，最後會變成製造無人機的公司來做決定，還有那些製造智慧炸彈的人來做決定。」我們需要讀者，我們需要在思考的人，我們需要有人說：「等一下。」

我花了很多時間在監獄裡、青少年監獄裡。而就我在青少年監獄所得知的一件事，就是如果那些傢伙在行動前先把問題想過一遍，他們就會做出不同的決定。戰爭也是一樣的道理，如果他們可以先把問題想一遍，理解眼下發生的事，他們的決定就會不一樣。

我認爲自己必須寫出這些。

蘇珊：我想你們可以說：「嗯，在你們之前還有這麼多很棒的戰爭故事啊。」說的沒錯，確實有，但這些故事似乎需要每過一個世代就翻新一次。因爲你會看到像《西線無戰事》這樣的小說，感覺似乎就這樣了，別再有戰爭。我想與其說是你要寫能夠終止戰爭的書，不如說你自覺是歷史演變中的一部分，而這樣的討論必須一直放在檯面上。

若非如此，我們會不會往後下滑得更嚴重？這好像一種責任，必須讓這個議題保持熱度、時時更新，而我想爲比較年輕的讀者寫書，就更有機會能做到這點。

大衛：我們來談談戰爭在文化層面的空缺。我們先前談到人們心中不太關切戰爭這個主題，而且可以很簡單就用某種方法避開，而不去注意它。

但這些書真的會逼得你不得不注意，我覺得這很有趣，看看這些書是如何處理戰爭和媒體……

蘇珊：沒錯。《飢餓遊戲》最開始的靈感就來自於我一直在電視頻道間切來切去，電視上有實境節目，然後又有伊拉克戰爭的片段——當然，這些片段不像以前從越南傳回來的那類戰場影像，因爲電視上也不再播出那種影片了。

華特：沒錯，沒錯。

蘇珊：你再按個按鈕，頻道就轉到烹飪節目，還有棒球比賽。我們現在被各式各樣的資訊淹沒，又有太多東西可看，實在很難分辨。一來，你看到的伊拉克戰爭片段並不是娛樂，在那裡正在發生的事情很眞實而且非常嚴肅，人命正在逐一喪失，但是人們確實已經麻木，因爲我們所接收到的影像實在太多了。

我很小的時候，正是《叢林之年》故事發生的那段時間，我記得當時有四個黑白頻道，新聞播出時，你知道那就是新聞，沒有混淆，不會另有百萬張影像從其他地方向你撲來。

當時越戰已經打了十二年。雖然有許多人收了錢就粉飾太平，但在我們的國家確實有那麼一小撮人，也就是軍人家庭，得承受這項事實的衝擊，而就許多方面來說，他們相當孤立無援。

我不覺得我們有自己國家正在打仗的自覺，但是我們都應該平等承受這樣的責任。在《叢林之年》描寫的越戰期間，我們並不是住在軍事基地，我不認識還有誰的父母也在越南，像那樣的情況會讓你感到孤立，而且也在毫無支援的情況下經歷非常艱困的時期，而且當然越戰實在不受歡迎。

華特：各位也要記得，讓人民漸漸無法支持越戰的原因之一，就是電視上播出的影像。政府也了解到這一點，於是後來人民就看不到伊拉克戰爭的影像。而現在我們也無法看到戰爭的影像，無法看到那些飽受創傷的年輕人影像。

我知道他們舉辦殘障奧運時真的很吃驚，看到那些戴著人工義肢的年輕人，我們以前在電視上看不到這些。你知道，沒有人說那樣的故事，蘇珊和我就是想講出這樣的故事。

大衛：《墮落天使》已經出版二十五年了，時光飛逝，現在的戰爭形態也與以往不同。關於戰爭，你發現有什麼主題是一直不斷出現的，有什麼事物具有獨特性？

華特：如果你曾經去過戰區、看過屍體，如果你聞過屍體的味道，你就會開始重新思考戰爭是怎麼一回事。而且我真的認爲我們利用戰爭遊戲，還有很多很多其他類似的東西，想要引起孩子的注意和興趣，卻把戰爭的恐怖隱藏在這塊大面具之後，有時候是用愛國主義，而近來是用審查技術。

蘇珊：對，要培養對戰爭的現實感與戰爭相關教育在許多層面上都非常重要，如果你不知道政治宣傳是什麼，當它被用在你身上時你如何得知？你如何知道怎麼去質疑政府、去質疑你所接收到的資訊？你沒辦法知道，因爲你缺乏背景知識，也就無法警覺到自己所接收到的是政治宣傳。

最後，華特也提過這點，現在的年輕人是我們未來的盼望，希望他們能夠提出以非暴力的方法來解決衝突，而如果他們不理解衝突、如果他們並不眞正了解戰爭的本質、代價、意義，以及在歷史上有何影響，如果他們只能從浪漫化的電影、或不管他們看過什麼來了解戰爭，我們如何期望他們知道自己要怎麼提出解決方法？

華特：對啊。

大衛：我可以用一段懷抱希望的話來總結，因爲我們可以期待文學和故事的力量。我很喜歡那位因爲誤信戰爭的詩意和美好而從軍的十七歲少年如今寫出了小說，讓十七歲少年讀了之後決定放棄從軍。

還有那位不知道戰爭爲何物的六歲小女孩、那位不知道究竟發生了什麼事情的小女孩，如今長大後寫了一本給六歲小孩閱讀的書，解釋發生了什麼事。我覺得這其中有某種美好，希望我們能夠眞的讓事情變得更好，我希望我們可以。

華特、蘇珊，謝謝你們。

（徐立妍／譯）

LOCUS

LOCUS

LOCUS